T0265565

Superhost

Kate Russo

SUPERHOST

Traducido del inglés por Maia Figueroa Evans

AdN Alianza de Novelas

Título original: *Superhost*

Diseño de colección: Estudio de Pep Carrió

PAPEL DE FIBRA
CERTIFICADO

Copyright © 2021 Kate Russo
El derecho de Kate Russo a ser identificada como la autora de esta
obra ha sido confirmado por ella de acuerdo con la Ley
de Copyright, Diseños y Patentes de 1988.
© de la traducción: Maia Figueroa Evans, 2021
© AdN Alianza de Novelas (Alianza Editorial, S. A.)
Madrid, 2021
Calle Juan Ignacio Luca de Tena, 15
28027 Madrid
www.AdNovelas.com

ISBN: 978-84-1362-234-4
Depósito legal: M. 7.315-2021
Printed in Spain

Para Tom

Los demonios que te atrapen

En la jerarquía de las manchas de la ropa de cama, la sangre ocupa el primer puesto. Y, aunque todo el mundo cree que el semen es peor, se equivoca. La culpa es de aquella serie tan exitosa en la que unos inspectores alumbraban una habitación de hotel con una luz ultravioleta y todo se iluminaba con un amarillo fluorescente que indicaba los fluidos corporales que había por toda la sábana. Desde entonces, los clientes de los hoteles apartan el cubrecamas porque dan por sentado que estará lleno de corridas de cualquier desconocido. Y es posible que así sea; por ese motivo, en la casa de cuatro dormitorios que Bennett Driscoll alquila por días, prefiere usar edredones con fundas intercambiables. Un poco de jabón, agua caliente y un centrifugado riguroso bastan para deshacerse de cualquier rastro de virilidad que haya en las fundas. Las manchas que de verdad suponen un problema son las que se detectan a simple vista: cuando Bennett aparta el edredón el día que salen sus huéspedes, lo que más teme encontrar es sangre.

«Joder...»

Ahí están, en mitad de la sábana bajera. Son un par de gotas, nada más; pero las sábanas de Bennett son de un blanco tan radiante que las gotas resaltan como una bufanda roja abandonada en la nieve. Para quitarlas le hará falta lejía y frotar mucho. Hace poco ha comprado un cepillo de uñas o, según el uso que piensa darle, el cepillo de la sangre, para combatir con él las manchas más difíciles. Al principio tiraba a la basura las sábanas con marcas visibles y compraba otras, pero ya hace un año que pone en alquiler a través de AirBed su casa de un barrio residencial de Londres y ha tirado cinco juegos de sábanas que aún podrían haberse usado sin problema. La lejía es más barata. Levanta las esquinas de la bajera y la hace una bola en el centro de la cama. Si la mancha ha traspasado al protector del colchón, tendrá el doble de trabajo.

«Maldita sea...»

Hace poco le otorgaron el estatus de *superhost* en la página web de AirBed, un honor que se ha ganado por su índice de respuestas rápidas y por las excelentes críticas que recibe. A pesar de que nunca había aspirado a ser anfitrión, mentiría si dijese que esa medallita que aparece junto a su fotografía no lo llena de orgullo. Hasta hace dos años, Bennett se dedicaba al arte a tiempo completo y jamás titubeaba al responder la pregunta «¿A qué te dedicas?». De hecho, nadie tenía que preguntárselo: era el conocido pintor Bennett Driscoll. Todo el mundo lo sabía. Bueno, tal vez todo el mundo no, pero las personas suficientes como para no tener que molestarse en alquilarles su casa a los turistas. Por desgracia, las cosas cambian, y los gustos, también. Antes, todo lo que pintaba se vendía y en 2002 había una lista de espera. Pero ahora, dieciséis años más tarde, en su almacén se acumulan más de cien cuadros. Su última exposición en solitario fue en 2013, de la que el crítico del *Guardian* escribió: «A Driscoll le importan tan poco las últimas tendencias de la pintura que uno se pregunta si acaso le presta alguna atención al mundo del arte contemporáneo». Eso lo cabreó, más que nada porque era verdad. Sin embargo, ahora sabe que una crítica mala es mejor que no tener ninguna. Desde que los críticos de arte no reseñan su obra, Bennett estudia con atención todos los comentarios de AirBed como si fueran el *Sunday Times* y los peina buscando nuevos matices sobre sus capacidades como anfitrión. En general, son del estilo: «Bennett ha sido un anfitrión acogedor y gentil», «Bennett nos ha ayudado mucho», «Bennett tiene una casa preciosa» y «La próxima vez que visite Londres volveré a alojarme en casa de Bennett». No tienen la calidad del *Times,* pero aun así es agradable recibir críticas favorables. Bueno, es agradable recibir críticas, a secas. De vez en cuando se pregunta si su exmujer, Eliza, entra en la página de AirBed para leerlas. Lo más seguro es que no. Hace un año se marchó a Estados Unidos a vivir con un inversor de fondos de alto riesgo que se llama Jeff y se llevó con ella el salario de su empleo en la industria editorial, que, hasta el momento del divorcio, era con lo que cubrían las facturas. Fue entonces cuando Bennett decidió irse a vivir al estudio que tiene al fondo del jardín y poner la casa familiar en AirBed. Cree que el estatus de *superhost* no impresionaría a Eliza: casi nada la impresiona. Pero a él le gustaría mucho que alguien escribiera: «Bennett tiene una casa muy bonita. Ha sido el anfitrión perfecto. Mejor dicho, el hombre perfecto. Apasionante, interesante y atractivo a partes iguales. Sería el marido perfecto. Le compré varios cuadros porque estoy convencida de que son el *summum* del arte contemporáneo». Sin embargo, de momento no ha habido suerte.

Al salir al pasillo desde el dormitorio, desde el otro extremo de la casa se oye el bombo distante de una canción de hiphop. Bennett baja el montón de sábanas por la amplia escalera, cuidándose de mirar por un lateral para ver por dónde pisa.

A medida que cruza el espacio diáfano de la planta baja, la música se oye cada vez más alto. Canta confiado, aunque no se ve del todo capaz de rapear la letra. Las palabras le salen de manera melódica y cada una dura un milisegundo más de lo que debería. Descubrió el rap más o menos cuando empezó a alquilar la casa, en la misma época en la que Eliza se marchó. Aunque habría sido incapaz de nombrar una sola canción, ella afirmaba que odiaba el hiphop.

La noche que descubrió al rapero Roots Manuva había salido a cenar con su hija. Estaban en un restaurante de moda en el barrio de Shoreditch, un sitio de los que afirman servir comida callejera, pero con la comodidad de sentarse en el interior. Ni que decir tiene que la música estaba demasiado alta; se había dado cuenta, aunque Eliza no estuviera allí para señalarlo. Tenía que gritar para que lo oyesen, cosa que le costaba, teniendo en cuenta que la tarea en cuestión era explicarle a Mia el motivo por el que su madre acababa de largarse a Nueva York. En un momento dado, Mia, que necesitaba recobrar la compostura, se marchó al baño. La idea de que su hija estuviera llorando sola en un cubículo lo horrorizaba, pero esperó con paciencia y resistió el impulso de entrar en el baño de señoras para ver cómo estaba. En ese momento, él era una de las pocas personas de la Tierra para las que el móvil no era el método más evidente de distracción. ¿Para qué sacar el teléfono sino para hacer una llamada? Pero como necesitaba distraerse con algo, se puso a escuchar la música del restaurante con mucha atención.

El capataz se ha cargado el chisme biónico.
Diez pintas a velocidad de vértigo.
Todo el día tirados, y dicen que no es productivo,
pero eso depende de los demonios que te atrapen.

No tenía ni idea de qué era un «chisme biónico» (y sigue sin saberlo), pero eso de «todo el día tirados» y «los demonios que te atrapen» le había calado hondo.

«No puedo seguir parada aquí contigo», le había dicho Eliza dos semanas antes. Desde entonces, ella le había presentado los papeles del divorcio, y ahora él hacía lo que podía por explicarle a su hija de dieciocho años algo que ni siquiera él comprendía. ¿Llevaba veinte años parado sin avanzar y no se había dado cuenta? Durante todo su matrimonio, él creía que era de fiar, un buen padre y marido. Eso es lo que las mujeres quieren, ¿no? Fiabilidad. O no. Debería preguntarles a ellas lo que quieren, no darlo por sentado. Eliza siempre se lo recordaba. Su propio padre había sido de todo menos fiable. Bueno, eso no era del todo cierto porque podías confiar en que estaría borracho todo el tiempo; era un hombre desdichado a quien solo lo alegraba enumerar todos los agravios que le habías hecho. Bennett era feliz, o eso creía él. Le encantaba ser artista. Quería a Eliza y a Mia con todo su corazón. ¿Por qué no iba a quedarse parado? ¿Adónde podría haber querido ir? Sin embargo, según Eliza, estaba atrapado. «Los demonios que te atrapen.» ¿Qué demonios le habían destrozado el matrimonio y por qué no se había percatado de ellos? Eso era lo que sopesaba cuando Mia regresó a la mesa.

—¿Qué canción es esta? —le preguntó.

Como admiradora irreductible de Father John Misty, se encogió de hombros sin saber la respuesta y se sentó.

—Disculpa. —Bennett paró a una camarera que llevaba apresurada un plato de mazorcas mexicanas a la brasa—. ¿Puedes decirme qué canción es esta?

Mia, avergonzada, enterró la cara en las manos.

—Roots Manuva, *Witness* —contestó la chica con un tono que insinuaba que debería haberlo sabido.

Bennett sacó el cuaderno negro que llevaba en el bolsillo de la americana y escribió: «Rus Maniuba Witness». No tenía ni idea de cuál de las tres palabras era el artista y cuál la canción, pero ya lo buscaría en Google.

Cuando se despidieron con un abrazo al final de la velada, Mia rompió a llorar. Se había ido de casa el mes anterior, pero le dijo que volvería para hacerle compañía.

—No, no pienso dejarte —contestó él abrazándola fuerte—. Además, sin los ingresos de tu madre, tendré que poner la casa en AirBed.

Eso la hizo llorar aún más, y él se sintió todavía más culpable. Aunque estuviera atrapado, no podía dejar que Mia se quedase varada con él.

Esa noche llegó a casa y compró *Witness*, de Roots Manuva, en iTunes. Se la puso veinte veces seguidas antes de irse a la cama.

La música se atenúa en cuanto llega al lavadero, un anexo de la cocina donde hay una lavadora y una secadora enormes, al estilo estadounidense. Hace diez años, cuando Eliza pidió los electrodomésticos en John Lewis, Bennett pensó que estaba loca. ¡El impacto medioambiental de esos putos cacharros sería inmenso! Pero a Eliza le encantaba vivir como si fuera una americana en Londres. Casa grande. Coche grande. Lavadora y secadora la hostia de grandes. «En Estados Unidos saben lo que es comodidad —decía—. Allí no les gusta sufrir.» Estaba convencida desde hacía tiempo de que el modo preferido de Bennett era la tristeza. Y no solo la de él, sino la de los hombres británicos en general. Esas sandeces autocríticas de los noventa con el pelo lacio a lo Hugh Grant habían calado en sus psiques y el daño que les habían hecho a todos era irreparable. Sin embargo, a la larga, el coche, la casa, la lavadora y la secadora dejaron de ser suficientes. Eliza necesitaba un hombre estadounidense.

Bennett estira la sábana encima de la secadora. Después de bajar una botella de lejía del estante superior, vierte un poco sobre la mancha. Coge el cepillo de la sangre, adopta la postura adecuada echando un pie atrás para conseguir mejor tracción y la secadora se sacude atrás y adelante mientras él frota y unos cuantos mechones le tapan los ojos. Tiene suerte de no haber perdido mucho pelo, aunque empieza a clarear por la coronilla. Su solución es peinárselo hacia atrás y le basta con un poco de gomina para mantenerlo en su sitio. A Eliza le resultaba pegajosa, y a Bennett le satisface saber que Jeff, el nuevo novio, no tiene ni rastro de pelo y el brillo de su calva va a juego con el de los tejidos de sus trajes hechos a medida. «Capullo.»

Deja de frotar para ver cómo progresa. Casi ni se nota la diferencia. Se pone a ello de nuevo y dobla más la rodilla delantera para acercarse mejor al enemigo número uno. Enfrascado en la tarea, se sobresalta cuando empieza a sonarle el móvil en el bolsillo delantero de los vaqueros.

—¡Mia! ¡Hola, cariño!

Estos días le cuesta más de lo habitual controlar los vaivenes del corazón.

—Vienes esta noche, ¿verdad? —canturrea ella, directa al grano.

—Claro que sí. —Continúa dándole a la mancha con la mano libre—. Cuando reciba a una huésped voy para allá.

—Hmm. Vale.

No es ningún secreto que Mia no está de acuerdo con que la casa en la que creció aparezca en AirBed.

—Llega a las cuatro. Le doy las llaves y pillo el metro. Podría estar allí sobre las cinco y media, ¿te parece bien?

—Sí, me va bien.

—Tengo muchas ganas de ver tus cuadros.

—Esta mañana me han hecho una buena crítica.

—¡Genial!

No puede evitar una radiante sonrisa de orgullo.

—Pero el tutor les ha dicho a todos los del taller que mi padre es Bennett Driscoll. Menudo gilipollas.

—Tampoco es para tanto.

—No quiero beneficiarme de tu éxito.

—Estoy limpiando manchas de sangre de unas sábanas. ¿Es ese el «éxito» al que te refieres?

—¡Qué asco, papá! Si les cuentas eso a mis compañeros, te mato.

Él sonríe de oreja a oreja. Hace tiempo que horrorizar a su hija se convirtió en uno de sus más grandes placeres. A sus diecinueve años, hacerla rabiar como una condenada es más fácil que nunca. ¿Por qué le confiaría Bennett Driscoll a un puñado de capullos de la Facultad de Bellas Artes que alquila su casa a través de AirBed? ¿Hay algo peor que admitir que sus cuadros ya no se venden? Preferiría ver a Eliza acostándose con Jeff. Aunque, pensándolo bien, mejor no.

—¿Me dejas que te lleve luego a cenar? —le pregunta.

—¿Puedo invitar a Gemma y a Richard?

«No. No. No. No.»

—Claro que sí, cariño. A quien tú quieras.

La siguiente huésped es Alicia, una joven de Nueva York. Al principio le había dicho que viajaría con un grupo de amigos, cosa que a Bennett le dio que pensar. Prefiere a las familias, pero la foto del perfil de Alicia, en la que posa sonriente delante del puente de Brooklyn, deja ver cierta ingenuidad que le da confianza. Hace un mes, cuando reservó la casa, le dijo que la acompañarían entre tres y cinco amigos, que aún no estaba segura de cuántos. Bennett le había explicado que en la casa podían dormir seis personas con comodidad, pero que por favor no fuesen más de ocho. No será un problema, escribió ella dos días antes de la llegada y anunció que al final llegaría sola. Él no quiso fisgonear, pero ¿qué hacía una joven de veintipico sola en aquella casa grande de un barrio de Londres? Su tamaño era más que suficiente para tres, pero para uno era enorme. Él lo sabía de sobra.

El primer día, cuando cayó en la cuenta de que Eliza y Mia se habían ido para siempre, el silencio le resultó insoportable. Ahora el hiphop lo sigue por toda la casa como si fuera su séquito y camufla su soledad. La noche que escuchó *Witness* veinte veces seguidas, después se sintió un poco tonto. Bennett sospechaba que Roots Manuva rapeaba sobre algo que tenía que ver con injusticias raciales y que él no debía identificar esos demonios con los suyos, pero no podía evitarlo. Le encantaba la urgencia de la canción y no tardó en ser propietario de todo el repertorio del rapero. El Bennett de antes había sido más de Billy Bragg. Admirador de Jeff Buckley. De toda esa «autocomplacencia nostálgica y deprimente», como lo llamaba Eliza. Pruebas musicales de que él jamás cambiaría. Había pasado toda la vida esquivando las cosas que «no eran para él» y cumpliendo de manera diligente con el perfil de gustos respetables del hombre blanco de clase media. Pero ahora ha decidido que ceñirse a lo estipulado es una tontería. Ahora intenta que nada le importe un culo (una modalidad diferente que le enseñó Mia de la típica frase), pero en realidad todo le importa muchos culos. Sin duda, una cantidad de culos debilitadora. Ni siquiera consigue armarse del valor suficiente para contarle a nadie aparte de a Mia (¿hay alguien más que Mia?) que desde hace un tiempo está obsesionado con el rapero. ¿Qué pensarían? ¿Es su recién descubierto amor por el hiphop un «que te den» dedicado a Eliza? Él se dice que no, que es más que eso, pero... sí, bueno, más o menos.

Cuanto mayor se hace, más difícil le resulta vivir en el presente, como Eliza quería que hiciese. El pasado es demasiado vasto para no hacerle caso y el presente está demasiado cerca, como cuando te examinas los poros en un espejo de aumento. El año pasado, la galería que lo representaba desde hacía treinta años le insinuó que les sería más valioso cuando estuviera muerto. La Galería Libby Foster empezó a representarlo en 1988, justo después de que se graduase en el Royal College of Art, pero a lo largo de la última década las ventas han menguado. Libby insistió en que no era solo él: muchos artistas sufrían por culpa de la recesión económica. Justo antes de que Eliza se marche, le llegó una carta de Libby por correo postal.

Querido Bennett:

Sentimos informarte de que, tras mucha consideración, la galería ha decidido no seguir representando a artistas vivos. Teniendo en cuenta que el coste de los alquileres en Londres está en alza, ha llegado la hora de que renunciemos a nuestro espacio formal de exposición y nos centremos en representar el patrimonio de William Warren, Christopher Gray y Tyson Allen Stewart en el mercado de las ferias de arte.

Llamó a Libby de inmediato.

—Has recibido la carta —respondió ella—. Me encanta tu trabajo, Bennett. Tú lo sabes. Pero es que no se vende, al menos ahora. Si en un futuro vuelve a llamar la atención, nos interesaría gestionar tu patrimonio.

—¿Os interesará representarme estando muerto? —quiso aclarar él.

—Ya no representamos a artistas vivos. O sea, que sí.

«A la puta mierda el presente.»

Alicia llega a las cuatro, tal como había planeado, arrastrando una maleta. Es de constitución esbelta y lleva la melena lisa y de color rubio tostado recogida en una coleta. A través de las gafas gruesas de montura de carey se le ven los ojos cansados. Bennett la ve acercarse por la ventana delantera del salón. Le gusta observar a sus huéspedes cuando llegan porque espera vislumbrar algún detalle de su verdadera personalidad antes de saludarlos. Arrebujada en un abrigo cruzado de lana de color azul marino, Alicia camina encorvada, arrastrando la maleta por el caminito de gravilla. Se muerde el labio inferior como si quisiera confesar algo cuando le abra la puerta. Desde que vive sumido en una soledad profunda, a Bennett le da la sensación de que es capaz de adivinárselo a los demás. Alicia está sola. A medio camino hacia la entrada, ella se detiene para ajustarse la coleta: la separa en dos mitades y tira de ambas. Él recuerda que Eliza y Mia también lo hacían. Adoraba todas sus extrañas costumbres, sus rituales femeninos, que le eran tan ajenos. Al abrir la puerta, no puede evitar sonreír para sí.

En cuanto ve la sonrisa, ella sonríe aliviada.

—Debes de ser Alicia.

—¿Bennett?

Él asiente con la cabeza.

—Pasa, por favor.

A pesar de haberla invitado a entrar, tarda un momento en apartarse. Lo sorprenden los ojos cansados, vidriosos y un poco oscuros de Alicia. Las miradas cansadas siempre le han parecido atractivas; según él, cuando más guapa estaba Eliza era al final de un día largo. Alicia adelanta un pie y lo mira expectante. Él le hace un gesto grandilocuente y se aparta por fin, dejando ver el gran vestíbulo y la amplitud y modernidad del espacio.

Ella mira hacia atrás y levanta la pesada maleta para traspasar el umbral.

«Cógele la maleta, mendrugo.»

—Deja que te ayude.

Al ir a por el asa, le roza la mano: la tiene suave, pero fría por el aire invernal. Incómodo con la sensualidad de los pensamientos que le han llenado la cabeza de pronto sin su permiso, Bennett carraspea.

—La subo al dormitorio principal. Supongo que querrás dormir allí, ¿no?

Y ahora la imagina desnuda sobre su cama.

«Pervertido.»

Se pasa la mano por el pelo, un tic nervioso que le acompaña desde que le alcanza la memoria.

—Supongo que sí —contesta ella mientras mira a su alrededor—. Esta casa es enorme.

Él sonríe desde el pie de la escalera sin saber muy bien qué responder.

—¿Dónde vives ahora? —pregunta ella.

Bennett le señala la ventana que Alicia tiene a su espalda. A través del cristal se ve una construcción pequeña al fondo del jardín, no mucho más grande que una caseta, pero sí mucho más sólida.

—Ah.

—Ni te darás cuenta de que estoy aquí, te lo prometo. Soy artista. Es donde vivo y trabajo.

Ella se fija en los cuadros que cuelgan a su alrededor.

—¿Son tuyos?

—Ese sí.

Le señala un cuadro grande: un diseño intrincado de color azul y rojo, parecido a una alfombra persa.

—Vaya. Qué bonito. —No parece saber qué más decir—. Me sabe mal ocuparte toda la casa yo sola.

—Pues no debería. La has pagado.

Empieza a subir los escalones con la maleta a cuestas. Se pregunta si ha sido brusco, así que se vuelve hacia ella.

—Siéntete como en casa.

—Todos mis amigos se echaron atrás después de que hiciera la reserva —explica ella—. Ahora mismo ninguno tiene suficiente dinero.

Él asiente, lo comprende.

—¿Tienes algún plan mientras estás aquí?

—Espero ver a viejos amigos. Hice un máster en la London School of Economics hace unos años.

«Nostalgia», piensa Bennett. Todo el mundo la persigue. Es evidente que Alicia ya es consciente de su propio error: no se puede volver atrás.

—Te subo esto —dice, y señala la maleta—. Y luego te dejo con lo tuyo. Pero, si necesitas algo, ya sabes dónde estoy.

—Genial, gracias —responde ella, y se dirige a la gran cocina.

Él la contempla mientras abre al azar el cajón de los cubiertos. Cuando Alicia lo mira de nuevo, coge el asa de la maleta y carga con ella el resto de los escalones.

A las cuatro y media, Bennett abre la puerta trasera del jardín, que da a Blenheim Road. Se mete los auriculares blancos de botón en las orejas y hace girar la rueda del iPod. Todavía usa el dispositivo que Eliza y Mia le regalaron en las navidades de 2006, aunque ya está anticuado. «Puedes tirarlo, papá. No me ofenderé», le ha dicho su hija muchas veces. Pero no puede tirar nada que le haya regalado ella. En el estudio todavía guarda la primera escultura de barro que le hizo cuando tenía cuatro años: un busto masculino sobre un pedestal. Cree que puede ser él, pero nunca lo ha tenido muy claro. Lleva quince años colocado en el mismo alféizar, demasiado frágil para moverlo. «Ahora puedes meter toda la música en el móvil —suele añadir, y le hace parecer más madre que hija—. Es más fácil.» Cuando Eliza aún no se había ido, él casi no usaba el iPod, sobre todo porque ellos dos iban juntos a casi todas partes y no necesitaba distraerse. Ahora que va siempre solo, se ha convertido en su compañero íntimo.

Gira hacia Priory Avenue y se dirige al metro. Bennett y Eliza compraron la casa en 1994. Era de las pocas viviendas del barrio de Chiswick que no eran adosadas y a Eliza le robó el corazón. Ese mismo año, a él lo nominaron al Premio Turner. No lo ganó, pero las ventas se dispararon igualmente. La serie de desnudos sobre tejidos de estampados complejos que reflejaban la rica historia del diseño textil en el barrio de Spitalfields de Londres gozaron de un éxito inmediato. Ni siquiera le hizo falta una hipoteca. Con la crisis de 2007, perdieron mucho dinero en inversiones y en ventas de cuadros. Por suerte, el sueldo que Eliza ganaba en una editorial era un ingreso estable, pero ahora Bennett cree que los esfuerzos que tuvieron que hacer fueron el principio del fin. Estaba dispuesto a renunciar a restaurantes buenos, a comprar a lo loco en Selfridges, a los electrodomésticos gigantescos y al coche de gama alta, siempre y cuando pudieran mantener la casa que era el hogar de su familia. Quizá fuera hasta romántico. Sin embargo, al final, no es que Eliza le tuviera más aprecio al dinero que a él, pero pensaba que Bennett carecía de la ambición necesaria para volver a la cima. La preocupaba que se le acabasen las ideas. Y a él, que ella tuviese razón. Aún sigue preocupado por eso.

Acerca el título de transporte al lector de la estación y se abre la barrera. La verdad es que, de haber podido elegir dónde vivir, habría comprado una de las casas victorianas del

East End. En Whitechapel, quizá, con su historia, las tiendas antiguas y los pubs tan oscuros. Había crecido cerca de su barrio actual, en Hammersmith, y en aquella época se moría por dejar atrás el ambiente residencial del oeste de Londres. Durante los noventa, contemplaba con celos cómo sus amigos artistas formaban un núcleo creativo en el East End. En aquella época, recorría toda la línea District del metro al menos tres veces a la semana, de oeste a este, para visitar estudios y exposiciones. Pero en cuanto nació Mia, los desplazamientos a Whitechapel le resultaron imposibles. Le costaba incluso llegar a su propio estudio de Ealing. Eliza quería que pasara más tiempo con su hija, pero al mismo tiempo la frustraba su baja productividad. Y ese era solo uno de los abundantes enigmas irresolubles de los veinticinco años de matrimonio. Cuando él propuso construir un estudio en el jardín de atrás, al principio Eliza se opuso.

—Quedará feísimo —protestaba—. Devaluará la propiedad.

—Pero no tenemos pensado venderla —contestaba él—. ¿Qué más da cuánto valga?

Ella lo miraba ceñuda, Dios sabe por qué. Bennett creía que la casa le gustaba mucho.

—No paras de poner impedimentos —dijo él—. Tienes que ayudarme a resolver los problemas, mi amor.

Siempre la llamaba «mi amor» pensando que era entrañable. El año pasado, en mitad de una discusión, ella le dijo que le parecía condescendiente. Eso lo hirió muchísimo.

Lleva un tiempo en que le cuesta recordar los buenos tiempos que pasó con Eliza; sin embargo, esos recuerdos le vienen de golpe, como una patada veloz en el estómago, cada vez que se sienta en el metro. Desde el primer día de su relación, siempre que iban juntos en metro, Eliza lo cogía del brazo, le apoyaba la cabeza en el hombro, y él le alisaba el pelo y le daba un beso en la coronilla. Ella siempre llevaba la melena suelta; la tenía espesa, castaña, rizada. No se la cortó como tantas mujeres cuando se hacen mayores. Siempre le olía a flores. Dios, eso le encantaba. Ella lo acariciaba con la nariz y le daba un beso en el brazo. Todas las veces, joder. Ahora, cada vez que se sienta en un vagón, parece un lunático acompañado de un amigo invisible. Sin el apoyo de Eliza no sabe cómo sentarse y se remueve en el asiento, incapaz de ponerse cómodo. Así que hoy toquetea la rueda del iPod con ánimo de encontrar el volumen adecuado para sofocar todo eso.

Cambia de línea para ir a King's Cross; hace un tiempo que se trasladó allí la Facultad de Bellas Artes y Diseño de la Universidad Central Saint Martins, donde Mia está en primero, estudiando Pintura. Cuando él tenía diecinueve años, el barrio de King's Cross jamás podría haber sido sede de una escuela de arte. Hace treinta y cinco años era uno de los vecindarios más sucios y transitorios de Londres, una herida abierta entre Bloomsbury e Islington, llena de pubs sórdidos y hoteles aún peores que amparaban a vagabundos, traficantes y prostitutas. Habiendo crecido en uno de los barrios arbolados, cuando oía las historias que contaban de King's Cross era como oír hablar de Vietnam: allí sucedían atrocidades, cierto, pero al menos estaba lejos. Cuando él y sus amigos se hicieron más mayores y empezaron a coger el metro solos, los viajes a King's Cross se convirtieron en un rito de iniciación. Era muy fácil decirles a tus padres que ibas a Leicester Square a ver una película. King's Cross estaba tan solo a cuatro paradas más. Recordaba la primera vez que fue con sus amigos: todos tenían quince años y Bennett era tal mindundi que sus amigos ni siquiera lo habían avisado de adónde iban. Todavía se acuerda de cuando se levantó al oír «Leicester Square» por el altavoz y sus amigos se rieron nerviosos y se quedaron donde estaban. No le hizo falta preguntar cuál era su destino real. Ya lo sabía.

Su amigo Stuart le dio un codazo mientras subían por la escalera mecánica de la estación de King's Cross.

—¿Cuánto llevas?

—No lo sé. Unas treinta libras, creo.

Sabía que esa era la cantidad exacta. Su vecina, la señora Garvey, le pagaba treinta libras por limpiar la jaula de su periquito cuando se marchaba de vacaciones.

—Bennett lleva treinta —gritó Stuart escalera abajo—. ¿Con eso qué le hacen?

Los otros dos chicos, que estaban más abajo, se echaron a reír. Owen y Jay, un par de idiotas, eran los cerebros de la operación. Stuart era el intermediario, el que le comunicaba los planes de los otros dos a Bennett. También le tocaba convencerlo de todo lo que habían decidido. Los tres habían intentado ir a varios sitios sin él, pero resultó que Bennett Driscoll le confería credibilidad a cualquiera de sus argucias. Sus padres estaban mucho más dispuestos a darles permiso si sabían que el buenazo de Bennett también iba. «Qué chaval más majo», decían todos.

—Fijo que por eso se la chupan —gritó Owen desde más abajo.

No hacía falta susurrar. No tenían nada de que avergonzarse.

—¿Cómo? ¿Qué dices?

Lo cierto es que no debería haberse sorprendido. Llevaban semanas hablando sobre prostitutas, desde que una tarde, en casa de Jay, su hermano Neil les llevó unas cervezas y les dijo que eran idiotas si esperaban que las chicas del instituto Godolphin se les abrieran de piernas. «Con cincuenta napos tendréis todo lo que queráis», les había asegurado.

—Mi hermano me dijo que, por veinte, su colega Jeremy le metió el dedo a una en el coño —dijo Jay, y añadió una práctica demostración visual que consistía en deslizar el dedo índice al interior del puño a través del agujero que formaba con el pulgar y el índice.

—Sí, yo he traído las cincuenta —repuso Owen con orgullo.

—Yo no quiero nada —afirmó Bennett, pero se arrepintió de la declaración de inmediato.

—No seas marica —le gritó Jay tan alto que los que bajaban por la otra escalera mecánica se volvieron a mirarlos.

Sin embargo, sabía de sobra que Bennett era de todo menos eso. Lo había visto languidecer de deseo por Beatrice Calvert, la morena de ojos azules cuyo padre daba clases de Lengua en su instituto para chicos. Se había dado cuenta de que los lunes y los jueves ella iba a buscar a su padre después de clase, así que Bennett se apuntó a la Sociedad Shakespeariana, que quedaba los mismos días, para tener motivos para estar por ahí. El problema era que odiaba a Shakespeare. Y lo odió aún más cuando, al final, un año después, Beatrice empezó a salir con Jay.

Al subir de la parada de metro, los recibió un aire veraniego que olía a tabaco, vómito y meados. A primera vista, parecía que allí había más golfas que prostitutas, aunque Bennett no las sabía distinguir. Según Neil, el hermano de Jay, las prostitutas se acercaban a ti. Hasta ahí llegaba el plan: esperar a que los abordase alguna. Habían oído que el mejor sitio era Caledonian Road, así que fueron para allá y se plantaron en la acera como pasmarotes: cuatro adolescentes con la camiseta del Chelsea que llamaban la atención más que un delfín en un safari.

Una mujer con tacones y gabardina caminaba hacia ellos. Owen, confiado, avanzó unos pasos.

—Tiene pinta de puti —les dijo a sus amigos por encima del hombro.

Ella lo miró sin inmutarse y pasó de largo.

—Que te den, comemierda.

Bennett pensó que aquel era el mejor resultado que podía haber esperado.

—Si nos vamos ya, aún llegamos a la peli —propuso con la esperanza de sacarle partido al orgullo herido de su amigo.

—Ni de puta coña, tío. He venido a mojar, no a que me insulten.

Esperaron en silencio otros quince minutos, hasta que se les acercó una joven que llevaba un vestido negro y estrecho, y que, sin duda, iba puestísima. A medida que se aproximaba, Bennett pensó que no podía ser mucho mayor que ellos. Tenía una pinta extraña, como una niña pequeña jugando a disfrazarse con las cosas de su madre.

—¿Tienes dinero? —le preguntó a Owen intentando enfocar la vista.

—Tengo cincuenta.

—Vale. —Miró a los otros tres—. Espera, todos por cincuenta no.

—Tenemos ciento ochenta en total —aportó Jay.

A ella se le encendió la mirada.

—Ah, entonces vale.

Los llevó hacia Pentonville Road. Caminaba deprisa, estaba destemplada y algo temblorosa.

Bennett cogió a Stuart del brazo y se quedaron atrás. Sacó la cartera.

—Toma, te doy mi dinero. Yo paso.

—Ya lo sabíamos, amigo. Te toca vigilar; por si viene la policía o algún chulo cabreado.

—¿En serio?

No había peor tarea que asignarle a Bennett, un chaval flacucho con fama de asustadizo. Salvo, quizá, hacer que se follara a una prostituta.

—Claro que sí.

Cuando la prostituta los llevó a un patio oscuro y húmedo con una puerta metálica al fondo, Owen ya le había plantado la mano en el culo. Los cuatro chicos la siguieron en fila y en silencio por la escalera; cómo no, Bennett hacía de coche escoba. Arriba del todo, en la cuarta planta, la chica abrió otra puerta y, al otro lado, había un cabeza rapada. Bennett sospechaba que era el único que pensaba en las salidas de emergencia. El *skin* miró a Owen y luego a los otros tres. A juzgar por su expresión, aquello lo había visto mil veces.

Le tendió la mano a Owen pidiendo el dinero.

—Cincuenta. Se paga primero. Entráis de uno en uno.

La prostituta ya había entrado en la habitación. ¿Era su cuarto? Bennett pensó que estaría bien si al menos tuviera habitación propia. Jay y Stuart se apoyaron en la pared de ese pasillo deslucido, así que Bennett hizo lo mismo. En cuanto entró en contacto con ella, una tira de papel floreado se desprendió como una cascada y le cayó en la cabeza. Había tenido la precaución de mantener las manos delante; a pesar de que aún faltaba mucho para saber de la existencia de la luz negra, sospechaba que las paredes estaban cubiertas de semen. El pasillo apestaba a maría, a sudor y a otro olor que ahora Bennett sabría que es sexo, pero que entonces no identificó. Ninguno de los tres se dirigió la palabra y enseguida oyeron el crujido de la cama. Luego vino un gemido. Tenía que ser Owen: la chica no había dicho ni pío desde que los había reclutado. En el pasillo, se miraron los pies. Era posible, esperaba Bennett, que a los otros dos les entrase el canguelo.

Los crujidos y gemidos acabaron, y el cabeza rapada preguntó:

—¿Quién va ahora?

Todos se miraron. Jay y Stuart se habían quedado blancos.

Owen abrió la puerta mientras se abrochaba los pantalones. Ni siquiera miró a sus amigos, sino que se dirigió a la escalera.

Bennett fue tras él de inmediato; en parte para ver cómo estaba su amigo, pero más que nada para salir zingando de allí.

—Si no vais a pagar, largo —oyó que les decía el *skinhead* a los otros dos.

Segundos después, las pisadas de Jay y de Stuart resonaron en los peldaños.

Al llegar al patio, Owen siguió caminando y aceleró, de tal manera que Bennett tuvo que correr para alcanzarlo.

Owen se volvió a mirarlo, pero no se detuvo.

—Déjame, coño.

—¿Qué ha pasado?

—Ya te gustaría saberlo. Pues consíguete una, colega.

Al final Bennett lo adelantó y lo obligó a pararse.

—Has salido corriendo, como si te pasara algo.

Owen intentó rodearlo, pero ser asustadizo te hace más rápido y Bennett consiguió interceptarlo.

—Vale: no he podido. ¿Contento?

Bennett lo miró confuso.

—Pero si te hemos oído…

—Me ha hecho una cubana —susurró.

De eso se avergonzaba.

Si hablaba de la misma chica que habían pillado en Caledonian Road, tenía las tetas como un par de dedales. La expresión de Bennett debía de delatar sus dudas, porque Owen se puso a la defensiva.

—Sí, ya lo sé. Vamos, que le he frotado la polla en las costillas. —Miró a los otros dos, que ya se acercaban—. No les digas nada.

El tema no volvió a salir. Unos años después, Owen se fue a estudiar a Australia y no regresó jamás.

Cuando el metro entra en la estación de King's Cross, Bennett no puede evitar pensar en cómo reaccionaría Owen ahora a ese barrio. ¿Se acuerda alguna vez de esa chica? Nadie le preguntó cómo se llamaba. Tampoco es que Bennett piense en ella; solo le ha vuelto a la memoria durante el último año, cuando imagina a su propia hija andando por Caledonian Road. Ese patio ya no existe: han construido un edificio de apartamentos de lujo.

Aparte de los recuerdos que aún conservaba de King's Cross en los ochenta, cuando Mia anunció que su intención era estudiar arte en Saint Martins, Bennett se inquietó. Él esperaba que siguiera los pasos de su madre y se metiera en alguna editorial. Aunque no era ni mucho menos la industria fuerte y estable que había sido, seguía siendo mil veces mejor que el mundo del arte: Penguin aún no ha anunciado que su intención sea publicar solamente a escritores muertos. Sí, le preocupa que Mia tenga que abrirse paso en la escena ultracompetitiva y dominada por hombres de las galerías y no quiere que tenga que lidiar de manera constante con la inseguridad económica que tiene él. Pero se trata también de algo más: no está seguro de cuánto talento tiene su hija. Es una idea horrible y lo sabe, una idea que no se atreve a pronunciar delante de nadie. Cuando ve su trabajo, no está seguro de verle potencial, pero se dice que ella aún está en primero y que sus opiniones no son ni mucho menos el alfa y el omega de la crítica de arte. Seguro que su punto de vista es demasiado cercano y, además, ¿qué sabe él? Está pasado de moda y valdría más muerto.

Sale de la estación y se ajusta el abrigo y la bufanda, protección contra la humedad penetrante de enero. Solo en Londres la niebla puede parecer angular y agresiva. Se acuerda de su huésped, Alicia. Tal vez debería enviarle un mensaje para avisarla de que hay una manta en el estante superior del armario de la ropa de cama. Saca el móvil, pero vacila. No, seguro que lo encuentra ella misma. Ha mencionado que tenía un máster. El concepto de un armario de ropa de cama no le será ajeno. Aun así, no para de pensar en ella, sola y temblorosa. Escribe un mensaje mientras sortea la multitud de pasajeros:

Hola, Alicia. He pensado que a lo mejor pasabas frío esta noche...

Alicia responde enseguida:

Gracias, Bennett. Supongo que no he elegido el mejor mes para venir.

Se acuerda de esa sonrisa dulce y autocrítica que le ha ofrecido por la tarde, cuando le ha abierto la puerta.

«Cambia el chip, Bennett», piensa.

Unos minutos más tarde, se encuentra delante de Saint Martins y respira hondo. Es su *alma mater* y el último lugar que querría visitar ahora, teniendo en cuenta que su carrera está de capa caída. Se detiene al llegar a una fuente grande que hay ante la facultad: los chorros que salen de los adoquines hacen dibujos, iluminados por luces espectaculares de colores. Está equipada con detectores de movimiento que cierran los surtidores de agua si alguien intenta atravesarla, de modo que se puede pasar por en medio sin mojarse. En ese momento, el concepto maravilla a una niña de cuatro años que corre atrás y adelante, dando gritos por el centro de la fuente. Su madre la vigila con impaciencia.

Para Bennett, esta clase de opulencia no tiene sentido en una escuela de arte. Las fuentes son para los héroes de guerra, no para los estudiantes. A ellos les interesaría más una máquina gigante de tabaco. Prueba de ello son los cuatro alumnos que en ese instante se apiñan alrededor de un único cigarrillo y le impiden el paso hasta la puerta. Mia, gracias a Dios, no está entre ellos.

—Perdón —le dice al grupo, y se quita los auriculares.

Al principio ninguno le hace caso, preocupados como están por proteger el solitario cigarrillo liado de la niebla que amenaza con apagarlo. No se percatan de él hasta que Bennett saca el iPod anticuado del bolsillo y pulsa el botón de pausa durante unos segundos para apagarlo. Contemplan cautivados mientras él desliza el botón de la parte superior para bloquearlo antes de enrollar los auriculares de botón alrededor del aparato y guardárselo de nuevo. Lo miran de arriba abajo. Es un hombre de aspecto elegante y distinguido, su ropa en conflicto directo con el iPod. Una chica se fija en la chaqueta, un abrigo marinero de lana gris oscura con botones de carey. Le pasa el cigarrillo al tipo que está a su lado, que le da una calada mientras estudia la bufanda de cuadros de Bennett, de esas que lleva Brad Pitt cuando sale en las revistas de famosos. El otro joven pone el punto de mira en los vaqueros de color índigo oscuro. Parecen caros porque lo son. Bennett los lava del revés en un ciclo para ropa delicada, tal como indica la etiqueta. La cuarta joven dirige la mirada a las botas de cuero marrón abrillantado con cordones encerados de color caqui. Todas las prendas son de hace varios años: ya no puede permitirse comprar en Selfridges, pero esos pamplinas no tienen por qué saberlo. Todos levantan la mirada para verle la cara al mismo tiempo.

—¿Qué tal, colega? —le pregunta una de las chicas.

Lleva un peto vaquero y, debajo, un sujetador de encaje de color amarillo mostaza. Para encima ha escogido una camisa de franela roja y negra, que no se ha abotonado, y un gorro de lana de color naranja chillón a juego con el tinte morado. Da saltitos, incómoda por el frío.

Bennett quiere decirle que se abroche la camisa y que no es su «colega».

—¿Eres el padre de Mia? —pregunta ella.

—Sí.

¿Cómo puede haberlo sabido?

—¿Vais a clase con ella?

Todos musitan una u otra variación de una respuesta afirmativa y se miran el calzado, que no es adecuado: tres pares de zapatillas de lona y uno de bailarinas de estampado de leopardo.

—Te acompaño —le dice uno de los chicos después de dar una calada. Es el que lleva vaqueros negros pitillo y una sudadera de INXS—. Comparto uno de los estudios con Mia.

A Bennett le resulta imposible saber por su expresión si eso es bueno o malo. El chico le devuelve el cigarrillo a uno de sus amigos.

—Sígueme, Bennett Driscoll.

Alarga el nombre, que ha pronunciado con acento de escuela privada, como si fuera un presentador de televisión. Abre la puerta y hace una floritura para invitar a Bennett a pasar, cosa que hace que sus amigos se rían. «¿Por qué les hace tanta puta gracia?», se pregunta Bennett. ¿Es posible que esos chavales sepan que el nombre «Bennett Driscoll» no abre tantas puertas como antes? ¿Es por eso que este crío le ha abierto la puerta con semejante extravagancia? ¿Es sarcasmo?

Bennett mira una vez más hacia el patio. La niña sigue corriendo por la fuente, dando chillidos de asombro. ¿Por qué va a entrar en el edificio con ese muchacho de aspecto mugriento? A él sí que le vendría bien meterse en una fuente. De las que te mojan. Sin embargo, lo sigue hacia el interior, a regañadientes.

—También estudiaste en Saint Martins, ¿verdad? —le pregunta el joven.

Lleva los vaqueros tan estrechos que le acortan el paso.

—En un tiempo muy lejano.

—¿Y luego al Royal College?

«¿Qué ha hecho este tío raro? ¿Leerse mi página de Wikipedia?»

No está seguro de si eso lo intimida o lo halaga. Quizá esta noche sea el masaje que su ego necesita.

—Así es.

—Qué bien. Bastante ideal, tío.

«Me he pasado la mañana limpiando sangre de una sábana blanca. No es ideal, tío.»

—Por cierto, me llamo Evan.

«¿Cuándo fue la última vez que te lavaste el pelo, Evan?»

—Encantado de conocerte.

Le ofrece la sonrisa profesional que solía esbozar ante los coleccionistas en las inauguraciones, pero le resulta extraño. Hace mucho que no tiene que usar esos músculos.

Evan abre una puerta cortafuegos que da a un pasillo estrecho y, de nuevo, deja que Bennett pase primero.

—Es la segunda a la derecha.

Y se lo señala, por si acaso.

La puerta está abierta y de dentro salen voces. Bennett asoma la cabeza al estudio, que es grande y está montado para unos ocho alumnos. Los suelos pintados de color gris no cambian de facultad a facultad ni de década en década. El olor del aguarrás y de la cola hacen que se sienta como si volviera a tener veinte años. Durante un segundo.

—Adelante, puedes pasar. —Le sonríe, ha notado su falta de confianza—. Eres Bennett Driscoll.

«Para de decirlo.»

—¿Te traigo una cerveza, Driscoll?

«Mejor vete a tomar por el culo.»

Bennett cruza una mirada con Evan y se siente culpable de inmediato. Por su cara, diría que para ese crío mugriento sería un honor llevarle una cerveza.

—¡Papá!

«Ay, gracias a Dios.»

Se vuelve y ve a Mia, que lo saluda agitando la mano como loca desde un rincón de la sala; es evidente que no quiere ni acercarse a Evan.

—Primero voy a saludar a mi hija —dice, y deja a Evan plantado en mitad del estudio.

Abraza a Mia, pero aguanta la tentación de levantarla del suelo. Sigue siendo tan liviana que podría hacerla girar por los aires, pero eso no significa que deba hacerlo, por mucho que eso le permitiera pensar, aun de manera temporal, que todavía tiene seis años.

—Evan es un horror —le susurra ella al oído durante el abrazo.

«Y que lo digas.»

—Tampoco es para tanto...

Tiene la esperanza de que su hija sea más tolerante con el resto de los seres humanos que él, a pesar de que de momento la cosa no va bien.

Se le ocurre que, a diferencia de sus compañeros de clase, Mia ha hecho el esfuerzo de arreglarse un poco; lleva un vestido rojo de lana y leotardos negros. La melena larga de rizos castaños le llega hasta media espalda, como a su madre, pero ella lleva un flequillo rizado. Sonríe radiante, las pecas de su cara siempre parecen rezumar entusiasmo. En ese momento, se da cuenta de a quién le recordaba la niña que corría por la fuente. En su cabeza, Mia siempre preferirá atravesar una fuente dando gritos que compartir tabaco con un grupo de idiotas sarcásticos.

—¿Cuál es tu obra? —le pregunta.

Mia se aparta para revelar un cuadro de metro y medio de alto que parece ser... una vulva. La inocencia en la que estaba pensando Bennett queda aniquilada. Ella no dice nada, sino que le da tiempo para digerirlo. De pronto, la idea de que su hija eche un piti con unos idiotas sarcásticos le resulta preferible a plantearse el origen del cuadro. El silencio le martillea la cabeza mientras contempla la pintura sin saber qué decir. Mete las manos en los bolsillos de la chaqueta (cualquier extensión de piel desnuda le parece demasiado expuesta) e intenta convencerse de que el cuadro representa una flor, algo en plan Georgia O'Keeffe, pero no es así. No cabe la menor duda de que se trata de una vulva. A pesar de lo mucho que lo preocupaba el talento que Dios pueda haberle otorgado o no, en este caso Mia ha captado de manera efectiva la esencia del sujeto, ha transmitido su profundidad y reproducido los contornos a la perfección.

¿Era de esto de lo que se reían Evan y sus amigos? A lo mejor no se reían porque él se había salido del mapa; quizá se rieran porque sabían lo que su hija estaba a punto de presentarle. De no estar pasándole a él, sería para morirse de risa. No aparta la mirada del cuadro, pero de pronto se pregunta si lleva demasiado tiempo contemplando esa vulva, un tiempo inquietante.

«Por Dios, ¿no será la suya?»

—Te has quedado sin palabras —comenta Mia al final.

¿La mira a ella o sigue contemplando el clítoris de óleo? ¿Será capaz de alternar entre su hija y el chocho gigante que ella ha pintado? No lo sabe. Nunca había tenido que plantearse semejantes preguntas.

—Sí —escupe por fin.

Ha decidido mantener la vista en el clítoris.

—Papá, tú pintabas desnudos. Es lo mismo.

«No, no es lo mismo.»

Extrae una mano del resguardo que le ofrece el bolsillo para comprobar que tiene el pelo en su sitio.

«Sip, sigue en su sitio. ¿Y ahora qué? Di algo que no sea raro.»

Solo se le ocurre una pregunta.

—¿Esto lo has pintado... del natural?

«Menos mal que ibas a decir algo normal.»

Al final, se vuelve para mirarla y se da cuenta de que ella intenta por todos los medios no reírse.

—De una fotografía.

—Vale...

—De una publicación de medicina. —Le señala un tomo grande que hay sobre el escritorio—. Cada vez me interesa más la anatomía.

Por fin puede sonreír un poco.

—Eso parece.

Siente alivio, aunque en realidad no entiende por qué. El cuadro sigue siendo una vulva de metro y medio que ha pintado su hija. De hecho, si le hubiera dicho que era lesbiana y se trataba de la vulva de su amante, es posible, aunque extraño, que eso lo entusiasmara. El lesbianismo debía de ser preferible a toda una vida con uno de los Evan del mundo. O uno de los Bennett, para el caso. Siempre ha recelado de la naturaleza cruel de su sexo, hasta tal punto que sospecha que si su hija no comparte su vida amorosa con él, es a propósito. Sabe que no tiene agallas para soportarlo.

La rodea con un brazo.

—Estoy orgulloso de ti.

Le da un beso en la cabeza. Le huele el pelo igual que a Eliza.

—¿En qué vas a trabajar ahora? ¿O es mejor que no lo sepa?

—Los pies son muy difíciles. —Le indica un montón de dibujos que hay sobre la mesa, todos de pies y dedos de los pies vistos desde diferentes perspectivas—. Muchos de esos son del natural.

Bennett los hojea, contento de mirar algo distinto, y se detiene en un dibujo a carboncillo que parece el pie de un hombre, peludo y con surcos profundos en los nudillos. Sonríe para sí antes de preguntar:

—¿Es del pie de Evan?

—Puaj, ¡no!

¿Cómo puede ser tan fácil chinchar a una chica que expone unos genitales gigantes de manera voluntaria en la pared de su estudio? El hecho de seguir siendo capaz de hacerla pasar en dos segundos de cero a roja como un tomate lo reconforta.

—¡Papá, es el pie de Richard! ¿No lo reconoces?

—Por suerte, no.

Pensar en los pies descalzos de Richard lo incomoda. Desde hace unos años, Bennett es consciente de que Richard, un buen amigo de Mia desde la infancia, está prendado de él. Y hace mucho que eso dejó de ser un halago. Esperaba que Richard se fuera a la universidad y dirigiera esa energía sexual mal invertida hacia algún profesor, pero sigue en Londres, trabaja en una cafetería australiana del Soho y comparte un antiguo piso de protección oficial de Dalston con Mia y su otra amiga del colegio, Gemma.

—¡Señor D!

«Hablando del rey de Roma...»

Bennett se vuelve y ve a Richard, un oxímoron andante y flaco como un alambre que viste una camiseta de tirantes de redecilla y una americana de *tweed*. Llega con Gemma, una chica ruidosa y desgarbada cuya mayor aspiración vital es, tal como ella lo dice, «domar a un banquero». Esa noche parece lista para una sesión fotográfica, con kilos de maquillaje y tacones de ocho centímetros. Le echa el ojo al cuadro y chilla.

—¡No me puedo creer que lo hayas pintado! —exclama mientras sacude a Mia por los hombros.

—¡Estás hecho un pincel! —exclama Richard.

Retrocede un paso y observa el buen vestir de Bennett con verdadera admiración.

—Me encanta la bufanda. —Estira el brazo y acaricia el tejido entre el pulgar y el índice—. ¿De dónde es?

—De Selfridges.

Le tiende la mano al chaval con la esperanza de que pare de acariciarlo.

—Maldita sea. ¡Pensaba que ibas a decir en Primark!

Richard se salta el apretón de manos y se acerca para abrazarlo. Huele a cuando tocaba clase de gimnasia del colegio: sudor, redes y colonia barata.

—¿Qué tal va el negocio del café? —pregunta Bennett mientras intenta liberarse del abrazo.

—Muy bien.

Richard saborea las palabras y asiente con aire contemplativo, como si ser barista fuera una profesión que escoges y no un trabajo que tienes.

—Soho es genial para ver famosos. ¿Por qué no has venido? ¡Te haré el mejor *flat white* que hayas probado!

«El único *flat white* que haya probado.»

—Ya casi no bajo al Soho.

Cosa que es cierta.

—¿Ni siquiera para verme a mí?

Richard le da una palmadita juguetona.

«Madre mía.»

A Bennett no le queda más remedio que recurrir al cuadro de la vulva en busca de socorro.

—¿Qué te parece, Richard?

Richard mira el cuadro y retrocede de un salto.

—¡Aterradora!

Se vuelve hacia Bennett y, con total sinceridad, dice:

—Mi peor pesadilla.

En la misma plaza que Saint Martins está el restaurante vegetariano más de moda de todo Londres: Acreage.

—¡Hacen que las verduras sepan igual de bien que la carne! —exclama Gemma cuando Bennett pregunta dónde ir a cenar—. Son platos pequeños —añade.

Su tono indica que eso es bueno. Mia es vegetariana desde hace cinco años, así que cuando a su hija se le ilumina la cara con la idea, Bennett se alegra de poder darle ese gusto.

—¿No has ido todavía? —le pregunta al salir de la facultad.

—¡Yo no me lo puedo pagar!

«¿No puedes permitirte platos pequeños de verduras?»

—Bien —dice, y la agarra para acercársela—. Me alegro de que podamos ir.

Gemma y Richard van varios pasos por delante y caminan como si llegaran tarde. Bennett y Mia andan con más pausa.

—¿Has andado por encima? —pregunta él, y señala la fuente al pasar.

—Sí, el primer día lo hicimos todos.

—Antes he visto a una cría correr por en medio. Me ha recordado a ti cuando eras pequeña.

A Mia le da un escalofrío. Él sabe que se ha cansado de su sentimentalismo posdivorcio.

—Pruébalo. Es divertido —le propone ella, y le da un empujoncito.

—Nah. Todos tenemos hambre. Vamos a cenar.

—Son dos minutos.

Mira los chorros de agua que se elevan hacia el cielo. Allí ya no hay nadie, la tiene toda para él, pero no puede admitir ante su hija que la fuente lo pone nervioso. Sabe que es irracional, pero está convencido de que el agua no se cortará cuando él se plante encima. ¿Por qué siempre cree que ciertas cosas que los demás dan por sentado a él no le funcionan? Está seguro de que el agua seguirá manando y le dará en la cara y le empapará la ropa. La clase de experiencia que haría que sus antiguos amigos Stuart, Jay y Owen se partieran de la risa si las fuentes como aquella hubieran existido en su juventud. Mira el cielo oscuro. Debe de parecer que está rezando y eso quiere decir que tiene una pinta ridícula. Sin embargo, decide que esa es su única defensa contra el agua. ¿Es posible que semejante fuente detecte la presencia de un hombre que lleva parado desde hace veinticinco años sin ni siquiera haberse dado cuenta?

—¿Quieres que te lleve de la mano? —le pregunta Mia.

«Será cara dura la cabrona...»

—Ponte en el centro. —Mia saca el móvil—. Que te hago una foto.

Él se acerca y se mete las manos en los bolsillos. Cierra los ojos y coloca el pie en una espita. De pronto, todas las que le rodean el pie se apagan. Abre los ojos y contempla la hermosa bota marrón, seca como una piedra. Observa a Mia, que lo anima como si fuera un niño atreviéndose por primera vez con el pasamanos del parque. Entra con cautela, disfrutando de cada chorro de agua que desaparece a su paso. Cuando por fin llega al centro, se vuelve hacia su hija, que hace fotos mientras el agua sale disparada a su alrededor a una distancia segura. Bennett se saca las manos de los bolsillos y con ellas hace que los chorros se enciendan y se apaguen, se enciendan y se apaguen. Bennett es detectable. Está vivo.

El restaurante es un hervidero. Tendrán que esperar una eternidad a que les den una mesa, pero a Bennett no le importa porque así pasa más tiempo con Mia. Aguardan alrededor del atril de la entrada y examinan la nave cavernosa: cocina abierta, barra larga, ventanas grandes, ladrillo visto y...

«¿Cómo? Pero ¿qué cojones...?»

—Papá, ¿ese no es tuyo?

Mia señala un cuadro que cuelga de la pared del fondo. Es un bodegón de berenjenas, calabacines y tomates sobre una mesa cubierta con una tela cuya filigrana solo podría haber pintado Bennett Driscoll.

«En serio, ¿qué coño pasa aquí?»

—Sí —contesta él, y se fija mejor, sin dar crédito—. ¿Cuánto tiempo lleva esto abierto?

Todos miran a Gemma porque ella es la experta. Al menos se comporta como si lo fuera.

—No mucho. Hará unos seis meses.

Bennett no ha cobrado dinero a cambio de un cuadro desde hace más de un año, pero no está dispuesto a admitirlo. Ahora lo miran a él, que se encoge de hombros, confundido.

—¿No se lo has vendido tú? —pregunta Richard escandalizado.

Siempre se emociona cuando las cosas se complican.

—Pues no.

Bennett mete las manos en los bolsillos del abrigo y aprieta los puños en secreto.

El jefe de sala vuelve al atril de la entrada; es un joven cuya expresión seria es más apropiada para conducir a las tropas al frente que para organizar comensales en mesas.

—¿Cuántos? —pregunta, y se enfrenta a la mirada reprobadora de Gemma.

—¿Dónde habéis conseguido ese cuadro?

Gemma señala la obra de arte como haría el dueño de un perro con un charco de pis. Quiere rebozarle la cara en él.

—¿Disculpa?

La mira como si estuviera loca.

Gemma levanta la voz.

—¿Dónde comprasteis ese cuadro?

Él lo mira.

—No sabría decírtelo. —Vuelve a concentrarse en las mesas—. ¿Cuatro?

Gemma no hace caso de la pregunta.

—Este hombre de aquí —dice, y señala a Bennett— es quien lo pintó, y a él no se lo habéis comprado.

«Cierra el pico, Gemma.»

El jefe de sala mira a Bennett y espera confirmación.

Bennett asiente en silencio. Sí, lo pintó él.

—Puedo preguntarle al encargado dónde se compró, pero no estoy seguro de que lo vaya a saber.

¿Qué más quieres que diga? Eso está por encima de su categoría profesional.

—No importa —dice Bennett.

Se saca la mano del bolsillo un instante para descartar la idea con un gesto.

—De momento puedes ponernos en una mesa buena —continúa Gemma con su tono autoritario—. Pero sus representantes se pondrán en contacto con el encargado mañana por la mañana.

«¿Qué representantes?»

Poco después de que lo nominaran al Premio Turner, Bennett decidió abandonar los desnudos y optar por el producto fresco. Para entonces ya llevaba un tiempo casado y tenía una hija en camino: invitar a extrañas a que se desvistieran en su estudio ya no le parecía correcto. Al fin y al cabo, los desnudos habían empezado un poco por casualidad. Durante su periodo como estudiante en Saint Martins, Bennett se había prendado de Henrietta, una alumna escocesa que estaba dos cursos por encima de él. Era escultora y pasaba todo el tiempo en el aula donde posaban los modelos, dibujando y modelando figuras de arcilla. Tenía una melena pelirroja de rizos alocados e iba a todas partes con un delantal manchado de barro. Se mordía las uñas hasta que le desaparecían casi por completo. Henrietta representaba todo lo que Bennett había imaginado que eran los auténticos artistas y, además, a ella le gustaba acariciarle el pelo rubio y ondulado. ¿Qué otra cosa podía hacer un joven impresionable aparte de dejar de lado su interés por los bodegones y pasar unas cuantas horas al día haciendo bocetos de las extremidades de desconocidos junto a la mujer de la que estaba enamorado? Durante todo un curso, la siguió a todos lados como un cachorro hambriento. Resultó que, gracias a esa obsesión con ella, se convirtió en un excelente pintor del cuerpo humano. Sus cuadros le granjeaban mucho interés por parte de los tutores, así que empezó a presentarse a concursos y siempre lo seleccionaban. Al final del primer curso, cuando Henrietta se largó a Glasgow sin ni siquiera despedirse, no vio motivos para dejar la anatomía. De hecho, para entonces ocurría algo extraño: otras mujeres acudían al aula de dibujo para estar cerca de él. Quién lo habría pensado.

El cambio a las hortalizas presentaba ciertos desafíos, todos ellos emocionantes; sobre todo, la nueva paleta. El morado oscuro de una berenjena, los tonos de rojo brillante de un tomate. Un plátano nunca es del amarillo que uno piensa. La instalación para bodegones de su estudio cambiaba siempre en función de lo que hubiera en el mercado de productores. «¿Por qué no traes verduras a casa cuando vas al mercado?», le había preguntado Eliza una noche. Nunca le había importado mucho que trabajase con modelos. No le había pedido que dejase de pintar a mujeres desnudas; que él supiera, no se sentía ni mucho menos amenazada por ellas. En cambio, el hecho de que fuera todos los días al mercado y jamás trajera a casa ni una manzana para su esposa y su hija... eso sí la molestaba. Quizá no habría querido el coche bueno, la lavadora gigante o al escandaloso de Jeff, el inversor de riesgo, si a Bennett se le hubiera ocurrido dejar en casa al menos una de las putas berenjenas en lugar de llevárselas todas al estudio.

—¿Señor Driscoll?

Bennett se vuelve con un bocado de puerro guisado pinchado en el tenedor.

Un hombre de treinta y pico con barba y tirantes se alza junto a él.

—Soy Chris, el encargado. Tengo entendido que ha preguntado por el cuadro.

«No, ha sido ella.»

Bennett mira a Gemma, que está sentada al otro extremo de la fantástica mesa junto a la ventana que ella les ha conseguido con su insolencia.

Chris se tira de la punta de la barba.

—He hablado con la diseñadora.

Gemma deja los cubiertos y lo mira como si fuera muy en serio.

Bennett arrastra el puerro por el plato diminuto y consigue desensartarlo del tenedor, que sujeta con mucha fuerza.

—Me ha informado de que el cuadro se compró en una subasta. Cree que fue en Sotheby's. —Apoya la mano en el respaldo de la silla de Bennett, un gesto demasiado personal—. Si quiere, puede buscar la documentación. Y enviársela por email, quizá.

—No es necesario.

Bebe un trago de vino porque necesita un propósito para la mano que tiene libre.

Confundido, Chris mira a Gemma buscando confirmación.

—Pídele que se la envíe, por supuesto —aporta ella.

Mia mira a su padre con una expresión a medio camino entre la vergüenza y la compasión. Sea como sea, al verla, a Bennett se le cae el alma al suelo.

—Dice que seguramente constará el nombre de la persona que la sacó a subasta —añade Chris el barbudo con los pulgares detrás de los tirantes como si estuviera listo para una contradanza.

—De verdad, no importa.

Porque Bennett no quiere saber quién la ha vendido en una subasta. Y ni mucho menos quiere saber si el cabrón sacó más dinero por el cuadro que él. Apuñala otro pedazo de puerro con el tenedor, a pesar de que no se ha comido el primero.

—Como el cuadro nos encanta, os vamos a servir una ración doble de nuestros raviolis especiales de remolacha, como muestra de agradecimiento.

«Más bien parece que me odiéis.»

—Muy amables. Gracias.

—Está como un QUESO —dice Gemma mientras contempla el culo de Chris alejarse.

Ya se le ha olvidado la pelea por el cuadro.

—¡Qué coqueta estás hecha!

Una vez más, Richard se ha escandalizado.

«¿Eso era coquetear?»

Bennett mira a Mia, que le sonríe.

—Pobre papá. Odias la remolacha.

—Pero a ti te encanta. Cómete los míos.

No puede retroceder en el tiempo y llevar manzanas y berenjenas a casa como a Eliza le hubiera gustado, pero puede darle a su hija sus raviolis de remolacha. Con mucho gusto.

Incluso contando los raviolis de cortesía, la cuenta de Acreage ha sido de vértigo. De camino al metro, a Bennett le duele la cartera y espera que, al menos, los tres jóvenes de diecinueve años se vayan a casa llenos y contentos. En realidad, sabe que no van a casa: para ellos la noche acaba de empezar. Aunque Mia ha sido educada y solo lo ha consultado una vez, durante la cena le ha vibrado el móvil varias veces. Bennett ha alcanzado a verle una sonrisa mientras miraba la pantalla. No ha preguntado quién le había escrito, pero espera con todo su corazón que sea alguien que la trate bien. Alguien que no se niegue a gastarse trescientas libras en hortalizas guisadas.

La cena le ha costado más o menos lo que le cuesta a Alicia una noche en su casa. No puede evitar preguntarse a cuál de los dos lo han timado. En toda la noche, casi no ha sido capaz de quitarse de la cabeza la imagen de Alicia sola en la casa. En un momento dado, hasta se le ha pasado por la mente pedir una ración de más de raviolis de remolacha para ella y, aunque no es extraño que Bennett sienta todo el espectro de emociones a la vez, le confunde tener sentimientos paternales y experimentar atracción sexual por Alicia. Al final ha decidido no pedir la ración de más porque prefiere la fantasía sexual al impulso paternal. En cuanto se sube a la escalera mecánica que desciende al andén de King's Cross y se pone los auriculares, piensa que, por una vez, no hacer nada ha sido la opción adecuada. A las chicas jóvenes no les gusta recibir regalos de viejos a los que no conocen, sobre todo si el regalo viene con remolacha.

Cuando Bennett cambia a la línea District, tiene el vagón para él solo. Ante tanto asiento vacío, decide quedarse de pie y recuerda cuando, unas horas antes, estaba en el centro de la fuente con los brazos estirados. Se aferra a la barra vertical del centro. Se saca el iPod antediluviano del bolsillo del abrigo y con el pulgar le sube el volumen a Roots Manuva. El viejo convoy da sacudidas que le hacen saltar hacia delante y agarrarse más fuerte. Mira a su alrededor, aún cohibido, mientras la música vibra por el vagón vacío. Marca el ritmo con el pie y con la cabeza. Y al cabo de unos segundos no aguanta más, sus labios se mueven...

> *El capataz se ha cargado el chisme biónico.*
> *Diez pintas a velocidad de vértigo.*
> *Todo el día tirados, y dicen que no es productivo,*
> *pero eso depende de los demonios que te atrapen.*

Da golpecitos al compás con la mano, surfeando en el tren.

> *Ahora yo sí lo veo claro.*
> *Estoy aquí, lidiando con este bocadillo,*
> *y siento las hambrunas del tercer mundo.*
> *Hay que creerse afortunado y seguir con la movida.*

«Ravenscourt Park», dice una voz de mujer por megafonía. Las puertas se abren con un crujido y en el vagón entra un hombre muy digno, unos diez años mayor que Bennett, que lleva una gorra plana. Al oír el hiphop mira alrededor del convoy buscando el origen. Sin soltar el iPod dentro del bolsillo, Bennett tantea la rueda con el pulgar y el volumen se reduce. Aun así, el tipo de la gorra se sienta al otro extremo del vagón. Desanimado, Bennett contempla el material punteado del suelo durante el resto del trayecto.

Cuando regresa a casa, la planta baja está iluminada. Se detiene junto a la verja del jardín y mira con disimulo por la ventana para averiguar dónde está Alicia. Ve su sombra atravesar el salón mientras el televisor parpadea en segundo plano. Fuerza la vista para ver si distingue qué está viendo. Parece una especie de concurso con humoristas. Ella pasa de nuevo por delante de la ventana; se ha soltado el pelo y le cae sobre la sudadera de color mostaza con capucha que lleva con la cremallera subida hasta arriba. Bennett se apresura a abrir el pasador de la verja para que parezca que está en perpetuo movimiento en lugar de parado, como está, espiándola. Cree que ella no lo ha visto y se plantea si debería cerrar sin hacer ruido o anunciar su presencia haciéndolo de golpe. No se había preguntado eso con ningún otro huésped. En el pasado, siempre ha cerrado la verja con cuidado, pues no tenía el menor interés en invitarlos a interactuar con él. Pero si da un portazo, ¿qué pretende conseguir? ¿Quiere que Alicia lo vea? ¿Que lo invite a su propia casa a tomar algo? Tiene una botella de *amaretto* guardada en el estudio. A las mujeres les gusta el *amaretto*.

«¿Eso es una suposición sexista? Pues seguro que sí.»

No obstante, el *amaretto* es mejor regalo que los raviolis de remolacha. Más sexi. Ahora no piensa como un padre. Digamos que no quiere entrar a leerle un cuento. Le gustaría besarla. Si está tan sola como parece, puede que a los dos les siente bien.

La ve acomodarse en el sofá y taparse con la manta del armario de la ropa de cama. Lo reconforta saber que al menos eso ha servido de algo. Parece que hay una botella de vino sobre la mesita y puede que también un plato.

«Bien, ha cenado.»

Vuelve el impulso paternal. La fluctuación constante de sus emociones le da náuseas (aunque también podrían ser los crujientes de *kale* de Acreage).

Cierra la verja sin hacer ruido y se mete los dedos helados en los bolsillos. Durante esa fracción de segundo, se acuerda de la luz de seguridad del jardín: de pronto el foco ilumina todo el césped, Bennett incluido, que se detiene en seco. Otro recordatorio de que, al fin y al cabo, no es tan invisible; por segunda vez esa velada, sus movimientos han sido identificados. No puede evitarlo: se vuelve.

Allí está ella, que se ha levantado del sofá, mirándolo por la ventana. Se mete el pelo detrás de las orejas con aire aprensivo, tal vez un poco asustada.

Él le ofrece su sonrisa más amable, el polo opuesto de la profesional que le ha dedicado antes a Evan. Inclina la cabeza y saluda con la mano, pero como con cargo de conciencia. Como si quisiera disculparse por todos sus pensamientos pervertidos. Ella le devuelve la sonrisa, pero es una sonrisa de vergüenza. Aunque sería imprudente, en ese instante Bennett siente que si hay alguien a quien podría transmitirle sus incertidumbres, su soledad, su estancamiento, de algún modo esa persona es Alicia.

Con cara de compartir esa incertidumbre, ella aparta la mirada enseguida.

No tiene por qué hablarle de sus vulnerabilidades: ella ya lo sabe. Sus cargas son eso: sus cargas. No son más sexis que los raviolis de remolacha. No le queda más remedio que volverse y seguir adelante.

A buena hambre no hay pan duro

Alicia nunca ha visto sábanas así de blancas. Son de una blancura antinatural, como los dientes de los anuncios de tiras blanqueadoras. Con la mirada cansada, estudia el dormitorio grande. Hay una *chaise longue* de color beis en un rincón, suelo de parqué pintado de blanco y una cómoda que han teñido del mismo color para lijarla después y darle un aspecto desgastado. Sobre la cómoda hay un pequeño lienzo cuadrado: unas flores blancas en un jarroncito antiguo del mismo color. En el cuadro, el florero descansa encima de un intrincado tapete de encaje de tono marfil, sobre una mesa de madera con un baño de pintura blanca: cien tonos distintos de blanco en un solo cuadro. Lo ha pintado Bennett, su anfitrión de AirBed, un soltero de mediana edad que ha escrito las minúsculas iniciales «B.D.» en la esquina inferior derecha del cuadro en otro tono más de blanco que las hace casi invisibles. Le gustaría saber más de arte. Creía que trabajando en la casa de subastas en línea Virtual Paddle aprendería mucho, pero allí su cometido es hacer la contabilidad y, en cualquier caso, en el mundo del arte hay muy poco arte. Sabe qué etiquetas venden (#abstracto, #fotorrealismo, #paisaje), pero no llega a ver las obras, aparte de las miniaturas que acompañan a los montones y montones de hojas de cálculo. De todos modos, el cuadro de Bennett tiene algo que le dice cosas; es su intimismo. Él conoce muy bien el florero, el tapete, la mesa de madera pintada. Alicia no se imagina cómo debe de ser conocer algo así de bien. Tampoco se imagina que alguien la conozca tan bien a ella. Se pregunta cómo sería acostarse con un hombre que preste tanta atención a los detalles. Qué impulso tan extraño el de pensar en acostarse con su anfitrión de AirBed, que podría ser su padre, pero es que ha pasado un tiempo. Van cinco años.

Se tumba en mitad de la cama y desliza las piernas de lado a lado debajo del edredón, como si hiciera el ángel en las sábanas blancas. Le gustaría conocer a alguien, piensa; alguien que la empujase a un lado de la cama, alguien a quien incordiar con su síndrome de las piernas inquietas como incordiaba a William hace cinco años en una cama distinta, en otra parte de Londres. Salir con William, compañero de clase de la LSE y heredero de la gran cadena de bistrós Café Chartreuse, fue como comprar una casa y pasarte de presupuesto: un gasto emocional inmenso cuyos intereses todavía arrastra. Estar a la altura de un hombre con los privilegios, encanto, ingenio y atractivo que él tenía era agotador, y desde entonces ningún hombre le parece interesante.

Dios sabrá lo que él le veía. Nunca lo ha entendido. Y como no lo entendía, nunca le habló de él a su madre. William era la clase de tipo al que Annette habría mirado con incredulidad. «A buena hambre no hay pan duro», decía cuando Alicia aún no era adulta. Annette se refería más que nada a la cena, como cuando Alicia quería salchichas de Fráncfort y alubias de lata, pero ella le ponía pasta gratinada con atún; sin embargo, el dicho se extendía a todos los aspectos de su joven vida: ropa, deberes, clases de clarinete (ella quería tocar el piano). Después estudió en la única facultad donde le dieron plaza, la Universidad Denison de Ohio, que era, en realidad, la que había pedido para no quedarse en la calle. Quería ir a una de las escuelas universitarias de humanidades de fuera de Philadelphia, pero ninguna la quiso a ella. Con el máster le pasó lo mismo: se matriculó en la London School of Economics, pues no la habían admitido en ningún otro programa en todo el país. No ayudaba el hecho de que, hasta el día en que murió, su padre la llamara «ratoncito», un mote cariñoso por su cabellera de color rubio oscuro y también por su relativa invisibilidad. Cuando conoció a William, Alicia pensó que por fin había pasado de la buena hambre al buen banquete. Claro que los banquetes no duran para siempre.

La idea de volver a Londres no era buena. El plan había surgido en un bar anglófilo del Lower East Side, el GinSmith, un lugar que presume de servir cien tipos de ginebra y cuyo repertorio musical se decanta sin complejos por The Smiths. Como amante de todo lo británico y en especial de Morrissey, Alicia les propuso a sus amigos quedar allí para hacer una cata de ginebras, cosa que estaba un paso por encima de la fiesta de Los amigos de Britney a la que suelen ir los viernes por la noche y que organiza su amigo Andrew, oriundo de Alabama. Ya en el GinSmith y al cabo de tres chupitos, su amiga Zoe, la alegre y menuda editora júnior de un sello infantil, expresó interés en un posible viaje a Londres. Entretuvo a los demás con una recreación en forma de danza interpretativa de la escena de *Peter Pan* en la que Wendy y Peter vuelan por encima del Big Ben y el Támesis. Los cinco, que para entonces ya navegaban a velocidad de crucero, estaban de acuerdo en que sería genial hacer una escapada a Londres. Tenían que hacerlo, claro que sí. Alicia, loca de contento, dijo que buscaría alojamiento en AirBed. Pero interpretar la ebriedad de sus amigos como entusiasmo genuino había sido un error. Cuando ya había reservado la casa de Bennett, uno a uno cayeron como moscas: Zoe decidió que tenía más sentido comprarse un coche que irse de vacaciones; Matt, que es *sous chef*, conoció a una chica guapa y no quiso arriesgarse a que encontrase a otro mientras él estaba por ahí; y el pobre Andrew, un actor del circuito independiente de Nueva York, no había tenido la menor esperanza de costearse el viaje. Lo de Liz fue lo que más le dolió. Era su amiga desde la infancia, de cuando vivían en el sur de Illinois; cuando Alicia se mudó a Brooklyn hace cinco años, Liz la acogió a pesar de que apenas habían mantenido el contacto. Se habían distanciado al acabar el instituto, cuando Alicia se marchó a Ohio y Liz se quedó en Carbondale para estudiar en la Universidad del Sur de Illinois. Más tarde, cuando vivía en Londres, Alicia no pareció acordarse mucho de su amiga. En realidad, a lo largo de ese año, no pensó en nadie de Estados Unidos. Una pequeña parte de ella albergaba la esperanza de no tener que volver a pensar en esas personas. Y, si es sincera consigo misma, sabe que no tiene un montón de cosas en común con ellos; no como cuando eran pequeños, durante ese tiempo idílico en el que lo más importante del mundo era puntuar los saltos desde las paralelas del parque. Alicia le contestó a Liz en Messenger:

Creía que te gustaba la idea.

Liz respondió:

No puedes hacerme responsable de lo que digo cuando he bebido. Además, no quiero pasarme las vacaciones viendo cómo echas de menos al gilipollas de tu ex.

No voy por eso.

Por favor. En cuestión de hombres, tienes un gusto terrible,
Alicia.

Se tumba de costado y mira por la ventana. La caseta que
Bennett ha convertido en su casa está al fondo del jardín.
Tiene las cortinas abiertas, pero ella no lo ve; solo distingue
unos cuantos cuadros apoyados contra la pared. Se pregunta
qué usa ahí dentro para dormir y si tiene calefacción. Es consciente de que ha pagado la casa, cuatrocientos dólares por
noche, pero aun así se siente mal por relegarlo a esa choza
venida a más, sobre todo con tanto dormitorio vacío. Tiene
que dejar de sentirse mal por hombres que son incapaces de
buscarse la vida; pero es que, cuando lo conoció ayer, Bennett
le cayó bien a pesar de que, por motivos que no alcanza a
comprender, viva en un cobertizo. Fue amable y no quería en-
trometerse. Alicia cree que no le importaría compartir la casa
con él. Anoche, cuando volvió, juraría que él estuvo mirando
por la ventana como un cachorrillo mojándose bajo la lluvia;
en cuanto ella lo vio, se fue de inmediato. Desde entonces, se
ha montado una fantasía en la que Bennett y ella comparten
una botella de vino tinto, hablan de arte, preparan un asado
y hacen un maratón de *Sherlock* juntos. En esa fantasía, Bennett no es un incordio como la mayoría de los tíos que Alicia
conoce. Primero él le pregunta qué opina de los índices de
ventas en línea comparados con las ventas físicas y luego
cómo le gusta la ternera (al punto). No resolverá los miste-
rios de *Sherlock* en voz alta y no la llamará su «Watson»,
como hacía William.

«Ni te enterarás de que estoy aquí», le había prometido
Bennett al recibirla. Aunque oír eso debería haber sido un alivio porque los hombres con los que trabaja siempre compiten
por acaparar toda la atención, Alicia se desilusionó. Al fin y

al cabo, si se supone que ella no tiene que darse cuenta de su presencia, eso quiere decir que él no será consciente de la de ella. Eso es lo que pasa con los hombres que buscan su atención: siempre se la da. Al menos, cuando quieren que ella les haga caso, tienen que admitir que existe.

Alicia se mira en el espejo del baño recién duchada y vestida con una camiseta negra y vaqueros. Se recoge en una coleta el pelo fino que le llega por los hombros e intenta domar los mechones díscolos de las sienes con un poco de saliva. Se pone el cárdigan amarillo encima de la camiseta. El amarillo es su color favorito. Tiene miedo de que esa sea su característica más interesante. A nadie le gusta ese color. Solo a ella.

Pasa el resto de la mañana sentada a la isla de la cocina, leyendo con atención los perfiles de Facebook de sus compañeros favoritos de la London School of Economics. De momento, parece que cuatro de ellos todavía viven en Londres y, a juzgar por sus muros, son gente feliz, sonriente y exitosa, con pareja e hijos. No cabe duda de que el año del máster les queda muy lejos. Ha quedado sepultado bajo recuerdos más recientes y dichosos; hitos, logros y bebés de alegría estúpida, todos catalogados en internet en orden cronológico. Todos han comprado una casa en barrios de Londres de los que Alicia no ha oído hablar: Bruce Grove, Leytonstone, Abbey Wood, Hither Green, ¿dónde coño está eso? Coge el callejero *London A-Z* que Bennett guarda en una estantería y busca Hither Green. Lo encuentra en el este, por debajo del Támesis, mientras que ella está en el oeste de la ciudad, por encima del río. Tiene que pasar al menos veinte páginas del callejero para dar con el mapa de Chiswick, donde Bennett ha marcado con esmero: «¡Estás aquí!». No habría reservado una casa tan al oeste de haber sabido que viajaría sola. Durante el año que estudió allí, vivió en Camden Town y le encantaban los punks y los góticos que iban por todo el barrio como si estuvieran en 1979, escuchando *London Calling* en los altavoces de los puestos del mercado.

Cuando era adolescente, de haberse atrevido, le habría gustado ser punk. Sin embargo, para ella no era fácil rebelarse como el resto de los chavales, sobre todo teniendo en cuenta que su madre y ella estaban solas. Después de que su padre las dejase por Jesucristo, la cuestión fue sobrevivir, no contar con opciones. Annette era ayudante administrativa en la universidad y no ganaba casi nada. Alicia se ponía la ropa más barata que su madre encontraba en Walmart o en las tiendas de beneficencia, así que si les hubiera hecho agujeros o las hubiese salpicado de pintura o atravesado con imperdibles, la habría castigado.

Resuelta a animarse pasando la tarde en Camden Town, se levanta de la banqueta y busca por la cocina todo lo que necesita llevarse consigo. Mete el callejero de Bennett y la cartera en el bolso y se lo cuelga del hombro; después coge las llaves que había dejado sobre la isla de la cocina y, por último, mira el estudio de su anfitrión por la ventana. Con la luz intensa del mediodía, alcanza a ver un lienzo grande en blanco sobre un caballete. Bennett está a su lado y sostiene a la luz varias muestras de tejido. Perdida en su propia narrativa, Alicia no se da cuenta de que Bennett la ha visto hasta pasados unos instantes. Él la saluda tal como hizo anoche, como si tuviera algo de que disculparse. Es apuesto, de ese modo injusto que solo atañe a los hombres de cierta edad a los que las arrugas, cicatrices y folículos pilosos yermos añaden cierto atractivo. Piensa que Bennett tiene aspecto de haber vivido, como esa camiseta vieja que no dejas de ponerte aunque esté hecha pedazos.

Cuando le devuelve el saludo, él abre la puerta del estudio y sale al jardín.

—Perdona, no quería molestarte —se disculpa Alicia en voz alta desde la puerta de atrás mientras él se acerca.

—No pasa nada —contesta él, y sonríe.

Tiene la camisa y los vaqueros llenos de pintura. Con las manos en los bolsillos, se detiene a más de un metro de la puerta.

—¿Todo bien?

—Sí, ningún problema. Perdona, estaba en mi mundo.

—No te preocupes. —Se queda en el sitio, al parecer no le importa charlar un poco—. Por suerte hoy hace algo más de calor.

—Sí, creo que voy a salir un rato. Quiero quedar con una amiga en Camden.

¿Por qué le miente? Después tendrá que seguir con la mentira.

—Pues pásalo bien. ¿Sabes llegar a la estación?

Bennett se pasa la mano por el pelo y, antes de meter la mano en el bolsillo, señala en dirección hacia la estación. Al menos, eso supone ella.

—Creo que sí. Te cojo prestado el callejero, espero que no te importe. Me va mejor que el mapa del móvil.

Eso parece alegrarlo.

—A mí también, pero soy perro viejo.

—Ah.

Alicia se avergüenza con facilidad, rebusca en el bolso para sacar el mapa.

—¿Lo necesitas? —Se lo ofrece—. Puedo apañarme con el teléfono.

—No, por favor, todo tuyo. —Esboza una sonrisa aún más amplia—. Voy a pasar el día contemplando ese lienzo en blanco.

Mueve los dedos dentro del bolsillo, como si hubiera encontrado una bola de pelusa.

—¿Cómo decides qué pintar? —pregunta ella.

Sin embargo, enseguida le parece que decir eso quizá haya resultado extraño. Por la expresión de terror absoluto de Bennett, le queda claro que no contaba con el interrogatorio.

—Perdona, es una pregunta horrible.

—No, no pasa nada. Tengo una colección de telas. Me baso en los estampados.

—Vaya, qué guay.

De verdad le gusta la idea, pero no puede evitar agobiarse pensando que el tono de voz ha sido sarcástico.

—Si quieres, puedes entrar a echar un vistazo.

—No, no, gracias. Debería irme ya.

A ninguna parte, claro.

—Pues otro día, si quieres.

Bennett se dirige hacia el estudio, pero se detiene y da media vuelta. Antes de hablar, le contempla el hombro durante tanto tiempo que ella se mira el cárdigan pensando que tiene una mancha.

—Siempre puedes pasar a tomar un té —dice él al final—. Si algún día no tienes nada que hacer.

«Se ha dado cuenta», piensa ella. Sabe que no tiene ni idea de qué hacer consigo misma, que está hecha un lío, como la maraña de collares que se forma en el fondo del joyero. Esos que no merece la pena desenredar.

—Gracias. Puede que sí.

Camden Town no ha cambiado mucho en cinco años. Salir directa a la calle principal desde la estación le provoca una fuerte sensación de *déjà vu*. Los pubs, las cafeterías y los restaurantes están todos igual, incluido The World's End, en la esquina: un pub que solo significa el fin del mundo si el fin del mundo empieza con una moqueta de pub que ha ido deteriorándose poco a poco. Alicia no sabe si sentir alivio o desilusión por lo familiar que le resulta todo. Mira a su alrededor y baraja opciones: podría subir por la calle principal hasta el mercado de Camden Lock o ir en la dirección opuesta hacia el centro de Londres. Kentish Town Road la alejaría del caos y la llevaría hacia las calles arboladas del norte de Londres, aunque también podría subir hacia Royal College Street y echarle un vistazo a su antiguo apartamento. Al final, la nostalgia la empuja a cruzar la calle en dirección a Parkway y plantarse delante del Jazz Café. Mira los carteles de las próximas actuaciones. Odia el *jazz,* pero no quiere dejar de pasar por ahí. Si se diera cierta prisa en ir a todos los sitios de Londres que le despertasen recuerdos, las vacaciones serían un esprint continuo. Ese fue el lugar de su primera cita con William. Antes de eso, la había llevado un poco más arriba, a cenar *dim sum* a precios exorbitantes en Gilgamesh. A lo largo de su relación, la invitó a comer en sitios caros de todo Londres, pero nunca comieron en ningún Café Chartreuse porque, según él, la comida era una mierda. A él le gustaba darle lujos, cosa que era muy fácil, teniendo en cuenta que Alicia nunca había tenido ninguno. Para William, ella supuso seis meses de diversión. Sabía que se marcharía a Estados Unidos en cuanto acabase el curso y eso le sirvió como excusa para no llegar a tomarse la relación en serio. Ella cayó en la cuenta demasiado tarde. Dos semanas antes de la fecha en la que debía volar a casa, le preguntó: «¿Te gustaría que me quedase?». Él respondió al momento que por supuesto que le encantaría que se quedara, y añadió de manera poco convincente: «Lástima que no sea posible».

El siguiente fin de semana, tumbada desnuda a su lado en su dormitorio soleado de Islington, le dijo:

—Quizá podría marcharme y volver. Buscar trabajo en Londres desde allí.

—Claro —respondió él, y se le acercó para darle un beso—. Pero solo si lo haces por ti. No lo hagas si es por mí.

Hace dos años, William se casó con una chica que se llama Pippa: alta y morena, con unas gafas de sol perpetuas. Alicia sigue todos sus pasos por Instagram.

El sitio donde hacen sushi, un poco más allá del Jazz Café, sigue abierto y ese día está tranquilo; cuando Alicia entra, no hay más que un par de mesas ocupadas. Le sonríe al camarero, un hombre mayor que le hace una breve inclinación de cabeza. Él, igual que el restaurante, sigue tal como estaba hace cinco años: desaliñado y tan pasado de moda que da lástima. En aquella época era seco, rayando la antipatía, y las apetencias de sus clientes eran una decepción perpetua. Nada indica que esas cosas hayan cambiado. Su rostro y la camisa granate (¡la misma de hace tantos años!) están igual de arrugados.

«Es coreano, no japonés —le decía William—. Todos los asiáticos que trabajan en restaurantes de sushi son coreanos.» Esas cosas siempre las decía con tanta autoridad que cuestionarlas era inútil.

—Para uno, por favor —le dice al señor que, al parecer, es coreano.

Sin mediar palabra, él le señala una mesa junto al escaparate. No da muestras de reconocerla o de haberla visto antes, cosa que es comprensible. Han pasado cinco años, pero aun así Alicia se entristece un poco. Le gusta pensar que es una clienta memorable, de las que el personal de los restaurantes quiere que vuelvan. No obstante, ese día no habrá ningún reencuentro reconfortante en Sushi Bento: a este tío no le importa una mierda. Se sienta incómoda en la silla con tapicería de vinilo a una mesa pensada para cuatro. Deja el abrigo en una silla y el bolso en otra con intención de que su unicidad sea menos obvia. Abre la carta de hojas gruesas y plastificadas, donde todos los platos están numerados y el nombre aparece en inglés y en japonés. Por si el cliente continúa confundido, también hay una foto. Alicia mira la hora para ver si todavía es respetable pedir un *bento*. Según William, pedir *bento* después de las tres de la tarde es tan inadmisible en lo culinario como pedir un Bloody Mary con la cena. «Pecado de aficionado», decía. Con William ella nunca era una aficionada, siempre sabía de qué iba la cosa: una sensación extraña y poderosa, de las que, en consecuencia, la llevaron a pensar que era más importante y digna de lo que era en realidad. Una sensación que no había conocido hasta entonces y que se desvaneció como una nube de humo varios meses después, al cabo de un largo vuelo de Londres a Chicago, cuando su madre la recogió en la parada de autobuses de Carbondale y le anunció con las llaves en la mano: «Date prisa, que el parquímetro sigue corriendo».

—Un *bento* de sashimi, por favor —enuncia Alicia con la confianza que puede, siendo la única comensal de una mesa de cuatro.

El hombre de la camisa granate se le echa encima.

—¡Bebida? —dice, a medio camino entre una pregunta y una orden.

—Me vale con agua —responde ella, que ha perdido la confianza.

El camarero le quita la carta de las manos antes de que haya podido cerrarla y le pasa la comanda al chef en japonés. ¿O es coreano? No saberlo le resulta vergonzoso. Sería muy fácil corroborar o refutar las teorías de William con un poco de investigación, pero nadie se molestaba en hacerlo, ni siquiera Alicia.

Cuando llega el *bento*, Alicia está mirando la página de Facebook de Kiera Michaels. Kiera y ella no llegaron a ser íntimas en la London School of Economics, pero se tenían un respeto sin alardes. Al menos eso cree Alicia. Kiera también era tímida y, durante los primeros días de clase, se aferraron la una a la otra y se miraban nerviosas mientras sus compañeros levantaban la voz más que los demás para conseguir atención. Con el tiempo, Alicia abrió sus horizontes sociales, pero Kiera siguió centrada en lo académico. No era muy bebedora, así que no se unía a los grupos que la mayoría de las tardes se formaban en Lincoln's Inn Fields después de las clases. Era lista y estaba motivada, y, aunque hablaba con voz suave, poco a poco se hizo oír. Era consecuente con sus opiniones y se esforzaba en defenderlas, y a menudo apoyaba modelos de negocio cuyo principal pilar era la inclusividad. Alicia, por desgracia, no se hacía oír. Estaba de acuerdo con casi todo lo que Kiera decía en clase sobre modelos de negocio éticos y feministas, pero casi nunca opinaba en voz alta. En cambio, William sí. «Todo eso está muy bien, Kiera —decía—. Pero, al fin y al cabo, el negocio es el negocio. No es personal.»

Una tarde que estaban en el pub, William dijo con aire conspiratorio: «Kiera es demasiado competitiva». A menudo, unas cuantas cervezas y el hecho de tener público bastaban para erosionar su encanto. «Por eso no viene con nosotros al pub. Porque nos considera una amenaza.» Se había bebido la mitad de la pinta en treinta segundos. «Debería relajarse un poco, ni que compitiéramos por el mismo puesto. Mi padre no la va a contratar a ella en lugar de contratarme a mí.»

A Alicia, Kiera nunca le había parecido amenazada ni amenazadora. De hecho, para ser estudiante de Económicas, tenía una empatía sorprendente. «Las empresas con un modelo de negocio compasivo funcionan mejor», argumentaba en clase y señalaba que las marcas de ropa que donaban una prenda por cada prenda que se vendía eran uno de los tipos de negocio que más crecían en esa época. Alicia cree que tenía razón, y en ese momento se da cuenta de que las gafas que lleva son de una de esas marcas.

Ahora mismo parece que ambas siguen una trayectoria profesional similar. Según el apartado de detalles personales, Kiera es la directora de finanzas de Printed Palette, una marca de pósteres de arte que se venden en las tiendas de los museos. En la fotografía de perfil está casi igual, sigue siendo una mujer grande de pelo corto y pechos gigantes contenidos por un jersey de cuello alto. Está junto a un Picasso, una obra cubista en la que una mujer se seca las lágrimas con un pañuelo. Kiera no sonríe ni frunce el ceño, como si la imagen fuera solo para la posteridad.

Alicia moja el sashimi de atún en la salsa de soja y estudia la página web de Printed Palette. Parece que Kiera practica lo que predicaba en la facultad: un modelo «uno por uno» según el cual donan un póster a una escuela británica por cada uno que venden. Southwark Street, dice: justo detrás del Tate Modern. Puede que se acerque al museo esta tarde y aproveche para ubicar la oficina de Kiera.

De nuevo en Facebook, el pulgar de Alicia se cierne sobre el campo de texto de Messenger antes de dejar los palillos sobre el soporte correspondiente para escribir con ambas manos.

Hola, Kiera. Soy Alicia, de la LSE. Espero que estés bien. —Hace una pausa, esa era la parte fácil—. Estoy pasando unos días en Londres y he pensado en ti.

Lo de «he pensado en ti» podría parecer un poco romántico, pero continúa:

Parece que nos dedicamos a cosas similares. Las dos trabajamos en empresas de arte. Igual te apetece tomar un café algún día de esta semana. Sé que es un poco de sopetón, así que lo entiendo si no te va bien.

Saludos,

Alicia.

Respira hondo y pulsa el botón de enviar antes de levantar la mirada y ver que el hombre de la camisa granate la observa con aire reprobador. Ella carga los palillos de arroz glutinoso y engulle un bocado enorme. Le sonríe como puede con la boca llena y asiente para que sepa que lo está disfrutando.

Cuando se acaba el sushi, Alicia pasea por Royal College Street y pasa por delante de su antiguo apartamento, pero se siente idiota. Ni siquiera se detiene, sino que echa una mirada rápida a la ventana de su viejo dormitorio y sigue caminando. Luego cruza la calle y regresa por donde ha venido después de observar la vivienda una vez más desde la otra acera. ¿Qué se supone que debe hacer? ¿Hablarle al edificio? Ni siquiera ha ido a ver la tumba de su padre desde que murió hace doce años porque, una vez allí, no sabría qué hacer. Ese viejo bloque de pisos ya no es más que un montón de ladrillos, igual que la lápida de su padre es una losa de granito, nada más. Allí no hay espíritus ni respuestas, solo mármol tallado.

Cuando planeaba el viaje, Alicia pensaba que pasaría esos días yendo de un barrio a otro con sus amigos de Brooklyn; de los museos a los pubs y de allí a restaurantes y más pubs y, quién sabe, puede que hasta entrasen en alguna discoteca. Todos tendrían energía infinita y la moral alta. Decir que todo eso es una fantasía absurda es quedarse corto. Había confundido a los amigos que tiene con el tipo de amigos que salen en la televisión, gente que pasa todo el día entrando y saliendo de casa de los demás y que todos los domingos va de *brunch* alcohólico. Amistades legendarias. Lo cierto es que, desde que regresó a Estados Unidos hace cinco años, no se ha hecho muy amiga de nadie. Sus amigos, en realidad, no son suyos, sino de Liz. Aunque hubieran ido a Londres con ella, no habría sido el viaje que ella había imaginado por un simple motivo: no son las personas que ella ha imaginado. Lo más probable es que con ellos se habría sentido igual de perdida y sola.

Arrastra la suela de las zapatillas altas de deporte por Camden Road sin tener ni idea de qué hacer. Sentirte perdida en un sitio que conoces al dedillo es una de las sensaciones más desconcertantes de la vida, piensa. Creía que se alegraría de volver, pero la verdad es que lo único que ha conseguido es demostrar que no ha sido feliz desde el año que vivió allí. En Brooklyn, cuando tiene un día malo, cierra los ojos y recorre las calles de Londres de memoria: baja por Royal College Street, gira a la izquierda al llegar a Camden Road y sigue hasta Camden High Street. Luego baja por Camden High Street hasta que esta se convierte en Eversholt Road. Cruza a Euston Road, la sigue hasta Woburn Place pasando por Tavistock Square y continúa por Russell Square, que se convierte en Southampton Row. Pasa por delante de la estación de Holborn y de pronto está en Kingsway, donde gira a la izquierda en Portugal Street, y allí está la London School of Economics. Lo tiene todo en la cabeza. Podría hacerlo con los ojos cerrados; de hecho, sus pies se orientan hacia allá, pero ella no les deja. Cuando llegue a casa, necesitará que su lugar feliz permanezca intacto en la memoria. No puede arriesgarse a perderlo ahora que está de bajón. Si su mente no puede trasladarse allí, ¿adónde podría?

Se dirige en metro hacia el sur con una idea a medio formar: bajarse en London Bridge, desde donde hay un paseo de unos diez minutos hasta el Tate Modern y la oficina de Kiera. Igual que Camden, ese barrio está lleno de recuerdos de William, recuerdos que debería evitar, así que se dice que solo se bajará del metro si tiene buenas sensaciones. Si no, seguirá hasta el final de la línea y saldrá en Morden. A lo mejor es un lugar genial.

Siete paradas más allá, resulta que la añoranza es más fuerte que las ganas de descubrir y Alicia sale del metro en London Bridge y va directa al Borough Market, el mercado de comida adonde iba a pasear los sábados por la mañana con su cámara réflex buena. Le encantaba fotografiar las setas raras, los quesos olorosos, los ojos de los pescados. A menudo se plantea que, de haber tenido la clase de vida en la que ganar dinero no es una meta necesaria, tal vez habría sido fotógrafa de comida. Cinco años antes contemplaba la posibilidad de casarse con William, de recorrer el globo juntos; ella documentaría las peculiaridades del mundo con su Hasselblad de formato medio (la cámara que él le daría como regalo de bodas). Cuando se acuerda de sueños como ese, se siente como una tonta. Se dice que en realidad no creía que eso pudiera pasar. No obstante, William sí viajó por todo el mundo después de la ruptura. También hizo fotos, pero eran de personas sonriendo delante de cosas, no las que habría tomado ella. Esta vez, Alicia no se ha molestado en traer la cámara consigo.

Llega al mercado justo cuando están cerrando. Son solo las cuatro de la tarde, pero ya casi se ha puesto el sol y los vendedores llevan en el tajo desde primerísima hora de la mañana. Al llegar la tarde, se nota que el aire se ha enfriado, igual que la brisa que amenaza con llevarse todo lo que no se haya vendido. Pronto la gente se trasladará de los puestos a los pubs. William y ella solían acudir al mercado los martes por la tarde. Compraban quesos caros y galletas saladas a los precios rebajados del final de la jornada y después se ponían cómodos, pinta en mano en alguna mesa muy solicitada de un pub, a mirar cómo los del mercado recogían la mercancía. Cuando los pubs cerraban, ellos estaban como cubas, pero tenían el queso apestoso y el membrillo para defenderse del hambre. Cogían el metro hacia Islington y devoraban *époisses* como otros se zamparían un *kebab* a medianoche.

Sobre el ajetreo de Stoney Street se cierne la niebla y la temperatura se desploma. Alicia se planta delante del Market Tavern y la humedad que se le acumula bajo el collar del abrigo de lana le produce un escalofrío. O quizá sea el recuerdo del atentado terrorista que tuvo lugar ante esa misma puerta hace menos de un año. Sin embargo, no es un recuerdo propio que pueda hacerla temblar: ella no estaba presente. Estaba en Brooklyn, contemplando con horror aquellas escenas dramáticas en la CNN. Mientras montones de personas salían de los pubs en tropel y dando gritos, la invadió una sensación extraña, una idea que no querría tener que admitir: esa noche le habría gustado estar con William en el Borough Market. Sentía cosas tan fuertes por el lugar, por William y por lo reconfortante que es estar con tus amigos en un pub bullicioso que querría haber estado allí para defenderlos. De todos los pubs que reconocía huían personas ebrias que habían estado disfrutando: el Granary, el Market Tavern, el Rose. Eran sus pubs. Sentía el ataque como algo personal. En su momento se había avergonzado muchísimo de esos pensamientos, igual que se avergüenza muchísimo ahora que le vienen de pronto a la cabeza. Sabe que dicho en voz alta sonaría estúpido e insensible, pero lo que más la cabreó fue la sensación de que Londres ya no era suyo. Los días siguientes al atentado nadie entendía que estuviera tan afectada. El fuerte vínculo que tenía con Londres no era evidente para nadie más que para ella, y lo que Alicia creía que la definía no lo hacía. A veces se pregunta qué habría pasado si William y ella hubieran sobrevivido juntos a algo así, si todavía seguirían juntos.

Se dirige al Rose, su pub favorito. Está algo apartado, en la penumbra del mercado, y no atrae a tantos turistas como los demás. A esa hora de la tarde, desde fuera parece tranquilo y aislado, sobre todo con la niebla. El interior resplandece con el parpadeo de las luces de Navidad, que aún no han retirado. Si entornase un poco los ojos, Alicia podría estar en el Londres victoriano. Imagina que los hombres del pub llevan trajes de tres piezas; podría haber un pianista, serrín en el suelo y mujeres con faldas largas y corsé o cualquier otra ridiculez.

Mientras se entretiene con esa fantasía, un hombre vestido con un traje de tela verde brillante sale tambaleándose del pub, y los gritos y las risas de dentro se vierten al aire frío de la calle. Aún no es la hora de cenar, y el tipo está como una cuba. Ve a Alicia cerca de la entrada y se esfuerza por no bambolearse. No tiene pinta de ser muy mayor, puede que tenga unos treinta y cinco, pero se encuentra en la frontera que hay entre ir perdiendo el pelo y estar ya calvo del todo. Se vuelve deprisa para detener la puerta antes de que se le cierre. Alicia se da cuenta de que se afeita la cabeza él mismo, porque no llega a los pelos del cuello, que crecen sin control. Su vello facial está a medio camino entre una barba de un día y una barba de verdad; los pelos son rebeldes y crecen en todas direcciones. El traje le queda bien, pero la tela brillante le da aspecto de ser barato. Se apoya en la puerta y contempla a Alicia mientras hurga en los bolsillos.

—¿Vas a entrar, reina? —pregunta arrastrando las palabras.

Ella se mira los pies. No tenía intención de hacerlo.

—Hace una rasca de cojones —dice, y se saca un cigarrillo de la chaqueta—. Tendré que fumarme esto antes de que se me congele la polla.

Ella esboza una sonrisita y le mira la entrepierna, un acto reflejo. Los pantalones son de corte estrecho, así que no dejan mucho a la imaginación. Tiene el miembro apretujado bajo la tela brillante, atrapado hacia el lado izquierdo. Se arrepiente de inmediato de haber mirado; por suerte, él parece demasiado borracho para darse cuenta.

Al tipo le cuesta encender el cigarrillo.

—¿Quieres compartirlo conmigo?

—No, gracias. No hace falta —responde Alicia y se da cuenta de que, poco a poco, va acercándose a la entrada del pub.

—Haces bien —dice él—. Siendo yo un desconocido y tal.

Ella pasa por su lado. El tipo lleva una colonia muy fuerte y, en el último instante, gira la cabeza de golpe para mirarla y le suelta:

—Estoy de celebración.

—Enhorabuena —responde ella, y espera que con eso baste.

Él sonríe porque es obvio que está orgulloso, pero enseguida cae.

—¿No me preguntas por qué?

Intenta volverse y apoyarse en el otro hombro porque quiere estar de cara a Alicia, pero pierde el equilibrio y se recuesta en la puerta con un poco más de fuerza de la que pretendía. Le dedica una sonrisa avergonzada, una que ella considera adorable, muy a su pesar.

—Venga, ¿qué celebras?

—Una comisión. —El cigarrillo da sacudidas entre sus labios mientras habla y él lo persigue con el mechero—. Una comisión muy buena.

—Qué suerte.

Podría preguntarle: «¿Una buena comisión por qué?», pero le gusta torturarlo. Aunque sea solo un poquito.

—No se trata de suerte. Es por trabajar duro.

No podría hablar más en serio.

—Claro. Cómo no.

—En la oficina no caigo muy bien. Los otros tíos se ponen celosos por las comisiones que me gano.

Abandona el intento de encender el cigarrillo. Se lo quita de la boca y lo sostiene en la mano como si estuviera encendido.

—Pasa a menudo —prosigue.

Alicia piensa que es un engreído, que tiene el tipo de arrogancia que en el fondo indica baja autoestima.

—¿Quieres que te lo encienda? —se oye preguntar, y se sorprende.

Él sonríe de nuevo. Eso sí que es suerte. Se aparta de la puerta y retrocede hacia el mercado, que ya está casi vacío. Ella lo sigue y la puerta del pub se cierra a su espalda; a la calidez y las risas que manaban de dentro las sustituyen el frío y el silencio. Él le pone el mechero en la palma de la mano y, antes de apartarse, le acaricia los dedos. Alicia siente un escalofrío en la columna vertebral con el contacto. Podría ser atracción o miedo o ambas cosas, no está segura. Enciende el mechero y le acerca la llama al cigarrillo, que él sujeta entre los labios. Se prende de inmediato y resplandece. Él le da una calada larga antes de soplar el humo hacia el techo del mercado. Se acerca a Alicia y le ofrece el cigarrillo de nuevo. Esta vez se lo levanta hasta los labios con la esperanza de insertárselo él mismo, pero ella retrocede. De vez en cuando, compartía alguno con William cuando salían a beber; a pesar de que el tabaco mató a su padre, a ella le encanta el olor, sobre todo cuando llueve.

—Va, venga. Por uno no te mueres.

—No, gracias —responde ella con seguridad queda, y le tiende el mechero.

En lugar de cogerlo, él la mira de arriba abajo.

—¿Has quedado con tu chico?

—¿No quieres el mechero? —Lo sacude delante de él.

—¿No tienes novio?

—¿A ti qué te importa?

Lo ha dicho sonriendo porque no quiere ser una gilipollas.

—Eres americana —añade él con tono amenazador, como si ella fuera espía o una mercenaria.

Alicia intenta mantenerse firme, pero es obvio que él lo interpreta como flirteo.

—Este mechero es tuyo.

—Pues métemelo en el bolsillo —le sugiere.

Aparta la chaqueta con una mano y se señala la parte delantera del pantalón.

Esta vez ella no le mira la entrepierna. Se obliga a mirar hacia el pub y la puerta que ha tenido la imprudencia de dejar que se cerrase. A un lado hay un alféizar amplio lleno de vasos de pinta vacíos. Retrocede un paso y deja el mechero allí.

—Ahí lo tienes para cuando lo quieras.

Continúa retrocediendo en dirección al mercado.

—¡No, mujer! Valía la pena intentarlo, cariño.

—Que vaya bien la noche —dice ella—. Enhorabuena otra vez.

—¡Vuelve! —grita él, y se tambalea hacia delante.

Alicia sigue andando. Dejarse arrastrar al interior del pub sería mala idea y tiene que decírselo a sí misma un par de veces. «En cuestión de hombres, tienes un gusto terrible, Alicia.» Las palabras de Liz aún le escuecen.

Al otro lado del mercado, la niebla llega directa del río. A lo lejos distingue la chimenea de la central eléctrica de Bankside que hoy en día es la sede del Tate Modern. Pasa por debajo del acero del Milennium Bridge justo cuando un grupo de estudiantes desciende por la rampa del puente peatonal. Se mueven de forma caótica, todos con mochilas a juego, hacia la puerta corredera de cristal del museo. En lugar de seguirlos hasta el vasto vestíbulo de hormigón, Alicia continúa andando. Está buscando Southwark Street. Cuando la encuentra, ve que es una calle poblada sobre todo de hoteles y locales de sándwiches. Printed Palette, la empresa de Kiera, está a mitad de la calle y el único testigo es una pequeña placa de latón en la fachada de un modesto edificio moderno de cuatro plantas. Podría llamar al timbre y decir que es una vieja amiga de Kiera que pasaba por allí. Pero no, eso sería raro. Alicia es rara. Saca el móvil con la esperanza de que Kiera haya contestado a su mensaje, y no. Da media vuelta y contempla el Tate Modern. No quiere entrar. La exposición que anuncian es de un tipo del que no ha oído hablar. Aun así, todavía no puede volver a casa, no mientras Bennett está pintando en su estudio. No quiere que la vea llegar tan pronto, en circunstancias tan penosas. Bordeando el río ha visto un Starbucks. Mejor pasar por allí primero. Podría echarle un vistazo al artista o esperar a ver si Kiera responde.

Una vez dentro, se sienta en un sillón de terciopelo, al lado de un grupo de turistas italianos equipados con palos de selfi. Están mirando fotos en el móvil y riéndose muy alto ante las pruebas fotográficas de un día genial. Alicia se pone azúcar en el café, un café que ni siquiera le apetece y que, sin lugar a dudas, la mantendrá despierta y prolongará un día que ya es bastante difícil. Se le ocurre que podría mirar las fotos del móvil, pero se da cuenta de que no ha hecho ni una en todo el día. Los italianos están muertos de la risa: uno de ellos sostiene el teléfono en horizontal y se lo muestra al grupo, y el contenido de la pantalla es tan gracioso que otro se cae de la silla. Alicia parte el agitador de plástico por la mitad y acuchilla la pantalla del móvil con la parte serrada.

Le da un sorbo al café y se quema la garganta. Le gustaría retroceder en el tiempo y eliminar esa noche de borrachera en Nueva York en la que propuso la idea de viajar a Londres. Era imposible que sus amigos de Brooklyn fuesen con ella. Ni siquiera son sus amigos; son conocidos como mucho. Siempre hacen oídos sordos a sus invitaciones o, aún peor, las aceptan y luego la dejan plantada con un mensaje de texto. Qué patético, joder. Y Kiera tampoco va a contestar. Se arrepiente de haberle enviado un mensaje. Es probable que a su antigua compañera de clase le parezca demasiado repentino, quizá incluso desesperado. Después de la primera semana, no volvieron a ser amigas, ¿qué motivos tiene para contestar? Eso de que se tuvieran un respeto sin alardes podría ser invención suya. Qué narices, al cabo de esa primera semana, Alicia abandonó a Kiera. Quizá, si por una vez hubiera quedado con ella para estudiar en lugar de salir corriendo al pub con William y la pandilla del fondo fiduciario, la chica tendría razones para recordarla con cariño. Además, ¿por qué piensa Alicia que Kiera la respetaba? No hizo nada para ganarse ese respeto. ¿Cómo iba a saber Kiera que Alicia creía en las prácticas éticas si se pasó el curso de picos pardos por Londres con el heredero de una cadena de bistrós mediocres cuyas aperturas predecían la muerte de todas las comunidades en las que se instalaba?

Mira el agitador, hecho unos veinte pedazos en su regazo. Los turistas italianos ya no se ríen; la miran nerviosos. Ella coge el móvil, abre Facebook otra vez y se dedica a eliminar de forma sistemática a todos sus amigos de Brooklyn. A continuación, hace lo mismo con todas las personas que conoció mientras vivía en Londres: empieza por Kiera y acaba por William. Ya está, piensa. Ya no vive una mentira. Esa gente no es su amiga. Nunca lo han sido. Eliminados de la lista de amigos.

«Capullos...»

Se levanta con aire desafiante y tira al suelo las astillas del agitador. Todos los presentes aguardan a ver el siguiente paso.

Alicia mira a su alrededor avergonzada y se da cuenta de que ha salido del mundo virtual y vuelve a estar en el de verdad. Coge el café y les ofrece a los italianos una sonrisa poco convincente con la que pretende hacerles comprender que es más cordial de lo que indica el agitador de madera. Se dirige a la puerta, donde tiene que esperar azorada a que un grupo de adolescentes estadounidenses entre en fila, todos emocionados y aliviados de ver un Starbucks en un país extranjero. Ni siquiera le aguantan la puerta. Alicia los odia, pero les sonríe de todos modos.

Al salir, el Tate se alza a un lado, pero parece muy poco atrayente. No ha buscado al artista de la exposición y quizá nunca tuviera intención de hacerlo. La estación de Blackfriars está a un par de minutos. Desde allí puede coger el metro en dirección al oeste; sí, un poco antes de lo que planeaba, pero recorrer las calles de Chiswick, un barrio del que no tiene recuerdos, le parece más sensato que caminar trastornada por Southwark.

En ese caso, se pregunta, ¿por qué camina en la dirección opuesta, de regreso hacia el Rose?

Cuando llega, el tipo ya no está fuera del pub. A pesar de que antes ha tenido el impulso de salir huyendo, ahora la avergüenza la desilusión que la invade al ver que él se ha ido. No puede evitar pensar que a lo mejor lo ha despreciado demasiado pronto. Estaba borracho, sí. Y, sí, era presuntuoso. Pero también tenía esos pelos largos en el cuello que indicaban que debía de vivir solo y que era probable que se sintiese solo. De haber tenido novia, ella se los arreglaría, tal como Alicia había hecho con todos los tíos con los que había salido.

Ahora que se ha puesto el sol, la niebla es más espesa, gélida. En invierno, el aire de Londres es como arroparse con una manta mojada y fría, muy diferente del frío seco de Nueva York al que está acostumbrada. La humedad forma gotitas en las mangas de su abrigo marinero de lana. Juraría que le está calando los vaqueros. En una noche como esta, solo los fumadores salen afuera. Hay un par entretenidos a la entrada, dos empresarios de unos sesenta años que hablan sobre el Brexit. No reparan en ella, que se ha acercado a la ventana y ha quitado la condensación para echar un vistazo en el interior. Parece que se está calentito y a gusto, puede que él siga dentro. Si es así, quizá estaba destinada a hacerse su amiga. ¿Qué importa que sea un borracho engreído? Todos los hombres lo son. Además, ya ha visto que se trata de una fachada: el tipo tiene problemas de autoestima. Antes estaba compensándolos. William hacía lo mismo cuando se emborrachaba, así que este hombre debe de tener cosas buenas. Para empezar, elige bien los pubs. Y acaban de pagarle una buena comisión. No sabe cómo se la ha ganado, pero no deja de ser algo bueno. Significa que no es un puto inútil. Y, al parecer, ella le gusta. Hace mucho tiempo que nadie le presta tanta atención. A la mierda, va a entrar.

Ese olor: cerveza en el suelo, colonia almizclada, patatas con sabor a queso y cebolla. A medida que el perfume conocido del pub le llena las fosas nasales, la invaden los recuerdos de William. De pronto, todos los tíos del bar se parecen a él. Le echa un vistazo a la barra de la ventana donde solían sentarse a mirar el mercado.

—Mi hermana dice que eres demasiado callada —le había dicho William una vez que estaban allí sentados—. Que eres demasiado pasiva.

Ella había tomado un sorbo y se había encogido de hombros.

—Por ejemplo, ahora mismo. ¿Por qué no te defiendes? —quiso saber él, y la cogió por los brazos y la sacudió.

—¿De qué sirve? —musitó ella—. Tu hermana no está aquí.

—Eres una pusilánime —continuó él—. No pasa nada por tener opiniones.

Las suyas, claro. Kiera tenía opiniones de todo tipo, y él se oponía a todas ellas en voz alta y haciendo aspavientos.

—Sí, puede...

Antes de eliminarlo de su lista de amigos de Facebook, Alicia ha visto que hace poco ha comprado una microcervecería en el norte de Londres, lo que significa que no tendría motivo alguno para ir al Rose. Su sueño era tener una fábrica de cerveza. Es la única persona que Alicia conoce que siempre consigue todas las putas cosas que quiere.

Hace cola detrás de un grupo de tres hombres con traje y su compañera de oficina, que esperan a que los sirvan. Bromean con ella, intentando convencerla de que coquetee con el camarero para que los atienda mejor. Alicia los observa con envidia. La mujer es del tipo que Alicia siempre ha querido ser: durante el máster imaginaba que su vida sería una serie de noches de *quiz* en el pub y cenas en restaurantes indios, fines de semana de karaoke. Ella sería la clase de chica que les sigue el ritmo a los chicos. Le harían bromas, y ella contraatacaría con su rápido ingenio, pero serían «sus chicos». La querrían y la respetarían. «Sus chicos» la protegerían. Ni que decir tiene que en su oficina de Brooklyn no hay ni rastro de semejante camaradería. La mayoría de los empleados de su categoría profesional tienen familia; nadie va a tomar algo al salir de trabajar porque se van corriendo a cenar o a una obra de teatro escolar o a la clase de yoga para papis y sus hijas.

—¡Venga, Val! —dice un hombre apuesto vestido con un traje gris, cuyo pelo y barba parecen salidos de un bote de Just for Men—. ¡Acércate! —añade, y le da un empujoncito a su compañera en la parte baja de la espalda, en dirección a la barra.

—¡Desabróchate un botón, Val, que tengo sed! —contesta uno recién afeitado y vestido con un traje azul.

Los compañeros se ríen.

La mujer lo mira mal. Pero no mal de verdad. Val juega sus cartas con cuidado, concluye Alicia. Esa mirada no sugiere que es borde, sino que es traviesa.

El del traje azul sabe de qué va la cosa.

—No te embales, cariño. Tenemos toda la noche.

El tercero, el del traje negro, lo felicita con un empujón, se miran e inclinan la cabeza.

El camarero por fin atiende a Val y los tres trajes sueltan vítores. Ella pide las bebidas de los cuatro, se echa atrás la melena larga y rubia de playa y, por un momento, se siente su heroína.

Alicia se da cuenta de que toda la conversación la ha hecho sonreír. Sí, es sexista; pero le gusta pensar que en realidad Val es la que está al mando. Es posible que los tenga a los tres comiendo de su mano y que sea de las que consiguen que las cosas se hagan, aunque sus métodos sean poco ortodoxos. O a lo mejor le apetece echarse unas risas y ya está. ¿Qué tiene eso de malo? Las mujeres deberían poder ser uno más, porque ¿cómo van a ganar las mujeres la partida si no pueden jugar?

«El partido está amañado —recuerda que dijo Kiera un día en clase—. No podemos ganar si el objetivo del juego es devaluar a las mujeres. Ganar implica ganarnos a nosotras mismas.»

Val y los hombres trajeados se marchan con tres pintas y una copa grande de vino blanco. El de azul y el de gris, cada uno con una mano a la altura de la cintura de su compañera. El de negro le mira las tetas y grita:

—¡Guarda eso, Val! ¿Quieres que te tomemos en serio o no?

Todos se ríen y se acomodan en una mesa al fondo del local.

—Has vuelto.

El olor a tabaco y a colonia frutal le llega desde atrás. No le hace falta volverse: el tipo está justo detrás de ella. No quiere parecer ansiosa, así que se acerca a la barra sin hacerle caso y golpetea la madera con los dedos mientras lee las marcas de los grifos de cerveza.

—Una London Pride, por favor —le dice al camarero.

—¿Pinta o media? —pregunta él.

Al camarero se le va la mirada hacia el tipo de expresión lasciva que ella tiene detrás y lo saluda inclinando la cabeza con confianza.

—Pinta —contesta Alicia, y saca la cartera.

—Buena chica —dice el borracho, que se apoya en la barra, a su lado.

Alicia lo mira. No acaba de ser una sonrisa, sino un reconocimiento de su existencia.

Él sonríe como si hubiera ganado una apuesta.

—Guarda el dinero, reina —le ordena, y se dirige al camarero—: Pago yo, Toby.

Alicia mira al camarero con la esperanza de que le haga alguna señal que indique si su compañero es seguro, pero al parecer Toby solo es capaz de concentrarse en una cosa, no dos a la vez. Y ahora mismo está sirviendo una pinta.

Alicia no guarda la cartera, sigue dispuesta a pagar.

—Que sean dos, Toby —añade el borracho—. Y dos chupitos de... ¿Cuál es el que me gusta?

—Lagavulin —responde Toby, que ha parado un instante de verter cerveza para mirarlo y luego sigue.

—Laaagavuuulin —dice el borracho.

Alicia no está segura de si pretendía parecer elegante o sexi. Tarda un momento en darse cuenta de que el segundo chupito es para ella.

—Ah —dice, y después de eso se queda sin palabras.

Contempla paralizada cómo él le coge la cartera de la mano y la deja caer en el bolso grande de cuero, que espera abierto de par en par.

—Deberías cerrarlo con cremallera, cielo. Los ladrones aprovechan los momentos de distracción para actuar —dice, como la grabación del metro.

Se ríe de su imitación mientras saca su cartera y abre el compartimento de los billetes de par en par.

Ahí dentro hay mucho efectivo y él se da cuenta de que Alicia se ha dado cuenta.

—Yo me encargo, reina.

Sonríe mirando el fajo, que parece de mil libras en billetes.

Alicia se fija una vez más en los pelos que se le acumulan en el cuello. No me digas que no puede pagarse el barbero.

El camarero les pone las pintas y los chupitos delante. Alicia intenta conseguir contacto visual, pero Toby solo mira la pantalla del ordenador.

—A ver... Veinticuatro libras con ochenta, Paulie.

«¿Paulie? ¿En serio? ¿Es de la Mafia o qué?»

Paulie saca treinta libras.

—Quédate el cambio —dice con orgullo.

Agarra a Alicia por el cuello del abrigo y se la acerca para hacerles sitio a los hombres que se acumulan tras ella para pedir en la barra. Su falta de respeto por el espacio personal es tal que le parece inútil protestar. Cuando él estira el brazo para acercarle la pinta, a ella le viene el tufo del sudor que se supone que la colonia fuerte debe disimular; un sudor nervioso que huele más amargo que dulce.

Ella acepta la pinta, pero todavía no está preparada para cogerla. Tan pronto como beba del vaso, le deberá algo.

—La gente suele dar las gracias —dice Paulie.

Ella pasa el dedo índice por la condensación del cristal, pero para en cuanto se percata de que él la vigila.

—Gracias.

Él se lame los labios agrietados.

—Me llamo Paulie —se presenta, como si fuera una clase de buenos modales—. ¿Cómo te llamas?

—Alicia.

—Encantado de conocerte. —Intenta hacer una pequeña reverencia con la pinta en la mano y se salpica cerveza en la pechera—. ¡Ups! —exclama, aunque el tono no sugiere que se avergüence de nada—. Supongo que tendrás que venir tú a mi casa. —Le guiña un ojo y, por si no ha quedado claro, añade—: Mañana no puedo presentarme así en el trabajo.

—Deja que te pague las bebidas, por favor.

Se le quiebra la voz, pero al fin ha conseguido decir una frase entera.

—¿Por qué ya no se puede invitar a las mujeres? —grita él, para que lo oigan todos los que están cerca.

El hombre orondo que lleva un jersey de punto de ochos y está al lado de Alicia mira a Paulie sin dar crédito. Paulie lo mira mal, con aire desafiante, y al final el tipo se vuelve a hablar con sus amigos.

—Intento ser caballeroso —añade a volumen más bajo.

Le sale «caballoso».

—Me sentiría mejor si pudiera pagar lo mío.

Mientras rebusca la cartera del bolso, le da un codazo sin querer al tipo del jersey de ochos. Se sorprende al notar que él se lo devuelve.

Paulie reacciona de inmediato dándole un empujón.

—Déjale espacio, gordo de mierda.

—Asco de borrachos... —le ladra el hombre.

—¡Como si no estuviéramos todos en un pub! —vocea Paulie.

Alicia se coloca entre ambos por instinto y le pone la mano a Paulie en el pecho como si en su día hubiera frustrado más de una pelea de bar (cosa que no es cierta).

—Por favor —implora con cierta sensación de intimidad.

A pesar de que hace apenas cinco minutos que lo conoce, no puede evitar pensar que comprende el nivel de estupidez del que ese hombre es capaz y también que ella puede pararle los pies.

Al final, es el más robusto de los dos quien cede primero, pero no sin decirle algo a Alicia antes de volverse y de apoyarse la pinta en la barriga:

—Menudo triunfador te has echado.

Paulie coloca su mano sobre la de ella, ambas sobre su pecho. Se ablanda de manera visible. Le acaricia las yemas de los dedos. Ella quiere apartarse, pero parece que él está más calmado así y le sonríe; es evidente que está contento con los resultados.

—Las bebidas son solo un detalle...

Alarga esa última palabra y se acerca. Le suelta la mano y aprovecha que ella tiene el abrigo abierto para colarla dentro y apoyársela en la cadera. Alicia nota cómo le enhebra el pulgar en una de las trabillas de los vaqueros.

—Estaría más cómoda si me dejases que te las pagase.

—¿Te pongo incómoda?

Se acerca un poco más. Está tan cerca que Alicia percibe el sabor de la saliva cervecera que despide.

—Un poco, puede —contesta con aprensión.

Él quita la mano, molesto.

—Vale. A mí qué más me da, guapa. —Mira a su alrededor, intentando aparentar indiferencia—. Tenías cara de estar sola —dice, y en un abrir y cerrar de ojos, cambia de táctica—: ¿Es eso lo que quieres? ¿Beberte la pinta tú sola?

Ella mira el vaso, que está lleno y goteando sobre la barra. No quiere bebérsela sola. Ha vuelto al pub a tomar algo con él, y allí está. Hasta la ha defendido del imbécil del jersey pijo. Además, a buena hambre no hay pan duro. Alicia se conforma con lo que le dan. Debería dar las gracias por que él siga allí, no puede pedir ni esperar más que eso. Coge la pinta y le da un buen trago, como si fuera leche.

—Tú y yo lo vamos a pasar bien —dice él sonriendo de oreja a oreja.

Una vez más, se acerca y esta vez le toca la cara. Le acaricia la mejilla con los dedos y sube por el cuero cabelludo hasta posarle la mano en la coleta.

—Deberías soltarte el pelo —le susurra al oído.

La tez descuidada y sin afeitar del tipo huele a uñas de los pies.

—Así estás más guapa —dice él, y tira de la goma.

—Deja eso —susurra ella casi sin que se oiga.

No aparta la vista de la pinta que sostiene en la mano, la compensación por sus insinuaciones.

Paulie le pone la mano en la nuca. Alicia da un respingo pensando que va a apretarle el cuello, pero en lugar de eso él mete el índice y el corazón por debajo de la coleta, se la suelta y le coloca la melena sobre un hombro. Le acaricia el pelo de la raíz a las puntas, sonriente. Huele la goma y se la guarda en el bolsillo.

—De regalo —dice él coqueto.

Ella tiende la mano para reclamarla, pero abandona porque sabe que para recuperarla tendrá que meterle la mano en el bolsillo. Él se toma la mano tendida como una invitación, así que se la agarra y tira de ella. Ahora están pegados el uno al otro, salvo por la pinta que sostiene Alicia, que ha quedado atrapada entre ambos. Él se la coge con la mano libre y la deja en la barra antes de rodearla con el brazo y atraerla hacia él.

—¿Qué te parece si nos bebemos el whisky y nos vamos de aquí? —le arrulla, y la mece un poco como si bailasen.

De pronto Alicia nota que él tiene una erección y la sorpresa es tal que, sin darse cuenta, le agarra la mano bien fuerte.

—No te embales, cariño.

Es justo lo que antes le ha dicho el del traje azul a su compañera Val. Entonces a ella le ha parecido un comentario encantador, pero ahora intenta que Paulie la suelte, y él la sujeta aún más fuerte.

—Ya veo que tienes prisa —dice, y va a por los chupitos de whisky—. Nos los soplamos y nos vamos.

—No soy muy de whisky escocés.

Alicia mira hacia la barra intentando por última vez hacer contacto visual con Toby. Pero ni por esas. Está cautivado con el vaso que sostiene mientras lo llena de cerveza cobriza.

Con los mismos dos dedos con los que le ha acariciado el pelo, Paulie le levanta la barbilla para que lo mire.

—No seas maleducada, que te he invitado.

—Tengo que irme —dice ella con prisas—. He quedado con una amiga y llego tarde.

Es una frase del todo plausible, pero su voz la traiciona. Ni siquiera tiene a quien llamar. El único número del Reino Unido que conoce es el de Bennett.

Paulie se le acerca para desvelarle un secreto:

—Yo tampoco le caigo bien a la gente —dice mirándola a los ojos para ver si lo entiende—. No sé por qué no les caes bien tú, pero no seré yo quien te juzgue.

A ella le viene a la mente su perfil de Facebook, donde no le queda ningún amigo. Las amistades que haya podido tener han desaparecido y la persona más cercana que le queda en Londres, puede que en todo el mundo, es este tío que tiene delante.

Él le coge la mano, se la conduce hasta la barra y le coloca los dedos alrededor del chupito.

Ella le sonríe, pero es una sonrisa a medias. Paulie no es más que compañía y están en un pub abarrotado. Puede marcharse cuando quiera. No pasa nada.

—¿Preparada? —pregunta Paulie, que parece muy contento de tener alguien con quien beber—. Uno, dos, tres...

Ambos se beben el chupito de golpe. Los vasos tintinean contra la barra al unísono.

—Veo que no es la primera vez —comenta él impresionado.

—¿Creías que he venido directa del convento?

—El chupito la ha alegrado un poquito —responde él, orgulloso de la rima—. Muy bien, eso me gusta.

Le levanta dos dedos a Toby para indicar que quiere otra ronda.

Alicia se apoya en la barra y se dice que no ha sido tan horrible. Empiezan a conocerse. Ella está más cómoda, más suelta. Mira a Paulie y sonríe, esa vez de verdad. Cuando les ponen los chupitos, se los beben de una.

—¿Cómo sigues de pie? —le pregunta ella.

Él esboza una sonrisita, enarca la ceja y saca una bolsita de polvo blanco del bolsillo interior de la chaqueta.

—Tengo de sobra.

A William y a sus amigos les gustaba la cocaína, pero Alicia no se veía capaz de probarla. Cuando era pequeña, en su escuela organizaban unas reuniones en las que metían a todo el alumnado en el ambiente cálido y viciado del gimnasio y un policía les enseñaba un maletín lleno de drogas. Les mostraba los diferentes polvos y pastillas, y después les detallaba a los niños todas las cosas horribles que les ocurrirían si las probaban. Era un policía católico, para colmo, e iba a la misma parroquia que su padre; quería que los niños supieran que si la policía no castigaba a los que tomaban drogas, lo haría Dios. Lo único que la asustaba aún más era la otra reunión que les hacían, en la que otro tipo les llevaba un montón de serpientes venenosas. Alicia todavía evoca la mezcla de tristeza y auténtico terror que sentía al ver una serpiente de cascabel metida en una caja diminuta de metacrilato, agitando el cascabel con rabia mientras los niños más idiotas daban golpecitos en el plástico. Todos los años hacían primero la actividad de las serpientes y después la de la droga. Como era de esperar, cuando llegaba el momento de la reunión sobre drogas y la policía de Dios predicaba que «Si tomáis drogas, vuestras peores pesadillas se harán realidad», Alicia se acordaba de inmediato de la serpiente. Y hasta la fecha, a pesar de que tiene pruebas convincentes de lo contrario, para ella tomar drogas significa enfrentarse a una serpiente de cascabel, pero sin la caja de metacrilato.

—No, gracias.

—Venga, vámonos.

Saca un billete de veinte de la cartera, lo deja en la barra y luego coge a Alicia de la mano con los dedos entrelazados. A ella le sudan las palmas, pero parece que a él no le importa. La hace salir por la puerta y la lleva al frío de fuera.

Los fumadores que antes estaban apoyados junto a la ventana se han ido, pero sus vasos siguen en el alféizar con un culín en el fondo. Alicia oye voces a lo lejos, pero no hay nadie a la vista. La niebla se ha espesado tanto que apenas ve a Paulie, a pesar de tenerlo delante.

—¿Adónde vamos? —le pregunta.

Se inclina hacia el pub con la esperanza de hacerlo volver a entrar.

—Depende. ¿Dónde está tu casa esta noche, Alicia la americana?

Ella se acuerda de Bennett, de la sonrisa discreta que se arrancaron cuando ella se asomó a la ventana la noche anterior, antes de que él se retirase a su estudio. No quiere llevar a Paulie a su casa. Lo único que pretendía era conocer a alguien en un pub, reírse un rato; un buen morreo como mucho. Pero Paulie, que la mira con lascivia y ambas manos alrededor de su culo, solo tiene una cosa en mente. Se acuerda de la fantasía de esa misma mañana, esa en la que Bennett y ella se acurrucaban en el sofá a darse un atracón de *Sherlock*. Paulie no parece la clase de hombre con el que podría hacer algo así. No es un Sherlock ni un Watson. Entonces cae en la cuenta de que ha estado bebiendo con Moriarty.

—Tengo que ir al baño —dice, y no es mentira. El café del Starbucks y el medio litro de cerveza han ido directos a su vejiga—. No tardo nada —le asegura, e intenta que la suelte.

Él se aferra con más fuerza.

—Aguántate.

La conduce hacia el lateral del pub y se detiene entre dos farolas: una emite luz tenue y la otra está fundida. Al otro lado no hay más que oscuridad y los puestos del mercado, cerrados. Paulie se detiene de repente en un sitio como si estuviera marcado con una equis. Se la acerca y la besa con la mano en la nuca como si fuera un grillete.

Ella cree que le ha dado esperanzas. No debería haberse tomado los chupitos. La idea era hacerle saber que estaba abierta a algunas posibilidades, pero ahora ya no quiere seguir jugando.

—Paulie —dice, aunque casi no consigue escupir la palabra.

Cuando él la empuja contra la fachada lateral del pub, se roza la cabeza contra los ladrillos. Tiene la boca llena de su lengua, que le impregna los carrillos de alquitrán y cerveza rancia. Le ha puesto las manos en las caderas y se aprieta contra ella, le clava la erección en la pelvis. Su cuerpo es como un yunque que le golpea la vejiga llena.

—Has vuelto por mí —susurra él mientras la mira a los ojos desafiándola a negarlo.

Es cierto, ha vuelto por él. Pero no ha salido como ella esperaba, sino más bien justo como se temía. Intenta apartarlo, y solo consigue que él insista más. Paulie le mete la mano por debajo de la chaqueta de punto y le agarra un pecho con tal fuerza que Alicia se pregunta si pretende arrancárselo y guardárselo en el bolsillo como ha hecho con la goma.

—Joder, hostia —farfulla ella mientras intenta salir de entre él y la pared.

Sin embargo, él le coge los brazos y se los sujeta por encima de la cabeza.

—Por favor, Paulie.

—Qué educada eres... —contesta él con una sonrisa arrogante.

Con una mano le aguanta los brazos contra la pared y con la otra se baja la cremallera. Apoya todo su peso contra ella y le aplasta las muñecas con tal fuerza que Alicia pierde casi toda la sensación en los dedos. Los ladrillos siguen arañándole el cuero cabelludo y cada vez que intenta mover la cabeza se arranca algún pelo. Está convencida de que sangra, porque nota algo caliente, como el pis en una piscina.

Antes ha conseguido calmarlo con una mano en el pecho. Le gustaría hacer lo mismo ahora, pero con ambas sujetas sobre la cabeza, no puede. Ladea la cabeza para intentar mirarlo a los ojos, pero a él eso ya no le interesa. Cuando Alicia ceja en el intento de moverse, todo parece paralizarse. Es consciente de que oye voces, pero son débiles, lejanas, están en alguna otra parte, al otro lado de la niebla. No alcanza a ver nada más que las gotas de sudor que se forman en la frente de Paulie.

—Paulie, no.

Le sale en forma de lloro. Una súplica de la que él no hace el menor caso. Está concentrado en la cremallera de Alicia, que nota las pulsadas de su pene en el espacio que queda entre la cadera y la pelvis. La vejiga le palpita con la presión que le hace él con la mano en los vaqueros. La falta de oxígeno la atonta y la calva de Paulie se va convirtiendo en ruido blanco justo delante de ella. Sabe que debería chillar, pero no está segura de ser capaz. De pequeña se preguntaba si algún día llegaría un momento en su vida en el que de verdad le hiciera falta chillar a pleno pulmón. ¿Es este el momento? ¿Puedes desgañitarte cuando has permitido que el tipo te invite a tomar algo? Abre la boca, pero no le sale nada.

—No te muevas más —le advierte él con un susurro severo.

Alicia cree que está al borde del desmayo. Él la sujeta contra la pared, pero se le cae la cabeza.

—Necesito sentarme.

Cuando se oye a sí misma, le parece que su voz es distante, como si eso lo hubiera dicho otra persona.

—Y un huevo. Ni de coña.

Paulie retrocede un paso para tirar de la cintura alta de sus vaqueros. De pronto, ahora que él no la aguanta, le flaquean las piernas.

—Creo que me desm...

Alicia se desploma ante Paulie y se golpea la cabeza con los ladrillos al deslizarse por la pared. Él la agarra por la bragueta del pantalón y la sostiene, y en ese momento su vejiga no aguanta más. La orina le fluye por los muslos y hace que Paulie se aparte horrorizado.

—Hija de puta... —dice, como si se explicase la situación a sí mismo.

El suelo está frío, y la orina, caliente. Alicia cierra los ojos. Es posible que haya perdido la consciencia unos instantes, porque cuando los abre ve a Paulie o, más bien, ve sus zapatos doblando la esquina, y se queda sola. Cuando intenta levantarse, los pies le resbalan.

«Quédate aquí abajo y respira un poco», se dice. Dobla las piernas y mete la cabeza entre las rodillas. Huele su propio pis, pero está demasiado mareada para que le importe. En todo caso, el olor es reconfortante. Se toca la parte de atrás de la cabeza y palpa la mancha de sangre que, con ese frío, ya empieza a coagularse. Piensa que ojalá no se le hubiera llevado la goma. Pero es una estupidez desear algo así en semejante momento: debería alegrarse de estar viva. Debería alegrarse de que no la haya penetrado. Aun así, quiere la goma, joder, para recogerse el pelo e intentar salir de esa situación sintiéndose un poco normal. ¿Es a esto a lo que se refiere su madre cuando dice que algunas chicas se lo buscan?

Oye voces, como una radio mal sintonizada a lo lejos.

—¡Mira quién ha bebido demasiado!

Y risas. Aparecen unas siluetas que desaparecen de nuevo en la niebla densa. Alicia apoya la cabeza en la pared. El aire que tiene delante es denso como la leche; podría tener el mar delante y no se daría cuenta. De hecho, juraría que oye olas. Se le cae la cabeza a un lado. Cierra los ojos y piensa en lo que habría pasado si hubiese ido a la estación de Blackfriars como debería haber hecho. Tal vez habría llamado a la puerta de Bennett para que la invitara a ese té. Podría haberle contado que quería ser fotógrafa gastronómica y que hace mucho tiempo que ansía una cámara Hasselblad. O quizá no le contase nada. Puede que guardara silencio y lo observase contemplando las muestras de tejidos y acariciando las texturas y los hilos con cariño. Mañana tendrá que decirle que regresa a casa antes de lo planeado.

—¿Esa chica está bien?

Alicia oye una voz de mujer, pero parece lejana, como si ella estuviera en tierra firme, y la mujer, entre las olas. Cuando abre los ojos, ve que se le acerca un grupo de mujeres. Intenta levantar la cabeza, pero la tiene como una bola de demolición. Los cierra de nuevo.

—Hostia. —Un par de pies se acercan aprisa—. ¡La conozco!

Nota una mano en el brazo y da un respingo, confundida; piensa que Paulie ha vuelto.

—¿Alicia?

Una silueta borrosa y voluminosa con un jersey negro estrecho de cuello alto se cierne sobre ella.

La mujer se sienta a su lado, la rodea con el brazo y se la acerca a su pecho prominente.

—Soy yo, Kiera —le dice en voz baja.

Alicia levanta la cabeza y la mira con los ojos empañados.

—Dime qué te ha pasado —le pide Kiera y le sostiene la cara entre las manos.

—No debería haber venido —farfulla Alicia, casi inaudible.

—¿Aquí? ¿A este pub?

Kiera intenta descifrar sus palabras.

Alicia niega con la cabeza y aparta la mirada: el pub, Borough Market, Camden Town, Chiswick, Londres. Tú eliges. Sobra en todos esos sitios.

—He recibido tu mensaje —dice Kiera, y le mete el pelo detrás de la oreja.

Las amigas de Kiera se han acuclillado a su alrededor. Una le frota la rodilla. Otra quiere saber si debería llamar al número de emergencias.

Alicia se abraza a la cintura de Kiera.

Kiera se fija en los vaqueros abiertos y empapados y la agarra fuerte.

—No es culpa tuya —le susurra justo cuando Alicia se pone a llorar—. ¿Entiendes, Alicia?

Responde que sí con la cabeza y quiere creer que es cierto. Se siente perdida en el mar, pero Kiera es su mástil. Se hunde en su amiga y, mientras las olas arrecian, se aferra a ella como si le fuera la vida en ello.

Más ambiente

Puedes vivir en una casa enorme de cuatro dormitorios con una cocina digna de un chef, un cuarto exclusivo para la lavadora y la secadora, camas de dos por dos, un televisor de pantalla plana, armarios llenos de porquería que hace años que no miras, un surtido interminable de toallas mullidas y un cuarto de baño con una ducha de efecto lluvia y radiador toallero…, o puedes vivir en una caseta venida a más con un sofá cama duro, un hervidor de agua lleno de cal, un armario que compartes con un ratón y una ducha que tiene más o menos el mismo tamaño que un ataúd colocado de pie y el grifo oxidado. En cualquier caso, estás vivo y eso es preferible a la muerte, de eso Bennett está bastante seguro.

Mira por la ventana de su diminuto estudio del jardín, más allá del césped cuidado que se mantiene de un verde imposible incluso en invierno y de las baldosas de piedra, con la mirada fija en la ventana de su gran casa de ladrillo claro. El sofá cama, donde se encuentra en ese momento, está pegado a una de las dos ventanas grandes del estudio: perfecto para espiar a sus huéspedes. Hoy tiene a los Easton, un tipo británico y su esposa estadounidense; llegaron hace unos días. Han reservado todo un mes, la estancia más larga de entre todos sus clientes. La pareja va por la casa como si fuera suya, piensa él con amargura. Son artistas. «Yo también», les dijo Bennett a su llegada, y les señaló el estudio del jardín, pero no suscitó respuesta por parte de ninguno de los dos, ni siquiera el típico «¡No fastidies!» de los americanos. La señora Easton se limitó a mirar el estudio con el gesto arrugado, como si hubiera olido algo podrido. A pesar de que les había asegurado que no los molestaría, la expresión de la mujer indicaba que sí lo haría. «No os preocupéis —les había dicho—, os dejaré a vuestro aire.» Y no era del todo mentira: no los ha interrumpido para nada, pero no puede dejar de observarlos. Al fin y al cabo, no tiene televisor para entretenerse.

Los primeros días que estuvo en el estudio, para él era importante sentirse como en casa. Al principio, se esforzaba en desplegar el sofá cama todas las noches y plegarlo por las mañanas. Llegó incluso a ponerle una sábana bajera antes de irse a dormir, aunque doblarla al día siguiente era un suplicio. Guardaba el edredón y las almohadas en un armario pequeño junto al baño, de donde los sacaba por la noche para embutirlos de nuevo por la mañana. Pero no tardó en convertirse en un fastidio. Y las lamas de madera del somier también le daban problemas. Crujían y muchas veces el armazón se quedaba enganchado a medio camino entre la posición de sofá y la de cama. Todas las mañanas tenía que apartarlo de la pared y darle un buen meneo para convertirlo en sofá, cosa difícil de lograr porque, en general, lo único que conseguía con el empujón era empotrar el armatoste contra la pared sin haberlo plegado. La clave era empujar en diagonal y hacia atrás, pero eso requería arrodillarse para conseguir el impulso necesario. Bennett tiene cincuenta y cinco años, un hecho del que no quiere tener que acordarse cada vez que se agacha a plegar el mueble. Con ese dato en mente, ahora lo tiene siempre cerrado, en forma de sofá. Cuando se despierta, aparta la ropa de cama y las almohadas a los pies, donde se quedan hasta la hora de dormir. Y es en el respaldo del sofá cama donde, todas las mañanas, apoya la barbilla y mira por la ventana de la casa grande donde vivía.

Los Easton se despiertan tarde, pero eso le va bien, ya que él hace lo mismo. Los rayos del sol de invierno no iluminan el estudio hasta las ocho, así que casi nunca se levanta antes de esa hora. Esta mañana en particular, la pareja hace lo mismo que han hecho todas las anteriores: comer granola sentados a la isla de la cocina mientras cada uno mira su móvil sin mediar palabra. Bennett se ha aprendido la rutina. Primero baja el señor Easton en pijama, coge el paquete de granola de la estantería y saca un cuenco del armario. Lo llena de cereales y leche, y después guarda el paquete en la estantería y la leche en la nevera. Cinco minutos después, baja su esposa vestida y con el pelo siempre recogido en un moño. Coge la granola de la estantería y un cuenco del armario. Llena el cuenco de granola y se la come en seco, cosa que a Bennett le parece repugnante. Durante el tiempo que tardan en desayunar no conversan, solo miran el móvil. No se enseñan artículos ni fotografías. De hecho, no se miran ni una sola vez hasta que el señor Easton coge el cuenco y se bebe los restos de la leche, momento en el que ella se vuelve y le echa una mirada que agriaría la producción de toda una granja de lácteos.

Bennett ve todo eso gracias a que tiene una vista excelente. Es extraño que no viera su divorcio a la legua (quizá porque tan de cerca las cosas se ven más borrosas); en cambio, en la óptica es capaz de leer las letras de la línea del fondo sin ayuda. Está convencido que el don de la buena vista es una de sus bazas como buen pintor. Le gusta en particular apartarse del cuadro en el que está trabajando y observar todos los detalles diminutos e intrincados, que siempre son abundantes. Ahora mismo está con un cuadro de metro veinte por metro y medio de una tela amarilla que sacó del fondo de una pila de tejidos florales que tiene en el estudio. A lo largo de los años ha reunido una colección de miles de retales, como demuestran los montones que van del suelo al techo y ocupan el extremo opuesto del estudio. Lleva pintando lo que él llama «retratos» de esas telas desde hace unos diez años. Son sus fieles sujetos, como le gusta referirse a ellas, más que nada para sí mismo, pues no hay nadie más. La pared de las telas está organizada por estampados y después por colores. Hay una pila de tejidos florales dispuestos en orden cromático que llega hasta el techo; empieza por los naranjas y pasa por los rojos, los violetas, los azules, los verdes, hasta los amarillos, que están abajo del todo. Hay otras tres columnas similares con telas de cuadros, de dibujos geométricos y de rayas. Le gusta mezclarlas en un mismo cuadro y solapar distintos estampados y gamas de colores.

Teniendo en cuenta que el amarillo es el color que menos le gusta, es extraño que haya escogido este tejido floral. Pero le atrajo la mirada hace un par de semanas, después de que Alicia, una de sus huéspedes, saliera de casa con una chaqueta amarilla que le llamó la atención. Él se había fijado en la prenda, que no era ni de color mostaza ni mantequilla, sino más bien como una mezcla de mostaza Colman's con mantequilla Lurpak y un chorrito de limón. Tenía que conseguirlo. Esa tarde hizo justo eso, mezcló el color de memoria. No con mostaza y mantequilla, sino con pintura: amarillo de cadmio muy intenso mezclado con una pizca de amarillo brillante pálido, amarillo de Nápoles, ocre y, por último, un poco de limón de cadmio. Diluyó la mezcla de pinturas con aguarrás y le dio una capa de aguada al lienzo con ese tono que llamaba «amarillo Alicia». Hecho eso, la tela floreada de color amarillo que estaba al fondo del montón le saltó a la vista y exigió su momento de protagonismo. Bennett pensó que si al día siguiente topaba con Alicia, le enseñaría el lienzo; quizá hasta le pediría que se colocara al lado con la chaqueta puesta para ver cuánto se había acercado al tono. Sin embargo, no había tenido ocasión de pedírselo.

Aunque había sido tímida desde el principio, la Alicia que había visto al día siguiente era una mujer distinta de la que llevaba el cárdigan, la mujer que no podía quitarse de la cabeza desde que la había recibido. A diferencia del día anterior, estaba muy turbada y le dijo que le había surgido algo y que tenía que volver a casa antes de tiempo. No era asunto suyo, así que Bennett no se inmiscuyó; debía de ser algo relacionado con su novio o con la familia, cosas que no compartirías con tu anfitrión de AirBed de mediana edad. No le había pedido un reembolso, pero él se lo dio de todos modos. No está seguro del motivo, más allá de que esperaba que eso la hiciera sonreír, cosa que en ese momento le pareció más importante que el dinero. Lo cierto es que ella sonrió por la devolución, más o menos; no fue una sonrisa de felicidad ni de alivio, sino por obligación. Por eso decidió no mostrarle el cuadro: tenía el presentimiento de que se vería obligada a sonreír de nuevo. Ayer acabó el plazo de dos semanas que Alicia tenía para dejarle una reseña en la página web de AirBed, pero no lo ha hecho. Él lo ha comprobado por las mañanas, todas las veces que se preparaba un té y cuando hacía un descanso de pintar para comer o cenar. No le sorprende que no haya escrito una crítica, pero le habría gustado saber de ella, saber que está bien. Él le ha puesto cinco estrellas como huésped:

Alicia ha sido una huésped excelente, amable y considerada. La recibiría con gusto cualquier otro día.

Era una versión comedida de lo que pensaba de verdad: «Ojalá volviera para poder darle un buen abrazo». En cualquier caso, le cuesta imaginarse sintiendo algo parecido por los Easton.

Hoy la señora Easton no mira a su marido mientras él sorbe la leche del cuenco de granola. Lo que hace es coger la cuchara y darse un golpecito en la frente con ella. A Bennett se le escapa una risotada, por su frustración. Ya casi nunca se ríe en voz alta. No consigue acostumbrarse a su propia voz, que le resulta demasiado alta y ajena cuando él es el único que puede oírse. Además, ¿qué sentido tiene demostrarse a sí mismo que algo tiene gracia? Ya lo sabe sin necesidad de reírse.

El señor Easton se levanta, deja el cuenco en el fregadero y sube al dormitorio. Bennett se apresura a tumbarse de nuevo. Al cabo de tres días de observar su rutina, sabe que ese es el momento exacto en el que la señora Easton dejará el móvil y mirará por la ventana de la cocina en dirección al jardín y al estudio.

Rueda hacia el costado, se deja caer al suelo a cuatro patas, gatea un metro hasta la puerta del baño, se levanta agarrándose al pomo y suelta un quejido.

Los vaqueros y la camisa que están salpicados de pintura cuelgan de un gancho del baño. Hoy en día casi nunca se pone otra cosa; tiene unas cuantas cajas de plástico donde guarda otras camisas y vaqueros, pero la mayor parte del tiempo permanecen cerradas. La de la ropa interior y los calcetines está arriba del todo, para que sea más fácil acceder a ella, aunque quizá no lo suficiente. Hoy se pone la ropa de pintar antes de darse cuenta de que no se ha cambiado los calzoncillos con los que ha dormido. Durante un momento, se plantea si vale la pena quitarse los vaqueros para cambiarse de ropa interior. No es la primera vez que tiene esa crisis existencial concreta. ¿Quién va a enterarse, aparte de él, si se queda con los viejos? Sin embargo, no quiere preguntarse «¿Qué más da?» porque esa es una cuestión peligrosa; pero, en realidad, ¿qué más da?

Piensa de nuevo en Alicia, lista para enfrentarse al mundo con su cárdigan amarillo. Si ella podía… Se quita los vaqueros y después los calzoncillos, los deja en una papelera pequeña que hace las veces de cesto de la ropa sucia y, de la caja de plástico, saca un par de *boxers* limpios de color negro. Se los pone y suelta la cinturilla elástica con orgullo. Son nuevos: el fin de semana pasado fue a una tienda de Marks and Spencer para comprar doce pares. Con la lavadora y la secadora en la casa grande, tenía que hacer acopio de calzoncillos y calcetines para la estancia de un mes de los Easton.

El ritual de aseo matutino es rápido. Ya no se ducha todos los días; las duchas que se da en el cubículo estrecho y claustrofóbico distan mucho de las lujosas que se daba en casa. El baño del dormitorio principal tiene dos duchas con efecto lluvia y espacio suficiente para dirigir a una orquesta. En cambio, si se yergue del todo en ese cubículo, la alcachofa le llega al cuello. La idea de instalarla en el estudio fue de Eliza. Odiaba el olor del aguarrás y de las pinturas, así que lo animaba a ducharse al acabar de pintar, antes de entrar en casa. Bennett ya no lo huele: después de casi cuarenta años pintando, ha desarrollado una anosmia específica. Casi todas las mañanas, se pone la ropa de pintar, se lava los dientes y se echa agua en la cara. Esto último lo hace con prisas, no hace falta entretenerse con los surcos que el tiempo le ha labrado en la piel ni con la cicatriz que tiene debajo del ojo izquierdo desde hace cuarenta años, de una noche en la que su padre estaba beodo y le lanzó un cuenco de cerámica a la cara. Eliza le compraba una crema hidratante muy cara, pero él no tiene ni idea de dónde la sacaba. Aunque podría buscarlo en Google, no se ha molestado. A diferencia de la ropa interior limpia, ya no la necesita.

Como se enorgullece de no haber perdido el pelo ondulado que lo caracteriza, dedica la mayor parte del tiempo de aseo a su pelo. El peluquero le recomienda dos productos: aceite de argán de Marruecos para que no se le encrespe y un gel que le define las ondas. Se echa un poquito de cada en la mano y los mezcla frotando con energía antes de repartírselo por el pelo desde la raíz a las puntas.

Listo para el día que tiene por delante, sale del baño y enciende el hervidor de agua. En el extremo opuesto del sofá cama ha instalado una cocina provisional. Es muy compacta y la tiene limpia y ordenada, de manera que le queda más espacio para apoyar lienzos en la pared. Consiguió una cocina eléctrica de dos fogones y una nevera pequeña a muy buen precio en eBay, y el dinero que se ahorró lo derrochó en un horno tostador y un microondas de John Lewis. La pila donde antes solo lavaba los pinceles ahora sirve de fregadero, y la encimera de fórmica que la rodea está ocupada por una tabla de cortar, el hervidor, la base del iPod y un frutero. Hoy en día consume mucha fruta porque es la comida perfecta para todo aquel que quiere comer a la vez que hace otra cosa. Pela un plátano mientras espera que hierva el agua y se cuida de no mirar más por la ventana. Quiere hacerse el distante con la señora Easton, que continúa sentada a la isla de la cocina. Durante un momento se pregunta qué tipo de arte hará ella: «Debe de ser conceptual», piensa rencoroso.

Pulsa el botón de reproducción de la base del iPod y mira hacia el otro lado de la estancia, a los lienzos y los montones de telas que tiene apilados al fondo. Cuando empieza a sonar el hiphop, Bennett nota que relaja los hombros, el silencio queda amortiguado. Es un hombre de mediana edad a quien le gusta el hiphop y marca el ritmo mientras se come un plátano en su estudio, nada más. Aquí no hay nada que ver. Da botes con cierta desinhibición mientras espera a que hierva el agua. Repiquetea en la encimera con la cucharilla.

Más ambiente, más vibraciones, más presión, más ambiente. Más ambiente, más presión, más presión, más ambiente.

El hervidor borbotea y se apaga. Mete la mano en la caja de bolsitas de té PG Tips y saca la última. Esta tarde tendrá que ir a la tienda; no le vendrá mal, que hace días que no sale del estudio.

Con el té en la mano, se deja caer sobre una silla giratoria cubierta de pintura. Entre el cuadro amarillo de la pared del fondo y las ventanas de la parte de delante del estudio no hay nada más que la silla. Le gusta dejar ese espacio bien despejado para relacionarse con la pintura desde cualquier distancia. A mano derecha tiene las columnas de telas, y en el centro de la estancia hay dos mesas plegables llenas de tubos de pintura, una paleta de cristal, trapos y pinceles: la frontera entre el espacio de trabajo y el resto del estudio. Tiene un problema inminente y es la falta de sitio para almacenar los lienzos terminados. Ya no van directos a una galería, como antes, sino a una habitación que cierra con llave en la primera planta de la casa: el antiguo estudio de Eliza. Ahora está casi lleno de cuadros apoyados con precariedad sobre el radiador. Ni que decir tiene que la solución más sencilla a la cuestión del espacio es dejar de pintar. Pero, entonces, ¿qué cojones haría todo el día?

Rueda hasta la pared de las telas y le da un buen trago al té antes de sacar una de las amarillas de rayas del fondo. La ha avistado desde el otro lado mientras esperaba a que hirviera el agua. Los estampados y los dibujos tienen maneras de llamarle la atención cuando les llega el momento de inmortalizarlos en pintura (o eso piensa él). Bennett sabe que los tejidos no son conscientes, pero se imagina conversando con ellos. Cuanto más solitarios son sus días, más personifica sus posesiones, sobre todo tratándose de un hombre dotado de una propensión natural a asignar emociones humanas a los objetos inanimados. Sostiene la tela escogida delante del cuadro. Los amarillos del lienzo, que antes tenían una cualidad cítrica, ahora aparecen más anaranjados en contraste con los amarillos verdosos del retal rayado. Entorna los ojos y se fija en los halos que se forman entre los colores, en cómo los verdes se vuelven más naranjas, y los naranjas, más verdes. Esos son los momentos mágicos que busca: colores que resplandecen y cambian cuando se juntan. No se explota lo suficiente.

Después de dejar la tela de rayas sobre el respaldo de la silla, le aplica azul cobalto a la paleta de amarillos. Lo aplana contra el cristal con la espátula y lo extiende por la superficie lisa hasta que la pintura se acaba. Hace veinte años, cuando pintaba desnudos, la parte que más le costaba era captar la expresión de los modelos. Cuando pintaba mujeres desnudas, Bennett prefería distanciarse pensando en ellas desde el punto de vista anatómico, no emocional. La anatomía se le daba bien, entendía la figura y sus proporciones a la perfección. Era el estado de ánimo lo que no conseguía dominar. Por algún motivo, captar los sentimientos de esas mujeres era para él un poco como engañar a Eliza. Comprender a otra mujer lo suficiente para pintar sus emociones era el equivalente a ser infiel. En cambio, cuando pintaba telas o hacía un bodegón, era capaz de extraerles toda la verdad, la necesidad de la manzana de proporcionar sustento, el deseo de la tela de arropar. De hecho, los reseñistas a menudo se quejaban: «Parece que a Bennett Driscoll le interesan más las telas sobre las que se tienden las modelos que los desnudos en sí». Uno llegó al punto de decir: «Tal vez Driscoll debería abandonar los desnudos de una vez».

Bennett se pregunta dónde estará ese crítico ahora. Le hizo caso a ese cabrón y ahora está en la ruina. Carga la espátula de amarillo de cadmio claro y lo extiende sobre la capa de azul. Puede que sea por su soltería reciente o quizá por estar sin blanca, pero desde hace poco se plantea reintroducir figuras en los cuadros. Cree que tendría varios beneficios potenciales. Haría que las galerías volvieran a interesarse por su trabajo. A los coleccionistas no les importaba lo que decían los críticos. Los desnudos se vendían.

Incorpora la pintura amarilla a la azul de manera metódica, como un repostero que mezcla los huevos con la harina. El azul y el amarillo pasan de ser dos colores a uno.

Otro asunto aún más urgente es el del contacto humano. Necesita hablar con personas que no sean sus huéspedes de AirBed y sus preguntas inanes sobre dónde comer el mejor curri. ¡Vete a la India, capullo! Traer a una modelo al estudio significaría tener a alguien con quien hablar varias horas al día. Y ella tendría que hablar con él, dado que él le pagaría. Ay, el dinero. Eso sería un problema. Las modelos no son baratas. Tendría que subir la tarifa por noche de la casa, aunque no por eso deja de ser una posibilidad que tener en cuenta. No las subió cuando se convirtió en *superhost,* como hace la mayoría de la gente. Quién sabe, a lo mejor la modelo quiere acostarse con él. Un momento, no. No puede pagarle y follar con ella.

«Eso se llama "prostitución", gilipollas.»

Se aparta de la paleta. La mezcla que ha conseguido es un verde brillante, como del Día de San Patricio. El puto verde que no quería; buscaba un amarillo verdoso. Con cierto rencor, echa un buen chorro de amarillo de cadmio encima del verde, como si el color lo hubiera insultado. Lo que antes parecía mezclar huevos con harina con mucho cuidado, ahora recuerda más a estar rompiendo huevos en el cuenco de una batidora mientras las varillas giran a gran velocidad. La espátula voltea la pintura con rabia y salpica por todo el cristal. Sigue siendo demasiado verde, así que retira la mitad y la deja a un lado de la paleta. Se pregunta si la señora Easton sabe mezclar colores. Seguro que los usa directamente del tubo. Todavía está sentada a la isla, ¿es que no tiene nada que hacer?

Bennett mira con los ojos entornados la tela que ha dejado en el respaldo de la silla. Tiene que conseguir un color más neutro porque, ahora que se fija, el tono que busca es en realidad un amarillo verdoso amarronado. Lo que necesita es marrón ocre. El noventa y nueve por ciento de las veces la solución es el marrón ocre. Debería aprender a empezar por ahí. Busca el color en la mesa de trabajo y, a diferencia de las telas, los tubos de pintura no están en orden cromático, sino hechos un revoltijo en un montón. Teniendo en cuenta que el ocre está muy solicitado, cuando lo encuentra no se sorprende de ver que el tubo está vacío.

Cuando sale de casa después de comer (el almuerzo ha consistido en dos manzanas y un pack de redecilla de quesitos Mini Babybel) lleva en el bolsillo una nota que dice: «Marrón ocre y bolsitas de té». No debería hacerle falta una lista de la compra para dos cosas, pero, si no las apuntase, se le olvidaría una de las dos. Su memoria, como sus rodillas, también tiene cincuenta y cinco años. Ahora que necesita pintura, tendrá que ir a Boss Art, la tienda grande de suministros que hay en el Soho y que vende pintura tan barata que no le extraña que los que trabajan allí no sepan distinguir un pincel de un lápiz.

No salía del estudio desde el domingo, cuando recibió a los Easton. Es jueves. Al salir al aire gélido de febrero, controla a la señora Easton, que continúa sentada a la isla de la cocina y continúa mirando el móvil. Se pregunta si esto es lo que sentía Eliza observándolo durante tantos años; sus últimas palabras, «No puedo seguir parada aquí contigo», le re-suenan en los oídos. Vuelve a entrar en el estudio, coge un cuaderno de bocetos y un par de lápices y los mete en una bolsa de lona que ha acumulado polvo del tiempo que lleva colgando junto a la puerta. Hoy sale y piensa quedarse por ahí un buen rato. Para algo se ha puesto ropa interior limpia.

Khoury's Market, la tienda que hay junto a la estación, siem-pre tiene la puerta abierta, aunque sea pleno invierno. El col-mado cubre todas las necesidades diarias que tiene Bennett como hombre soltero: pasta, pesto, fruta, Mini Babybel y, lo más importante, té. Va directo al fondo de la tienda, donde, muy a su pesar, se encuentran las bolsitas: pasado el vino y al lado del detergente. Hoy, sentada delante de la caja, está la hija de los Khoury, que no es muy simpática; así que Bennett deja el té en el mostrador sin decir nada. Ella lleva el pelo re-cogido en una coleta tan tirante que debe de dolerle. Lo mira con una expresión vacía, de manera que Bennett le acerca la caja un poco más. Antes cobraba su padre, pero últimamente la ve más a ella. El señor Khoury era amable y siempre apar-taba la vista de su ejemplar del *Sun* para preguntarle si había visto el programa de los resúmenes de los partidos. Bennett no lo ha visto en la vida, pero le alegra que el señor Khoury piense que es la clase de hombre que se interesa por el fútbol.

—Dos libras, amigo.

A la hija no le gusta mirar a la gente a los ojos. Mira por la puerta en dirección a la calle y, mientras espera, golpetea el mostrador con las uñas. Las lleva tan afiladas que podría re-banarle el cuello a un hombre.

—¿Te importa que te pregunte por qué ponéis el té al fon-do? —se sorprende a sí mismo diciendo mientras rebusca una moneda de dos libras en el bolsillo.

Ella se encoge de hombros.

—Supongo que es lo que más se vende, ¿no? —prosigue él—. Podríais ponerlo cerca de la caja.

Debería callarse, pero hablar con alguien le hace sentir bien.

—La mayoría compra alguna cosa más —responde la hija con indiferencia, y le coge el dinero—. O sea que por el camino ven cosas que no sabían que les hacían falta.

—Ah, vale. —Coge la caja de té—. ¿Qué más compran?

—Pues patatas fritas y cosas así —dice, y se encoge de hombros—. Aliño para ensaladas.

«Qué combinación más asquerosa.»

—¿Esperabas que yo también comprase un bote de aliño?

—La verdad es que no, amigo. Me da igual.

«No me extraña.»

El Soho es adonde van los carcamales como Bennett que aún quieren sentirse a la moda. Está lleno de fracasados en busca de relevancia, sobre todo gente del cine y de la televisión que llena los cafés y los bares de las calles Dean y Frith. Bennett se ha acomodado en una de las mesas del fondo del Claret. A medio camino entre un bar de vinos francés y un pub británico, era uno de los favoritos del artista Francis Bacon y, por lo tanto, uno de los favoritos de Bennet Driscoll. Ha pedido una copa grande de vino tinto y cree que es *syrah*, pero en realidad no está seguro de qué le ha servido la camarera. No recuerda la última vez que se tomó un vino antes de las cinco de la tarde, pero se ha convencido de que no es para tanto. Ya ha comprado la pintura de color marrón ocre, un recado muy rápido en comparación con el tiempo que se tarda en llegar al centro y, además, ha dicho que no regresaría a casa hasta más tarde. Antes de salir del estudio se ha tomado la molestia de quitarse la ropa de pintar y ponerse unos vaqueros bonitos, su jersey negro de cachemira favorito y las botas marrones de cordones. A Francis Bacon no le habría importado una mierda empezar a beber a las tres y media de la tarde, aunque Bennett se recuerda a sí mismo que Francis Bacon era alcohólico.

No obstante, él no está allí para beber. Ha ido a dibujar. Tiene el cuaderno sobre la mesa, si bien de momento no lo ha abierto. Los lápices descansan a un lado y delatan la intención de su dueño, pero solo a él. Escoger un sujeto para el dibujo será difícil. En la barra hay un grupo de viejos estirados sin nada mejor que hacer que beber un martes por la tarde. Unos cuantos han acudido con sus esposas, todas con su copa pequeña de blanco colocada junto a la grande de tinto de sus maridos. Bennett no quiere ganarse un puñetazo, así que hacer un boceto de alguna de ellas quizá no sea buena idea. Tampoco le apetece dibujar a ninguno de los abuelos, conque se decide por la camarera. Abre el cuaderno, busca una página en blanco y le da un buen sorbo al vino antes de coger uno de los lápices HB. Desde donde está sentado, ve a la mujer pelirroja de mediana edad que está detrás de la barra de perfil. La contempla un momento mientras trata de decidir por dónde empezar. Primero dibuja las líneas de la barra para crear un mínimo entorno para la figura. Es esbelta, cosa que no sorprende tratándose de una mujer que se pasa el día de pie. Tiene algo extraño, incluso sexi. No parece una cualidad del todo espontánea, más bien como si fuera algo torpe o un poco sabelotodo, como que podría saber mucho sobre *El señor de los anillos*. A lo mejor es por esa camisa de color carmesí intenso que parece de hada y tiene las mangas acampanadas. Va a empezar por ahí, por la mano, que descansa al borde de la barra. Traza la manga con el lápiz hasta que se esconde detrás de la barra. A continuación, dibuja la línea hasta la flexura del codo y, sin esfuerzo alguno, la sube hasta el hombro y la desplaza hacia abajo para completar el brazo. Todo eso le cuesta apenas treinta segundos. Le sorprende lo familiar que le resulta el movimiento. La observa mientras ella charla con el par de viejos arrugados de la barra: uno con una gorra plana y el otro con una barba enorme y revoltosa. En cuestión de dos minutos más, ha trazado casi toda la silueta. Le pone especial atención a acentuar la elevación de los pechos pequeños, un detalle que indica que es más joven de lo que él pensaba. Bennett está muy a favor de los pechos pequeños y bien puestos, así que no tiene ningún problema en entretenerse con ellos.

Ha dejado la difícil tarea de captar su expresión para el final. De momento se dedica a añadir los detalles de su cabellera suave y brillante, que lleva recogida en un moño bajo y un poco suelto. Deja el lápiz, bebe otro sorbo de vino buscando inspiración y la estudia mientras ella se ríe con una broma de uno de sus clientes. ¿Ha sido gracioso de verdad o es muy amable? Ese es el problema: que no lo sabe distinguir. Se plantea la posibilidad de dejar la cara en blanco. Se pregunta si eso le daría un toque interesante o misterioso, pero sabe que no es verdad. Solo demuestra que es un cobarde. Procrastina mirando las fotos y los cuadros que cuelgan de la pared del pub. Con más de cien años de historia, el local es mitad garito y mitad museo: está cubierto de fotos viejas y de caricaturas de los clientes más famosos. Justo encima de él hay una imagen de Francis Bacon sentado en una silla igual que la que ha escogido él. Bacon parece serio pero contento, con las piernas cruzadas y los labios formando una línea recta. Se inclina hacia delante de manera que podría interpretarse como un gesto agresivo, y Bennett se pregunta si en ese momento el artista sabía lo importante que era y lo influyente que acabaría siendo. Piensa que las fotografías de los artistas famosos siempre transmiten cierta genialidad. Bacon tiene cara de saber desde el principio, sin asomo de duda, que era alguien extraordinario; en cambio, Bennett no recuerda ninguna foto suya que comunique la misma dignidad. Para empezar, en la mayoría de ellas sale sonriendo. En muchas, de oreja a oreja, como un idiota. Se acuerda de que, cuando era niño, su padre le gritaba: «Sonríele a tu madre», y señalaba la cámara que ella tenía en la mano. Luego añadía: «Es lo único que la hace feliz». Todas las fotos de las que se acuerda, incluso siendo adulto, se las hizo ella. Le encantaba ir a las inauguraciones y sacarle fotos posando junto a los cuadros, sonriendo como un niño en la foto del colegio, obediente y adorable.

Desde hace poco, Bennett reflexiona acerca del uso que hace Bacon de la figura y, sobre todo, del modo en que metía sus miedos en sus obras. Como hombre afligido por la muerte y el fracaso, parece haber mezclado la pintura con ansiedad, de la misma manera que otros artistas la mezclan con aceite de linaza. Era su verdadero medio y parte necesaria de su éxito duradero. La carencia de emociones de ese calibre en el trabajo de Bennett, cree él, podría ser uno de los factores de su descenso gradual hacia la oscuridad: nunca ha mezclado la pintura con miedo ni dudas. La mezcla con seguridad y predictibilidad. Se ha esforzado por vivir la vida como la clase de hombre que él imagina que es fácil de querer, al contrario de su padre, que se enorgullecía de sus fracasos como marido y progenitor. Bennett intentaba ser estable y un apoyo para su hija y su esposa, pero Eliza se marchó y lo tildó de ser «una puta frustración». Ahora ya no tiene ni idea de qué clase de hombre es o quiere ser. Al parecer, lo que él consideraba estable y un apoyo a Eliza le resultaba tozudo y sofocante, y puede que también a Mia, aunque a ella no se atreve a preguntárselo.

Coge el lápiz para seguir dibujando y entorna los ojos para enfocar mejor a la camarera. Le dibuja la boca con varios trazos rápidos; entreabierta, con los labios curvados y los bordes de los dientes asomando solo un poco. Se le inclinan los ojos de la risa y aparecen las patas de gallo. Bennett añade las líneas como si fueran bigotes de gato.

Cuando la camarera mira en su dirección, Bennett suelta el lápiz al instante. Sin embargo, no lo mira a él, sino que se fija en el nivel de la copa de vino, que cada vez baja más. Levanta una botella de *syrah* y se la muestra, su expresión un interrogante.

Él levanta la copa para indicar: «Sí, por favor».

Ella se acerca desde la barra con la botella cogida por el cuello. A cada paso le roza el muslo.

Él cierra el cuaderno.

—¿Qué tienes ahí?

—Nada, estoy tomando notas —responde él de manera poco convincente.

Ella le llena la copa hasta la raya y mira lo que queda en la botella. Decide que no vale la pena guardarlo y le sirve el resto, hasta llegar al borde de la copa.

—Pensaba que a lo mejor estabas dibujando —sugiere ella mientras sacude las últimas gotas—. Ya sabes, como estás en el Soho... —añade con una sonrisa sarcástica que le acentúa las arrugas de expresión de alrededor de la boca—. Hay estrípers por todas partes, ¿por qué te tomas la molestia de dibujar a una camarera vieja y rechoncha?

Deja que el brazo de la botella vacía cuelgue a un lado.

Bennett nunca sabe qué decir en momentos como ese y es posible que ella esté pidiendo un cumplido. ¿Por qué si no se describiría como rechoncha ante un desconocido? En cualquier caso, ¿es aceptable hablar sobre la figura de una mujer a la que no conoce aunque sea para decir algo bueno? Lo cierto es que no está rechoncha en absoluto. De hecho, en comparación con los pensionistas borrachos del bar, está estupenda. Tiene unas tetas de fábula.

—Tienes una sonrisa encantadora.

«Bien jugado.»

—¿Me lo enseñas? —le pregunta, y se inclina sobre el cuaderno.

Estira el brazo y toca la cubierta, pero tiene la educación suficiente para no abrirlo. Sus manos parecen las de una persona mayor de lo que sugieren sus pechos, pero es camarera: las utiliza. Las uñas cortas pintadas de rojo descansan sobre el cuaderno mientras lo acaricia con los dedos. Pelo rojizo, camisa roja, uñas rojas. Parece una piruleta de fresa de tamaño natural. Le gustaría lamerla.

—No está acabado —responde él.

—Da igual. Nunca he visto un dibujo de mí.

La camarera lleva los dedos al borde del cuaderno para abrirlo, pero retrocede como si le hubiera venido a la mente algo aterrador.

—Ay, Dios, no será una de esas caricaturas, ¿verdad?

Señala una del escritor John Mortimer en la que sale con la cabeza enorme y una peluca empolvada.

—No —contesta él amable—. Nada de cabezas gigantes.

«¿Esto es coquetear?»

—Gracias a Dios —dice ella con la mano en el pecho—. Tendría que prohibirte la entrada al bar.

Se queda plantada delante de él con una sonrisa de perdedora, meciéndose un poco como una niña que pide algo, «porfa, porfa, porfa».

—Bueno, ya veo que no quieres enseñármelo. No pasa nada.

Él se da cuenta de que sí pasa.

—¿Quieres que me vaya para que lo acabes?

«Eres imbécil, Bennett.»

—A lo mejor, cuando me acabe esta copa de vino estaré lo suficientemente borracho para enseñártelo —dice, y se acerca la copa llena despacio, con cuidado de no verter nada.

—Seguiré emborrachándote hasta que lo consiga. —Da un par de golpecitos en la mesa con las uñas de color rojo brillante—. Y puede que te dibuje yo a ti en una servilleta. A ver qué te parece eso.

Entorna los ojos y le dedica una sonrisa que indica que el desagrado es fingido.

—Nada de cabezas gigantes —repone él—. Son las normas.

—Trato hecho.

Lo señala con el dedo y vuelve hacia la barra pavoneándose como si estuviera sobre una pasarela.

Bennett pasa una hora más en el pub mientras acaba el dibujo y hace algún boceto rápido de la gente que va llegando. Cuando por fin llega al final de la enorme copa de vino, sabe que es la hora de marcharse. Es posible que se haya bebido casi una botella él solo y ahora tiene que mear. Después de guardar el cuaderno y los lápices en la bolsa de lona, se levanta de la silla y aparta la mesa hacia delante. Las patas chirrían contra el suelo y anuncian su partida.

Mira a la camarera, pero ella está ocupada sirviendo a un grupo de mujeres jóvenes, una de las cuales grita: «¡Corre! ¡Píllala!» cuando ve que Bennett deja la mesa vacía.

—¡No puedo correr con estos tacones! —le responde a voces otra mujer de labios de color fucsia.

Bennett no da crédito: con los tacones y todo, la mujer avanza entre las mesas a paso de jaguar. Se prepara, pues cree que tendrá que atraparla cuando llegue hasta él, tropiece y le caiga en los brazos con el enorme bolso por delante. Sería la primera vez en varios días que toca a alguien.

—¿Te vas? —pregunta ella sin aliento en cuanto llega a la mesa.

—Toda tuya —responde él, y le cambia el sitio.

—¡No pienses que vas a irte sin enseñarme el dibujo! —le grita la camarera desde la barra, y lo manda acercarse moviendo el dedo índice.

Los baños están arriba y él a punto de reventar. Se dirige a la barra como un niño al que ha llamado el maestro para castigarlo.

—Venga, vamos a ver.

Le gustaría saber por qué está empeñada en verlo. Si alguien le hubiera hecho un boceto, Bennett está seguro de que él no querría verlo. Aun así, saca el cuaderno de la bolsa, lo desliza hacia ella y se arrepiente de inmediato al darse cuenta de lo pegajosa y mojada que está la barra.

Ella lo mira mal, aunque en broma, antes de levantar la tapa.

«Qué tortura. Pero no pares.»

Ella va pasando las páginas de los dibujos de telas despacio, las observa todas.

—Qué bonitos son —dice con cierta sorpresa en la voz, y levanta la mirada.

Todavía no ha llegado al suyo.

—Gracias —contesta él con un nudo en la garganta.

Pasa una página más y allí está ella: riéndose. No dice nada, se limita a mirarlo.

Bennett mueve el peso de un pie a otro intentando no mearse encima.

—Ostras... —dice ella al final—. ¡Oye, Nigel! —le grita al hombre de la gorra del otro extremo de la barra con el que se reía antes.

Nigel está enfrascado en una conversación con una mujer mayor que él cuyo canalillo arrugado le asoma por el escote.

—¡Nige!

Nigel la mira.

—Joder, Claire, ¿qué pasa?

—¡Mira! —Levanta el cuaderno abierto para que todos lo vean—. ¡Es el dibujo!

Se dirige hacia allá.

Bennett tiende la mano queriendo agarrar el cuaderno y, de paso, recuperar el control de la situación; sin embargo, al pegarse a la barra, castiga su vejiga aún más.

Ella le muestra la página a Nigel, que se recuesta en el respaldo del taburete para enfocar bien el dibujo.

—Espera —dice, y mete la mano en el bolsillo del abrigo—. Necesito las gafas.

Bennett da unos golpecitos en la barra. Esta es la razón por la que no dibuja en público. Tiene la polla a punto de estallar.

—Muy bonito —aporta Nigel con el cuaderno a un brazo de distancia.

—Qué bien se me ven las tetas, ¿no?

Nigel asiente con la cabeza: sí, es verdad.

—¿Te lo va a dar?

Claire mira a Bennett con expectación.

—Lo siento, las páginas de esos cuadernos no se pueden arrancar —dice con un tono que sugiere que no piensa romperla.

Ella frunce el ceño.

—Podrías volver otro día con uno con páginas que se puedan arrancar.

Suena a amenaza velada, como: «Vuelve con otro cuaderno o te enteras».

«No querrás que vuelva si me meo en el suelo.»

—Es factible, supongo.

Eso la pone tan contenta que da un saltito.

—¡Uy, tienes que ver el que te he hecho yo!

«Mierda.»

Es mona, pero en ese momento lo está incordiando bastante. Tiene que saber cuánto vino ha bebido; tiene que haberse dado cuenta de que Bennett no se ha levantado de la mesa para ir al baño en todo el rato y, sobre todo, tiene que estar viendo la incomodidad extrema que siente, porque está rojo como un tomate.

—¡Aquí lo tienes!

Le entrega una servilleta con aire triunfal.

Él la mira nervioso, pero no demasiado nervioso. No quiere parecer insultante. Sin embargo, enseguida ve que no tiene de qué preocuparse y sonríe de oreja a oreja ante el muñeco sonriente de palitos que sostiene una copa de vino gigante.

—Bien jugado —le dice.

—No te olvides de mirar la parte de atrás..., pero luego —responde ella con ademán provocador.

«Cuando haya meado.»

—Te debo la última copa.

Bennett busca la cartera.

—Invito yo, cariño. —Le guiña un ojo—. Venga, que debes de estar loco por ir al baño.

Él sube los escalones de dos en dos. Hacía años que no estaba tan atlético: hasta sus rodillas saben cuánto necesita mear, porque no ponen pegas. La servilleta que le ha dado Claire se le arruga en la mano mientras forcejea con la cremallera. Llega al urinario justo a tiempo y descarga con un fuerte gemido de alivio. Sin aliento, se apoya en la pared con el puño en el que tiene la servilleta hecha una bola. Cuando el chorro acaba por fin, se sacude la polla y endereza la espalda, y luego se inclina hacia atrás desde la cintura para estirar la zona lumbar. Entonces es cuando afloja el puño y despliega la servilleta. El monigote ridículo le hace sonreír de nuevo y, al darle la vuelta, ve que Claire ha escrito su nombre seguido de su número de teléfono y dos equis que significan dos besos.

«Toma ya, joder.»

Ahora tiene más cuidado con la servilleta: la dobla dos veces y se la guarda en el bolsillo de los vaqueros. Lo palpa por encima un par de veces para asegurarse de que está bien segura y después de eso se guarda la polla en los calzoncillos.

En el metro es hora punta. Bennett se aferra a la barra superior del pasillo de un vagón atestado. Está encajado entre dos hombres corpulentos vestidos de traje que insisten en leer el periódico a pesar de que ahí no cabe ni un alfiler. Bennett tiene la cara pegada al sobaco mojado de uno de ellos. No obstante, no le importa: una mujer le ha dado su número de teléfono. Sin tener que pedírselo. ¿Cuándo fue la última vez que le pasó eso a uno de los gilipollas que leen el *Evening Standard*? Mira a su alrededor buscando un hombre más apuesto que él, pero no ve a nadie que tenga un atractivo especial. Se da un toque en el abdomen: no lo tiene duro como una roca, pero tampoco hinchado. Se aplaude a sí mismo por tener las axilas secas y se pregunta cuántos de esos capullos se han molestado en cambiarse la ropa interior por la mañana. Él sí. Se pasa la mano por el pelo, y esa vez no es por los nervios, sino porque tiene pelo.

Saca los auriculares del bolsillo del abrigo y enciende el iPod. No necesita mirar. Lo hace funcionar girando la rueda dentro del bolsillo: una destreza que no impresiona a nadie más que a él. En cualquier caso, dentro no hay más que cinco discos. Ha sacado toda la música que le recordaba a Eliza, que resultó ser toda la que tenía. Todo menos Roots Manuva, claro. Tras pasar varias canciones, encuentra la que buscaba:

Más ambiente, más vibraciones, más presión, más ambiente. Más ambiente, más presión, más presión, más ambiente.

Los hombres a lado y lado de Bennett se vuelven y lo miran mal, pero él responde con una sonrisa. Tiene un número de teléfono.

«Superad eso, gordos de mierda.»

No decide si es mejor llamar a Claire al día siguiente o volver primero al bar. El móvil no es uno de sus puntos fuertes. Hoy en día, la única persona con la que habla por teléfono es Mia, y hasta esas conversaciones se le hacen cuesta arriba. Podría enviarle un mensaje, pero le da la sensación de que eso sería escaquearse. Quizá lo mejor sea regresar al bar. ¿Al día siguiente es demasiado pronto? Tendrá que conseguir un cuaderno cuyas páginas se puedan arrancar y eso significa otro viaje a Boss Art. ¿Le propone quedar o le pregunta si quiere ir a su estudio a posar para él? Parece que le gusta ser el sujeto de su obra. Si accede a posar, lo más probable es que también esté dispuesta a acostarse con él. Y si Bennett está en lo cierto, tendrá una modelo y a alguien con quien follar, y no le hará falta pagar por ninguna de las dos cosas. El día le ha salido a pedir de boca. Necesita más vino.

Cuando entra en la tienda, la hija de los Khoury sigue detrás del mostrador de la caja. Levanta la vista, pero no lo saluda. Como se acuerda de que el vino estaba junto al té, Bennett va hacia el fondo de la tienda con total confianza. Echa un vistazo a los tintos e intenta discernir cuál es el menos ofensivo. Necesita mejorar su conocimiento de vinos si quiere salir con una experta como Claire. Coge un par de botellas distintas y examina las etiquetas pensando que así aumentará las posibilidades de escoger bien. Se decide por un malbec porque suena más masculino que el merlot y hoy se siente viril. Se acuerda de su anterior conversación con la joven Khoury y de camino a la caja se hace con una bolsa de Doritos y un tarro de salsa (pero no de aliño de ensalada, qué asco). Deja los tres artículos sobre el mostrador con una sonrisa presuntuosa.

Sin embargo, antes no hablaba en broma: a ella se la sopla.

—Son diez, amigo.

Se saca algo, Dios sabrá el qué, de debajo de una uña.

Bennett coge un billete de diez libras de la cartera.

—He entrado a por vino, pero he visto las patatas y he pensado: «Pues la verdad es que me apetecen».

Con total indiferencia, ella tira de una bolsa de plástico de color azul del montón que hay junto a la máquina registradora y se lame el pulgar y el dedo corazón para abrirla.

Él se estremece y levanta la bolsa que lleva colgada del hombro.

—¡No hace falta! —Mete los artículos en la bolsa junto con el té y el cuaderno—. Gracias.

—Disfruta las patatas, amigo.

—Gracias. Seguro que sí.

Sabe que es un comentario sarcástico, pero él sonríe aún más. «Número. De. Teléfono. Capulla.»

Al entrar por la verja trasera del jardín, Bennett activa la luz de seguridad, y la señora Easton levanta la mirada; está delante del fregadero con expresión taciturna. Él le sonríe y la saluda con la mano, pero sigue caminando hacia la puerta del estudio. Ella le devuelve el saludo sin sonreír.

«En serio, ¿qué problema tiene esta tía?»

La presencia de los Easton es el principal obstáculo para una posible noche romántica con Claire. Supongamos que la lleva al estudio. Supongamos que ella posa desnuda para él. ¿Qué hará la señora Easton? ¿Contemplar con desaprobación desde la ventana de la cocina? ¿Cómo se supone que debe seducir a Claire sabiendo que esa mujer está a treinta metros de distancia contemplándolo con esa mirada de la muerte que le hiela la sangre? No puede esperar a que se marchen. Han reservado tres semanas más.

—Volveos a casa, coño —musita para sus adentros mientras gira la llave en el cerrojo.

Una vez dentro, saca el iPod de la chaqueta y lo coloca en la base:

Más ambiente, más vibraciones, más presión, más ambiente. Más ambiente, más presión, más presión, más ambiente.

Sube el volumen hasta que está un pelín demasiado alto y quita el tapón de rosca de la botella sin dejar de mover la cabeza al ritmo de la música. Le echa una mirada breve a la casa para ver si la señora Easton aún lo vigila: ella hace como que no, pero sí lo observa. Mientras ella esté a la vista, Bennett no podrá beber de la botella, así que se sirve en la taza que usa para el té.

«Joder con la señora Easton...»

Preferiría invitar a Claire a la casa grande. No quiere llevarla a esa porquería de estudio. Si la cosa se calienta, ella tendrá que esperar a que despliegue el sofá cama, cosa que le dará tiempo suficiente para cambiar de opinión. Además, no puede darle vino en una condenada taza. En la casa grande tiene unas copas muy elegantes. Cuando Eliza las compró, Bennett no tenía ni idea de qué eran las copas de Riedel, pero ella le aseguraba que era la única manera de beber vino. Ahora quiere aprovecharlas para cortejar a otra mujer, así que «a tomar por el culo, Eliza».

Se bebe el vino de golpe y luego se sirve más, abre el tarro de salsa y revienta la bolsa de Doritos. De pie delante del fregadero, unta una patata en la salsa y la cubre por completo. Está hambriento, así que se la mete entera en la boca. Se lleva la cena al sofá cama y encaja el bote en un rincón para que no se caiga. Se sienta y se acomoda en el colchón duro con las patatas en una mano y el vino en la otra: la clase de costumbre que volvería locas a su madre y a Eliza. Es consciente de que sus excentricidades son cada vez peores y de pronto se da cuenta de que está masticando al ritmo de la música.

¿Qué tipo de música escuchará Claire?, se pregunta. Si la trae a casa, necesitará algo más suave, algo más ambiental. Algo femenino.

Saca el móvil del bolsillo y va al registro de llamadas para pulsar el nombre de Mia.

—Hola, papá.

Parece ocupada.

—Hola, mi querida Mia.

—Estás animado. ¿Por qué estás tan animado?

—Me gusta oír tu voz.

Se dice a sí mismo que debería intentar rebajar el tono.

—Ayer hablamos y no estabas así.

—¿Qué música escuchas ahora?

—Pues no sé...

Mia siempre parece enfadada cuando algo la confunde.

—¿Por qué lo preguntas? —prosigue. La confusión desaparece enseguida y la sustituye la preocupación—. Nunca me has preguntado algo así.

Está convencida de que su padre se encuentra al borde de una crisis emocional y no se lo calla.

—Quiero comprar discos nuevos.

Se mete una patata en la boca mientras habla y nota cómo ella se estremece al teléfono.

—Hoy he ido al Soho. He pasado por delante de alguna tienda de discos y se me ha ocurrido que debería ampliar la colección.

No es del todo mentira. Ha pasado por delante de las tiendas, pero no ha pensado eso.

—¿Has ido al Soho? ¿Has ido a ver a Richard a la cafetería?

«No, no le he comprado un café a tu mejor amigo gay que quiere echarme un polvo.»

—¿Su cafetería está por allí cerca? Se me habrá olvidado...

No se le había olvidado.

—Tú eres el que escucha rap. Yo no tengo ni idea de qué música deberías comprar —dice, y hace una pausa—. ¿Estás bien, papá?

—Sí, claro. Estoy bien.

Se da cuenta de que habla con voz aguda.

—Es un poco pronto para estar bebido.

—No estoy bebido.

«Bueno, no mucho.»

—Es que he ido a dibujar a un pub.

Sabe que con Mia lo mejor es ser directo. Es demasiado lista.

—Me ha gustado salir del estudio —añade.

Hay un momento de silencio antes de que ella hable. Él sabe lo que le dirá, pero, por otro lado, con los años ha aprendido a dejar que se lo diga.

—Te entiendo. Pero acuérdate del abuelo.

Ella dice que lo entiende, pero no es posible. No si dice cosas así. No le cabe en la cabeza que olvidarse del abuelo, de su propio padre, para él no es una opción. Joder, le encantaría olvidarse. Quiere decirle cuánto le duele que lo compare con su padre, pero lo que dice es:

—Ya lo sé, mi amor. No hace falta que te preocupes por eso.

Mia le ha estropeado el buen humor.

—¿Te apetece que quedemos para cenar la semana que viene?

—Claro.

—Te quiero.

—Yo también, papá.

Eso lo inquieta, cuando ella no dice directamente que le quiere. Al colgar, se dice que no es a propósito.

Enrolla la bolsa de los doritos y los lleva junto con el bote de salsa al mostrador de la cocina, donde le enrosca el tapón a la botella de vino y la desliza hasta la pared para indicar que ya está. Vuelve a mirar hacia la ventana de la casa, donde la señora Easton cena sola, sentada a la isla de la cocina.

Por la mañana, ella está sentada justo en el mismo sitio, como si no se hubiera movido de allí. Eso confunde a Bennett cuando se incorpora a su puesto de espionaje; está un poco mareado y le duele la cabeza por la mezcla de vino tinto y Doritos. Se pregunta si se ha perdido el ritual matutino de los Easton mientras dormía. Mira el móvil: son las ocho. ¿Dónde está el señor Easton? Anoche Bennett se durmió pronto, pero aun así está convencido de que el tipo no ha vuelto a casa. Hace un día lluvioso. La condensación de las ventanas le dificulta distinguir de qué humor está la señora Easton, pero eso no le impide dar por sentado que está triste. La mera idea es egoísta, pero una brecha en ese matrimonio le sería muy útil. Puede que así se marchen antes de la fecha, como Alicia. Solo que a ellos no les reembolsará el dinero. Se lo quedará e invitará a Claire y se acostará con ella en todas las camas.

Han pasado dos años desde la última vez que practicó sexo, de ahí la urgencia. Se pregunta si se adelanta a los acontecimientos ahora que está planeando un encuentro sexual con Claire, una mujer a la que apenas conoce; no obstante, quiere estar preparado. Le echa un vistazo al monigote, que ha colocado en la ventana. Al fin y al cabo, le dio su número de teléfono sin que él se lo pidiera. Esa es la idea en la que se centra.

La señora Easton se acaba la granola y aparta el cuenco vacío. Mira el móvil de nuevo y luego lo lanza con agresividad al otro lado de la encimera de mármol de la isla y entierra la cara en las manos. Bennett empieza a sentirse culpable por ser testigo de todo eso. Se acuerda de la primera semana después de que se marchase Eliza. No podía despegarse del teléfono de lo seguro que estaba de que ella lo llamaría pidiendo permiso para volver. Se le ocurre que ver a la señora Easton regodeándose en sus problemas podría ir en detrimento de su propia recuperación. Es hora de mirar a otra parte. Además, en comparación con la mayoría, este día se le antoja bastante importante, es posible que no tenga mucho tiempo para pintar. El marrón ocre sigue sin abrir en la mesa de la paleta y el amarillo que mezcló ayer empieza a secarse.

No puede pensar en nada más que en volver al Claret. Quiere ver qué cara pone Claire cuando entre. Cree que a partir de entonces lo tendrá claro. De qué es lo que tendrá claro no está seguro, pero será algo importante, algo que quizá le cambie la vida. Un té. Ducha. Calzoncillos limpios. Gomina.

«A por ella, fiera.»

Piensa bien cómo vestirse antes de salir del estudio y hasta se pone un poco de colonia: cedro y enebro, dice la etiqueta. Según la botella, caducó hace un par de meses, pero cree que nadie se dará cuenta. Se pone un poco más de gomina en el pelo para que no se le despeine. Lleva su americana favorita, la de color chocolate, y una camisa azul de cuadros; ambas prendas colgaban de un gancho del armario diminuto esperando a una ocasión especial. Respira hondo y se recuerda que no debería pensar en acostarse con Claire esa noche: solo pretende plantar una semilla.

«Una semilla en su mente, no en... Contrólate, hombre.»

Tiene motivos para estar nervioso. La última vez que lo hizo con alguien fue horrible. Antes del último intento con Eliza, el grado de placer había decaído poco a poco, no lo niega; sin embargo, nada podría haberlo preparado para la sensación devastadora de estar dentro de ella, de la mujer con la que llevaba veinticinco años, sabiendo que era la última vez. Lo peor fue que Eliza había sido muy amable. Mientras estaba tumbada debajo de él, era evidente que intentaba, de forma sincera, despertar algo parecido a la pasión.

No hay muchas relaciones que duren veinticinco años, eso es lo que se dice Bennett. Sí, pensaban que se habían jurado compartir toda la vida, pero en cuestiones penales veinticinco años son una condena de por vida. Era de esperar que las cosas se estancasen, y cuando eso pasa, no las puedes arreglar: tienes que deshacerte de ellas. Como hizo Eliza con él.

—¿Bennett?

Oye su nombre pronunciado con acento estadounidense mientras cierra la puerta del estudio con llave. Ha esperado a propósito a que la señora Easton no estuviera a la vista para salir del estudio, pero allí está ella igualmente. Que él sepa, es la primera clienta molesta por su proximidad, pero ahora es él quien está molesto por la proximidad de ella. En general, tiende a intentar que todos los huéspedes se sientan bienvenidos en su casa, no en vano es un *superhost,* pero la señora Easton no le hace sentir súper en ningún aspecto. Antes de volverse, se arma con su sonrisa más cálida.

—Siento molestarte —dice ella, pero su tono de voz indica lo contrario.

Tiene los brazos cruzados. Entre ellos ha dejado unos tres metros de distancia.

—Para nada —responde Bennett con el mismo tono.

A esto pueden jugar dos. Él también cruza los brazos.

—Nos las hemos apañado para romper una de tus copas buenas.

—Ah... —contesta él sorprendido.

Esperaba una queja en lugar de una confesión. Le tienta responderle que las rompa todas. Mandará la caja de añicos a Estados Unidos, para Eliza.

—No se preocupe, es normal que se rompan cosas.

—Si me dices dónde la compraste, esta tarde puedo comprar una de repuesto. Voy a ir al centro.

—De verdad, no hace falta.

Da un paso y entonces se acuerda de que anoche estaba sentada en la cocina con cara de mal humor.

—¿Va a alguna parte agradable?

—A un sitio de tapas —dice, y se encoge de hombros.

—Espero que se divierta.

Se dirige hacia la verja, Claire lo espera. No lo sabe, pero lo espera.

—Por cierto —continúa la señora Easton y avanza unos pasos para interceptarlo—, que sepas que mi marido no va a estar mucho en casa. Su hermano está enfermo, así que ahora pasa la mayor parte del tiempo en casa de su madre.

Lo dice con un punto de tristeza, pero sobre todo con desprecio.

—Lo siento mucho —contesta él, y se acuerda de que, durante el último año de vida de su madre, Eliza perdía la paciencia con él—. Si hay algo que yo pueda hacer...

—No, no. Pero pensaba que quizá te lo preguntabas. Al estar tan cerca.

«No puedes dejar el tema, ¿verdad?»

—Pues espero que todo salga bien, señora Easton —le desea con su mejor tono de *superhost*.

—Gracias. Tutéame, por favor —le pide, aunque parece más bien una orden—. Me llamo Emma y al casarme no me cambié el apellido.

—Por supuesto. Emma.

Eliza tampoco se cambió el apellido al suyo.

—Es posible que esta noche no vuelva. Depende de hasta qué hora aguantemos. Mi amiga tiene un apartamento cerca del restaurante y a lo mejor me quedo allí.

«¿Por qué me lo cuenta? Ni que fuera su canguro.»

—De verdad, haz lo que tengas que hacer. Como si yo no estuviera aquí.

No tiene ninguna intención de decirle lo que piensa hacer él esta noche. Bueno, no son planes, sino más bien esperanzas, pero en cualquier caso no es asunto suyo, joder.

«Lo que para una mujer es basura, para otra es un tesoro, ¿verdad?»

El cerebro de Bennett se ha convertido en el lugar donde las expresiones positivas van a morir. De camino al Claret, las repasa todas. Que Eliza se deshiciera de él no significa que carezca de valor para el resto de las mujeres. Ahí fuera debe de haber un montón que buscan las mismas características que Eliza criticaba; mujeres que valorarían la compañía de un hombre amable, si bien algo neurótico, del que, sí, podría decirse que pasa demasiado tiempo en la caseta del jardín y opina que su colección de retales tiene sentimientos. No es así como piensa venderse a Claire, ya que, pensándolo bien, ese tipo no parece un buen partido. Presentarse ante ella como un hombre de éxito, con talento, cariñoso y, ¿por qué no?, también atractivo (¡sin barriga cervecera!) será un reto, pero cabe la posibilidad de que, si se comporta como un hombre de éxito, con talento, cariñoso y atractivo, acabe convirtiéndose en todo eso. Quizá con el tiempo le salga de forma natural.

«No lo sabes hasta que lo pruebas», es el último proverbio que le viene a la mente antes de observarse reflejado en la vidriera del pub, con cuidado de no mirarse a los ojos porque allí es donde se esconde la duda. Tarda un segundo en fijarse en la figura que hay al otro lado del cristal: Claire le sonríe y le hace señas con el dedo índice para que entre.

—Hola, Bennett Driscoll —le dice cuando entra, como si dijera: «Jaque mate».

¿Cómo demonios sabe quién es? Ayer él pagó en efectivo. Traga saliva de cara a la puerta, con algo de miedo a volverse. «¿Cuánto sabe?»

El bar está tranquilo, solo hay un par de mesas al fondo y unos cuantos de los chavales de la tercera edad de ayer, sentados cerca de la vidriera. Claire está detrás de la barra sonriendo con autosuficiencia y los brazos abiertos, apoyada en la barra. Es un reino astillado y pegajoso, pero es su reino.

—Pensaba presentarme, pero veo que no hace falta.

Se acerca a la barra con cierta vacilación, pero entonces se acuerda de que por ser así perdió a la última mujer con la que ha estado. Carga los últimos pasos de un aire fanfarrón y abre los brazos al otro lado de la barra, imitándola.

—Uno de mis clientes habituales te reconoció —dice, y coge una copa de la cesta del lavavajillas para secarla con un trapo—. Dice que fue contigo a la escuela de arte.

Se fija en la reacción de Bennett a través del cristal de la copa y después la coloca entre ambos.

—¿Te dijo cosas buenas de mí? —pregunta él, y apoya los codos para aparentar que está cómodo.

—Dijo que siempre estabas en el aula de dibujo, dibujando mujeres desnudas.

Bennett nota que se sonroja y baja la mirada al suelo, se toca el pelo y al final la mira sonriendo como un niño avergonzado de que lo hayan pillado robando.

—Te he buscado en Google —añade ella.

Coge otra copa y la levanta a la luz para ver si tiene manchas.

Bennett sabe de sobra lo que habrá salido en la búsqueda. Él mismo se busca todas las semanas: lo primero que aparece es su página de Wikipedia, seguida de varios artículos de los noventa y principios de este siglo.

Se acerca un poco.

—¿Qué has averiguado?

¿Es posible que hoy lleve más maquillaje? Ayer no llevaba rímel, eso seguro. Se habría dado cuenta, ya que esa cosa le resulta alarmante: es como si les salieran patas de araña de los ojos.

—Creo que ese dibujo que me hiciste podría valer dinero.

«Para nada.»

Decide hacerse el misterioso en lugar de revelar una verdad deprimente: que es muy probable que nadie lo quisiera ni regalado. La conversación degenera en un concurso para ver quién aparta la mirada primero. Él la dejará vencer, pero quiere que se lo gane.

Ella posa la segunda copa junto a la primera y, sin mirar, alcanza una botella de vino del recipiente rectangular lleno de hielo que tiene detrás.

—¿Te gusta el blanco?

Él asiente con la cabeza, sin apartar la mirada.

—Bien. Este solo se vende por botellas —dice, y le acerca la etiqueta para engañarlo y hacer que mire—. Pero unos que han venido antes me han convencido para que les pusiera dos copas.

Sus ojos conspiran con los de él. Descorcha la botella.

—Tengo que deshacerme de las pruebas. Me ayudas, ¿verdad?

—Seré tu cómplice, con mucho gusto —accede él.

Las palabras que le salen de la boca suenan bien. Mientras ella siga halagándolo, la cosa será fácil.

Claire llena las dos copas, ambas hasta el mismo nivel sin tener que mirarlas. Esas mierdas son muy sexis.

Le acerca una y se queda la otra.

—Salud.

—Salud.

Él hace chocar su copa contra la de ella con cuidado de no perder el contacto visual. Con el primer sorbo se acuerda de la superstición sobre los siete años de sexo malo. No acostumbra a creer en supersticiones, pero dos años sin sexo seguidos de siete años de sexo malo por culpa de no mirarse a los ojos durante el brindis son un riesgo demasiado grande. Además, ahora ya quiere ganar. Entorna un poco los ojos para hacerla saber que no piensa abandonar. Eliza nunca le dejaba ganar a nada; daba igual a qué: ella siempre era mejor. Y él lo odiaba.

Sin embargo, vencer a Claire en su propio terreno es mala idea. Se recuerda que debe centrarse en el largo plazo y pone fin a la batalla guiñándole un ojo antes de mirar el vino.

—Está bueno —dice, y hace girar el líquido en la copa.

—No suelo beber en el trabajo, pero salgo dentro de quince minutos.

Él se acerca la copa a la nariz. Ha visto que la gente lo hace. Huele a pis de gato, pero, aunque parezca extraño, no es algo malo.

—Pensaba dibujarte otra vez. He traído otro cuaderno, uno con las páginas perforadas.

—¿A esto es a lo que te dedicas? —pregunta, pero no le ha salido del todo bien e intenta reformularlo—: O sea, ¿sueles ir a los bares a dibujar a mujeres o tienes un estudio para cosas así?

Él asiente. Le gusta eso de asentir con aire misterioso.

—La verdad es que sí.

—O sea que dibujas a mujeres en los bares y luego te las llevas al estudio. —Se aparta de la barra y lo mira de arriba abajo—. ¿Se quitan la ropa y tú las pintas?

«Creo que esto es una trampa.»

—Buscas sangre nueva, ¿no? —pregunta Claire.

Hace girar el vino en la copa, segura de haberlo calado.

—Antes trabajaba con modelos que cobraban —responde él, y deja la copa en la barra. Tendrá que contarle la verdad, aunque ella no se la creerá ni en broma.

—No he pintado ni un solo desnudo de mujer en los últimos quince años.

Ella se ríe.

—¡Anda ya! En tu página de Wikipedia hay una foto en la que sales sonriendo junto a un cuadro de una mujer desnuda tumbada sobre una mesa de banquete gigante.

«Maldita sea.»

Se señala las arrugas de debajo de los ojos, que son más pronunciadas alrededor de la cicatriz.

—Eso fue hace quince años.

Ella se encoge de hombros y con ese gesto admite que sí, que parece más viejo que el hombre de la foto.

—¿Y por qué me dibujaste a mí?

—Ya te lo dije ayer: tienes la sonrisa bonita.

Cree que esa es la respuesta más fácil. Sin duda, es más fácil que contarle que su autoestima está a niveles debilitantes; que tiene la esperanza de reavivar su carrera con sus viejos trucos; que si no empieza a salir del estudio para conversar con otros humanos, es posible que deje de cambiarse la ropa interior. Hay mucho en juego, y ella tiene la sonrisa bonita. No es mentira.

Es consciente de que ella se plantea si fiarse de él o no.

—A ver qué te parece: te dejo que me invites a una copa y luego ya vemos.

«¿Ver el qué? Yo no le he pedido nada. Todavía.»

—Vamos al Townhouse —propone ella, y señala más o menos en dirección a la coctelería pija que hay en esa calle.

No hacía falta, él conoce el local. De vez en cuando iba con Eliza, cuando salían por ahí. Los propietarios, coleccionistas entusiastas, tienen un Bennett Driscoll colgado detrás de la barra. Le encargaron un desnudo de una mujer sentada en una de sus butacas de color verde musgo, reconocibles por la filigrana de cabezas de venado bordadas de la tapicería. (Bennett había planteado que quizá el retrato haría que los clientes se lo pensaran dos veces antes de sentarse en los sillones, pero al parecer no era así.) El Townhouse no le pagó el cuadro con dinero de verdad, sino con una cuenta inmensa. Ni que decir tiene que Eliza se rio de él, pero estaba decidida a beberse hasta la última gota del valor del cuadro en cócteles pretenciosos. Bennett considera razonable pensar que si empezó a salir con Jeff más o menos cuando se les acabó el crédito en esa barra fue una mera coincidencia. En cualquier caso, si ahora va allí con Claire, ella verá el cuadro de la barra. La fecha es de 2015 y es, con la mano en el corazón, el único desnudo que ha pintado en los últimos quince años.

El paseo de cinco minutos hasta la coctelería se le hace extraño. Claire es una mujer diferente cuando sale de la comodidad de su bar. Habla más deprisa; de hecho, no puede parar de hablar y lo hace con una voz que Bennett juraría que es más aguda que la que usa detrás de la barra, como si alguien le hubiera dado al botón de avance rápido de un magnetófono. Y también anda más deprisa y no se contonea como en el pub.

A pesar de estar casi lleno, el Townhouse es la clase de sitio que nunca parece atestado. Hay una barra larga que recorre toda la sala. El resto de la estancia tiene el aspecto de una cabaña de cazadores, aunque la clientela no tiene pinta de saber distinguir un rifle de una escobilla de baño, dado que nunca han tenido en la mano ninguna de las dos cosas. La sala está llena de mesas bajas y redondas de madera oscura donde no caben más que unos cuantos cócteles y un cuenco pequeño de frutos secos. Esas mesas menudas están rodeadas de sillones lujosos como el que usó Bennett para el posado desnudo de su cuadro. Las banquetas con reposabrazos de la barra están tapizadas con la misma tela; no tienen nada que ver con las banquetas desvencijadas de madera del Claret. La barra de mármol reluce como una pista de hielo.

A su llegada, solo hay dos asientos libres, que resultan estar situados justo delante del cuadro de Bennett, qué coincidencia. Él espera que ella no se dé cuenta. Sí, es un cuadro de metro y medio de una mujer desnuda y su propósito es llamar la atención, pero ella no tiene por qué saber que lo ha pintado él. La firma es pequeña, casi no se ve. (Cuanto mayor la firma, más pequeña tiene la polla el autor, según la filosofía personal de Bennett.) Además, ni que Claire fuera historiadora del arte y él responsable directo de todos los desnudos de Londres. Solo da la casualidad de que pintó el de la mujer que los contempla desde la pared.

—¡Caramba! —exclama Claire, y acaricia la barra—. Me la juego a que este mármol costó más de lo que yo gano en un año.

Describe una medialuna con el brazo entero sobre la superficie y detiene la mano a tan solo unos centímetros de derribar el cóctel del hombre que tiene al lado.

—Me dan ganas de lamerlo.

Hasta ese momento, a Bennett no se le había ocurrido que tal vez Claire no supiera comportarse en un establecimiento con clase. Mira a su alrededor y el resto de los clientes son casi todos gente con traje y algún que otro hípster. Cree que nadie lo reconocerá.

—Venga, a ver si te dan algo de beber —dice, y le aparta el asiento—. Antes de que te pongas a lamer cosas.

Cuando Claire se quita el abrigo, Bennett aprovecha para fijarse mejor en ella. Es evidente que el dibujo de sus pechos la ha motivado. Al acabar de trabajar, se ha cambiado y se ha puesto una blusa negra con un escote mucho más pronunciado. Se le ha ensanchado el canalillo y entre los senos se abre un valle de piel blanca como la leche, desde donde lo tienta un collar largo de oro con un colgante de amatista. Unos vaqueros estrechos y oscuros sacan a relucir sus piernas como una cobertura de chocolate a una tarta. Lleva unas botas negras con una cremallera casi hasta las rodillas. ¿Viste así todos los días, se pregunta Bennett, o estaba preparada?

Se sube al taburete y lo hace girar de un lado al otro para poner a prueba el movimiento. El tipo que tiene a la izquierda mira a Bennett como queriendo decir: «Controla a esa mujer». Bennett aparta la mirada, no sabe cómo reaccionar.

Ella estudia la pared de la barra, que está empapelada con un papel a cuadros de color azul y verde; más arriba hay una cabeza grande de ciervo.

Se acerca a Bennett, que acaba de situarse en el taburete.

—¿Eso es de verdad? —le susurra.

«Por supuesto que sí.»

—Sí, yo lo conocía.

Ella lo mira ceñuda. Ya ha perdido la paciencia. «Qué poco ha durado.»

—Le cortaron la cabeza porque no paraba de hacer girar la banqueta. Fue trágico.

Ella le da un puñetazo en el brazo.

—No todos somos tan pijos como tú.

El camarero, que viste de negro integral salvo por una pajarita a juego con la tapicería, les lleva la carta de cócteles.

Claire aplaude con emoción.

—Estoy loca por beber algo que no sea vino.

Se quita la goma del pelo y se alborota las ondas pelirrojas, que le llegan justo por debajo de los hombros. De pronto, la nariz de Bennett percibe el aroma a jazmín. Todos los olores buenos son para las mujeres.

—¿Habías venido antes? —pregunta ella—. Bueno, ¿a quién quiero engañar? Seguro que traes a muchas mujeres.

Repiquetea nerviosa con los dedos en un posavasos.

—Hacía tiempo que no venía —responde con un tono que insinúa: «Dejémoslo ahí».

—Sí, claro, desde la semana pasada. ¡Ja!

Bennett ojea de manera furtiva el cuadro en el que, de momento, ella no ha reparado. Es uno de los buenos, en su opinión. Quizá empiece otra serie de desnudos. No solo por el dinero, sino porque se le da bien.

—Soy demasiado sarcástica —añade ella—. El típico problema de los camareros. Te pido disculpas.

Bennett está deseando pasarle los dedos por esa melena rojiza. Le gustaría cogerle la cara entre las manos y acariciarle la mejilla sonrosada con el pulgar. Cualquier cosa para que deje de irse por las ramas.

—Pues yo no había venido nunca —continúa ella—. Eres mi excusa.

Tiene que respirar hondo para no seguir hablando.

—Encantado.

Bennett le pone la carta delante de las narices para conseguir que se centre.

Ella la abre y ve el cóctel que quiere de inmediato.

—¡Martini de lavanda! Ostras, suena buenísimo, ¿verdad?

Ha hecho una pregunta, pero no espera respuesta alguna.

—¡Hecho!

Cierra la carta como si hubiera terminado de leer una novela de mil páginas y entonces, por fin, levanta la vista. Pasea la mirada en silencio por el cuadro antes de preguntar:

—Vale, ¿qué opinas de este?

«Que es la hostia.»

—Prefiero saber lo que opinas tú.

No se le escapa que la respuesta es digna de un imbécil, pero no quiere contestar.

—¿Los hombres pensáis que las mujeres se pasan el día ganduleando desnudas? —pregunta, y señala a la mujer desnuda que cruza las piernas en el sillón—. Esa pobre mujer debía de estar helada mientras pintaban el cuadro.

—Estoy seguro de que había calefacción —responde él con una risita nerviosa.

—Sí, y debía de estar a la temperatura ideal para el pintor, que llevaba ropa. No para ella.

Bennett hace memoria sobre el día que lo pintó y se pregunta si Claire tiene razón. Siempre ponía el termostato a veintiún grados. Teniendo en cuenta que, bueno, él nunca se ha sentado en pelota picada en un estudio, no tiene ni idea de si esa temperatura es demasiado baja para una mujer desnuda. «Vaya.»

—Así que no eres fan.

—Seguro que está bien pintado y eso. Pero ella tiene cara de estar... incómoda.

Bennett mira al camarero y le hace una señal con la vista que indica que ya pueden pedir. No quiere seguir hablando del cuadro.

—Uy, me encantaría probar uno de vuestros martinis de lavanda —le dice Claire cuando llega.

Observa con auténtica admiración mientras el hombre de la pajarita mete hielo en un vaso de martini, como si lo que él hace y lo que ella hace fueran de mundos distintos.

Bennett pide un *old-fashioned* y le devuelve la carta con una sonrisa plana de nervios.

—¿Estás chapado a la antigua?

Él hace girar el asiento hacia ella.

—¿Cómo? ¿Por qué?

—Por el *old-fashioned*. Significa eso.

Si Eliza estuviera presente para responder a la pregunta, asentiría con tal vehemencia que se provocaría un latigazo cervical. Para él, el chapado a la antigua era su padre: un borracho que, sentado en su sillón, predicaba sus opiniones y se enorgullecía de no haber fregado ni un solo plato en toda su vida. Así que no, no se considera chapado a la antigua. Se considera decente. A menos que la decencia esté anticuada.

—Supongo que depende de cómo lo definas.

No es que quiera devolverle todas las preguntas, pero las que le hace son difíciles.

—Eres muy educado. Eso es muy de antes.

Educado. El cumplido que todos los hombres anhelan. Aun así, es cierto: es educado; se lo inculcó su madre. Bennett podría ser amable con un hombre que estuviera robándole delante de sus narices. Siempre fue cordial con Jeff. «El puto capullo.»

—Supongo que tú tratas con tanta gente maleducada que serás una experta —dice él, que otra vez intenta desviar la conversación hacia ella.

—Y que lo digas —responde ella con cara de no dar crédito—. Como la mayoría, no tenía la intención de seguir trabajando en la barra de un bar pasados los cuarenta. —Lo mira para ver cómo reacciona—. Ya, menuda sorpresa, ¿no? «¿Cómo puede tener más de cuarenta años?», pensarás.

Él le mira las tetas, cosa que quizá no debería hacer, pero es que dicen algo muy distinto sobre su edad.

Ella también se las mira.

—Ya lo sé, ya.

Le ha pillado en flagrante y no puede hacer otra cosa que reírse. El humor autocrítico de Claire es amable y sexi, aunque parezca extraño.

El camarero les sirve los cócteles, enciende una rama de romero con un soplete y lo coloca con cuidado en la copa de Claire.

Ella remueve el aire para acercarse el aroma del romero tostado a las fosas nasales.

—Maravilloso —dice con los ojos cerrados.

«Vaya que sí.»

Bennett levanta su copa.

—Salud.

Hacen chocar las copas mirándose a los ojos, aunque esa vez no parece un juego.

—¿Qué te gustaría hacer? —pregunta Bennett—. En lugar de ser camarera.

Ella se ríe para sí, como si sus sueños y aspiraciones fueran una broma privada.

—Cuando era joven no me decidía, no sabía qué quería hacer. Quería ser abogada, pero hablar me pone demasiado nerviosa como para trabajar de eso. —Se acerca el cóctel a los labios—. Luego quise ser médico, pero odio la sangre. Y chef, pero no sé cocinar. Hoy en día, creo que, si pudiera hacer cualquier cosa, es posible que abriese una librería.

Bennet por fin bebe un sorbo.

—¿De verdad?

No se lo esperaba; aunque tampoco sabe qué esperaba.

—A lo mejor no sería una muy intelectual —dice, y le pone comillas con los dedos—, pero me encantan las novelas de misterio. He leído todas las de Sherlock Holmes y las de Agatha Christie. Supongo que me gustaría tener una librería de novelas policiacas. Ya sé que parece ridículo.

—Había una cerca de donde yo crecí.

—Sí, ¡me acuerdo!

Se le ilumina la cara, contenta de que él también la conociera.

—Mi padre me llevaba a ver la sesión matinal de los sábados y después íbamos a las librerías de Charing Cross Road.

Le sonríe al cóctel pensando en eso.

—En el teatro no me compraba caramelos, pero podía llevarme tantos libros de bolsillo como quisiera —dice, y mira a Bennett con los ojos empañados—. El trato era que yo misma tenía que cargar con ellos hasta casa.

Bennett espera que, algún día, cuando Mia esté sentada a la barra de un bar con un hombre, hable de él con el mismo cariño.

—¿Dónde vivías? —le pregunta.

Le gusta oír una voz que no sea la suya.

—En Bermondsey. —Levanta la mano para que Bennett no diga nada mientras ella bebe otro sorbo del cóctel—. No era lo que es hoy en día. Ojalá aún tuviera la casa de mis padres: valdría una fortuna.

Remueve el romero dentro de la copa con los dedos de uñas rojas. Este año la Navidad ha llegado pronto, piensa

Bennett con la mirada fija en la ramita que tiene ella entre los dedos índice y corazón.

—¡Perdona! Soy lo peor. No puedo dejar las manos quietas. Es una costumbre horrible.

Deja el romero sobre una servilleta y lo aparta. Él hace lo posible por disimular la decepción.

—¿Y tú? ¿Dónde creciste?

—En Hammersmith.

—¿Lo ves? Pijo —responde ella como si hubiera apostado dinero.

Él se acuerda de cuando su padre le decía: «Solo los pobres hablan de clases. Nosotros no hablamos de clases». Sin embargo, Bennett sabe mejor que nadie que crecer con recursos económicos no te excluye de vivir una infancia triste. No se imagina a su padre llevándolo al teatro ni comprándole novelas viejas de misterio. Tal como pensaba su padre, los hombres leían el periódico y punto. Los libros eran para las chicas y los maricas. Una vez le tiró uno de Stephen King al río. Se reacomoda en el asiento.

—No era tan especial.

—¿Dónde vives ahora?

—En Chiswick.

Sonríe porque sabe lo que viene.

—Cómo no... —contesta ella, y bebe el trago de la victoria.

Bennett tiene claro que ella se imagina una casa grande, un estudio y un montón de cosas caras, pero él solo puede pensar en los malditos Easton y en la porquería que habrán dejado por todas partes. Quiere ser el hombre que Claire cree que es. El hombre que era antes. Bueno, menos lo de estar casado.

—Enseguida vuelvo —dice ella, y se levanta.

Le toca la rodilla un momento antes de dirigirse al baño.

Entonces Bennett mira el cuadro y niega con la cabeza. Saca el móvil del bolsillo y busca entre los contactos hasta que encuentra el de la señora Easton. Coloca el pulgar sobre el botón «Enviar mensaje». «Es mi puta casa», piensa, y lo pulsa.

> Hola, Emma. Un coleccionista me pregunta por un cuadro que tengo almacenado en la casa. ¿Te importa si paso esta noche a por él?

Inventarse a un coleccionista imaginario de arte es una jugada desesperada que podría tener consecuencias kármicas desastrosas para las ventas del futuro, aunque tampoco pueden empeorar mucho más.

Claire regresa del baño y vuelve a mover las caderas.

A Bennett le aparece la respuesta de Emma en la pantalla del móvil:

> Hola, Bennett. Por supuesto. Esta noche no volveré a Chiswick. Buena suerte con el coleccionista.

Buena suerte: eso le provoca una punzada de culpabilidad. Justo ahora se pone afable.

Deja el teléfono bocabajo en la barra e intenta reprimir una sonrisa estúpida. Claire se sienta en la banqueta y le pone la mano en el hombro. Él se vuelve hacia ella y se encuentra con sus labios suaves y brillantes con el pintalabios que acaba de ponerse, a tan solo milímetros de los suyos.

—¿Ella también tenía la sonrisa bonita? —pregunta, y señala a la mujer del cuadro con un dedo sexi.

Meter la llave en la puerta principal le produce una sensación peculiar. Incluso cuando no hay inquilinos, él entra por el jardín, pero Claire se espera una entrada triunfal. Mientras él abre, ella contempla las ventanas de las dos plantas superiores.

Durante el trayecto en taxi, Bennett ha planeado las respuestas a todas las preguntas inevitables: ¿por qué tienes un mapa de salidas de emergencia pegado a la nevera? ¿Por qué hay una habitación cerrada con llave? ¿Por qué hay una carpeta de anillas en la mesita que dice «¡Bienvenidos!»? Ha decidido que contestará que el mapa de salidas de emergencia era un proyecto escolar de cuando Mia era pequeña y que no se atreve a tirarlo. Eso le encantará. El libro de bienvenida lo meterá en algún cajón antes de que ella lo vea. Le dirá que el cuarto de los cuadros está cerrado por seguridad, porque son valiosos. Luego abrirá la puerta y le dejará echar un vistazo, cosa que la hará sentirse especial y, esperemos, la excitará. Para lo que no está preparado es para los trastos de los Easton. No puede inventarse nada sobre sus cosas, ya que no sabe qué se encontrará. Quiere llevarla al dormitorio principal, pero es probable que lo hayan ocupado ellos y habrá ropa de mujer por todas partes. Eso no tiene explicación razonable. Tendrán que usar uno de los otros dormitorios, pero no el que era de Mia. Eso seguro. Ya se ha inventado una excusa para la mañana: en el taxi le ha dicho a Claire que tiene que coger un tren a las siete de la mañana para ir a Edimburgo a ver a un coleccionista de arte y que tendrá que salir de casa antes de las 05.45. Lejos de pillar la indirecta, ella le ha propuesto que compartan un taxi hasta King's Cross, cosa que implica levantarse a una hora intempestiva e ir hasta la estación con un cuadro de verdad para un coleccionista de ficción. Y si ella lo sigue al interior, puede que hasta tenga que subirse a un puto tren con destino a Edimburgo. Es mucho lío para un polvo, pero merece la pena.

Le da al interruptor de la luz y se prepara para la posibilidad de que Emma haya dejado la casa vete a saber en qué estado.

—¡Ay, mi madre! ¡Es enorme! —exclama Claire.

Deja el bolso en el suelo y recorre con la mirada la cocina, el comedor y el salón, todo una misma estancia enorme con suelos de parqué preciosos.

—¡Voy a quitarme los zapatos!

La casa parece intacta, como si Emma no la hubiera aprovechado en absoluto. No hay más que un cuenco vacío y una cuchara en el fregadero.

«Menos mal, joder.»

Las encimeras de mármol de la cocina relucen como la del bar. Sus libros sobre el Londres victoriano están apilados encima de la mesita, ordenados según el tamaño. La manta de espiguilla está colocada con mucho estilo sobre el respaldo del sofá.

Claire se apoya en la pared de la entrada mientras se baja la cremallera de una de las botas negras. Él hace lo mismo y se desata los cordones. Ambos reparan en un par de manoletinas que Emma ha guardado debajo del radiador. Claire lo mira con la ceja enarcada.

—De mi hija. —Las mentiras le salen solas—. Viene mucho.

—Ay, qué bien. Así que tienes una hija. ¿Cuántos años tiene?

Deja caer la bota al suelo y esta hace un ruido seco horrible en la madera.

—Diecinueve.

Basta de mentiras. Ahora toca la verdad. Lo dice con una sonrisa radiante porque se pone radiante siempre que habla de Mia. «Eres un imbécil de cuidado, papá.» Eso es lo que le diría ella si supiese lo que está haciendo.

Espera a que Claire se ocupe de la otra bota antes de ir de puntillas hasta la mesilla, buscar el libro de bienvenida y meterlo en un cajón.

—¿Estás guardando las vergüenzas? —le pregunta ella.

«Eso es evidente. Ya basta de preguntas.»

Bennett cambia de tema.

—¿Te apetece un *amaretto?*

Tiene una botella bajo llave, en el cuarto de los cuadros.

—Qué rico. Con hielo, por favor.

Claire lo mira perpleja cuando él se aleja en sentido opuesto a la cocina, pero no lo sigue, sino que se dirige al salón y lo acaricia todo, desde el sofá de color gris claro con la manta de lana suave a la librería de madera oscura que está llena hasta el techo de ediciones de tapa dura; después va a la cocina, donde acaricia la encimera de mármol con toda la extensión del brazo, igual que ha hecho en el bar. Él la observa desde lejos y la ve coger un aguacate de un frutero gigante y manosearlo.

Bennett regresa a la cocina con toda la confianza que es capaz de reunir y la botella de *amaretto.*

—No tengo el mismo paladar que tú, pero no creo que los aguacates y el *amaretto* sean la pareja ideal.

—Hasta los aguacates tienen mejor aspecto en los barrios pijos del oeste.

—Quédatelo, si quieres —le dice en broma.

En secreto, espera que no se lo lleve; si lo hace, al día siguiente no tendrá tiempo de sustituirlo.

Por suerte, ella lo deja en el frutero, vuelve al sofá moviendo las caderas de lado a lado y toca todo lo que se encuentra por el camino, incluyendo una hoja del ficus. Asiente impresionada para sí misma cuando descubre que es de verdad.

Bennett saca un par de vasos para tragos largos del armario donde han estado durante los últimos veinte años y busca el hielo en el congelador. No se atreve a quitar la tarjeta de «En caso de emergencia» de la nevera por si Claire ya la ha visto.

—Te gustan los tejidos, ¿verdad? —pregunta ella plantada junto a la repisa que hay sobre la chimenea de gas.

Mira un cuadro de color rojo y azul que recuerda a un tejido intrincado.

—La butaca del otro cuadro tenía una tapicería preciosa —continúa y mira a Bennett—. El del bar, sin duda. Además de los bocetos del cuaderno.

Está pensando en lo que él hace, y Bennett lo sabe. Como si él fuera un rompecabezas y Claire estuviera juntando las piezas. Le gusta ser un puzle para ella.

Se acerca a la repisa, le entrega el *amaretto* y deja su vaso junto a un mando a distancia con el que apunta hacia la chimenea y, de pronto, donde solo había un vacío frío, hay llamas. La cara de ella exclama: «¡Magia!». Es agradable tener a alguien a quien impresionar. A Eliza no la impresionaba nada.

—Saluuud —brinda, pero alargando la palabra.

Ella ladea la cabeza como si cantara.

—Salud.

Él espera a que dé el primer sorbo antes de besarla. Claire tiene los labios fríos y con sabor a almendra, más suaves de como él recordaba los labios. La rodea con el brazo que tiene libre y le posa la mano en la parte baja de la espalda. El tacto de la camisa es de una suavidad y extrañeza maravillosas. Ella se acerca más y le echa los brazos al cuello con ansia, pero sin soltar el vaso de *amaretto*.

Cuando le cae una gota de condensación en el cuello, Bennett se estremece.

—¿Qué pasa? —pregunta ella preocupada.

—El vaso está frío.

Le coge el brazo y se lo aparta del cuello. Le quita el vaso y lo posa junto al suyo en la mesita.

Ella lo agarra para darle otro beso con la boca entreabierta antes de que a él le dé tiempo de erguirse del todo. Ahora Claire tiene los labios un poco más calientes, aunque su lengua sigue gélida. Él le desliza las manos por las caderas, se las mete en los bolsillos del vaquero y le aprieta el culo porque, según está viendo, ella está dispuesta. Ella le agarra el cuello con los dedos fríos y húmedos, se lo acerca aún más y su lengua bucea hasta las profundidades de su garganta. «Uau.» Caderas sexis. Unas tetas geniales. Una lengua muy agresiva. No está seguro de si quiere acelerar o frenar. Mejor frenar, decide, teniendo en cuenta que ha perdido la práctica. No hay ritmo ni equilibrio. Se retira un momento y le vuelve a poner las manos en las caderas.

—¿Qué? —pregunta ella a la defensiva.

«Más preguntas.»

—Nada. —Sonríe y le acaricia la cara para tranquilizarla—. Quería mirarte.

Ella lo mira a los ojos para saber si le oculta el verdadero motivo.

—¿Eso se lo dices a todas?

—¿Y tú siempre haces tantas preguntas?

«Mierda. No quería decirlo en voz alta.»

Disimula la frustración con una sonrisa. ¿Por qué razón las mujeres dan por sentado que quieren obtener respuestas? ¿De verdad quiere saber que él acaba de colarse en su propia casa por pura desesperación porque no se ha tirado a nadie desde hace dos años, o quiere acostarse con él? Bennett tiene claro cuál de las dos cosas prefiere. Es mejor seguir besándola.

Entrelaza los dedos con los de Claire y la lleva por la escalera sin dejar de mirar atrás para asegurarse de que quiere seguirlo. Ella sonríe y le aprieta la mano. Es él quien está nervioso, no Claire.

—Le he cedido el dormitorio principal a mi hija —dice, aunque queda como un *non sequitur*—. Ella tiene más ropa.

«Siento mucho usarte como excusa, Mia. Pero te quiero. Muchísimo.»

Abre la puerta de otro cuarto que Eliza y él siempre habían usado como habitación para los invitados. Se acuerda de que una vez se acostaron en esa cama, cuando hacía demasiado calor para dormir en la planta superior. Esa noche recorrió el cuerpo de su esposa con un hielo, pero se dice a sí mismo que en ese momento no debe pensar en ello. La habitación está limpia. Demasiado limpia. Parece que nadie haya dormido en ella desde hace meses porque hace meses que nadie la usa.

—Este no es tu dormitorio —dice ella con aire conspirador—. Afirmación, no pregunta.

—Todos son míos.

La abraza y se da una palmadita mental en la espalda por la ocurrencia.

Se besan de nuevo y ella le guía la mano hacia su pecho, la primera cosa que a él le resulta familiar. Aunque sabe que son de formas y tamaños muy distintos, todos los pechos le producen la misma sensación, como una bola de *mozzarella* de búfala envuelta en seda. «Genial.»

Ella le desabrocha su camisa favorita de cuadros y la lanza al otro lado del cuarto.

«Vale...»

Él le quita la blusa negra sedosa por la cabeza y se le enreda un instante en la cadena dorada del collar. Debajo, el sujetador es de encaje negro transparente. No deja nada a la imaginación, pero a él no le importa: puede darle un descanso, que ya trabaja suficiente. Claire tiene el vientre magro pero carnoso y salpicado de pecas y lunares. Lo empuja a la cama y a él se le ocurre algo que aún no había pensado: a lo mejor él no es el primer cliente al que seduce. Se le sube encima y lo rodea con las piernas. Le mete la lengua en la boca y se la apuñala por dentro. Conseguirá tener una erección, se dice a sí mismo, pero necesita un poco más de tiempo. Ella se incorpora, se sienta a horcajadas sobre sus piernas y le saca el cinturón de la hebilla. Bennett no quiere que Claire vea que él aún no está a la altura de las circunstancias, así que tira de ella porque ha decidido soportar esa lengua-puñal un rato más. Se había imaginado que aquello sería más romántico, más tierno; sin embargo, no hay motivos reales para hacer el amor. No es que estén enamorados, pero no esperaba que fuese tan... carnal. Creía que, como mínimo, ella le dejaría llevar la iniciativa. Al fin y al cabo, están en su casa. Además, antes la ha dejado ganar el pulso de miradas.

Bennett forcejea con el cierre del sujetador y consigue desabrocharlo. No de una vez como esperaba, sino un gancho después de otro. Lo lanza al otro lado de la habitación: parece que a ella lanzar cosas la excita. Entonces toma el control, le da la vuelta para tumbarla bocarriba en la cama y le besa los pechos, que suele ser el camino más rápido hacia una erección.

No deja de venirle el estudio a la cabeza. Tal vez ir allí habría sido mejor. Se imagina tumbado encima de Claire en el colchón duro del sofá cama, sin haberlo abierto. Imagina que cruje con el peso de ambos. Piensa en despertarse a su lado, hecho un ocho y dolorido. Le prepararía un té. Le permitiría examinar los tejidos. La dibujaría con el que fuese su favorito. Eso habría sido mucho mejor. Además, mentir se le da fatal. Mentir le pone la polla blanda.

Le desliza los labios hacia la cintura, pero la mira antes de quitarle los vaqueros. No puede ser que se trague todas esas patrañas, pero cuando ella le sonríe, a Bennett se le cae el alma a los pies. Que todas sus mentiras estén colando no le sienta tan bien como pensaba.

Ella se apoya en los codos y lo mira confundida.

—¿Estás bien?

—No soy quien crees que soy —admite vencido, con la cabeza entre las piernas de Claire.

—¿No eres Bennett Driscoll?

—Sí, eso sí.

Le apoya la cabeza en el muslo.

—¿La casa no es tuya?

—Sí, es mía.

—¿No quieres acostarte conmigo?

Ella mueve la cabeza a ambos lados y la melena pelirroja le cae sobre los pezones como plumas sobre la arena.

—Sí que quiero.

—Entonces eres exactamente quien yo creo que eres.

Ella recoge las piernas y las mueve hacia el cabecero de la cama para situarse frente a él, cara a cara. Le besa de nuevo, pero esa vez despacio y con cariño.

—Seguro que es complicado —dice—. Siempre es complicado.

Le pasa la mano por el pelo.

A Bennett no se le había ocurrido hasta ese momento cuántas ganas tenía de que le hiciera eso.

—No suelo tocar a las mujeres que dibujo.

—Lo sé.

Se tumba bocarriba con la cabeza debajo de la de él y lo mira desde allí.

—Y no dibujo a las mujeres que toco.

Es consciente de que se le ha oscurecido la expresión.

Ella le acaricia la mejilla.

—Estuve veinticinco años con mi esposa. No hice ni un solo dibujo de ella.

—Pero seguro que serías capaz. Conocerás todos sus rincones y curvas de memoria.

¿Qué puede decir a eso? Claire tiene razón, pero es imposible que quiera oírlo mientras está tumbada bocarriba, al descubierto, en su cama. Al parecer, sus pechos desafían la gravedad.

—Aun así, ¿me harás un dibujo? —pregunta ella.

—Claro que sí —responde él—, si tú quieres.

La besa de nuevo, del revés, y le coge la cara con las manos.

—¿A pesar de todo?

—Sí.

Se tumba a su lado y la abraza.

Ella se echa hacia atrás.

—Estaba pensando que, a lo mejor, en lugar de en el bar, podrías dibujarme en una librería.

Él se tumba encima de ella. Duro como una piedra.

—¿Podrías hacer eso? —pregunta, y entrelaza las piernas con las de él—. ¿Puedes dibujar algo que no existe?

Él responde que sí con la cabeza. Sí puede.

Las sensaciones no son hechos

Theo es un capullo. ¿Es una sensación o un hecho? Emma se lo pregunta con el bolígrafo suspendido sobre una libreta pequeña, abierta por una página en blanco. No cabe duda de que es cierto, porque, cuando te comportas como un capullo, es que lo eres. Lo escribe en la hoja de modo que la ocupe entera:

Theo es un capullo.

Se plantea acabar la frase con un signo de exclamación, pero su terapeuta la anima a no utilizar puntuación incendiaria. «¿Te sirve de algo?», le preguntaría la doctora Gibson. «Supongo que no», respondería Emma. «A veces la herramienta más potente contra la ansiedad es la empatía»: otra de las teorías que le propuso la doctora en la última sesión. «Ten eso en mente, Emma. Este viaje a Inglaterra no será fácil para Theo.»

Sentada a la gran isla de la cocina, arranca la hoja perforada de la libretita y la dobla en forma de cuadrado. Lo hace con cuidado de que todos los bordes estén bien alineados y la mete en un tarro de cristal para galletas lleno de otros pedazos de papel plegados de manera similar. Se suponía que «el tarro de los hechos» debía durarle todo el mes de la estancia en Londres, pero tan solo ha pasado una semana y ya lo ha llenado. A lo largo de los días anteriores, ha tenido muchas opiniones rotundas y está convencida de corazón de que todas son hechos: «Theo es un capullo», «Bennett me espía», «Charlie es egoísta», «Sarah me evita», «Monica me odia». Todo eso son hechos. Y ha dejado constancia de ellos en el tarro correspondiente. La mayoría de las «verdades» de Emma giran en torno a lo que ella considera su capacidad inherente para generar antipatía. La mayor parte del tiempo no se cae bien a sí misma, conque es normal que piense que los demás deben de sentir lo mismo. La idea de que Emma registrara y almacenase sus opiniones rotundas durante el viaje fue de la doctora Gibson. Es la primera vez desde que empezó la terapia que se toma un mes de descanso, pero la doctora pensó que sería un buen desafío. Resulta que todo lo que Emma no quiere hacer a la doctora le parece «un buen desafío». No obstante, en esa ocasión, Emma cree que le gustará no tener a su terapeuta dándole la lata con sensaciones frente a hechos, costumbres frente a flexibilidad, miedo frente a señales, etc.

No le diagnosticaron el trastorno obsesivo-compulsivo hasta hace dos años. Sus síntomas no son los típicos; no se lava las manos cien veces al día y es desordenada: amontona la ropa en el suelo y nunca hace la cama. Cree que las personas supersticiosas son estúpidas, como cuando Rafael Nadal está en la pista y tiene que tirarse de la nariz y las orejas antes de cada punto. El problema de Emma es una lista creciente de cosas que ella llama sus «obsesiones negativas», cosas que no soporta, sin más. Otros las llamarían manías, pero en el caso de Emma le desencadenan un miedo y una rabia intensos. Ver cualquier cosa agrietada o rasgada, rota o descascarillada le da ganas de chillar. Es aún peor si la rotura puede calificarse de abierta o muy abierta. Eso provoca que el ácido del estómago le suba de golpe a la garganta. Hace lo imposible por evitar cualquier cosa con aspecto de estar deteriorándose, incluidos la comida, los edificios en ruinas y hasta las rajas en la tapicería. También evita a la mayoría de las personas por culpa de los sonidos asquerosos que hacen, sus gestos o por cómo huelen. En su opinión, todos los seres humanos deberían ir acompañados de un mando a distancia para poder quitarles el volumen o, mejor aún, apagarlos por completo. Por cómo evita a las personas, a menudo se siente aislada. La sensación de soledad cuando quieres asesinar a todos los que te rodean es increíble.

La sensación de soledad también es increíble cuando tu marido te abandona en casa de un desconocido durante todo un mes para cuidar del egoísta de su hermano. La doctora Gibson diría: «La drogadicción es una enfermedad, Emma». Coge el móvil y mira los mensajes de Theo. El último que le ha enviado su marido es de esa misma mañana:

Deséame suerte, besos.

Le ha parecido fatal, pero de todos modos le ha contestado que buena suerte, sin devolverle los besos. El hermano mayor de Theo, Charlie, tiene cita en el centro de rehabilitación Crossroads, pero ha accedido a ir a condición de que lo lleve Theo y nadie más que Theo. Insiste en que es del todo injusto que deba decidir dónde pasar las próximas ocho semanas de su vida con base en una consulta de una hora. Además, según él, tampoco tiene un problema con las drogas. Si va a rehabilitación, será para que su familia lo deje en paz. Pobre Theo, piensa Emma. Charlie se ríe de él.

Debería ponerse con el dibujo nuevo esa mañana, pero le cuesta concentrarse cuando espera noticias de Theo.

Charlie no quiere ingresar en el centro Crossroads.

Lo anota en otra hoja de papel, la dobla y la mete en el tarro. Es difícil trabajar cuando esperas oír que tienes la razón. Mira por la ventana de la cocina en dirección al estudio de Bennett, al fondo del jardín. Él lleva toda la mañana espiándola, igual que el día anterior y los de antes. Ese cabrón la espía desde el día que llegaron. Cada vez que levanta la mirada, ve como esconde la cabeza por debajo de la ventana del estudio.

Eran muchos los factores en juego a la hora de escoger en qué parte de Londres alquilar la casa, pero solo uno importaba: no compartir paredes. La doctora Gibson la anima a ser más flexible con eso; al fin y al cabo, Londres es una ciudad grande y son muy pocos los residentes que no comparten al menos una pared con sus vecinos. «¿Qué te asusta más? ¿Que te oigan los vecinos u oírlos tú a ellos?», le preguntó un día. Pero Emma odia siquiera pensar en cualquiera de las dos cosas. Le gusta mantener toda la intimidad posible y piensa lo mismo de las vidas de los demás; si hacen ejercicio, ven la televisión o se acuestan con alguien, ella no quiere oírlo. Le parece grotesca esa manera que tienen las vidas ajenas de calar en la tuya y viceversa. Todo el mundo debería vivir en una versión humana de los Tupperware. Sin fugas. «Recuerda, Emma, que evitar las cosas es un tipo de compulsión —le ha dicho la doctora Gibson—. Cuanto más evites tus miedos, más empeorarán.» Lo que tú digas. Si Emma tenía que ir a Londres todo un mes y dejar atrás su casa de una zona residencial de Rhode Island, su estudio y su rutina, exigía una serie de cosas. La de no compartir ninguna pared con los vecinos era una de ellas. Salvo por una pequeña concesión, la casa de Bennett cumplía con los requisitos a la perfección. El propietario vive en un estudio al fondo del jardín. «Ni te enterarás de que estoy aquí», decía Bennett en la página web. Y una mierda que no.

En la pantalla de Emma aparece un mensaje de Theo:

Hola, cariño. A Charlie no le gusta el Crossroads.

Quiere golpear el móvil contra la encimera de mármol con tal fuerza que lo sienta hasta Theo, que está a kilómetros de distancia. Mira hacia el estudio y ve a Bennett tomando té junto a la ventana y fingiendo que está embelesado con la taza. Le responde:

Joder, Theo.

Theo contesta:

No le dispares al mensajero.

Sin embargo, Theo no es solo el mensajero, sino mucho más. Es quien le permite hacer esas cosas, según ella, pero eso no se lo escribe a él. Lo apunta en una hoja de papel:

Theo permite que Charlie se porte mal.

Emma estaba empezando un máster en Pintura de la Escuela de Diseño de Rhode Island cuando conoció a Theo, un estudiante de Fotografía de un curso superior al suyo. Se enamoró de él una tarde de principios de otoño, cuando el aire empezaba a enfriarse y ella era demasiado tozuda para cambiar las chanclas por calzado normal. Las avispas eran igual de obstinadas y no estaban listas para olvidarse del verano. Ese día volaban con pesadez y cerca del suelo, y una se le coló entre la sandalia y el talón mientras caminaba por el campus. Fue el final de la avispa, pero le dejó el aguijón clavado. El dolor fue inmediato y horroroso. Emma se dirigió a un banco cercano a esperar a que se le pasara el escozor, pero no dejaba de dolerle. Cuando Theo se sentó a su lado, ella tenía el pie apoyado en la otra rodilla para inspeccionar el aguijón y una cascada de rizos castaños le tapaba la cara.

—¿Todo bien? —preguntó él.

—He pisado una puta avispa.

Él la miró sorprendido, no esperaba lenguaje de ese calibre.

—Perdona, es que me duele, joder. Perdón.

Él le sonrió; al parecer le hacía gracia que fuese tan estadounidense.

—¿Quieres que le eche un vistazo? —preguntó él con cautela, y rebuscó en la mochila—. Tengo unas pinzas en la navaja suiza. Si todavía tienes el aguijón ahí dentro, a lo mejor puedo sacártelo.

Su acento británico era adorable.

Cuando sacó las pinzas diminutas de la parte superior de la navaja, ella le vio los ojos de color verde luminoso. Todo él parecía sugerir que cualquier cosa a la que se enfrentara en la vida era una oportunidad inesperada. En ese momento le pareció encantador, pero ahora, cinco años más tarde, Emma admite que es un puto incordio.

—Te aliviará muchísimo, te lo prometo. Dame el pie.

Ella se estremeció solo de pensar que el metal de las pinzas entrara en contacto con su talón dolorido, pero estiró la pierna a regañadientes y le colocó el pie en el regazo. Al menos podía dar las gracias porque el día anterior se había molestado en pintarse las uñas de los pies.

—Sí, ya veo a ese mamón. —Levantó la cabeza y le sonrió—. ¿Estás lista?

—Hazlo ya, coño —respondió ella con los puños apretados.

Se dio varios puñetazos en la pierna cuando el metal hizo presión sobre la piel gruesa del talón.

—No te muevas... ¡Ya está!

Theo levantó las pinzas con aire triunfal y el aguijón minúsculo en la punta.

—¿Mejor?

—La verdad es que no. Lo siento.

—Seguro que necesitas antihistamínicos —repuso él, y se acercó para ver la picadura de cerca—. Lo tienes rojo e hinchado.

Ella le quitó la pierna de encima antes de que él no pudiera borrarse la planta del pie de la memoria.

—Puedo ir a la farmacia por ti. Voy en esa dirección.

—¿En serio? —preguntó ella, perpleja por tanta amabilidad.

—Me llamo Theo.

—Emma.

—Esa de ahí es mi bici, Emma. Tardo quince minutos.

—Gracias, te debo una.

—Esa es la idea —contestó él con una sonrisa traviesa.

Al día siguiente, ella le pagó con una cerveza. Sentados en un reservado del bar de la escuela de posgrados, él la retó a estar el máximo tiempo posible sin decir palabrotas. Su récord fueron catorce minutos y eso porque durante la mayor parte de ese tiempo tuvo la lengua de Theo en la boca. Se acuerda de que la tapicería de polipiel de color rojo tenía una raja enorme y la espuma amarillenta se salía. Lo veía con claridad absoluta mientras miraba por encima del hombro de Theo en pleno beso. Y no le molestaba ni un poquito.

En la planta superior de la casa enorme de Bennet, Emma se sienta a la pequeña mesa blanca de dibujo que ha comprado para la estancia. La colocó en el dormitorio principal porque en la tercera planta hay espacio de sobra. Es una habitación diáfana rodeada de tragaluces y ventanales, el antiguo desván, así que la luz entra por todos los lados a lo largo del día. Las ventanas de atrás dan al jardín y por la tarde inundan la estancia de aún más luz vespertina. Después de colocar una lámina grande de papel grueso sobre la superficie inclinada de la mesa, abre el portátil sobre la cama deshecha de metro ochenta, abre iTunes y hace clic sobre *Einstein en la playa, Knee Play 5*. Con el mando a distancia del ordenador en la mano, se sienta a la mesa de dibujo. La bandeja de plástico que va sujeta a la parte inferior de la superficie está llena de lápices de colores, ciento veinte para ser exactos, y coge el azul de Prusia, su favorito. Inspecciona la punta y la toca con la yema del dedo para comprobar el afilado. Entonces le da un par de vueltas en el sacapuntas y ya está preparada. Señala el portátil con el mando y pulsa el botón de reproducción. Se oye un órgano bajo y un coro empieza a cantar:

1 2 3 4 1 2 3 4 5 6 1 2 3 4 5 6 7 8 1 2 3 4 1 2 3 4 5 6 1
2 3 4 5 6 7 8 1 2 3 4 1 2 3 4 5 6 2 3 4 5 6 7 8 1 2 3 4 1
2 3 4 5 6 2 3 4 5 6 7 8 1 2 3 4 2 3 4 ...

Transcribe los números como si fuera caligrafía mientras el coro los recita.

1 2 3 4 1 2 3 4 5 6 1 2 3 4 5 6 7 8 1 2 3 4 1 2 3 4 5 6 1 2 3 4
5 6 7 8 1 2 3 4 1 2 3 4 5 6 2 3 4 5 6 7 8 1 2 3 4 1 2 3 4 5 6
2 3 4 5 6 7 8 1 2 3 4 2 3 4 ...

Cuando el coro termina el recital de números de ocho minutos, ella pausa la música. Mira la pared con la que limita la mesa, donde una grieta finísima asoma a la pintura blanca. Ver la grieta la molesta, pero no tanto como estar de cara a la ventana que da al estudio de Bennett. Él también es artista. Al parecer, ese dato estaba disponible en la sección «sobre el anfitrión» de la página de AirBed, pero no se había molestado en leerlo porque en su momento nada le importaba una mierda. Además, cuando Bennett le escribió lo de «Ni se enterarán de que estoy aquí», Emma había entendido que se pasaría el día en el trabajo, fuera de casa. Pero no, joder. Estar de cara a la ventana mientras él trabaja la distrae demasiado. Es pintor a la manera anticuada de los hombres blancos: lienzos grandes, coloridos y atrevidos. Tal como sostiene el pincel, parece que le salga con mucha naturalidad. Demasiada. Pinta con un ritmo bastante irritante (mezclar la pintura, mojar el pincel, hacer un trazo en el lienzo, paso atrás, limpiar el pincel, mezclar la pintura, mojar el pincel, hacer un trazo en el lienzo, paso atrás, limpiar el pincel...) y eso interfiere con su propio ritmo. «¿Cómo ves lo que hace?», le preguntó Theo cuando ella se quejó. «Lo veo y punto —respondió ella—. Ya sabes que lo veo todo.»

Emma deja el azul de Prusia en una caja de metal vacía que está sobre la cómoda adyacente y tiene huecos individuales para cada lápiz. A continuación, coge dos lápices de color, los evalúa y al final se decide por el rojo escarlata. Pulsa el botón de repetición del mando y, una vez más, el coro empieza a recitar los números que ella transcribe, solo que esa vez lo hace con el lápiz escarlata. Ahora que ha copiado la secuencia una vez, podría repetirla en lugar de volver a escuchar la pieza de música de nuevo, pero no es así como ella trabaja. Hay muchas formas de hacer toda clase de cosas con mayor facilidad, pero a Emma no le interesa ninguna.

El compositor Philip Glass fue una revelación. Había oído hablar de él; de hecho, le habían recomendado su música en muchas ocasiones por el amor que comparten por las repeticiones, pero ella siempre había dejado la sugestión en cuarentena. Que te descubran algo no es ni mucho menos tan gratificante como descubrirlo tú misma, opina Emma. Al final, topó con Philip Glass un jueves de diciembre. El día que va a terapia. Cuando sacó el coche a la calle, la emisora sintonizada en la radio era la NPR; no le apetecía escucharla, pero conducir la pone nerviosa, así que no apartó las manos del volante, a las diez y las dos, hasta que llegó a la consulta. Empezó una sección que se llamaba «Música que me conmueve», y la composición que conmovía a un tipo llamado Craig de Warwick, que tenía cincuenta y ocho años, era *Einstein en la playa, Knee Play 5*. No recuerda ni una sola de las razones que convertían esa música en algo especial para Craig. Y tampoco le importa. A partir de ese momento, la canción ya no era de Craig, sino suya. El recital de números la tranquilizó mientras circulaba por las carreteras gélidas, manchadas de blanco por la sal que habían esparcido antes de las tormentas de nieve. A ambos lados de la carretera se amontonaba la nieve sucia, pero ella siguió mirando adelante. Dos voces de mujer empezaron a hablar por encima del coro de números, repitiendo frases sin sentido como: «¿Conseguirá viento para el velero? / Y podría conseguirlo porque lo es / Podría tomar el ferrocarril para esos trabajadores / Y podría estar donde está / Franky podría / Podría ser Franky / Podría estar muy limpio y fresco / Podría ser un globo...». Durante esos ocho minutos de gloria, se sintió como si estuviera al mando del coche y no al revés. La música era como un mensaje, una especie de código morse, puro caos para la mayoría, pero un orden perfecto para una minoría selecta. Emma se sentía una de ellos. Llegó a la consulta de la doctora Gibson cinco minutos después de que acabara la pieza, pero no recuerda lo que sea que hablasen durante esa sesión. No era importante. Y se cuidó de no decir nada sobre la música, no quería diseccionar la oleada de emociones que sentía por ella, sobre todo por la parte del final en la que entraban el violín y la voz masculina como de la nada y preguntaban: «¿Cuánto te quiero? Cuenta las estrellas del cielo. Mide las aguas del océano con una cucharilla. Numera los granos de arena de la orilla». Sí, pensó, exacto: lo inconmensurable, lo inmenso; si pudiera, lo cuantificaría.

Cuando *Einstein* acaba de nuevo, Emma pulsa el botón de pausa y deja el rojo escarlata. Ya sabe que para la tercera secuencia cogerá el verde cobalto y que para la cuarta quizá sea el *caput mortuum*, tal vez el gris de Payne para la quinta, pero no quiere adelantarse a los acontecimientos. Le cuesta no entusiasmarse con las posibilidades. Tiene una inscripción pendiente, una convocatoria abierta para una galería de Providence donde quiere exponer una serie de dibujos influenciados por *Einstein en la playa*. El problema es que no ha expuesto desde su graduación, hace cinco años. Es difícil conseguir que la gente vea sus obras, mucho más de lo que había anticipado. Sus dibujos son sutiles: discretos y contemplativos. No quedan bien en las fotografías. Colgar imágenes de su trabajo en Instagram no tiene sentido; no parece gran cosa y la hace preguntarse por qué se molesta. No obstante, esa pieza musical le despertó algo dentro, le dio seguridad en sí misma y en lo que quería hacer: interpretar la música a nivel visual. El plazo para la exposición es hasta final de mes y necesita diez imágenes y un texto que las acompañe, pero va por el primer dibujo y ya empieza a tener dudas. ¿Es posible que su obra tenga mejor aspecto en su cabeza que en la página?

Cuando aún estaba en Providence, para mantener la invasión de dudas a raya, fue retrasando la solicitud. Y hace un mes, todo se fue a la mierda. Encontraron a Charlie inconsciente en el baño de un pub. A pesar de que Emma sospechaba desde hacía mucho tiempo que su cuñado no hacía un uso solo recreativo de las drogas, Theo y su madre tardaron mucho en aceptarlo. Según Theo, la familia Easton llevaba toda la vida bromeando con que Charlie era propenso a las adicciones, aunque siempre lo presentaban como algo inofensivo, incluso «adorable», por lo adicto que era a cosas como el tabaco, el café, los tatuajes y hasta a correr. «Fue un error», le había dicho Charlie a Theo por teléfono cuando le dieron el alta del hospital. «Estaba en la despedida de Simon. Tú lo conoces... Me había tomado una pastilla de codeína con paracetamol porque me dolía la espalda. Llegué allí y, ya sabes, había cocaína, había vodka. Se me fue de las manos.» La lesión de la espalda era a resultas de una caída del monopatín cuando intentaba hacer un *kickflip* en el *skate park* de Acton y a Emma le merecía muy poca empatía. Dos semanas después de que lo encontraran inconsciente en el pub, lo echaron del piso por provocar un pequeño incendio. Había tomado más analgésicos (muchos más) de la dosis recomendada, se había encendido un cigarrillo y se había desmayado al instante. Así que se mudó a vivir con su madre. A medida que Charlie perdía el control, Emma y Theo dejaron de hacer su trabajo creativo. Todos los días esperaban recibir la noticia de que había tomado una sobredosis letal. Sin embargo, todos los días él se las apañaba para seguir adelante, y su madre le suministraba un régimen ligero de codeína y paracetamol para evitar que saliera a por cosas más duras. Una tarde, por teléfono, Monica admitió que lo pasaba mal. A pesar de que intentaba mantenerlo tranquilo, las ansias de Charlie ganaban y, cuando estaba con el síndrome de abstinencia, podía ser malo. «No te preocupes, que no es violento —aclaró Monica—. Pero no sabe lo fuerte que es.» Con eso Theo tuvo suficiente.

—Acabará matándola —le dijo a Emma con mirada de loco—. No puedo quedarme aquí. Tengo que ir.

La punta del lápiz verde cobalto se parte bajo la presión con la que Emma lo aplica al papel. No era consciente de lo fuerte que estaba apretando. Eso le pasa cuando piensa en otras cosas. La doctora Gibson la anima a ser más consciente, a concentrarse en lo que esté haciendo, pero a veces le cuesta cuando lo que hace es tan repetitivo. «Quizá deberías probar con proyectos menos repetitivos», le había sugerido la doctora en una sesión, pero se echó atrás al ver la mirada de pánico de Emma. Emma pulsa el botón de pausa para sacarle punta al lápiz. La mina rota parece algo herido, frágil y rabioso. La hace girar en el sacapuntas con prisa, ansiosa por afinar los bordes irregulares.

Antes de volver a poner la música, mira el móvil. Son las doce del mediodía y Theo no la ha llamado. Hasta la fecha, solo ha dormido tres noches en casa con ella. Casi todas las pasa en casa de su madre, ayudándola a cuidar de Charlie. Se supone que la idea inicial era pasar las tardes allí y volver a casa con Emma por la noche; sin embargo, Monica se aferró a él en cuanto llegó y no tardó en querer que estuviera con ella hasta que Charlie se acostara por la noche y en cuanto se despertara por la mañana. Al final, a Theo le quedó claro que lo más fácil era quedarse a dormir. Más fácil para todos, menos para Emma, por supuesto.

No obstante, anoche, hablando por teléfono, Theo mencionó algo de ir a comer a un pub, al Elk. A ella se le ha despertado el hambre y la frustra tener que estar siempre esperándolo. Lo único que hay en casa para comer es granola, queso *cheddar*, galletas saladas y un aguacate, aunque lleva esquivando el aguacate desde que, hace unos días, lo encontró al revés de como ella lo había dejado. No le gusta que la comida la apunte de lleno como el cañón de una pistola. Los aguacates, los plátanos, las berenjenas y los calabacines tienen que estar dispuestos a lo ancho. Según su terapeuta, esa es una de sus obsesiones. Hace unos días, cuando fue al centro a cenar con Sarah, la amiga de Theo, el aguacate apuntaba hacia el lavadero, tal como a ella le gusta que estén la verdura y la fruta, porque ella casi nunca entra en el lavadero y así no se expone a su mirada inclemente. Pero, cuando llegó a la mañana siguiente, el aguacate apuntaba hacia la ventana y el jardín. El día anterior le había dado permiso a Bennett para entrar a la casa a por un cuadro, así que era obvio que lo había tocado él, y Emma no tenía ni idea de por qué diantres querría toquetear el aguacate. Lo llevó al fregadero, lo examinó buscando posibles laceraciones y hasta lo lavó con agua caliente para retirar cualquier residuo que pudiera haber dejado su casero. No parecía que le pasara nada, pero aún no había reunido el valor suficiente para comérselo.

Bennet ha tocado el aguacate.

Lo escribió en una hoja de papel y la metió en el tarro de los hechos. Quería tirarlo, pero sabe que guardarlo y comérselo es un buen desafío, aunque sea solo para demostrarse a sí misma que Bennett y el aguacate no conspiran contra ella.

Justo cuando está a punto de darle al *Play,* le suena el teléfono.

—Hola —le dice a su marido con intención de sonar malhumorada.

—Hola —responde Theo con el mismo sentimiento—. Ha sido una mañana de mierda.

—Vuelve.

—Charlie dice que si me voy, se le va la pinza.

Emma suelta el lápiz verde cobalto y lo deja caer a la bandeja para no partirlo por la mitad.

—¿Que se le irá la pinza? ¿Qué se supone que quiere decir? —pregunta con el puño apretado.

—No sé si quiero averiguarlo.

A Emma le dan ganas de preguntarle a Theo por qué permite que su hermano lo amenace de esa manera. Siente cómo le hierve la sangre por dentro, como un volcán a punto de entrar en erupción. Se da un puñetazo en la pierna, más fuerte de lo que pretendía; quería darse en el muslo, pero ha fallado y se ha dado en un lado de la rótula.

—¡Ay, coño!

—¿Estás bien? —le pregunta Theo, aunque parece que más por frustración que por preocupación.

—Sí.

Se remanga el vaquero para verse la rodilla, tiene el lado izquierdo rojo.

—Mejor, porque no puedo cuidaros a los dos a la vez.

Y el volcán entra en erupción. Emma nota en las orejas el ardor del magma caliente y tiene los ojos como un par de bolas de fuego.

—Adiós, Theo.

Cuelga y levanta el móvil por encima de la cabeza, preparándose para reventar la pantalla contra el suelo de madera, pero sería la tercera pantalla que destroza en un arrebato de rabia en un año. Así que lo lanza con fuerza contra el colchón, donde rebota muy alto y desaparece entre los pliegues del edredón.

Recupera el lápiz verde cobalto y pulsa el botón *Play*.

2 3 4 2 3 4 5 6 2 3 4 5 6 7 8 2 3 4 2 3 4 5 6 2 3 4 5 6 7 8...

Oye una vibración ensordecida entre la ropa de cama, pero no hace caso. Theo se cree un santo. Emma se recuerda que más tarde debe escribir ese hecho. ¿Qué harían Charlie y Monica y ella sin él? El salvador de todo el mundo. Ay, por favor. Lo único que él hace es empeorarlo todo. ¿Es que no lo ve? Charlie tiene que tocar fondo, pero no lo hará mientras Monica y él lo sostengan entre ambos. Si ni siquiera va a terapia, por el amor de Dios. No es capaz ni de admitir que necesita ayuda. Si Emma respondiera ahora a la llamada de Theo, lloraría y puede que hasta le gritase. Le hace un favor al no contestar.

2 3 4 5 6 2 3 4 5 6 7 8 1 2 3 4 2 3 4 5 6...

Pausa la música de nuevo, respira hondo y desentierra el móvil de entre el edredón.

En la pantalla aparece la notificación de un mensaje de voz.

«Emma, lo siento. Era una broma, pero no me ha salido bien. No te comparo con Charlie. ¿Quieres que comamos juntos en el Elk? Una hamburguesa me iría estupenda. Te echo de menos.»

Ella responde con un mensaje de texto, y añade un beso para demostrarle que se ha tranquilizado.

Sí. ¿Cuándo?

En el Elk hay dos tipos de clientela diferentes. La sala que hay al entrar está poblada de hombres mayores y solitarios. No se hablan y, de hecho, no reparan en la presencia de los demás. Cada uno ocupa su mesita redonda de madera con su botella de tinto o una pinta de cerveza, todos con la nariz roja como la del reno Rudolph. Algunos pueden esconderse detrás de un periódico, pero la mayoría no intenta ocultar su propósito: beber para olvidar.

En la parte de atrás se reúnen las madres jóvenes, con los carritos colocados contra la pared del fondo. Han juntado las mesas para sentarse en grupos de seis y ocho. Infantes y bebés rebotan en las rodillas de sus madres; algunos gorjean y otros berrean. A Emma la inquieta que, a la edad de treinta años, aún sienta una indiferencia total hacia esa estampa. El diagnóstico del TOC hizo que recelara de su capacidad de ser buena madre. Le cuesta ver cómo podría salir airosa de la maternidad cuando hay muchas otras tareas de apariencia normal que le suponen un desafío. Ya ha tenido que reprimir las ganas de romper el móvil dos veces, y eso solo hoy. ¿Qué pasaría si el bebé no parara de llorar y ella no fuera capaz de no clavarlo en el suelo con una estaca? ¿Cómo le explicas a un crío que sonidos e imágenes tan benignos como un martilleo suave o pintura desconchada te aterrorizan? ¿Qué ejemplo le daría a esa criatura? «Ten miedo, niño, ten mucho miedo de todo, todo el tiempo.»

Theo se ha sentado en una mesa pequeña y redonda, encajada entre los dos grupos. Se levanta cuando la ve llegar y sus ojos verdes relucen con la mirada de la dulce libertad. Le rodea la cintura con los brazos y la estrecha con fuerza.

—¿Has dejado de dibujar para quedar conmigo?

Ella se encoge de hombros.

—Sí, no pasa nada.

—¿Cómo lo llevas?

Ella se sienta delante de él.

—Es demasiado pronto para saberlo. Me cuesta coger ritmo.

—Ya. —Tiende el brazo sobre la mesa y le coge la mano—. Lo siento.

Ella se encoge de hombros de nuevo. Sabe que él lo lamenta. Se siente culpable porque él siempre lo lamenta todo.

—Mi madre cree que deberías venir a casa con nosotros.

Emma se retira.

—Dice que podría despejarte la mesa del comedor para que trabajes —continúa Theo.

—No hablarás en serio...

—Ya sé que no es ideal, pero al menos estaríamos juntos.

—Hemos gastado mucho dinero en la casa, alguien tiene que dormir allí. ¡La mitad del dinero era de tu madre!

—Ya, es que ha dicho que igual podríamos cancelar las noches que quedan y que nos devuelvan el dinero. Nunca se sabe, hay que intentarlo.

—Yo sí lo sé.

Aparta las manos de las de Theo.

Él se encoge de hombros. Emma quiere que le dé la razón, pero él no lo hace.

—¿Bennett sigue espiándote?

Theo lo ha preguntado sonriendo de oreja a oreja, con la esperanza de animar el ambiente.

—Va en serio —responde ella a la defensiva, pero se le escapa una sonrisa—. Me vigila. ¿Te he contado que tocó un aguacate?

—Sí, me lo dijiste. Es muy posible que no lo tocara.

—Si estuvieras en casa —dice, y bebe un sorbo de agua—, lo habrías visto.

—No creo que el tipo lo hiciera adrede. Los dos sois artistas, igual deberíais pasar un rato juntos.

Ella pone cara de que Theo está loco y después comenta:

—Sarah me dijo que antes era famoso. Uno de los de la panda de Damien Hirst.

—¿De verdad?

—Sí. —Se encoge de hombros—. Y, si es verdad, ha caído un poco en desgracia.

—No sé, igual deberías investigar. Invitarlo a tomar té.

—¡De eso nada! Mientras tú no estés, no. Seguro que pensaría que quiero acostarme con él. —Hace su mejor imitación de una actriz porno—: «Oh, Bennett, puedes venir a arreglarme el grifo, no para de gotear...».

—Ya, vale —admite Theo—. Pensé que podríais haceros amigos.

—Te prefiero a ti.

La hora de comer se acaba enseguida. Theo se marcha del pub después de recibir un mensaje de Monica, y Emma se pregunta qué hará su suegra cuando regresen a Estados Unidos. Theo no puede acudir corriendo cada vez que su hermano se despierte de la siesta. En el fondo, le preocupa la posibilidad de que Theo no tenga la intención de volver a casa. No le envidia la tarea de meter a su hermano en rehabilitación, pero le despierta cierto rencor que, cuando él entre por la puerta de la casa donde creció, lo necesitarán al instante. Cuando ella abra la puerta de casa de Bennett, volverá a estar sola hasta la próxima vez que Theo pueda escaparse, y le da la sensación de que esos intervalos se hacen cada vez más largos. No se había imaginado que se sentiría tan inútil. Creía que el matrimonio la mantendría a salvo de esa clase de soledad.

Pasa por delante de Khoury's Market de camino a casa y ve que entre la fruta y la verdura que tienen en exposición hay unos cuantos aguacates. Se le ocurre que podría comprar uno para meterlo en el frutero. Cuando haya dos, espera olvidarse de cuál es el que mancilló Bennett. De pie junto a la caja de aguacates, se fija en que cada pieza descansa en un nido individual de espuma. Busca alguno que le recuerde al que tiene en la cocina y selecciona uno rechoncho con la piel rugosa y de color verde oscuro.

Al ver el linóleo asqueroso de cuadros blancos y negros del suelo, duda de si entrar a la tienda. Las esquinas están medio peladas y se rizan hacia arriba, están en descomposición como una hoja seca. Emma entra aguantando la respiración. Un buen desafío.

Va directa a la caja con el aguacate en la mano, haciendo lo posible por no prestarle atención al suelo y mirar solo a la dependienta. La joven lleva unas uñas largas de plástico llenas de bisutería con las que sujeta un ejemplar muy deslucido de *Sueño de una noche de verano*. Parecen afiladas, el tipo de uñas que causan desgarros y desconchones, puede que incluso heridas grandes y abiertas. Las lleva pintadas de rosa, con pedrería de color blanco y violeta adherida a la superficie; excepto el índice de la mano derecha, al que le falta la piedra violeta. Es desconcertante, piensa Emma, saber que esa pieza de bisutería podría haberse quedado pegada a cualquier artículo de la tienda. Por instinto, se asegura de que no esté en el aguacate y se lo ofrece a la chica, que la mira con curiosidad.

—Una libra —dice, y sigue leyendo.

Emma rebusca una moneda en el monedero.

—Tú tienes cara de lista —le dice la chica mientras la observa—. ¿Has leído este libro?

Emma niega con la cabeza y desliza la libra por el mostrador en lugar de dársela en la mano. No quiere entrar en contacto con esas uñas.

—Leí *Romeo y Julieta* en el instituto —responde.

—Esa es una tontería —responde animada la joven—. La lerda va y se suicida sin motivos. Prueba con este. —Levanta el libro—. Willy lo escribió de colocón.

—Vaya. Bueno, pues… puede que lo lea.

No lo hará en absoluto, piensa, y se guarda el aguacate en el bolsillo del abrigo.

—Mañana lo habré acabado —dice, y blande el libro—. Por si quieres que te lo preste.

Se imagina la piedra morada atrapada entre las páginas. Ni de coña querría que le prestase el libro.

Enjuaga el aguacate nuevo y el mancillado en el fregadero de la cocina antes de colocarlos juntos en el frutero grande de madera que vive sobre la encimera de mármol de la isla. Agarra el frutero con las dos manos, lo hace girar de modo que los aguacates danzan en el fondo y lo detiene cuando cree que ya no los distingue. Cuando paran de dar vueltas, los coloca ambos apuntando hacia el lavadero. Si Theo estuviera allí con ella, le diría que se comporta como una loca. Pero le da igual. Theo no está. Y a Charlie nunca se lo dice cuando él se comporta como un loco.

Con el bolígrafo suspendido sobre la libretita, Emma repasa todos los pensamientos que ha tenido de camino a casa y se pregunta cuáles merecen acabar en el tarro. Solo hay uno que destaque, pero le da miedo escribirlo. Sabe que el propósito del ejercicio es distinguir entre meras sensaciones y la realidad. «Las sensaciones no son hechos», le recuerda la doctora Gibson en casi todas las sesiones. «Es posible que tus creencias no partan de la verdad, sino de tus miedos.» Está convencida de que Theo no tiene intención de regresar a Rhode Island al acabar el mes tal como habían planeado, a pesar de que Theo no ha dicho nada que lo indique. Pero no es solo una sensación que ella tiene: es una verdad tan ineludible que Emma cree que no tiene el poder de impedírselo. Anota:

Theo no volverá a casa conmigo.

«¿Qué pruebas tienes?», le preguntaría la doctora Gibson. «No tiene motivos para volver», respondería Emma, convencida de que su matrimonio y su puesto en la Escuela de Diseño de Rhode Island no tienen el mismo tirón que Charlie, su madre y la casa donde creció. Joder, ella lo ha acompañado hasta Londres y apenas lo ha visto.

Dobla el pedazo de papel y lo mete en el tarro con los ojos llenos de lágrimas. Escribir según qué hechos es catártico, pero en ese caso no.

Mira por la ventana de la cocina y ve que Bennett ha empezado un cuadro nuevo. Ayer pasó la tarde en el jardín, donde extendió un trozo gigante de lino sobre la hierba y procedió a graparlo en un armazón grande con más de cien grapas. La grapadora hacía ruido, pero lo que más la molestaba era que, con cada disparo, Bennett carraspeaba y hacía un ruido flemoso: flema que podría haber mancillado el aguacate. No fue capaz de trabajar: se imaginaba a sí misma lanzándoselo a esa cara de idiota que tiene. «Ni te enterarás de que estoy aquí.» Y. Una. Mier. Da. Bennett. Cuando acabó de estirar el lienzo, le dio varias capas de *gesso*, un proceso que no la habría molestado de no ser porque Bennett estuvo todo el rato tarareando la música que escuchaba con los auriculares. Fue insufrible. Hoy le da una aguada con un amarillo extraño. Se acuerda de que su profesor de pintura le recomendó que empleara un color más neutro y oscuro para la base y fuera pintando hasta conseguir los tonos más claros al final. Bennett, al parecer, hace lo contrario. ¿Se ha olvidado de los fundamentos? Se pregunta si el cuadro es un encargo. ¿Tiene ya un destino o alguien que lo desea antes incluso de que lo haya pintado? Es obvio que su carrera profesional no está donde él querría, de otro modo no alquilaría su casa; aun así, da la sensación de que aplica esa capa de amarillo del pan de los bocadillos de Subway con toda la confianza de un hombre que ya lo ha hecho un millón de veces y siempre con grandes resultados. ¿Es esta la definición del éxito? ¿Abandonar del todo los fundamentos sin que te importe una mierda? ¿Cómo debe de ser eso? ¿Cómo debe de ser estar tan seguro de tu trabajo y que los demás también lo estén?

Se convence de que, si mira el frutero, no sabrá distinguir los aguacates, así que pone la teoría en práctica. Si tuviera que aventurar una respuesta, diría que el de la izquierda es el nuevo, pero sabe que no debe hacerlo, que los dos son aguacates. Sin más.

Cuando se vuelve a seguir mirando el jardín, aparece una mujer pelirroja que entra por la verja y carga con algo que parece una cortina opaca. Emma se fija en el fregadero antes de que la mujer tenga ocasión de cruzar una mirada con ella y, cuando levanta la vista, Bennett recibe a la pelirroja en la puerta del estudio con un beso. Uno exagerado y con mucha lengua, de esos que solo tienen lugar al inicio de una relación. Emma se estremece mientras los vigila por el rabillo del ojo y finge estar muy concentrada en limpiar la encimera con una esponja mojada. Cuando el beso se acaba, Bennett mira hacia la ventana de la cocina, justo a tiempo de ver a Emma escurriendo la esponja desde muy alto. Le coge la mano a la pelirroja y la lleva adentro. Emma ve por la ventana del estudio que siguen besándose. La pelirroja le desabrocha los botones de la camisa y él se aparta. Mira de nuevo hacia la casa, coge la cortina opaca, la levanta, le pasa una barra de metal por los agujeros y la coloca sobre la ventana del estudio. Y así es como Bennett y la pelirroja desaparecen. Emma debería estar encantada.

Sentada de nuevo a la mesa de dibujo, Emma intenta concentrarse. De momento solo ha conseguido utilizar tres del total de los ciento veinte colores que piensa destinar a este dibujo. Coge el lápiz de color *caput mortuum* y le da al *Play*. Solo escribe los cuatro primeros números de la secuencia antes de darle a la pausa y contemplar la ventana que Bennett ha cegado. Detrás de ella sucede algo que él no quiere que vea y, tras todas las mierdas a las que la ha sometido, eso la mosquea muchísimo. ¿Cómo se atreve ahora a querer intimidad? Ella quería intimidad ayer, cuando él gruñía en el jardín. Respira hondo y aparta la mirada de la ventana, pero entonces descubre la grieta de la pared justo delante de ella. Por algún motivo, parece más profunda, como si se estuviera ensanchando. Se pregunta si Bennett sabe que existe. Le gustaría atravesar el jardín con brío, llamar a la puerta y decírselo. Le gustaría exigir que abandone su actividad secreta y vaya a la casa a arreglar esa grieta espantosa.

«¿De verdad se trata de la grieta?», oye preguntar a la doctora Gibson. Sí, piensa Emma. La grieta es horrible. Es un hecho. La sigue hasta la esquina superior de la pared. Empuja la silla al rincón y, sin soltar el lápiz de color, se sube ella para inspeccionar el nacimiento de la quebradura; entonces, sigue la fisura con el dedo hasta que tiene que bajarse de la silla. La sigue con la punta del dedo mientras esta se abre paso en la pared por encima de la mesa y desciende en zigzag hasta la esquina inferior del lado opuesto. Emma está sentada en el rincón donde la grieta topa con la moldura, con la cabeza pegada a la pared, cuando la llama Theo.

—¿Qué pasa? —pregunta sabiendo que sucede algo.

—Estamos en el coche. Charlie, mi madre y yo. Vamos hacia Bristol.

—¿Qué? ¿Por qué?

—No te enfades.

Esa debe de ser la frase más inútil de la lengua. La mera sugerencia la enfurece.

—Charlie quiere ver a mi padre.

Martin, el padre de Theo, está enterrado en Bristol. Hacía documentales y produjo muchos trabajos para la BBC antes de morir de forma repentina hace diez años, a causa de las complicaciones de una operación rutinaria de corazón. Que Charlie haya seguido los pasos de su padre y él mismo sea un cineasta de talento es una de las mentiras en las que toda la familia Easton se ha puesto de acuerdo. Charlie habla a menudo de hacer un documental sobre cómo filmaba Martin sus documentales, pero aún no ha rodado ni un solo plano.

—Quiere visitar la tumba de mi padre y hablar con él. Cree que le ayudará.

—¿Con el problema con las drogas que, según él, no tiene? ¿No ves que solo intenta ganar tiempo?

—Puede.

No, «puede» no. Theo dice eso demasiado.

—Hay otra clínica de rehabilitación a las afueras de Bristol, un programa de doce semanas. Dice que a lo mejor prefiere esa, para estar cerca de mi padre. Hay que intentarlo.

—Supongo que sí —responde ella, sabiendo bien que no funcionará.

—Dormiremos aquí. Para ir a la clínica por la mañana.

—¿Y Charlie ha hecho las maletas para doce semanas?

—No.

—Vaya...

Coge el lápiz de *caput mortuum* y encaja la punta en la base de la grieta.

—Ojalá me hubieras dicho que te ibas.

—Lo siento, ha sido muy rápido.

—A lo mejor os habría acompañado —dice.

Clava la punta dentro de la grieta y desconcha trocitos de yeso. El pigmento marrón rojizo se transfiere a la superficie blanca.

—¿De verdad?

—No he visto la tumba de tu padre.

—Creo que ahora tampoco es el mejor momento. —Una pausa—. Te llamo esta noche —dice con un tono que indica el final de la conversación.

—Vale —contesta ella, a pesar de que no quiere colgar por nada del mundo.

Cuando la llamada se corta, deja que el móvil le caiga sobre el regazo y lo aparta al suelo de un manotazo. Agarra el lápiz con resolución, como haría si fuera para el dibujo. Deslizando el culo por el suelo, traza la grieta con el lápiz igual que ha hecho antes con el dedo y va rellenando el hueco con el pigmento. Lo hace con cuidado de no sacar la punta del lápiz de la grieta, para impedir que la línea que traza se salga del trayecto predeterminado. El color tiñe ambos lados de la fisura. Se arrodilla y, después, cuando de rodillas ya no alcanza, se levanta y continúa pintando la línea por encima de la mesa. Cuando se le hace demasiado alto, se sube de nuevo a la silla. Desde allí, de puntillas, Emma alcanza la esquina más alta y el color se extiende hasta el final de la grieta. Salta de la silla y retrocede unos pasos para ver lo que ha hecho. El resultado es vulgar. Es como si en mitad de la pared hubiera una vena palpitante. Esa noche dormirá en uno de los otros dormitorios, y que la vena palpite en paz.

A la mañana siguiente, se despierta pensando en la grieta y se pregunta por qué ha cometido la estupidez de delinearla. Si Theo no hubiera ido a Bristol, ella no lo habría hecho. Es culpa de él, se dice mientras está sentada a la isla de la cocina con la granola, mirando la ventana opaca del estudio de Bennett. Theo ni siquiera le ha enviado el habitual mensaje de buenos días. Ella misma podría mandarle un «buenos días», pero no es la que se marcha cada dos por tres. Más bien está justo donde ha estado todo este tiempo, sola en una casa gigante donde hasta el vecino incordioso ha decidido pasar de ella. Necesita centrarse. Si consigue olvidarse de la soledad y olvidarse de la grieta, podrá invertir todas sus energías en dibujar. Trabajará con mucho empeño, quizá con tanto empeño que, si Theo llama, estará demasiado ocupada para contestar.

A primera hora de la tarde, se puede afirmar que Emma ha trabajado con empeño. Ha trazado la grieta con la mitad de los ciento veinte lápices de colores del estuche. Lo que antes era una grieta diminuta del grosor de un pelo ahora parece una sima, el Gran Cañón en una pared blanca de un barrio residencial de Londres. El dibujo de la mesa permanece tal como lo dejó ayer después de registrar solo tres secuencias y el principio de una cuarta. Se sienta en el suelo a mirar el grafiti de la pared y lo observa como observaría un edificio en llamas: con una mezcla de fascinación y terror. Por algún motivo, al despertarse por la mañana, sabía que lo haría, igual que sabía que se arrepentiría y que el resultado sería grotesco. Y, sin embargo...

Oye la voz de la doctora Gibson en su cabeza: «¿Qué es lo que te molesta del dibujo, Emma?».

«Que palpita —le respondería ella—. Que está vivo.»

Los sesenta colores unidos forman un marrón denso, purpúreo y coalescente que parece una magulladura.

«Solo que no es así, ¿no crees? ¿Palpita de verdad?», es probable que le preguntase la doctora. Con delicadeza, sin confrontaciones.

«Parece que esté pudriéndose —explicaría ella—. Solo se pudren las cosas que están vivas.»

La Grieta, piensa. Una obsesión como está mandada necesita un nombre propio.

Hambrienta, de pie en la cocina, contempla los aguacates. No le cabe duda de que es el de la izquierda. Sabe que no se lo comerá. Aunque, si Theo le da buenas noticias, como que Charlie ha ingresado en rehabilitación, quizá se desafíe a sí misma a comerse la puta fruta, pero ella no puede ser valiente todo el tiempo. Ahora le toca a Charlie.

Abre un armario y saca una caja de galletas Ritz, el sabor de su tierra, aunque en el Reino Unido no son tan saladas y siempre saben un poco revenidas. Del frigorífico saca un trozo de queso *cheddar*, que corta sobre una tabla enorme de madera sin dejar de mirar por la ventana porque el sol ilumina las ramas de los árboles, que empiezan a echar brotes. El estudio de Bennett sigue oculto tras la cortina opaca. Se pregunta si algún día reaparecerán, cuando, de pronto, se abre la puerta y sale la pelirroja. Esta descubre a Emma en la cocina y la saluda entusiasmada con la mano. Bennett se apresura tras ella con cara de vergüenza.

Emma le devuelve la sonrisa sin ganas y no los saluda con la mano. No quiere que la vean sonrojarse por que al fin se hayan fijado en ella. Continúa cortando el queso en rectángulos y los coloca sobre la tabla en forma de espinapez.

Parece que Bennett y la mujer discuten sobre algo delante de su puerta, pero Emma no distingue de qué hablan. «Pregúntaselo y ya está», cree que dice la pelirroja.

—No, no la molestemos —contesta Bennett con aire desdeñoso.

—¡Está ahí mismo!

Señala a Emma a través de la ventana, pero Emma finge no darse cuenta.

La pelirroja vuelve adentro, sale unos segundos más tarde con un edredón hecho una bola y cruza el jardín con aire desafiante y el fardo enorme. Saluda a Emma con dificultad por culpa de la carga y le señala la puerta de atrás.

—¡Hola! —dice con alegría en cuanto Emma abre la puerta del jardín—. Me llamo Claire. Siento molestarte. Eres Emma, ¿verdad?

Emma responde que sí con la cabeza y se apoya en el quicio de la puerta para que quede claro que Claire no debe cruzar el umbral.

—¿Sería posible que nos dejaras usar la lavadora y la secadora? Anoche tuvimos un incidente con el vino y el edredón ha absorbido por lo menos media botella de *pinot noir*. ¡Y, encima, del bueno!

Le da una palmada al edredón como si hubiera sido malo.

—Vale.

Emma se yergue y hace un ruido gutural, fingiendo que Claire la importuna a pesar de que recuperar el contacto humano es un alivio. Que te molesten es mejor que sentirte sola. Cualquier cosa es mejor que sentirte sola.

—Gracias, eres un sol —dice Claire, y entra sin esperar a que la invite—. Bennett no quería molestarte, pero yo estaba segura de que no te importaría. Tienes cara de persona razonable.

Emma reprime una risa. Si Theo estuviera allí, se carcajearía solo de pensar que alguien pudiera considerarla razonable.

Claire mete el edredón y la funda de color azul marino en el tambor de carga superior, ve una botella de lejía, llena el tapón y lo vierte dentro. Emma espera en silencio en un extremo de la habitación y se pregunta si esa mujer sabe para qué sirve la lejía.

—Dice que es una de esas lavadoras industriales americanas. —Mira el aparato confundida—. Hay un montón de botones. Tú eres de Estados Unidos, ¿no? ¿Sabes cómo funciona esto?

—Bueno, más o menos. Solo la he usado una vez. Supongo que el programa de carga pesada, ¿no?

Le señala el lugar de la rueda que dice: «Carga pesada».

—Igual debería preguntárselo.

Pasa junto a Emma como si nada y se dirige a la puerta.

—¡BENNETT!

Emma observa a su espalda mientras Bennett aparece en la puerta del estudio sin camisa y con unos vaqueros cubiertos de pintura. Mete la cabeza por el cuello de una camiseta cualquiera y se la baja aprisa cuando se da cuenta de que Emma lo mira.

—¿Sí? —pregunta avergonzado, y se pasa la mano por el pelo.

—¿ES CARGA PESADA? —grita Claire desde la puerta.

—Un segundo —dice aturullado.

Mira a su alrededor buscando las sandalias. Se las pone y cruza el jardín a grandes zancadas, con la cabeza gacha y las manos en los bolsillos.

Claire vuelve al lavadero. Se apoya en la lavadora y mira dentro del tambor buscando respuestas.

—¿Puedo? —le pregunta Bennett a Emma antes de entrar en la casa.

Ella le hace un gesto para que entre. Tampoco le queda más remedio. «Siempre puedes elegir», recuerda que le dijo una vez la doctora Gibson. Entonces, ¿cómo es que nunca se lo parece? Mira los aguacates, que en ese instante la apuntan a ella, así que retrocede un paso.

Bennett mira dentro de la lavadora. Y luego a Claire.

—¿Has metido lejía?

Emma no duda de que esconde lo molesto que está.

—He metido detergente —responde Claire.

179

—¿Este detergente? —pregunta, y coge la botella de lejía.

—Ay, coño…

—Bueno…

Niega con la cabeza, cierra la lavadora y la programa para una carga pesada en caliente.

—Lo siento, Emma. De momento, te dejamos tranquila.

Emma no puede dejar de pensar en las sesenta líneas de colores que ha pintado en la pared del dormitorio. No debería haberlo hecho, de verdad.

—Encantada de conocerte, Emma —dice Claire, y se abraza a la cintura de Bennett.

Él da un respingo como si lo hubiera atacado, pero enseguida cede y la rodea con el brazo.

—Venga, vamos —responde Bennett, y le coge la mano como si fuera una niña—. Espero que todo vaya bien con la familia de tu marido, Emma —añade al salir al jardín.

Ella se encoge de hombros.

—Pues no muy bien, pero ¿qué se le va a hacer?

La frase «la familia de tu marido» le llama la atención. Así es como ella se siente. A pesar de estar casados, la familia de Theo no es suya.

De vuelta en el dormitorio principal, se sienta a la mesa, pero no quiere coger ninguno de los lápices. Contempla el dibujo que está casi sin empezar. Llama a Theo, pero le salta el buzón de voz. Como no se concentra, cuando oye el pitido de la lavadora, pasa la colada de Bennett a la secadora. Una hora más tarde, él llama a la puerta de atrás.

—Gracias, Emma —dice avergonzado al abrir la puerta él mismo después de que Emma le haga señas para que pase.

Lleva una botella de vino en la mano y se la entrega casi por la fuerza nada más entrar.

—Por las molestias.

—No pasa nada —responde ella, y mira la etiqueta. Vino de Burdeos.

—Claire sabe de vinos y me asegura que ese es bueno. Yo tengo el paladar de un gili, así que...

—Gracias.

Emma se sorprende al notar que le aparece una sonrisa en la cara.

—He metido el edredón en la secadora, espero que no te moleste. Es que he oído el pitido.

Mira el temporizador y ve que faltan dos minutos.

—Enseguida está.

—No hacía falta —responde él, y se pasa la mano por el pelo.

—He pensado que estarías ocupado.

—Gracias. Sí, estoy con un cuadro. He perdido la noción del tiempo.

—¿Un retrato de Claire?

No ha visto el lienzo desde que le dio la aguada de color amarillo, pero Claire le recuerda a las mujeres que posaban en las clases de dibujo al natural de la carrera: con agallas y un poco teatreras.

Él asiente con la cabeza.

—Hace tiempo que no hago retratos. Es un desafío.

—Pues a mí la clase de dibujo al natural se me daba fatal.

—Ah, claro, que eres artista.

Su tono tiene un punto de condescendencia.

—Lo intento —responde ella, y no dice más, pensando que delinear la grieta del dormitorio es más bien vandalismo.

Cree que él no le vería ningún mérito artístico.

—Eres joven —dice él—, tienes tiempo.

Sin embargo, la frase no suena convincente en absoluto y, como era de esperar, no le hace ninguna pregunta sobre su trabajo. Típico.

Al final, suena el timbre de la secadora. Bennett entra en el lavadero y se agacha delante del aparato. Abre la puerta, saca el edredón y lo suelta deprisa en cuanto nota lo caliente que está.

—¿Te importa si te cojo el cesto?

—Todo tuyo.

Suelta un quejido al levantarse con el cesto en la mano e intenta ofrecerle media sonrisa.

—Bueno, pues habrá que volver al trabajo. No puedo esconderme del cuadro.

—Ni de la modelo —responde ella.

Se le ha escapado, pero, por suerte, esa vez él sonríe de verdad.

—Cierto.

Bennett mira las manchas de lejía de la funda y suspira.

Diez minutos después, Emma contempla cómo la Grieta palpita y late ante ella; tiene la botella de vino abierta en una mano y el lápiz número sesenta y uno en la otra. Se pregunta si es cierto que el cuadro es un desafío para Bennett, si en realidad lo asusta la posibilidad de que no valga una mierda. Le gustaría saber de qué tiene miedo. ¿A qué problema no es capaz de enfrentarse?

—¿Por qué te dan tanto miedo las grietas y los desgarrones? —le preguntó la doctora Gibson en la primera sesión de terapia.

Ella se estremeció. Por Dios, si supiera la respuesta a esa pregunta, ¿se gastaría ciento cincuenta dólares en una hora de terapia?

—No me gustan. Me hacen pensar en enfermedades.

—¿Has tenido alguna enfermedad visible o conoces a alguien que la haya tenido? —preguntó la doctora.

—No —contestó Emma mientras negaba con horror solo de pensarlo.

—Creo que, si tuvieras una, podrías vivir con ello —afirmó la doctora para animarla—. A menudo nuestros miedos son peores en nuestra mente que en la vida real. Es lo que has venido aquí a aprender.

Emma volvió a negar con la cabeza, pero con inseguridad.

—¿Te preocupa algo en particular? —le preguntó la doctora, inclinada hacia delante en la butaca de respaldo alto—. Si tú o Theo tuvierais, por ejemplo, herpes zóster, ¿cómo crees que os las arreglaríais?

—No tendremos eso. Me ocupé de que ambos nos vacunáramos.

—Vale, pero supongamos que no funciona.

La doctora se andaba con cuidado, pero vio que Emma empalidecía de golpe.

—A veces cogemos la gripe aunque nos hayan puesto la vacuna —le explicó—. ¿Cómo llevarías la situación si Theo tuviera herpes zóster?

—Mal.

—¿Cómo de mal, Emma?

—Me preocupa despellejarlo vivo —confesó ella.

Para cuando ya no queda vino, ha seguido la Grieta con los ciento veinte colores. Continúa intentando convencerse de que ha sido un «buen desafío» y de que debería estar orgullosa de sí misma por enfrentarse a algo que la asustaba, a pesar de que en realidad ahora la aterra más que antes. Se recuerda que la intención es que le resulte espeluznante, así es como ella aprende. Pero, sobre todo, asegura para sí que esto no tiene nada que ver con lo que sucedió hace tres años, cuando se dibujó todas las venas de los brazos y de las piernas con un bolígrafo, todos los días a lo largo de varias semanas, hasta que la piel se le agrietó y amorató. Eso sí era una compulsión. Esto es terapia.

Le da la espalda a la Grieta, se sienta en el suelo, se apoya en la pared y desliza los pies con los calcetines por el suelo pintado de blanco. La disposición en espinapez de las tablas de madera solo se aprecia en los intervalos donde se tocan entre sí y la pintura se hunde en las junturas. Sigue el borde de una de las tablas con el dedo y por fin le llega un mensaje de Theo:

Un día horrible. Charlie nos ha dado esquinazo. Ha cogido un tren al puto Manchester para comprar vicodina en el mercado negro. Mañana iremos a buscarlo. Te llamo por la mañana. Necesito dormir. Besos.

Estira el brazo para coger el lápiz de color añil de la mesa. Dibuja una línea fina y suave de color azul en el extremo corto de una de las tablas. Encaja a la perfección en la juntura.

—No lo hagas, Emma —susurra para sí.

Por la mañana, mientras se sirve la granola, contempla el estudio de Bennett. La cortina opaca está abierta. Hoy no tiene compañía y trabaja en el retrato de Claire. El lienzo amarillo de hace un par de días ahora está lleno de color. Es Claire desnuda, sentada en una mecedora con las piernas cruzadas, una mano en el reposabrazos y un libro abierto en la otra, aunque Emma no distingue el título. Sabe que Bennett aún no lo ha terminado, pero Claire parece estar a medio camino entre una humana y una muñeca de porcelana, diferente de la mujer que conoció ayer; no es una persona ruidosa y teatral, sino quieta, inorgánica, clásica. La piel clara parece relucir con matices violetas y rosas fríos que contrastan con el fondo amarillo y también lo complementan. Le recuerda a una clase de la escuela de arte en la que el profesor les enseñó una imagen del *Retrato de Madame X*, de John Singer Sargent, uno de sus cuadros más famosos: una mujer cuya palidez destaca tanto, comparada con el vestido negro que lleva, que su piel parece fría como el hielo. Recuerda que la lección era que los tonos de la piel son fríos por naturaleza; la sangre que nos corre por las venas es azul, no roja. Puede que, al fin y al cabo, Bennett sí sepa lo que hace con ese amarillo. Le sorprende lo mucho que ha avanzado con el cuadro en tan solo cuarenta y ocho horas. ¿Cómo trabaja todos los días con tanta soltura y seguridad? Lo hace como si no le supusiera un desafío en absoluto y quizá la inseguridad del día anterior fuera una patraña. Emma se acuerda de su dibujo, el que tiene arriba y casi ni ha tocado. Inspirada por la ética profesional de Bennett, hoy quiere avanzar con el proyecto real, pero sabe que para eso tendrá que mover la mesa de dibujo; no podrá concentrarse con la Grieta palpitando delante de ella.

Arrastra la base de la mesa por la escalera hasta la segunda planta y la mete en la habitación pequeña donde ha dormido las dos últimas noches. Vuelve a montarla junto a la puerta, en un hueco estrecho que no es mucho más amplio que la propia mesa. La lámpara que cuelga del techo emite la luz tenue de una de esas bombillas ecológicas. Está oscuro, demasiado oscuro. Aun así, la claustrofobia y la falta de luz son preferibles a la Grieta. Es frustrante no coger ritmo, piensa, y sube al piso de arriba a buscar los lápices de colores. Quiere echarle la culpa al hermano de Theo. Si él dejase de ser tan egoísta, si ingresara en una clínica de rehabilitación, si ella recuperase a su marido, puede que así lograra trabajar un poco.

Hace tres años, después de casarse, Emma y Theo seguían viviendo en Providence, donde Emma trabajaba de camarera en uno de los restaurantes italianos de Federal Hill, y Theo, en el laboratorio de imagen de la Escuela de Diseño de Rhode Island. Durante ese año fueron como barcos que se cruzaban de noche: Theo estaba fuera durante el día, y Emma, por las noches. Se acostaba a la una de la mañana y él se levantaba a las seis. Para Emma, pasar el día en su apartamento diminuto era un infierno. Montaba la mesa de dibujo en el salón, pero la estancia compartía una pared con un vecino que era pianista de *jazz*, pasaba las tardes ensayando y, a veces, tocaba la misma frase cien veces en un día. En esa época, ella tenía en marcha una serie de dibujos de cuadrículas hechas con bolígrafo. Por las mañanas, se sentaba a la mesa y escuchaba música de David Bowie o de Leonard Cohen con los auriculares, cualquier cosa con letra en la que pudiera sumergirse. Con una mano sujetaba una regla, y con la otra, un boli Bic. Colocaba la regla sobre el papel y la alineaba con las marcas tenues de lápiz que le indicaban dónde debían estar las líneas de tinta. Entonces respiraba hondo, miraba la pared que compartía con el pianista y arrastraba el bolígrafo por el borde de la regla desde una marca hasta la siguiente. Si el pianista no hacía ruido, trazaba otra línea. Así era como transcurría el día, todos los días. Al cabo de unos meses con esa rutina, Bowie y Cohen eran demasiado tranquilos para ahogar el sonido del pianista o, mejor dicho (tal como apuntaría la doctora Gibson más adelante), el miedo que le tenía. Así que empezó a escuchar a los Pixies y a Sonic Youth, que le proporcionaban el muro sónico que ella ansiaba, una barrera sólida entre ella y el músico de *jazz*. El problema era que así no podía dibujar. Toda esa distorsión no propiciaba la claridad visual. Y le dolía la cabeza.

—¿No crees que es paradójico que necesites sonido para ahogar otro sonido? —le preguntó Theo una de las pocas noches en las que estaban ambos en casa, acurrucados en el sofá. El hombre del piano estaba tocando en un club y Emma tenía libre. Había guardado el enlace a su página web en el ordenador para saber cuándo tenía conciertos y poder programar los días libres de acuerdo con su calendario. Estaba mal de los oídos, pero no de la cabeza.

—No me concentro cuando está tocando —respondió ella a la defensiva.

Para ella, eso era un hecho; daba igual que a Theo le pareciera extraño o paradójico.

—¿Por qué no ensaya en otra parte? —preguntó Emma.

Theo rodeó a su esposa con el brazo porque se dio cuenta de que necesitaba consuelo.

—Supongo que no se lo puede permitir, igual que tú no puedes pagar un estudio.

—Ya, pero yo no molesto a nadie mientras dibujo. Lo que él hace nos afecta a los demás.

—Los dos sois artistas, quizá deberíais colaborar. Dices que es muy repetitivo, ¿verdad? ¡Tú también! —Theo parecía entusiasmado con la idea—. Quizá podrías intentar dibujar la música que él toca. Hacerla visual.

—O sea que tengo que dejar todo lo que hago por su culpa —dijo, y se apartó de Theo—. Y él gana, ¿no?

—No sabía que era una competición. Solo he hecho una sugerencia.

—Entonces ve a sugerirle a él que ensaye en otra parte.

—Emma... —dijo, y le cogió la cara con ambas manos para apretarle las mejillas como a él le gusta hacer cuando ella se comporta como una loca—. No sé qué hacer para ayudarte.

—¿Acaso he pedido ayuda? —trinó ella con boca de pez.

Él no contestó, sino que la besó. Emma recuerda pensar que en todos los matrimonios los besos pasan de ser una demostración de pasión a una manera de hacer que el otro se calle antes de apalearlo.

En ese momento, Emma necesitaba ayuda, aunque no fuera capaz de admitirlo. Lo de los auriculares no le servía, quejarse a Theo tampoco ayudaba, ni siquiera le valía escapar del apartamento. Daba paseos largos por todo Providence con un cuaderno de dibujo en la bolsa y la esperanza de encontrar un lugar donde dibujar, pero nunca daba con él. Se limitaba a andar y andar cada vez más enfadada y más cabreada y obsesionada con la posibilidad de que el músico de *jazz* siguiera tocando cuando ella regresara a casa. Durante esos paseos empezaron a pasar cosas peculiares. Primero empezó a evitar las grietas entre las baldosas del suelo. Era una tontería, nada más; un día se dio cuenta de lo que hacía. Solo que, cuando intentó parar, vio que no podía. Empezó con supersticiones sobre qué ocurriría si pisaba una grieta. ¿Qué decían cuando ella era pequeña? «Pisa la raja, tu madre con mortaja.» No creía que eso fuera a suceder, pero se preguntaba qué pasaría. ¿El pianista ensayaría más pronto? ¿Se mudaría un baterista al piso de abajo? Un día, solo para demostrarse a sí misma que era capaz de hacerlo, saltó sobre una grieta enorme del pavimento ocho veces seguidas. Tenía que ser un número par porque un número impar habría sido como no acabar la faena. Después de eso, las evitó y buscó rutas donde el estado de las aceras fuera mejor. En una de esas rutas nuevas, pasaba por delante de una casa donde había una roca del tamaño de una pelota de fútbol americano apoyada en el buzón. A menudo, decidía si tenía un día bueno o malo basándose en si le daban ganas de tirar la piedra a una de las ventanas en mirador de la casa. La mayoría de los días quería hacerlo. La mayoría de los días le venían ganas de usarla para romperle las ventanas a todo el mundo. Quería que esas personas reparasen en ella, que le preguntaran qué le pasaba, que le asegurasen que el miedo que les tenía a las grietas y el odio que le profesaba al pianista eran comprensibles y para nada irracionales. Sin embargo, nadie salía de su casa, cosa que la llenaba de resentimiento contra esos cabrones con suerte que tenían vivienda propia, cuatro paredes suyas que no debían compartir con nadie más. Eran todos unos gilipollas, del primero al último. ¿Cómo podían vivir consigo mismos sabiendo que la pintura de las ventanas del desván se desconchaba y que se les caían las tejas del tejado? Esos hijos de puta no se merecían una casa. Si ella tuviera una propia, sería un templo. Jamás olvidaría ni por un segundo la suerte que tenía de contar con ella. Así que volvió a cambiar la ruta a una compuesta de casas que le gustaban, en las que se imaginaba viviendo y que le daban sensación de seguridad. Las demás casas, las de la pintura desconchada y las tejas sueltas, no solo la hacían rabiar, sino que le daban miedo. Las burbujas de la pintura le recordaban a ampollas; la pintura descascarillada, a heridas abiertas; las tejas sueltas, a verdugones. Si todas esas casas feas y las aceras agrietadas y el puto pianista de *jazz* desaparecieran, se decía, ella estaría bien.

En cuestión de unos pocos meses, recorría un camino muy específico hacia un parque minúsculo donde solo había un par de bancos: la clase de sitio por donde los transeúntes pasaban sin detenerse. Allí Emma se sentaba, siempre en el mismo banco, con los auriculares puestos, mirándose los pies. El cuarto día, cuando ya llevaba allí sentada una hora, sacó un bolígrafo del bolso. Echaba de menos tener un boli en la mano. También llevaba el cuaderno, pero lo dejó donde estaba y se puso a dibujarse las venas de los brazos. Cuando llegó la semana siguiente, también se dibujaba las de las piernas. La gente pasaba de largo y la miraban extrañados, pero en Providence, que está llena de artistas, había pocas cosas que generasen auténtica alarma, y una chica blanca pintándose con un boli no era una de ellas. En casa se duchaba y se borraba la tinta frotando con una esponja vegetal. Al cabo de unas semanas, tenía la piel seca y áspera de tanto frotar. A pesar de eso, las marcas de tinta se volvieron permanentes. Le dio miedo que la tinta fuera tóxica y lo buscó en internet. Google le proporcionó abundantes fotografías del aspecto que tenía esa patología tan poco común. En la mayoría, la piel aparecía roja, con bultos y ampollas, pero la peor foto era de un brazo con las venas abultadas y negras, como raíces podridas de árbol. No conseguía sacarse la imagen de la cabeza, la veía siempre que cerraba los ojos y se suplicaba a sí misma no volver a dibujarse las venas al día siguiente cuando estuviera en el banco del parque, pero siempre lo hacía.

Theo, que apenas la veía, no se percató de los cambios. Emma se compró pijamas de pantalón y manga larga para que él no le viera la piel. Dejaron de practicar sexo; los horarios dispares hacían que los momentos de intimidad fueran escasos y su ansiedad era una traba más. Theo se dio cuenta de que hacía unos días que ella estaba más nerviosa y pensó que una cita en el bar para los estudiantes de posgrado adonde solían ir la relajaría. Llamó con antelación y le pidió al camarero que les reservara su mesa favorita.

—Vamos —dijo, y la condujo hasta el reservado con el banco viejo de vinilo donde la enorme herida abierta supuraba espuma de poliéster.

—¿Podemos sentarnos en otra parte?

—¿Cómo? Esta es nuestra mesa.

Él sonrió, pero Emma se dio cuenta de que estaba dolido.

—Ya no queda prácticamente nada.

Salió del reservado, buscó otro sitio con la mirada y señaló una mesa pequeña con dos sillas destartaladas de madera.

—¿Qué te parece ahí?

Él la contempló extrañado.

—Ahí mucho peor. Quiero que nos abracemos.

Ella le apoyó la cabeza en el pecho para indicar que quería estar cerca de él, pero no sobre el vinilo desgarrado.

Cuando les llevaron el par de cervezas espumosas a la mesa pequeña de madera, Theo le cogió la mano.

—Me preocupas, cariño.

—Estoy bien —respondió ella sin convicción—. Es que las cosas no son como yo esperaba.

—Ya mejorarán —le aseguró él—. Acabas de graduarte. Dentro de un par de años tendrás tantas ofertas para exponer que no sabrás qué hacer con ellas. —Le apretó la mano y agachó la cabeza para mirarla a los ojos—. Estarás mucho más ocupada y tendrás muchísimo más éxito que el pianista. Ni te acordarás de él.

Más tarde, al llegar a casa, hablaron sobre el futuro y todo lo que querían conseguir en la vida: una casa con un jardín grande, galerías que los representasen y universidades donde algún día impartirían clase. Cuando se dejaron caer sobre la cama, Emma no pensaba en nada más que no fuera lo afortunada que era de contar con ese hombre maravilloso que la quería tanto. Se dijo que por él acabaría con todas sus locuras. El día siguiente sería un nuevo día. Él le quitó la camisa y la lanzó al suelo. La abrazó, la colocó bocarriba y se subió encima de ella a horcajadas atrapándole los brazos con las piernas para hacerle cosquillas en el cuello, una actividad que siempre desencadenaba un aluvión increíble de risas. Pero cuando por fin se fijó en sus brazos, que tenía agrietados y llenos de cardenales, Theo se detuvo en seco. Las líneas amoratadas aparecían y desaparecían. Tenía la piel áspera y escamada. Cortes, roces y partes secas y peladas. Se apartó y encendió la luz. Cuando retiró la ropa de cama para verle las piernas, ella se echó a llorar.

—Emma, ¿qué has hecho?

—No puedo parar —dijo entre sollozos—. Me duele.

A la semana siguiente pagaron el primer y último mes de alquiler en una casa minúscula de las afueras de Pawtucket.

Al entrar de nuevo en el dormitorio principal, ve la caja de lápices de colores y una goma de borrar grande encima de la cómoda. Se guarda la goma en el bolsillo delantero de los vaqueros, pero se queda en la habitación, de espaldas a la Grieta. En el suelo, apenas visible, está la fina línea de color añil que trazó ayer. Hoy aún no sabe nada de Theo. Quizá, si supiera que anoche Charlie no se tomó una sobredosis, si Charlie pudiera hacer algo por sí mismo, entonces tal vez ella podría ponerse con el dibujo en el que se supone que tiene que trabajar y no con lo que está a punto de hacer. En lugar de cerrar la tapa de la caja, la coge y la deja en el suelo. Se sienta a su lado y saca el lápiz de color añil.

Cuando Theo la llama por fin, Emma ya ha trazado veinte tablas con treinta colores.

—Estamos casi en Mánchester —dice él.

—Mánchester es una ciudad grande. ¿Sabéis dónde está tu hermano? —pregunta ella mientras pinta con el color marrón nuez.

—Creo que sí. He encontrado a un amigo suyo en Facebook. Dudo que volvamos esta noche. Te llamo cuando hayamos reservado un hotel.

—Vale —responde Emma—. Que os divirtáis.

Elige un rosa violáceo claro como color número treinta y dos. Cree que, si Theo no la hubiera distraído, no lo habría escogido: debería haber ido a por el verde hierba.

—¿Que os divirtáis?

—Quería decir buena suerte —contesta, y se apoya en las rodillas.

El trazo rosa violáceo abraza al marrón nuez. Emma rodea cada tabla con cuatro líneas seguras y gira sobre las rodillas cada vez que tiene que cambiar de dirección.

—¿Te molesto?

—Estoy trabajando en el dibujo.

No es del todo mentira.

—No me paso el día esperando a que me llames.

—Emma... Tengo que irme, me espera mi madre.

Ella cuelga sin despedirse, deja caer el móvil al suelo, le da un manotazo y este se desliza debajo de la cama como un disco de *hockey*. Sin nada que obstruya su camino, el teléfono patina dando vueltas hasta la pared de enfrente, donde choca contra el zócalo, rebota y sigue rodando unos quince centímetros hasta que se detiene. Ella continúa delineando el patrón en espinapez del suelo con el rosa violáceo y aguanta el verde hierba con la otra mano para no olvidar qué color quiere a continuación. Después de ese, selecciona el amarillo de cadmio porque le recuerda al lienzo de Bennett, seguido de rojo de Venecia y luego verde cian, azul ultramarino, naranja intenso, rosa carmín y sombra natural. Musita los números de *Einstein en la playa* mientras pinta las tablas del suelo:

—Uno, dos, tres, cuatro, cinco, seis, siete, ocho, dos, tres, cuatro, dos, tres, cuatro.

Cuando oye que le vibra el teléfono, se levanta por primera vez desde hace horas y renquea hasta el otro lado de la habitación para recuperarlo.

Es un mensaje de texto de Theo:

Le he dicho a mi madre que mañana por la noche duermo contigo. Innegociable. Besos.

Ella contempla la Grieta y las tablas arcoíris.

—Me cago en...

No puede permitir que él vea lo que ha hecho. Se arrodilla ante las tablas pintadas y pasa los dedos por encima de una de ellas acariciando el arcoíris de cuarenta líneas de color. Saca la goma de borrar grande del bolsillo del vaquero y le da vueltas entre los dedos. ¿Qué posibilidades hay de que Theo vuelva al día siguiente por la noche? Ya le ha hecho promesas como esa y las ha roto. Lo mejor será que lo borre ahora, antes de que se salga todo de madre de verdad. Frota la goma perpendicular a un conjunto de cuarenta líneas y los colores se corren. Emma examina la punta de la goma, que está manchada de los colores. Esta vez aprieta más fuerte, pero la goma hace las veces de escobilla y funde los colores en lugar de eliminarlos. Mierda. Ni siquiera ha pensado qué hacer con la Grieta.

Se tumba en el suelo, coge el móvil y escribe:

No pasa nada. Quédate mañana con tu madre. Te necesita.

Intenta pensar de forma práctica. Busca en el teléfono dónde hay ferreterías. La más cercana está a más de kilómetro y medio de distancia.

Sin levantarse del suelo, se yergue, arrastra el trasero hasta la ventana y apoya los brazos y la barbilla en el alféizar. Desde allí puede observar a Bennett mientras él pinta: aplica el pincel sobre el lienzo, hace un trazo, retrocede para mirar, ladea la cabeza y vuelve al punto inicial. No tiene nada que ver con cómo trabaja Emma: encorvada sobre una mesa, dibujando marcas pequeñas sin acordarse de respirar ni de estirar hasta que siente que se le va a partir la espalda en dos. Bennett pinta como si pasease sin prisa por el parque, mientras que los dibujos de Emma son más como maratones en los que intenta recorrer la mayor distancia en el menor tiempo posible, sin pararse a oler ni una sola rosa por el camino.

Tiempo atrás, cuando Emma era una niña nerviosa, su hermana mayor intentó convencerla de que, en toda una vida, era imposible contar hasta un millón. Esa teoría la aterrorizó: ¿cuántos segundos habían pasado ya y cuántos quedaban? A medida que crecía, siguió dándole vueltas. En el fondo, comprendía que la afirmación de su hermana era una sandez, pero iba acompañada de un mensaje profundo: su tiempo en la Tierra era cuantificable. Era posible contar su vida con números. ¿Qué ocurriría si empezaba a contar y no era capaz de parar?

Se pregunta cómo es vivir sin pensar en esas cosas, cómo es tener el tipo de cerebro que te lo pone todo fácil. ¿No le inquieta a Bennett que su vida se pueda dividir en una serie de segundos? ¿Que haya cosas que no se pueden cuantificar? De nuevo le viene a la memoria *Einstein en la playa*:

> *¿Cuánto te quiero?*
> *Cuenta las estrellas del cielo.*
> *Mide las aguas del océano con una cucharilla.*
> *Numera los granos de arena de la orilla.*
> *¿Imposible, dices?*

Emma contempla las tablas pintadas del suelo y le gustaría que Bennett lo comprendiera. Es incapaz de evitarlo: el proceso de Bennett, su capacidad, le provoca muchísima rabia. Quiere que pintar sea tan difícil para él como lo es para ella. Allí abajo, en ese instante, él se pone la chaqueta y se mira el pelo en la ventana del estudio. Ha debido de quitarse la ropa de trabajo mientras ella estaba ensimismada. Ahora viste ropa de calle, estira el brazo para apagar la luz y la estancia queda a oscuras antes de que él salga y cierre la puerta con llave. A Emma la sorprende la desilusión que le provoca saber que no volverá hasta la noche o tal vez hasta mañana. Quiere que siga trabajando. Si él siguiese trabajando, quizá ella podría volver a la mesa de dibujo y hacer el trabajo que de verdad tiene que hacer. Los dos necesitan trabajar. Él tiene que terminar el cuadro, venderlo y arreglar la casa, que se le cae a pedazos, al muy cabrón. Le gustaría perseguirlo con el aguacate mancillado. Le gustaría decirle que, si no se queda pintando, le esparcirá el puto aguacate por su preciada cabellera. Y que arregle la condenada grieta de la pared. Y que se disculpe por haber tocado el aguacate. Y en ese mismo instante, sabe que no se resistirá más. Va a pintar hasta la última condenada tabla del suelo del dormitorio. Ese capullo se lo tiene merecido.

Tarda todo el día y toda la noche. Primero mueve la cómoda, traza las tablas de debajo con los mismos cuarenta colores que ha usado antes y la coloca de nuevo en su sitio. A continuación, aparta el diván y traza esa zona. Le duelen las muñecas y los codos, pero ha cogido carrerilla y estira los brazos después de cada tabla. A las siete de la tarde, el lado izquierdo del dormitorio está casi terminado. Cuando se permite levantarse a beber agua, ve que el estudio de Bennett sigue a oscuras y se dice que, cuando sea una artista famosa, se las apañará para no perder el toque como ha hecho él. Cuando pueda permitirse una casa como esa, no tendrá ni una sola grieta.

Se tumba bocabajo y se mete debajo de la cama con una linterna que ha encontrado en el cuarto de la lavadora. Empieza junto a la pared y va bajando. Theo la llama mientras está ahí debajo, así que le dice que está acostada, dentro de la cama. Él le cuenta que Charlie está con ellos en un Travelodge y parece tan aliviado que a Emma se le parte el corazón. Con el bálsamo de haber encontrado a su hermano con vida, Theo no se acuerda de que no ha cambiado nada: sigue sin ingresar en un centro de rehabilitación y sin pensar que su problema sea tan grave como para eso. Lo único que puede destacar es que no ha muerto. El listón del éxito continúa bajando.

Un par de horas más tarde ya ha salido de debajo de la cama y delinea más rápido, ya que siente la necesidad de terminar antes del amanecer. A esas alturas ya ha memorizado el orden de los colores y vuela por los bordes de cada tabla. Ya ni siquiera sacude los brazos después de cada recuadro. Se ha acostumbrado al dolor.

A las dos de la madrugada ha llegado al otro extremo de la habitación. Se confirma que Bennett no ha vuelto a casa. Se lo imagina follando con Claire en algún apartamento frío y húmedo del centro. No sabe por qué, pero Claire le parece de las que tienen un piso diminuto y lleno de cosas, adornos y baratijas.

Son las cuatro y treinta y siete de la madrugada cuando Emma pinta la última tabla del suelo. Se levanta con las piernas entumecidas y temblorosas. En la entrada del dormitorio asimila lo que ha conseguido, y no es tan llamativo como ella había imaginado. Es más bien como si el suelo emitiera un zumbido tenue, sutil y rítmico. Mira la Grieta, que se abulta y late como una variz a punto de reventar, aún más estridente y grotesca que antes. Le viene a la memoria la imagen de esa piel intoxicada por la tinta que tanto la afectó en Providence, capilares por donde fluía una podredumbre marrón. La Grieta es así, es venas abultadas y llenas de sangre. La habitación late a su alrededor como un estetoscopio pegado a un corazón culpable.

Se despierta arropada por el edredón de la cama de matrimonio. Recuerda tumbarse un momento, pero de eso hace ocho horas. Mira a izquierda y a derecha para abarcar las líneas que ha trazado en las tablas del suelo y se desconcierta. Lo que anoche le parecía delicado y cadencioso ahora resulta frenético y descuidado. Se fija en la Grieta, que no se ve abierta y rezumante como por la noche, sino que es una mera pulsación estúpida, como un dolor de cabeza después de una noche de haber bebido demasiado. Entierra la cara en las manos pensando que una resaca sería preferible a lo que siente ahora. Una resaca se soluciona esperando, mientras que nada de eso desaparecerá hasta que ella lo arregle. Se echa a llorar a sabiendas de que, aunque consiga rellenar la Grieta y pintar las paredes y el suelo, no logrará borrarlo todo de su mente. La Grieta continuará palpitando. Las tablas del suelo seguirán resonando.

Camina a trompicones hasta el teléfono, que dejó en el alféizar. Tiene cinco llamadas perdidas de Theo, que le ha dejado dos mensajes de voz. Con el primero la pone al día: van de regreso a Londres. Charlie está pensando en ingresar en el Crossroads, si eso «hace feliz a mi madre». El segundo es de dos horas más tarde y un poco más urgente:

Emma, no me has contestado. Me preocupa. Llámame.

Ella respira hondo antes de devolverle la llamada. Mientras suenan los tonos, apoya la barbilla en el alféizar. Bennett ha regresado y está vestido para pintar. Se seca las lágrimas, contenta de verlo.

—Hola, cariño —dice intentando aparentar alegría cuando Theo contesta.

—Me tenías preocupado, ¿estás bien?

—Sí, sí. Lo siento. Me dejé el móvil abajo y no me di cuenta.

—Debes de estar trabajando muchísimo —dice él con alivio y orgullo.

—Sí.

A Emma se le cae el alma a los pies.

—Tenía miedo, pensaba que a lo mejor Bennett te había envenenado el aguacate.

—No —responde ella, y se ríe—. Tenías razón, creo que es inofensivo. ¿Habéis vuelto?

—No. Justo después de llamarte, paramos en una estación de servicio y Charlie salió corriendo.

—Mierda.

—Tardamos un rato, pero al final lo encontramos en un Marks and Spencer pequeño, estaba comprando caramelos de San Valentín rebajados...

Emma lo oye hablar con la voz estrangulada.

—Quería hacerle un regalo bonito a mamá.

—Vaya drama...

—Pero, joder, es que ella no quiere chucherías, Emma. Quiere que se ponga bien. Y él no lo ve. Es incapaz de darse cuenta, joder.

—Ya lo sé, cariño.

Emma también nota un nudo en la garganta.

Él habla con la voz ahogada y a ratos se le quiebra.

—Estoy muy cansado, Emma.

Si pudiera, ella lo abrazaría.

—Tienes que cuidarte —le contesta—. Así no le sirves a nadie.

—Ya lo sé. Lo intento.

Emma oye que su marido mastica algo.

—¿Te estás comiendo los caramelos?

—Hacía la tira que no comía corazones de estos de picapica —dice, y se ríe a pesar de las lágrimas—. Son muy pastosos.

Ella también se ríe.

—Ya, dan asco.

—¿Qué hicimos en San Valentín? —pregunta él.

—Nada. Yo tenía turno en el restaurante y tú dijiste que lo celebraríamos en Londres.

—Mierda, lo siento.

—No pasa nada —contesta ella.

Frota las tablas coloridas con el calcetín por si acaso así se quita parte del color, pero ni siquiera consigue que se corran los trazos.

—No creo que vuelva esta noche.

—Ya lo sé.

—Te lo compensaré.

Después de colgar, baja a la cocina, se prepara un cuenco de granola y se sienta a la isla. Observa a Bennett mientras él trabaja y les da forma a los pechos de Claire en el lienzo. Emma sonríe y se pregunta si los tiene tan respingones en la vida real o si él está siendo muy optimista. La capa amarilla del otro día ya casi ha desaparecido, Bennett la ha tapado y en el lienzo no queda casi ni un trazo de ese color. Ahora no es más que un recuerdo, el origen del cuadro, un secreto accidental que compartirá con Bennett. Como si notase que Emma lo mira, él se vuelve. Esta vez, ella lo saluda primero y lo pilla por sorpresa. Él le da la espalda un instante para contemplar las tetas que ha pintado y se pasa la mano por el pelo antes de mirar de nuevo a Emma y ofrecerle una sonrisa bobalicona. Ella levanta los pulgares. Hoy Bennett tiene un aire distinto, pero su consistencia tiene un efecto reconfortante muy extraño: está allí, pintando todos los días. Quizá para él no sea tan fácil, sino cuestión de práctica. Es resistente. Emma está decidida a arreglar el desaguisado que le ha hecho en el dormitorio.

Como sigue agotada de haber pasado la noche sin pegar ojo, decide echarse una siesta corta antes de salir a la ferretería en busca de la pintura y los pinceles que necesita para pintar las paredes y el suelo. Es posible que necesite dos viajes, pero se dice que no pasa nada. Puede hacerlo, puede arreglarlo. Ahora que Theo no va a volver por la noche, tiene tiempo. Pintará toda la noche, mientras Bennett duerme. Por la mañana, todo habrá vuelto a la normalidad. Tal vez no para ella, pero sí para los demás. «No todo gira entorno a ti, Emma», se dice, y piensa que a la doctora Gibson la complacería esa conclusión. La escribe en una hoja de papel y la añade al tarro de los hechos.

Sin embargo, la siesta no es corta. Se duerme en la habitación pequeña de invitados, adonde ayer trasladó la mesa de dibujo. Se acurruca debajo del edredón y cae rendida antes de poner el despertador. Sueña con Theo. Theo lleva una camisa bonita y una corbata y huele bien, como cuando lo conoció, a limpio, como a pepino y menta.

—¿Emma?

Está allí, sentado al borde de la cama; le mete uno de sus alocados rizos castaños detrás de la oreja.

—¡Hola!

Se despierta sorprendida de que no se trate de un sueño.

—¿Qué haces aquí?

Parpadea un par de veces y ve que de verdad lleva la camisa bonita y la corbata. Sus ojos verdes la iluminan con su expresión.

—Quería sorprenderte —dice él, distraído y quizá un poco enfadado.

Retira el edredón y le mira las piernas, pero Emma todavía lleva los vaqueros puestos.

Se incorpora confundida y grogui.

—He subido arriba, a buscarte.

La Grieta palpita de nuevo en su mente.

—¿Sí?

—Enséñame el brazo —exige él.

—Sé lo que intentas, Theo. No pasa nada.

—¡ENSÉÑAMELO!

Ella le tiende el brazo, y él le remanga la camisa por encima del codo para buscar trazos de tinta y cardenales.

—El otro.

—Theo, no he vuelto a hacer eso. Te lo prometo.

Él la mira a los ojos, pero le remanga el otro brazo de todos modos.

—Voy a arreglarlo —dice ella—. Quería ir a la ferretería esta tarde. Debo de haber dormido demasiado.

—No debería haberte arrastrado hasta aquí.

—¡No me arrastraste!

Aparta el edredón.

—No puedo preocuparme por ti y por Charlie. Quizá deberías volver a casa. Hablaré con Bennett para que nos devuelva el dinero.

—¡No!

Se sienta al borde de la cama y la cabeza le da vueltas de pensar las cosas que Theo podría decirle a Bennett: «Mi esposa está enferma», «Mi esposa sufre de ansiedad», «Mi esposa tiene TOC», como si esos hechos fueran lo único relevante sobre ella. Se estremece solo de pensar que Bennett se entera de todo eso. Aprieta los puños y dice:

—No te permito que tomes decisiones por mí, ¡sobre todo cuando ni siquiera estás en casa conmigo!

—Ese es nuestro dormitorio, Emma —repone él, y señala la escalera.

—¿NUESTRO dormitorio? Tú. No. Estás. Aquí. Tú tienes tu dormitorio en casa de tu madre.

Señala más o menos en dirección a la casa de la madre de Theo, aunque no tiene ni idea de si señala hacia el lugar correcto.

—Vale, lo pillo.

—No, no lo pillas. Te pasas todo el tiempo allí y lo único que consigues es permitir que tu hermano siga igual. No admite que necesita ayuda. No quiere ir a rehabilitación. ¿Le has registrado la bolsa para quitarle la vicodina? No creo que haya salido de Mánchester sin un buen cargamento.

—No... A mi madre la preocupaba que él lo viera como una violación de nuestra confianza.

Ella clama al cielo.

—O sea, que quieres mandarme a casa por dibujar en las paredes, pero Charlie puede hacer lo que le dé la puta gana, ¿no?

—No es comparable, Emma.

—¿Por qué no eres tan duro con él como lo eres conmigo? —pregunta, y se tapa entera de golpe con el edredón.

—No es lo mismo. —Respira hondo—. Mañana iré a la ferretería a por pintura. Arreglaré lo que has hecho, pero tienes que prometerme que no lo repetirás.

—¿Le has dicho eso a Charlie? —chilla, el sonido amortiguado por el edredón—. «Voy a buscarte a Mánchester, pero prométeme que no tomarás más drogas.»

—Algo así.

Emma asoma la cabeza.

—Pues ya me contarás qué tal va la cosa —dice antes de taparse de nuevo—. Ya lo pintaré yo.

Theo se marcha enfadado. Emma lo oye renegar sobre las paredes y el suelo del dormitorio.

Quiere disculparse, pero le hierve la sangre cuando él la riñe de esa manera, como si fuera un cachorro que ha mordisqueado sus zapatos favoritos. Emma sabe que dibujar por toda la habitación ha sido un error. Sabe incluso que tendrá que sincerarse con la doctora Gibson cuando llegue a casa, pero, si ha aprendido algo de Charlie, es que la mejor manera de conseguir que Theo te preste atención es portarte mal. Se dice a sí misma que se disculpará mañana.

Duermen en habitaciones separadas: Emma en la pequeña de invitados y Theo en el dormitorio principal. En lo que a ella respecta, es como si se hubiera quedado en casa de su madre. No siente su cercanía por el hecho de tenerlo en casa. A decir verdad, nota aún más distancia.

A la mañana siguiente, oye a Theo hacer cosas por casa con mucha deliberación. Hasta sus pisadas suenan condescendientes.

—Hola —la saluda al verla llegar por la escalera.

Ella se para en un escalón con la misma ropa que lleva desde hace dos días. Debe de tener el pelo enmarañado, porque él la mira varios centímetros por encima de los ojos. O quizá ya no sea capaz de mirarla a los ojos. Espera que sea lo primero.

—Con esto bastará —dice él con todo lo necesario en las manos.

Ha ido a la ferretería.

—Gracias —responde ella avergonzada.

Quiere enfadarse, pero lo cierto es que la entusiasma que haya ido a comprar la pintura, y más aún que lo haya hecho sin preguntárselo.

—¿Granola? —le ofrece, y señala la isla de la cocina.

—Vale, sí —contesta Emma, a pesar de que no tiene hambre.

No ha comido nada desde el desayuno del día anterior, pero no piensa decírselo por miedo a que enfurezca otra vez. Bueno, «enfurecer» no. Una palabra más acertada que «enfurecido» para describir a Theo sería «un poco preocupado». Es lo que diría de él si lo escribiera para el tarro de los hechos.

Theo saca dos cuencos del armario y sirve granola en ambos. Antes de ponerse la leche, desliza uno de los dos en dirección a Emma, seguido de una cuchara. Desayuna de pie, enfrente de ella.

—Yo no soy el único que tiene que cuidarse mejor —dice.

Esa vez no lo hace con condescendencia, sino que habla como una persona que sabe lo que está en juego, mientras que tú no lo sabes.

Desde la banqueta donde Emma se ha sentado, ve a Bennett mirando por la ventana del estudio, pero él se vuelve deprisa para que no parezca que los vigilaba. En otras circunstancias, ella se lo diría a Theo para demostrarle que Bennett ha estado espiándola, pero esta mañana lo deja pasar.

—Lo siento —se disculpa—. Por lo de arriba. ¿Quieres que te ayude?

Él sonríe.

—No, no hace falta. La verdad es que me apetece. Algo que sí puedo solucionar.

Levanta la tapa del tarro de los hechos y contempla lo lleno que está.

—Qué montón de verdades. ¿En todos pone «Theo es un capullo»?

—No —responde ella, y piensa que solo en uno—. Además, eso es una sensación, no un hecho.

Él asiente asombrado y tapa el tarro. Mira a su alrededor con la intención evidente de redescubrir la cocina y la esposa que dejó atrás. Cuando coge uno de los dos aguacates del frutero, le revienta en la mano.

—Puaj... —dice mirando la sustancia pegajosa de color marrón verdoso que tiene en la palma de la mano y en los dedos—. ¿Por qué guardabas esto?

Lo tira a la basura, pero aún tiene la mano cubierta de porquería.

Emma lo observa perpleja ante la rapidez con la que se ha deshecho de la pieza de fruta que lleva toda la semana mofándose de ella. Ha olvidado las circunstancias en torno al aguacate: que tiene que apuntar hacia el cuarto de la lavadora, que Bennett lo tocó, que representaba un «buen desafío» al que ella no ha conseguido enfrentarse.

Él se mira la mano con los dedos separados y pegajosos, y ella presiente que planea algo. Theo menea los dedos, sonríe con travesura y se estira por encima de la isla para frotarle la pulpa del aguacate podrido por la cara. Emma salta del taburete y chilla entre risas. ¡A jugar! Theo la persigue alrededor de la isla mientras ella grita sin parar y jura en arameo. Cuando la atrapa, Emma se queda paralizada. Sin risas ni chillidos. Se miran a los ojos.

¿Cuánto te quiero? Cuenta las estrellas del cielo…

Para Theo, un aguacate no cuenta con una serie de circunstancias; es solo una pieza de fruta.

Mide las aguas del océano con una cucharilla.
Numera los granos de arena de la orilla.
¿Imposible, dices?

Él se acerca con la lengua fuera y le lame la porquería verdosa de la cara. Ella se deshace en gritos de nuevo, pero él la sujeta bien fuerte.

Para Emma, un aguacate nunca será solo un aguacate. Y eso es un hecho.

Mente en movimiento

Claire lo ha puesto a correr. «Una limpieza general del cuerpo y el alma», lo llama ella, solo que a él no le parece muy limpio. Las flores de los árboles están cubiertas de una escarcha fina y esas mañanas de abril podrían ser de enero, piensa Bennett mientras persigue su propio aliento, trotando en dirección al río con un pantalón de chándal gris oscuro y una camiseta azul de manga larga: las dos prendas de deporte menos ofensivas que había en la sección de rebajas de Marks and Spencer. Las dos son de un algodón muy suave y ponérselas no le da ganas de correr en absoluto. Lo que le apetece es acomodarse en el sofá cama y comer Doritos.

Al pasar por delante de Ravenscourt Gardens, la calle donde creció, ni siquiera se fija en ella. Desde que su madre murió hace cinco años, no la ha recorrido a pie, corriendo ni en coche. No tiene motivos para ello. Ahora es la casa de otra persona, la calle de otros. Sin embargo, de vez en cuando se pregunta si la botella de whisky que su padre escondía en el estanque del jardín sigue allí. Cuando él iba al colegio, Helen, su madre, no le permitía a su marido alcohólico beber en casa, así que, cuando ella se acostaba, el cabrón bebía en el jardín, bajo las estrellas. Gary Driscoll se sentaba tan contento en una silla del jardín con la botella de whisky en la mano y los pies apoyados en la mesa de pícnic mientras el estanque al que Helen tenía tanto aprecio borboteaba y goteaba a su lado. Desde la ventana de su habitación, Bennett tenía unas vistas perfectas del ritual paterno y veía cómo el viejo se quejaba al arrodillarse junto al agua, donde encajaba la botella entre dos piedras para que no flotase a la superficie. Más de una vez se pilló tal cogorza que devolvía la botella al estanque sin enroscar bien el tapón y, a la mañana siguiente, los peces aparecían muertos, flotando en la superficie junto con el tapón. En esas ocasiones, Bennett corría al jardín, sacaba el tapón del agua y lo tiraba por encima de la valla antes de que su madre lo viera. Una vez llegó a guardarse los peces muertos en los bolsillos de la americana del colegio y los tiró por el retrete después de la clase de Lengua. Al llegar a casa, le dijo a su madre que había visto a una garza junto al estanque. No es que quisiera proteger a su viejo, pero odiaba verlos reñir. Odiaba que su padre jamás reculase en una discusión, que siempre estuviera decidido a ganar, sin importarle las consecuencias ni las lágrimas que provocase. Para Gary Driscoll no había golpes bajos y el concepto de juego sucio no existía.

A Bennett le gusta correr antes de que haya gente por la calle. Se le escapan los quejidos, sobre todo cuando acaba de empezar y no paran de crujirle las rodillas. Los demás que están por ahí a las siete de la mañana son otros mamones que también están para el arrastre y corren por culpa del colesterol malo, la tensión arterial alta, la diabetes. Bennett corre por el sexo y solo por el sexo y se siente superior a los demás. A Claire le ha dado por agarrarle los michelines y hacerse la sorprendida. Le jura que se le van encogiendo. Él está bastante seguro de que se burla de él, pero le da igual. Al principio, ella quería que saliesen a correr juntos, pero él se negó en rotundo.

—No es una actividad social —arguyó.

—Lo que pasa es que no quieres que te oiga resoplando y jadeante —respondió ella, y le pellizcó uno de los michelines.

—Exacto.

«¿Por qué siempre le parece que las verdades dolorosas son tan adorables?»

—Seguro que en chándal estás muy sexi. Mándame una foto, por lo menos.

«No y no.»

Se resiste a emplear la palabra «novia» para referirse a Claire, pero ella no. Por ejemplo, hace dos semanas, cuando le preguntó cuándo iba a conocer a Mia.

—¿Cómo? ¿No quieres que tu hija conozca a tu novia nueva? —le dijo.

«Para nada.»

A decir verdad, no ha mencionado a Claire delante de Mia. No tiene nada que ver con Claire en sí; es porque Mia y él han hecho piña desde que Eliza se marchó y no quiere estropearlo. Además, Mia no le cuenta con quién sale, así que lo lógico es que él le conceda la misma distancia de su vida amorosa. Sabe que cuando Mia conozca a alguien muy especial, ella se lo presentará. A veces le preocupa que el divorcio haya dado al traste para siempre con las nociones sobre el amor y las relaciones de su hija, pero Mia todavía es joven. En cualquier caso, él no quiere conocer a ninguno de los soplapollas con los que sale. Nunca ha conocido a un chaval de veinte años que le caiga bien y entre ellos cuenta al que él mismo fue.

Por la mañana, después de su primera noche juntos, Bennett se sinceró con Claire. Sí, la casa es suya, pero ya no vive en ella porque la alquila en AirBed. Resulta que tampoco era tan secreto como él creía. Claire había visto el mapa de la salida de emergencia en el frigorífico, se había fijado en que en la puerta de la habitación que estaba cerrada con llave decía «Privado» y hasta le mangó una de las botellitas de gel de ducha Molton Brown del baño. Y Bennett ha aprendido que a Claire la excita ir a escondidas. Desde entonces, ella lo ha acorralado más de una vez contra la pared del fondo de la cámara frigorífica del Claret, a pesar de que para un hombre de cincuenta y cinco años es imposible conseguir una erección dentro de una caja metálica donde hace frío. Después de la primera noche, cuando se despertaron en la habitación de invitados, Bennett le confesó que vivía en el estudio del jardín. Y que no había ningún coleccionista de Edimburgo esperando un cuadro. Ella se rio y le enredó el dedo índice en el pelo del pecho. El asunto la divirtió hasta el punto de excitarla, así que echaron otro polvo rápido y después ella le ayudó a recomponer la casa antes de que llegara Emma. Al parecer, el último tipo con el que Claire había salido era un agente inmobiliario de Mayfair, y follaban en todas las casas de lujo que él tenía en el mercado. No obstante, no lo echa de menos; asegura que era un gilipollas.

—Llevaba corbatas muy anchas. Se ponía gomina en el pelo y parecía que siempre lo llevara mojado —añadió mientras catalogaba las características indeseables de su ex—. Pero ¡qué pisos! —suspiraba—. Un lujo que ni te lo crees. Bueno, a lo mejor tú sí.

Bennett se limitó a sonreír. «¿Es que no calla o qué?»

—Me gusta más el aspecto que tienes tú —le aseguró Claire—. Elegante pero suave.

Él no tenía ni idea de a qué se refería con eso, pero, como le metió la mano en los pantalones, le dio igual.

Cuando acabaron de arreglar la casa, le enseñó el estudio. Ella debió de coger todos y cada uno de los tubos de pintura de la mesa y de acariciar todos y cada uno de los retales que se amontonaban al fondo.

—Quiero que me pintes desnuda y se lo vendas a algún rico de Chelsea —exigió.

A él le pareció buena idea. Después de ese día, ella le ha dejado hacerle unas cuantas fotos desnuda con el móvil. No solo en el estudio, sino también en su apartamento. Mientras él diga algo halagador como: «Me encanta la manera en que la luz te baña las caderas», ella aguanta la postura y responde: «Hala, venga». Bennett empieza a entender para qué sirve la cámara del móvil.

Han pasado seis semanas y sigue pintando el retrato. Sale a correr a primera hora y, a media mañana, se pone a pintar hasta la tarde. Casi todas las noches va a casa de Claire, en Stoke Newington. Cuando ella trabaja de tarde, Bennett va al Claret a última hora y se toma un vino mientras espera a que acabe el turno (que es cuando intenta violarlo en la cámara frigorífica). Los sábados ella trabaja de día, así que quedan por la tarde delante de su casa. Piden comida para llevar y se apoltronan en el sofá a ver *Britain's Got Talent* (el programa favorito de Claire), que según Bennett existe solo para demostrar que lo cierto es lo contrario. El índice de participantes parece ser cincuenta por ciento humanos y cincuenta por ciento perros.

—¿Ese perro es británico? —había preguntado el sábado anterior señalando el televisor.

Claire estaba acurrucada a su lado y comiendo pollo *tikka masala* de un contenedor de cartón blanco. Observó al perrito, que llevaba a cabo una especie de ejercicio de doma.

—Es un terrier de Norwich —respondió ella con un «pues claro» implícito.

A Bennett le resulta extraño pasar tanto tiempo en el noreste de Londres, cerca del barrio de Dalston, donde vive su hija con sus amigos. Le da la sensación de estar escondiéndose. Por las mañanas, cuando se marcha de casa de Claire, se arriesga a encontrarse con Mia en la estación donde coge el tren para volver al oeste de Londres. Cuenta con que ella no es nada mañanera y, además, va a todas partes en autobús.

Aunque es reticente a decir que Claire es su novia, no cabe duda de que ha supuesto un cambio de vida. Ella ha mencionado varias veces la posibilidad de suscribirse a uno de esos servicios de comida que te traen la receta y los ingredientes a la puerta de casa.

—¡Es perfecto! —afirma Claire—. Te envían todo lo necesario para tres comidas a la semana. ¡La misma cantidad de noches que no trabajo! No tendríamos que ir a la compra.

Tendríamos. Nosotros.

Roots Manuva le atruena los oídos mientras trota junto al río.

Sincopado… Perdí la llave y no la encuentro.
Represento la saliva en la arena.
El demonio me cuenta sus mierdas;
siempre me hace sentir que pierdo el control.

Lleva el iPod en un bolsillo y el móvil en el otro. Mientras corre, ambos dispositivos le golpean los muslos como pelotas. Claire le ha sugerido que se compre un soporte de los que se sujetan al brazo, pero Bennett opina que con eso parecería un agente del MI5. No es su movida. Claire lo miró raro por usar la palabra «movida». Le vibra el móvil y le echa un vistazo sin perder el paso; es una solicitud de reserva de AirBed. Acelera un poco, rejuvenecido por el interés. Ahora mismo tiene pocas reservas. Está convencido de que guarda alguna relación con la reseña que escribió Emma:

La casa de Bennett era adecuada para nuestras necesidades.

Adecuada. Así que la ducha con efecto lluvia era adecuada, ¿no? ¿Qué me dices de las sábanas de seiscientos hilos? ¿Del jabón pijo, cortesía de la casa? ¿Y de las encimeras de mármol y la cocina con seis fogones de gas? ¿Todo te ha parecido adecuado, Emma? La reseña continuaba así:

> Que sepáis que, aunque disfrutas de la casa entera, Bennett vive cerca, en un estudio que hay detrás de la vivienda.

Que lo sepas, Emma: hay gente a la que eso le gusta. Aun así, le había puesto cinco estrellas. Bennett no debe olvidarse de eso. Sigue siendo *superhost*. Pero no lo ponía de estupendo para arriba, cosa que él habría preferido.

Es consciente de que quizá no debería haber respondido. Es posible que, a ojos de huéspedes potenciales, parezca un gesto ruin.

> Emma —escribió, y paró mientras el cursor parpadeaba—. Me alegro de que mi casa fuese adecuada para tus necesidades. Espero que tu estancia fuera muy cómoda. Tal como dice en la descripción de la vivienda, sí, es cierto que vivo en un estudio dentro de la propiedad. Aparte del jardín, que es compartido, la entrada a la casa es independiente y cuenta con total privacidad.

Se sintió mal al escribir esto último porque se acordaba de que Claire se había probado las bailarinas de Emma por la mañana, después de dormir en la casa. «Uy, cómo me gustan», había dicho dando vueltas por la cocina mientras Bennett lavaba las copas de *amaretto*. Sin embargo, no pudo evitar contestar a la reseña: lo había desilusionado. Al final de la estancia de Emma y su marido, Bennett creía que empezaban a hacerse amigos. El marido no estaba en casa muy a menudo, así que siempre se acordaba de saludarla con la mano cuando salía del estudio. Ella le devolvía el saludo y, hacia el final, empezó a sonreír. Una tarde se cruzaron en el jardín y ella le habló del proyecto que estaba dibujando, algo relacionado con una canción de Philip Glass. Le pareció muy aburrido, pero era evidente que ella estaba entusiasmada, y pensó que le gustaría volver a sentir esa pasión por una idea. El cuadro de Claire iba bien, pero aun así era una idea vieja, no nueva. «Es muy clásico —había dicho Emma sobre el retrato—. Por la pose.» Clásico. Eso es lo que le ocurría con Emma: nunca sabía lo que quería decir. ¿Clásico? ¿Adecuado? ¿Cerca? ¿Eran cosas buenas o malas? En parte para demostrar su versatilidad, volvió al estudio y estiró y preparó unos cuantos lienzos pequeños. Quizá podría hacer unos retratos más pequeños de Claire que fueran más íntimos. Al fin y al cabo, era su amante, no una estatua romana. Clásica.

Hay marea baja en el Támesis, pero el agua va subiendo poco a poco. Las ocas y los cisnes se agrupan en la orilla a picotear la arena y el limo. Para Bennett, las casas que bordean el río son como de cuento de hadas, tan fastuosas que muchas de ellas tienen nombres escritos con tipografía bonita en el muro de piedra, como Windroffe House. Esa en particular es su favorita desde que era pequeño, con su jardín suntuoso frente al río. Una vez, cometió el error de contárselo a Eliza y ella lo interpretó más como una meta que como una fantasía y, cuando la casa salió al mercado hace un par de años por cinco millones y medio de libras, ella corrió emocionada al estudio de Bennett para enseñarle el anuncio de la inmobiliaria.

—¡Mira! ¡La casa de tus sueños está a la venta! —exclamó, y le puso el iPad delante de la cara y fue pasando las fotos—. Mira el despacho que hay en el jardín de atrás —continuó con entusiasmo—, ¡mucho mejor que esta chabola!

Y tenía razón, era precioso; demasiado para pintar allí dentro, aunque sabía que ella no lo entendería.

—Sí, qué bonito —admitió Bennett.

En realidad, prefería los interiores que había imaginado a los de las fotografías, pero no dijo nada.

Ella se encogió de hombros con aire expectante.

—Entonces, ¿qué?

—Entonces, ¿qué de qué?

—¿Vamos a verla? —le preguntó.

Le cogió el pincel de la mano y lo dejó en la mesa. Tenía la costumbre de hacerlo cuando quería que le prestase atención, y a él lo cabreaba.

—No tenemos cinco millones y medio —apuntó.

Cogió el pincel con aire desafiante y siguió con el cuadro, un lienzo grande donde aparecían rábanos y una hogaza de pan sobre una tela con rayas como las del cutí.

—Para eso están las hipotecas.

Habían tenido la suerte de comprar la casa a tocateja durante el auge de su carrera.

—Tengo más de cincuenta años. Me moriría antes de pagarla.

—Pero es tu sueño —respondió ella, enfadada.

—No. Es una fantasía. Tengo otra en la que tú llevas un traje de doncella francesa y no pareces dispuesta a hacerla realidad.

Eliza se marchó enfurruñada.

Ahora que lo piensa, esa era la fase en la que ella siempre se marchaba enfurruñada, la parte de su matrimonio en la que Eliza se desesperaba por ver cambios, cualquier cambio que alterase la monotonía de sus vidas. La casa de fantasía de Bennett se había convertido en su sueño. Se había apropiado de él y lo había alimentado. De hecho, había puesto una alerta en la propiedad para estar preparada en cualquier momento para decirle a Bennett que su sueño (o el de ella) estaba a punto de hacerse realidad. Y en un instante él se lo había estropeado. A Eliza no le importaba que no pudieran permitírsela, eso no era más que un obstáculo a superar. El problema, según ella, era que Bennett no había querido compartir su casa de fantasía con ella. «Crees que te robé tu sueño —le reprochó más tarde, cuando ya le había pedido el divorcio—. Pero fue solo porque te negabas a compartirlo.»

Baja el ritmo cuando se aproxima a la verja trasera de su casa. Se apoya en la valla, estira los gemelos (o finge hacerlo) esperando a recuperar el aliento y luego da vueltas por el jardín mientras le bajan las pulsaciones y el sudor de la piel pasa de ser líquido a una sabia pegajosa. Se sienta en mitad del césped, se saca el iPod y el móvil de los bolsillos y los suelta sobre la hierba. Se tumba bocarriba y contempla las estelas de los aviones del cielo de Londres con la música aún sonando:

Mente en movimiento. Conocimiento.
¡Ideas! Conocimiento, cono – cimiento.

Ahora mismo no hay huéspedes en la casa y eso implica que, una vez más, puede andar por el jardín sin camiseta, si le apetece. Emma ya no monta guardia en la isla de la cocina ni lo vigila. Ni que decir tiene que él también la vigilaba. Y resulta que ella lo sabía. Cuando se marcharon, Bennett encontró un tarro de galletas lleno de hojas de papel, todas con observaciones extrañas y rabiosas escritas. Huelga decir que las leyó todas. En general, estaba muy enfadada con un tipo que se llamaba Charlie... Pero en dos de las hojas aparecía su nombre:

Bennett ha tocado el aguacate.

«¿De qué narices hablas? Y una mierda, no lo toqué», pensó él.

Bennett me espía.

Dios sabe cuál era el propósito de esa selección aleatoria de acusaciones y qué cojones hacían en el tarro de las galletas, pero Bennett se quedó la segunda que le atañía. Le gustó la naturalidad con que Emma la había escrito. «Bennett me espía.» Y punto. Nada de: «¿Es posible que Bennett me espíe?». Ella lo sabía. Darse cuenta de que Emma era consciente de él tuvo un efecto reconfortante muy extraño. Podría haberlo incluido en la reseña de AirBed, pero no lo hizo. A lo mejor sí que se llevaban bien. Y, además, ¿le había pintado el dormitorio o qué? Huele a pintura fresca. ¿Quién haría algo así?

Por otro lado, podría ocupar la vivienda hasta que llegue el siguiente huésped, pero allí ya no se siente como en casa. La mira desde el césped y es como si se le echara encima; antipática, llena de los errores del pasado y de la promesa de un futuro que en cierto momento le pareció tan real que se le escapó de las manos sin saber cómo. Se ha planteado venderla, pero aún no quiere decírselo a Mia. Ella ha intentado convencerlo de hacer justo eso desde que Eliza se marchó, pero Bennett no quiere que se haga ilusiones pensando que está preparado para dar un paso adelante. No en vano, es más la necesidad que el crecimiento personal lo que lo lleva a sopesar venderla. Hace poco que Londres ha cambiado la política sobre alquileres de AirBed. Los anfitriones deben vivir en la propiedad tres cuartas partes del año y alquilarla no más de noventa días. No quiere vivir en su antigua casa durante doscientos setenta y cinco días al año, y el tope de noventa noches al año no le reporta suficientes ingresos para pagar los impuestos y los gastos del día a día. Puede alquilarla todo el año o venderla. Sin embargo, alquilarla a largo plazo no es más que retrasar el momento de enfrentarse al problema. Y eso es algo que se le da bien. Como con tantas otras cosas, espera que alguien le sirva el siguiente capítulo de su vida en bandeja. Así solo tiene que aceptarlo. Casa nueva, esposa nueva, galería nueva; como un paquete que incluye la tele, el teléfono e internet. A Claire tampoco le ha comentado la idea porque le preocupa que se lo tome como una oportunidad para hablar sobre su futuro. Y solo llevan juntos seis semanas.

Seis semanas.

Claire le gusta. Es un buen motivo para ducharse y quitarse el sudor acumulado. Sin embargo, no tienen mucho en común, aparte de la profunda necesidad de compañía. Él odia *Britain's Got Talent;* sin embargo, le gusta verlo con ella. Se queja de cuán estúpido es el programa y ella le escucha. Está bien tener a alguien que te haga caso cuando le dices que tiene un gusto ridículo. Ella sonríe, nada más, y cuando de verdad quiere que cierre el pico, le mete comida en la boca. O lo besa. Ambas son un resultado positivo después de insultar a alguien por su mal gusto. Pero nunca dice nada demasiado desagradable y, al final del programa, ella siempre admite que los cantantes no saben cantar, que los humoristas no hacen gracia y que no hay ningún perro que sea británico por naturaleza. Cuando más le gusta es los días que está cansada, sobre todo si ha trabajado muchas horas y le dice: «Hoy solo tengo ganas de tumbarme con un libro». Esos días, ella apoya la cabeza en su regazo y lee algún libro de bolsillo de Ruth Rendell, que sujeta bien abierto por encima de la cabeza hasta que se queda dormida y el libro se le cae de las manos y le aterriza en plena cara. Bennett ha empezado *El resplandor* mientras está allí con ella. Claire tiene todos los libros de Stephen King, los que su padre no le permitía comprar. El siguiente que va a leer es *Misery,* si es que la relación dura tanto, ya que *El resplandor* es muy gordo. Es probable que dure, ya que han cogido buen ritmo, siempre y cuando ella no quiera hablar del futuro. A él le gustaría que la cosa se estirara al menos hasta el otoño porque Eliza le ha pedido a Mia que pase el verano con ella en Estados Unidos y Mia ha accedido. Bennett aborrece la idea de que su hija se marche dos meses enteros, pero sabe que es lo correcto. Mia ha estado muy fría con Eliza desde que tuvo la aventura y, aunque su lealtad hacia él lo conmueve, sabe que necesita mantener la relación con su madre. Eso sí, que no vuelva diciendo cosas como: «Jeff no es tan gilipollas como parecía».

Jeff es lo peor.

Aun así, tampoco puede decirle a Claire que quiere continuar con ella hasta que acabe el verano para no pensar en que su hija no está en Londres. Ser su principal distracción no debe de ser el futuro que ella tiene en mente.

Pasa la mano por el césped buscando el móvil. Cuando lo localiza a la altura de los tobillos, la solicitud de AirBed todavía está en la pantalla. Es una mujer que se llama Kirstie:

Hola, Bennett. Soy una recién divorciada que busca su primera casa en Londres. Llevo treinta años viviendo en Devon y quiero escapar de este pueblo pequeño ¡y de mi ex-marido!

Cierra el mensaje un momento y abre la fotografía. Parece de su misma edad y está en una playa con un vestido cruzado de flores y un escote enorme, cuyo efecto es aún más pronunciado gracias a un sujetador *push-up*. Apoya una mano en la cadera y con la otra sostiene un cóctel, pero oculta los ojos tras unas gafas de sol gigantes. Sonríe, pero a Bennett no le parece una sonrisa feliz. Es más bien una sonrisa posesiva, como la de una reina en su reino. Un poco como la de Eliza.

Por lo que veo, la casa está disponible a partir de la semana que viene, pero me parece demasiado bonito para ser verdad, ¿no? Me gustaría reservar unos cuantos meses, con la posibilidad de ampliarlos hasta que encuentre una propiedad adecuada para comprarla. Tengo tres hijos adultos que podrían ir y venir (¡cuando estén sin blanca o con hambre!). ¿Te parecería adecuado? Vives en un estudio en la parte de atrás de la finca, ¿verdad? Qué bohemio, ¡una maravilla!

«Qué condescendiente, qué maravilla.»

¿De verdad quiere vivir detrás de esa mujer durante varios meses? El dinero le iría muy bien y tendría tiempo para pensar mejor si quiere vender la casa o no.

«Pero ¿ella? ¿Eliza 2.0?»

Podría quedarse en casa de Claire un par de meses, aunque para eso tendría que admitir que es su novia. También tendría que presentársela a Mia. De repente, el futuro se le antoja muy presente.

De nuevo en el estudio y con la ayuda de unas fotos, Bennett ocupa la mañana pintando las piernas de Claire e intentando perfeccionar el momento en que sus muslos se cruzan, se aprietan y crean una fisura de color púrpura oscuro. Con el fondo original de color amarillo, los azules y los violetas habían sido fáciles de conseguir, pero a medida que el cuadro avanza y el amarillo va desapareciendo, empieza a verse apagado y débil. Pensaba que ese amarillo, que le había sobrado del último cuadro textil y se había llamado «amarillo Alicia», era una elección muy acertada para el fondo del retrato, pero Claire torció el gesto al verlo.

—No se me verá como si tuviera hepatitis, ¿verdad? —había comentado.

—No, claro que no —había respondido él.

Sin embargo, en realidad no estaba seguro de ello. Hacía mucho que no pintaba piel. Ahora lo mira y Claire no parece ictérica ni enferma, sino que más bien parece de porcelana. No, eso es demasiado frágil. ¿De piedra, quizá? De hecho, la piedra no es mejor; no es ningún halago, sobre todo para una mujer que él sabe por experiencia que es suave, cálida y flexible. Añade un poco de azul ultramarino al tinte carne de la piel y se forma un violeta azulado. Entonces usa un poco de marrón ocre para atenuarlo («tampoco nos volvamos locos»), acerca el color al cuadro y lo retoca con un poco más de tinte carne. Cuando por fin acierta con el color y lo aplica sobre la masa carnosa del lienzo, sus piernas aparecen de repente, reales, abundantes y redondas, manoseables. De pronto se da cuenta de que tiene hambre. Hace un descanso para comer y saca un pedazo de queso del frigorífico: el *cheddar* blanco inglés que Claire exige que tenga siempre en casa. Es una gran amante del *cheddar* muy curado, del que se desmenuza solo, y los quesitos Mini Babybel que él prefiere para la comida la ofenden. Para Bennett, los pequeños quesos redondos con cobertura de cera roja son más cuestión de comodidad que de gusto. Es un queso que se come sin pensar, mientras que el *cheddar* curado es un queso de pensar. Requiere una tabla de cortar, un cuchillo y que, al menos, prestes un poco de atención. Pero hoy él decide prescindir de la tabla y lo corta directamente en la encimera sin dejar de mirar el retrato que descansa en el caballete. Casi todo lo que corta es *cheddar*, pero enseguida se da cuenta de que también ha amputado el cable del cargador del móvil. Solo le queda el diez por ciento de batería, así que tiene que pausar la sesión de la tarde y salir a la tienda de móviles.

Vestido con la ropa de pintar y unas chanclas, con los auriculares puestos y la cabeza gacha, se apresura por la calle principal del barrio, impaciente por hacer el recado y volver al estudio. Falta poco para el plazo de la exposición de verano de la Royal Academy y quiere presentar el retrato. A finales de los noventa y a principios de los dos mil, Bennett era un habitual del salón anual de la Academia en el que participan los mejores artistas del Reino Unido, pero no expone allí desde 2011. Perdió la confianza y no ha presentado nada desde hace cinco años. Cuando pasa por delante de Bedford House, un club selecto del oeste de Londres del que Eliza y él fueron socios durante su apogeo como artista, se acuerda de cuando bebía mojitos a precios exorbitantes con otros artistas y demás gente de los medios a los que les gusta darse mucho bombo.

—¡Benji! ¡Oye, Benji!

Bennett se saca los auriculares de los oídos y ve a un antiguo compañero de clase del Royal College, sentado en una de las mesas de la terraza del club y tomando un vino blanco con un pitbull dormido a sus pies. Se llama Carl Willis y cree desde hace mucho tiempo que Bennett se llama Benjamin; hasta la fecha, no ha podido hacer nada para convencerlo de lo contrario.

—¿Todo bien, Benji? —le pregunta Carl, y le hace una señal a su viejo amigo para que se acerque—. Se te ve enfrascado en tus movidas.

Bebe un buen sorbo del vino, una copa grande. Lleva gafas de aviador de Ray-Ban, a pesar de que está nublado. La camiseta de color rosa de Dolce & Gabbana se le aferra al pecho y a los bíceps bronceados con espray.

—Bien, gracias.

Bennett espera junto a la mesa y va cambiando el pie con el que se apoya, ansioso por ir a la tienda de móviles. Carl, que en la escuela de arte no era uno de sus compañeros favoritos, es una persona ruidosa, tendenciosa y muy de tocar a los demás; siempre les pedía a los otros chicos que le enseñaran los músculos, les agarraba el culo y les daba abrazos indeseados porque, al parecer, estaba en contacto con su lado femenino.

—Siéntate, colega. Descansa un poco.

Bennett contempla a la bestia extraña que hay a los pies de Carl, un pitbull con un ojo vago y botitas de polipiel. Levanta la cabeza y le gruñe.

—Tranqui, Rosie. Es Benji, nada más.

Separa una silla de la mesa con el pie y le hace un gesto para que se siente.

—Se ve que has estado dándole duro —dice, y señala la ropa de pintar de Bennett.

Sin embargo, su tono de voz insinúa más bien algo como la prostitución.

«Menudo soplapollas...»

—Sí, hoy toca estudio —explica Bennett, y se sienta enfrente de Carl—. Pero necesito un cargador nuevo.

—¿Dónde? ¿Ahí? —Carl señala hacia la tienda de móviles que hay calle abajo—. No vayas allí, tío. Conozco a un pavo que los vende rebajados.

Carl conoce a muchos pavos.

—Se me está muriendo el móvil, necesito uno ya.

Quiere levantarse, pero Carl le hace un gesto para que no lo haga.

—Entonces, ¿qué, tío? ¿Alguna exposición pronto?

«Hostia puta. No, por favor.»

No quiere hablar sobre el estancamiento de su obra y mucho menos con Carl, a quien nunca le ha fallado la confianza y acaba de clausurar una exposición en la White Cube, donde ha exhibido una selección de cuadros a gran escala de escenas bíblicas ubicadas en barrios obreros de Londres: *La crucifixión* en el mercado de East Street, *La anunciación* en un piso de protección oficial, *La Virgen y el Niño* en un Primark, *La santa cena* en un KFC. Bennett no la ha visto, pero fue un éxito, al menos según el *Daily Mail,* el periodicucho que da la casualidad de que Carl tiene encima de la mesa. En la escuela de arte, decía que leía la prensa de la derecha, pero con sarcasmo. Bennett sospecha que ahora la lee y punto.

—No, nada especial —responde.

—Hace tiempo que no veo nada tuyo. Estaba preocupado, por si habías dejado de pintar, ¿o qué?

Ya tardaba. Cada vez que Bennett tiene la mala suerte de contar con la compañía de ese tipo, Carl pone un acento de clase obrera más fuerte que la vez anterior. Está bastante seguro de que creció en uno de los epicentros del pijerío, como Tunbridge Wells, y se mudó a Chiswick hace cinco años, tras una temporada en el East End de Londres, conque Bennett sospecha que Carl fuerza el acento para provocar a los flemáticos del oeste de Londres, porque en la escuela de arte tenía un buen dominio de la gramática inglesa. O eso, o el tipo ha tenido un ictus.

—Pues no, sigo pintando.

Bennett se mueve en el asiento y la perra gruñe.

—Venga, Rosie, que no es tan malo como parece.

Carl le habla a la perra como si fuera un bebé.

—¿Rosie?

Se fija en que lleva la palabra «Rosie» tatuada en letra cursiva grande en el antebrazo.

—Sí, la llamé como a mi hermana pequeña.

«Por Dios... ¿Ella también tiene un ojo vago?»

Bennett enarca una ceja.

—¿Qué opina tu hermana?

—Falleció, amigo.

—Vaya, lo siento.

—Han pasado treinta años, pero la llevo en la patata, ¿que no?

Se señala el corazón.

Bennett asiente con solemnidad. Ahora no puede levantarse sin más. Está atrapado.

—¿Eres socio? —le pregunta Carl.

Bebe un trago de vino y señala la entrada de Bedford House con la cabeza.

Bennett se pasa la mano por el pelo.

—Ahora no. No venía lo suficiente como para justificar el gasto.

Mejor decir eso que admitir que no se lo puede pagar.

—Vamos a pedirte un vinamen, amigo.

Carl busca un camarero con la mirada, pero Bennett levanta la mano.

—No, tranquilo. Tengo que ir a por el cargador y después sigo trabajando.

Carl no le hace caso y le hace un gesto a una camarera que lleva un vestido de cóctel negro muy estrecho.

—Hola, cariño. Ponle un *chardonnay* grande como a mí —dice, y le vuelve el acento pijo de Kent—. A mi cuenta, reina.

Ella asiente sin decir nada. Carl le sigue el trasero con la mirada mientras ella regresa al interior. Cuando ya no los puede oír, continúa hablando.

—Joder, tío, aquí siempre visten así. Como si fuera sábado por la noche a todas las putas horas del día, coño. ¿Has comido?

—Sí —responde Bennett con la tripa llena de queso *cheddar*, gracias a Dios.

—Aquí hacen un faisán de la hostia. Una puta delicia, tío. Te sacas el perdigón de la boca y todo, sabes, ¿no?

Hace como si se sacara un perdigón de entre los incisivos, cuya blancura indica que usa las tiras blanqueadoras con la misma generosidad que el espray bronceador.

—Una zampa de la puta hostia.

Bennett se limita a decir que sí con la cabeza. ¿Qué más se puede hacer cuando habla Carl?

La camarera vuelve con el *chardonnay* de Bennett. Cuando posa la copa sobre la mesa, él le ofrece media sonrisa que pretende comunicar más empatía que gratitud. Prueba el vino e intenta no sonreír mientras piensa en lo mucho que Claire odiaría ese vinacho asqueroso.

—¡Eso sí que es vino! —exclama Carl, y señala la copa.

—Está bueno —contesta él, a pesar de que sabe al interior de un barril mohoso.

—Ahora me ha dado por los vinitos. Mi señora quería que me quitara de movidas más duras. Farla, setas, keta... ¿Sí o no?

«No tengo ni puta idea de qué hablas.»

—Pero ella lo vale, mi Keeley. Yo con esa tipa, hasta la muerte.

«¿Cómo?»

—Y, además, soy papá. ¿Lo sabías?

Carl se endereza de la emoción.

Bennett mira a Rosie. ¿Es posible que ese chucho sea lo que Carl llama paternidad?

—No, creo que no lo sabía.

—Ya hace dieciocho meses. El mejor año y medio de mi vida. Estoy metidísimo. Padre participativo y tal —dice subiendo el tono cada vez más, lleno de orgullo—. Tú tienes una cría, ¿sí o no?

—Ya no es una cría. Tiene diecinueve años.

Bennett se revuelve incómodo solo de pensar en Carl imaginándose a Mia.

—¡Coño! Dentro de nada, yayo.

Bennett agarra el reposabrazos para no abalanzarse sobre Carl como un pitbull. Uno con dos ojos buenos.

—Espero que no. Ahora está en Saint Martins.

—Bien hecho, sigue los pasos de su papi.

Cuando Mia tenía seis años, Bennett ya le había mandado no llamarlo «papi». Nunca le había sonado bien y ahora sabe por qué.

Ese *chardonnay* asqueroso se le ha subido a la cabeza y se le ha ocurrido que podría ir al Claret en cuanto se zafe de Carl. Claire hace el turno de día y, ya que estamos, mejor beber algo bueno. Piensa en que le gustaría besarla con el sabor de ese vino cutre en la boca, solo para ver qué cara pone ella.

—¿Qué tal la santa de tu mujer? —pregunta Carl.

Se le ha olvidado cómo se llama. Tampoco tiene ni idea de que se ha divorciado, cosa que sucedió más o menos cuando ese besugo cambiaba su primer pañal.

—Eso pregúntaselo a Jeff.

—Tío... —Carl agacha la cabeza hasta el fondo, como si compartiese su dolor—. ¿Vives solo en esa queli tan grande?

—Ahora la alquilo con AirBed.

Eso le llama la atención a Carl, y Bennett se arrepiente de inmediato de haber bajado la guardia.

—La verdad es que tengo curiosidad por saber cómo funciona el tema.

Bennett se prepara: le ve que está pensando algo.

—O sea, ¿tienes que alquilársela a todo el mundo? ¿Qué pasa con los musulmanes y todo eso?

«¿Qué "todo eso"?»

Carl se inclina hacia delante.

—El otro día leí algo sobre un jambo de Lancaster que le alquiló su choza a un par de sirios a través de AirBed... Bueno, técnicamente eran británicos, pero en realidad eran sirios, ¿que no? Total, que la tenían para un par de meses o algo así, y, al cabo de mes y medio, la pasma les hace una redada. Pensaban que los besalfombras esos estaban fabricando una bomba.

Bennett le echa un vistazo al *Daily Mail* sin dudar que es la fuente de semejante historia retorcida.

—¿No te preocupa que te pase eso en tu queli?

«NO.»

—¿Estaban fabricando una bomba? —pregunta Bennett.

—Tío, ¿y yo qué coño sé?

—Pensaba que igual lo decían en el artículo.

—No creo. En realidad, era una advertencia sobre alquilarles a los extranjeros en AirBed y tal.

Bennett se encoge de hombros.

—Hace unos meses tuve a unos de Jordania. Habían venido a Londres para ver a su nieto. Ella hacía el mejor falafel que he probado en la vida.

—Ay, me encanta un buen falafel —admite Carl—. Con un poco de *halloumi*, ¿no?

Se besa las puntas de los dedos para indicar la perfección.

Bennett se acaba la copa.

—Me alegro de verte, tío —dice, y al levantarse de la silla ve que Carl parece decepcionado—. Tengo que ir a por el cargador y seguir trabajando —añade, y se pone uno de los auriculares.

—¿Qué escuchas con esos auris, que te gusta tanto?

«Que con ellos no te oigo.»

—Bueno, ya sabes...

—Ni idea, tío. Por eso te lo pregunto.

Carl se mueve en la silla y mira a Bennett muy serio.

Rosie también levanta la vista y espera una respuesta.

«Mierda.»

—Es Roots Manuva. ¿Lo conoces?

—No te hacía tan *gangsta,* Benji.

Bennett sonríe. La verdad es que es ridículo.

Carl saca el móvil, entusiasmado.

—Conozco a un pavo que hace la programación de uno de los clubs de Brixton. Me enteraré de si Roots tiene algún bolo pronto. Te aviso.

—Vale —contesta Bennett, y se coloca el otro auricular—. Pues nos vemos —dice, seguro de que Carl no tiene su número.

Al salir de la tienda de móviles, se dirige al Soho. Sorprende a Claire con un beso baboso de *chardonnay* y a ella le encanta lo mucho que la desagrada, por eso lo agarra del cuello de la camisa por encima de la barra y le mete la lengua en la boca ante la mirada de sus clientes, que ya no se sorprenden tanto. Entonces le dice que con la ropa de pintar está sexi y que debería ponérsela más a menudo. Cuando acaba de trabajar, Claire se quita el vestido escotado azul marino de algodón (el que se le pega al cuerpo y ella llama «el vestido de las propinas») y se pone unos vaqueros y su camiseta favorita: «LA HOSTIA DE FEMINISTA». Él habría preferido el vestido de las propinas, pero no puede quejarse y menos cuando él va lleno de pintura. Le propone que vayan otra vez al

Townhouse a por un martini de los de lavanda y allí tienen que aguantar que los miren mal por su vestimenta. Después, cruzan la calle hasta un bar de tapas para comer embutido y queso y esos pimientos fritos enanos de los que habla tanto la gente. En el taxi a casa, Claire tiene una mano en la manilla de la puerta y otra en el paquete de Bennett, y lo mira a cada pocos segundos para disfrutar de su dilema. ¿Cómo se hace lo de parecerle excitado a ella sin parecérselo al taxista? A ella le encanta hacer cosas así, obligarlo a interpretar dos papeles a la vez. Bennett empieza a sentir que tiene una doble vida: una con Claire y la que tenía antes de Claire, que, según parece, se va a pique con total normalidad. El día habría sido muy distinto de no haber cambiado los quesitos de Babybel por el *cheddar*, pero Claire tiene razón: el *cheddar* sabe mejor y la vida es mejor con ella que sin ella. Al llegar a casa follan dos veces y ambas ella se pone arriba. No le gusta la postura del misionero porque así no llega al orgasmo. Según ella, ninguna mujer puede. «Si una mujer se corre haciendo el misionero, es que finge», le asegura, y esa afirmación explica muchas cosas de su matrimonio. Se duermen en cueros, como hacen tantas veces, y ahora no sabe qué prefiere, si el tacto de su piel suave o el tacto de las sábanas de algodón egipcio.

Por la mañana, se despierta en la minúscula cama de matrimonio de Claire con el ruido del móvil vibrando en la mesita de noche y la polla haciendo una tienda de campaña con las sábanas. Solo hay dos personas que le manden mensajes y son Claire y Mia. Claire está dormida a su lado y Mia no se despertaría a las seis y media a menos que pasase algo.

«Ay, mierda.»

Sobresaltado, levanta el teléfono y se le encoge el pene solo de pensar que Mia pueda estar en peligro.

Es un mensaje de un número desconocido:

Tío, no te lo vas a creer. Roots toca esta noche en el Phoenix de Brixton. Concierto secreto. Estamos en la lista.

«¿Carl? ¿De dónde cojones ha sacado mi número?», piensa.

—¿Todo bien? —farfulla Claire casi sin voz desde su lado de la cama.

Él deja el móvil en la mesita, se tumba de costado y le pasa el brazo por la cintura.

—¿Te acuerdas de ese del que te hablé ayer? Quiere que vaya con él a un concierto esta noche.

—Qué bien —responde ella, aún medio dormida.

Bennett, demasiado grogui para explicarle por qué eso no está bien, emite un sonido gutural.

No se le había ocurrido ir a ver a Roots Manuva. Nunca ha mirado las fechas de las giras ni se pregunta cuándo saldrá el próximo disco. En lo que a él respecta, Roots Manuva actúa todos los días en sus oídos y no necesita más que eso. No se ha planteado qué aspecto tienen ni cómo se comportan los demás admiradores del rapero. En realidad, no quiere saberlo. Para él, la música es algo personal. ¿Por qué querría compartir a Roots Manuva con un montón de desconocidos, personas que es muy probable que estén más obsesionados con ese hombre que él? ¿Por qué querría saber quién ama más que él lo que él ama? Eso sería como volver a enterarse de lo de Jeff.

En contacto con las nalgas de Claire, su polla le vuelve a la vida. Bennett ni siquiera tiene ganas, pero hace un tiempo que su pene tiene mente propia y está listo para entrar en acción, incluso cuando él tiene la cabeza en otras cosas y no les presta atención a los momentos cruciales de la excitación. No obstante, cuando Claire nota que le crece, da media vuelta, le entierra la cara en el cuello y le besa la clavícula.

—Ayer por la mañana me enviaron una solicitud de Air-Bed —le suelta.

—Ah, ¿sí? —le pregunta confundida porque saque el tema ahora.

Sigue besándole el pecho y baja hacia el abdomen.

—Es una mujer que quiere alquilar la casa unos meses.

Ella apoya la barbilla en la palma de la mano.

—Tienes una erección. Lo sabes, ¿no?

—Sí, no le hagas caso.

Claire tuerce el gesto, y Bennett nota que ella se pregunta si esa ambivalencia tiene algo que ver con ella.

—Es que no sé qué hacer. Tengo que responder dentro de cuatro horas como máximo o perderé el estatus de *superhost* —dice mirando el techo, donde hay una mancha extraña de humedad que le recuerda a Mr. Potato—. Si decido alquilársela, es posible que tenga que hacerle un contrato al margen de AirBed.

—Si es así, el estatus de *superhost* no importa, ¿no?

—Puede, pero no quiero renunciar a él.

—Bennett, no es el Premio Nobel —responde ella, y le coge la barbilla para obligarlo a mirarla a los ojos.

«Anda, no jodas.»

No es que piense que el estatus de *superhost* equivalga a la paz mundial, eso es obvio. Pero se lo ha ganado y, como la mayoría de las personas, quiere mantener eso que se ha ganado. Ella no entiende que lo que él se juega va más allá de un estatus de internet. Es un posible cambio de vida, vender la casa en la que ha vivido veinte años o, como mínimo, alquilarla a largo plazo. Está pensando en mudarse por fin al este de Londres, como siempre ha querido hacer, y se plantea si todos esos planes deberían tener a Claire en cuenta. Pero, maldita sea, ella le hace bromas porque es un *superhost*, un título que le permite cobrar las tarifas más altas. ¿Y qué hace él con ese dinero? La lleva a un bar donde ella se toma esos martinis asquerosos de lavanda, hechos con las mismas flores que su abuela ponía en un jarrón en el baño. Si el estatus de supercamarera existiese, ¿acaso no se lo tomaría en serio?

—Ya lo sé —contesta él, y le da un beso en la frente.

—¿Crees que podrías vivir en el estudio todo ese tiempo? —le pregunta Claire.

«Ándate con cuidado.»

—No lo sé. Igual tengo que buscar otro sitio.

Claire mira a su alrededor. En el dormitorio no cabe nada más aparte de la cama y el armario; en la única pared desprovista de muebles hay una ventana grande con vistas a Stoke Newington High Street. A ambos lados de la ventana hay pilas de ediciones de bolsillo que les llegan a la altura de los hombros.

—Supongo que aquí no hay suficiente espacio.

Él sonríe. No quiere decir que no, sobre todo cuando ella ya sabe la respuesta.

—Podrías seguir trabajando en el estudio y vivir aquí —continúa—. Es más o menos lo que haces ahora.

No le falta razón, pero para Bennett esa solución tiene la gracia de ser un acuerdo tácito. No tiene claro si está preparado para que esa circunstancia propicia se convierta en la norma. Ella enarca una ceja sin apartar la vista de sus ojos, y él sabe que no dejará que se escabulla así como así.

—¿No te gusta descansar de mí alguna noche? —pregunta Bennett.

Ella le da un golpe en el pecho con el dorso de la mano.

—Lo que quieres decir es que a ti te gusta descansar de mí. No le des la vuelta.

«Qué lista, la condenada...»

—Es una decisión importante —admite él.

—Pues más te vale que la tomes antes de cuatro horas —repone ella, y aparta el edredón para levantarse desnuda a la luz del sol de la mañana— o perderás ese estatus tan valioso.

Lo que sucede a continuación no es una discusión como tal, pero sí un toma y daca pasivo-agresivo como a los que Bennett se había acostumbrado durante su matrimonio. La propuesta de Claire de que se quede con él mientras alquila la casa es sensata; a fin de cuentas, puede seguir usando el estudio y, al menos de momento, eso mitigaría la necesidad de buscar una residencia más amplia. Aun así, le resulta obvio que lo que Claire sugiere es más una trayectoria vital que una solución práctica a un problema. ¿Qué pasará cuando su casa esté vacía de nuevo? ¿Vuelve allí? ¿Qué pasa si decide venderla? Si busca una casa nueva, ¿la busca para una persona o para dos? Cuando te vas a vivir con alguien, no te marchas al cabo de un tiempo a menos que hayas roto con esa persona, ¿verdad? Si se muda a su casa durante unos meses, lo que ella insinúa en realidad es que tumbe la primera pieza de una hilera de fichas de dominó y Dios sabe qué hay al final. Cuando le dice que necesita más tiempo para pensarlo, ella le responde que sí, que lo piense, pero en su casa, no en la de ella. Él quiere advertirle que, si acaban viviendo juntos, ella no podrá echarlo cada vez que se enfade con él. Sin embargo, Claire no tiene pinta de estar de humor para permitir que él diga la última palabra, así que Bennett lo deja correr.

A las nueve, está en el andén esperando a un tren en dirección al oeste de Londres. Como no tiene claro qué decir, aún no le ha respondido a Carl a lo del concierto. El instinto le dice que ponga alguna excusa, ya que le preocupa que estropee su amor por Roots Manuva. Carl lo estropea todo. Mira el panel de horarios. Todavía faltan quince minutos para el siguiente tren.

—¡Señor D!

«Hostia puta, joder.»

No le hace falta mirar. La presencia de Richard va acompañada de una advertencia olfativa, una potente combinación agridulce de olor corporal y desodorante Axe. Ojalá el chico comprendiera que tapar los malos olores no es lo mismo que deshacerse de ellos.

Bennett sonríe mientras se le acercan Richard y otro joven, que debe de ser un cualquiera que conoció en la discoteca la noche anterior; sin embargo, no parece del tipo de Richard (cosa que significa que no se parece a Bennett). Ese chaval tiene pinta de pijo, con esa camisa esport, pantalones color caqui y náuticos sin calcetines. Es una vestimenta que Bennett criticaría, de no ir él con pantalones de pintar, chanclas y la ropa interior de ayer.

—¿Qué te trae por Dalston esta mañana maravillosa, señor D? —Richard le da un cachete juguetón en el brazo y lo mira de arriba abajo—. Con el uniforme del estudio, ni más ni menos.

El pijito se mira los Sperry Top-Sider y el flequillo rubio y lacio le tapa los ojos.

—Voy para casa —responde Bennett—. ¿Y vosotros?

Porque si consigue que Richard hable sobre sí mismo, tal vez no tenga que dar más detalles sobre sus circunstancias.

—Voy al trabajo. ¡La gente necesita café! Madre mía, ¡hay que llamar a Mia!

—No hace falta —contesta Bennett intentando no parecer asustado—. Ya la llamo yo más tarde.

Richard le acaricia el hombro con una mano mientras saca el móvil de la bolsa con la otra.

—No seas ridículo, ¡si estamos todos aquí plantados!

El otro le echa un vistazo al andén. Bennett le sonríe con incomodidad: a juzgar por la cara del joven, parece que esté a punto de vomitar, quizá por la combinación del vodka de anoche y la peste de Richard. Además, ver al tío con el que anoche te fuiste a casa acariciándole el brazo a un hombre más mayor tampoco debe de ser fácil. Bennett retrocede unos pasos hasta que está fuera del alcance de Richard mientras él toquetea el móvil.

—¡MIA! No te vas a creer con quién estoy en el andén de la estación.

Lo dice con voz de *paparazzi*, como si fuera un reportero de la web *TMZ*, y Bennett, Ed Sheeran.

Bennett contempla arrancarle el teléfono de la mano y lanzarlo a la vía. Oye la voz amortiguada e indiferente de su hija:

—Vale, dime.

El compañero de Richard se pone a dar saltos sin moverse del sitio, como si estuviera nervioso o necesitara mear.

—¡Con tu padre! —le canturrea Richard al móvil y esboza una sonrisa de programa de telerrealidad.

—¿En serio? —pregunta ella en voz más alta.

Bennett la oye con claridad y, por extraño que parezca, es ella la que parece asustada.

—¿Calum está contigo?

El otro chico mira a Richard y encoge los hombros. Se ha quedado blanco.

«¿Quién cojones es Calum? ¿Este?»

Richard mira a Bennett patidifuso y después a Calum con terror, y la sonrisa televisiva desaparece.

—Sí.

—Pásame a mi padre —exige Mia.

Bennett coge el móvil de Richard y se aparta de los dos jóvenes.

—Hola, cariño —dice con voz paternal, dulzona y cálida.

—¿Qué haces en Dalston?

La voz de su hija carece de calidez. Se la imagina de pie con una mano en la cadera, igual que cuando era pequeña y exigía una explicación.

—¿Quién es Calum?

Le sonríe, a pesar de que sabe que ella no lo ve.

—No me jodas, papá.

—Cuéntamelo mientras desayunamos.

Han quedado en una casa de comidas que hay muy cerca del apartamento de Mia. Después de devolverle el teléfono a Richard, Bennett se ha presentado a Calum. No ha sido una situación demasiado desagradable, teniendo en cuenta que seguramente ese capullo se folla a su hija. Educado y tímido, rayando la vergüenza, cuando se pone nervioso también se toca el pelo, que se peina de manera evidente hacia la derecha. Ese chaval podría haber sido portavoz de las juventudes Tory, un joven Boris Johnson con un rostro algo más atractivo, piensa Bennett, aunque su intención es no juzgarlo hasta que sepa más de él. Al fin y al cabo, parecerse a Boris Johnson no es un juicio, sino una coincidencia desafortunada.

A medida que se acerca al café, a través del escaparate ve a Mia leyendo un libro de alguien que se llama Zadie Smith. Ha visto el nombre en la estantería de libros de Claire y se le ocurre que Mia y ella podrían llevarse bien.

—¿Por qué llevas la ropa de pintar? —le pregunta ella en cuanto entra.

Bennett no destaca entre la clientela, que son obreros cubiertos de pintura y suciedad.

—Buenos días para ti también —dice, y se agacha a darle un beso en la cabeza antes de sentarse enfrente—. ¿Qué tienen que esté bueno?

Ella lo mira y ladea la cabeza un poco, confundida.

—Creo que quiero el desayuno inglés. Tengo hambre —dice Bennett.

Golpetea la mesa de fórmica con los dedos y mira la pizarra de platos del día.

—¿Tienen algo vegetariano para ti?

«¿Qué posibilidades hay de que responda a la pregunta sobre los platos vegetarianos y se olvide del resto?»

—Papá —dice, y entorna los ojos—. ¿Qué haces aquí?

«Cero posibilidades.»

—¿Sales con alguien? —le pregunta Mia con media sonrisa.

—Puede ser —contesta él, y sonríe satisfecho.

—¿Y vive por aquí cerca?

—Stoke Newington.

Contestar a sus preguntas como un adolescente incómodo se le antoja una inversión de papeles.

—¿Tiene nombre?

—Claire.

—Venga, papá. Suelta los datos jugosos.

—De acuerdo, pero una yo y una tú.

Se inclina hacia delante y apoya las manos sobre la mesa como diciendo: «Hagan juego».

—¿A qué te refieres?

—Por cada pregunta que me hagas, tienes que contestar a una mía.

Ella mira la pizarra.

—Sí, hay cosas vegetarianas.

—Genial, pues a comer.

Piden y pasan los minutos siguientes hablando sobre la exposición de Picasso en el Tate Modern.

—Es que no entiendo por qué siguen haciendo exposiciones de malparidos misóginos —afirma con indignación ardiente.

—Ser un malparido no te hace mal pintor —argumenta Bennett.

Sin embargo, sonríe radiante: no todo el mundo tiene hijos con principios.

Cuando les sirven la comida, Bennett se ha cansado de la conversación sobre Picasso y tiene asuntos más urgentes en mente.

—A ver, ¿Calum estudia contigo?

—No.

Mia toma un bocado de su comida y acaba de masticar antes de hacer su pregunta.

—¿Dónde conociste a Claire?

—En el Claret. Es camarera. —Clava el tenedor en un champiñón portobello salteado—. ¿Calum es Tory?

—¿Qué? ¡No!

Mia suelta el tenedor con tal indignación que se le olvida que le toca hacer una pregunta.

—Lo siento. Es que tiene pinta, bueno, de conservador.

—No todos podemos ser tan aficionados al hiphop como tú, papá.

«Mierda. El concierto.» Se le había olvidado por completo.

—Ahora que sacas el tema, me han invitado al concierto de Roots Manuva de esta noche. ¿Crees que debería ir?

—¿Por qué no? —pregunta ella, y le da un mordisco a la tostada—. Estás obsesionado con él.

—No sé. ¿Crees que me gustaría verlo en directo?

Ella se encoge de hombros con la tostada en la mano como diciendo: «¿Cómo quieres que lo sepa?».

—Es con un tipo que conozco del Royal College. No sé si me cae tan bien como para pasar toda la noche con él.

—¿Y qué? Tú escucha la música y pasa de él —responde Mia, y deja el borde de la tostada en el plato—. En serio, siempre le buscas los tres pies al gato. Igual que mamá.

«Au.»

—¿Claire también piensa que eres exasperante?

En el tren, reflexiona sobre qué pasaría si Claire y Mia se conocieran. Imagina que lleva a su hija al Claret para que vea a Claire en su elemento y que después las lleva a las dos a cenar, puede que al restaurante vegetariano caro que le gusta a Mia. Está bastante convencido de que a Claire también le gustaría. De hecho, se caerían bien. Seguro que empezarían hablando de libros y de arte, pero al final de la noche se habrían unido con un objetivo común: cachondearse de él. Eliza y Mia siempre se aliaban en su contra. ¿De verdad quiere volver a estar en situación de inferioridad numérica? Le gusta pasar tiempo a solas con Mia, y con Claire le sucede lo mismo. Y por eso no puede evitar pensar que, si ellas dos se unen, él saldrá perdiendo.

Durante los largos trayectos desde el este de Londres al oeste, le da tiempo a pensar mucho. Pero, si es sincero, no está seguro de que le guste pensar. A menudo, cuando llega a la verja de la casa de Chiswick, se siente pesaroso y agobiado. Quizá ese podría ser otro motivo para mudarse al otro lado de la ciudad: menos trenes, menos pensamientos. Se enchufa los auriculares y mueve la cabeza mientras ve cómo dejan partes de Londres atrás a toda velocidad.

¡He aquí! Sed testigos...
¡El bruto!
El nacimiento del bruto...

Bennett recita la letra solo moviendo los labios y esa mañana se siente muy identificado. Puede que Claire lo considere un bruto. Es posible que Eliza también lo pensara. Tal vez lo sea. Y a lo mejor le da igual.

Y además...
El bruto... seguirá siendo... ¡brutal! Sí, sí, y además, sí.

Le vibra el móvil en el bolsillo y el susto lo distrae de su evaluación personal de su brutalidad. Es un mensaje de AirBed:

Hola, Bennett. ¿Te has olvidado de Kirstie? Para que la relación entre el huésped y el anfitrión sea lo mejor posible, te sugerimos que respondas antes de veinticuatro horas desde que se realizó la consulta. ¡Alégrale el día a Kirstie! ¡Avísala de que tu casa independiente de cuatro dormitorios en un barrio arbolado del oeste de Londres está disponible!

«Alegradme el día vosotros a mí, mamones.»

Dispone de media hora para contestarle a Kirstie, pero aún no ha decidido qué hacer. Quizá podría vivir unos meses en el estudio y es muy posible que la tal Kirstie le deje usar el cuarto de la lavadora. Esa es su mayor preocupación, a pesar de que en realidad no debería serlo. Podría ofrecerle un descuento si le permite hacer la colada en la casa. No tiene que tomar una decisión sobre su relación con Claire en ese momento, y si a ella le gusta tanto, tendrá paciencia, ¿verdad? Mira de nuevo la fotografía de Kirstie, la de la playa en la que lleva un vestido cruzado con escote y un lazo atrevido en el costado.

Hola, Kirstie:

Disculpa que haya tardado en contestar. Las normas que AirBed aplica en Londres han cambiado y ahora solo puedo alquilar la casa a través de la plataforma durante noventa días al año. Podemos hablar por teléfono para alquilártela por otro método. —Añade su número con espacios entre los dígitos para que la página no lo detecte y lo bloquee—. Espero noticias tuyas.

Saludos cordiales,

Bennett.

«"Saludos cordiales". Un bruto no hablaría así», piensa.

Justo cuando el tren se detiene en la siguiente estación, ella le envía un mensaje de texto:

Hoy y mañana estoy en Londres. ¿Sería posible pasar por la casa a verla?

Él mira la hora. Falta poco para el mediodía y hoy tiene que pintar aunque sea un rato.

Me parece estupendo —escribe, otra palabra que está bastante seguro de no haber usado antes de contestar a las solicitudes de AirBed—. ¿Qué te parece esta tarde sobre las cinco?

Ella responde casi al instante:

¡Perfecto! Beso.

«¿Un beso? Interesante», piensa Bennett.

¡Genial! —contesta, porque quiere igualar su entusiasmo—. Pues nos vemos esta tarde.

Sin beso. Hoy en día no se puede ser demasiado precavido. Es posible que ella le haya mandado un beso sin querer. Le envía la dirección y se acomoda en el asiento, porque aún le quedan siete paradas, e intenta no pensar en nada.

Al abrir la puerta del estudio, el cuadro de Claire lo contempla con recelo. Sabe que es imposible que el retrato haya cambiado de expresión de la noche a la mañana, pero en ese momento la sonrisa de Claire le parece más escéptica. «Bennett, eres un idiota», parece decir. El edredón con manchas de lejía que ella estropeó la primera vez que se quedó a dormir en el estudio está hecho una bola en el sofá cama. El colchón se ve duro, como un saco de patatas. Claire tiene un sobrecolchón de espuma mullida y se ha acostumbrado a él. Se pregunta si ella querrá que vaya por la noche o si tendrá que quedarse en el estudio hasta que tome una decisión sobre si va a vivir con ella o no.

En la casa vacía, las luces están apagadas. Se alza amenazante ante él como un interrogante descomunal. En ese momento, preferiría entrar en una casa encantada antes que en la suya. «Pienso demasiado.» Enchufa el iPod en la base y pulsa el botón *Play*.

Aún no ha contestado el mensaje de Carl sobre el concierto. Debería ir, se dice. Es probable que Claire siga enfadada con él y no querrá que vaya a su casa. Saca el pedazo gigante de *cheddar* curado del frigorífico, lo deja en la encimera y se fija en el cable cortado que ayer lo mandó a correr una aventura de la que acaba de regresar. Renuncia a cortar queso, coge el bloque entero del tamaño de una cinta de VHS y se sienta en la silla con ruedas delante del cuadro de Claire. Le da un buen mordisco al *cheddar* y gira de lado a lado contemplando los pechos pintados. Las tetas están listas, piensa. Ha plasmado la piel lechosa y los pezones rosados y respingones a la perfección. Como siempre, es la cara lo que necesita más trabajo: la expresión no está del todo bien. Se pregunta en qué estaría pensando ella el día que posó para el retrato. ¿Lo hizo con escepticismo o satisfacción? ¿Estaba cómoda? ¿Tenía frío? ¿Por qué no le preguntó nada de eso? Estuvo sentada delante de él durante cinco horas, la mayor parte del tiempo en silencio; es inevitable que pensara en un montón de cosas. Deja el ladrillo de queso junto a la paleta de tintes de carne y la punta mordisqueada pisa el blanco de titanio. Saca el móvil del bolsillo y escribe un mensaje:

¿En qué pensabas mientras posabas para el cuadro?

La burbuja aparece de inmediato e indica que Claire está escribiendo:

Qué pregunta más rara.

Intento descifrar tu expresión.

Pensaba que sabías exactamente lo que pensaba todo el rato.

«Mierda. He metido la pata», piensa.

Es una de las cosas que me gustaban de ti.

¿Te gustaban?

Bennett lo escribe con la esperanza de que rectifique, pero Claire no contesta.

Bennett coge el queso y, antes de darle otro bocado, se limpia el pico manchado de pintura en los vaqueros.

Mientras tanto, contempla el cuadro. Ella le devuelve la mirada: fría, arrogante y desconocida. No como Claire. Joder... Igual sí que es clásico. Vuelve a pensar en el comentario que le hizo Emma, una de sus huéspedes, y después se acuerda de algo que le dijo un tutor en el Royal College: «Todos los retratos son autorretratos». «¿Es eso cierto?», piensa. ¿Ha pintado un retrato de Bennett Driscoll en su pedestal? ¿Fue su personalidad lo que Emma vio en el cuadro? ¿Intentaba decirle que es pretencioso? ¿Antiguo?

Les echa un vistazo a los tres lienzos pequeños que hay apoyados detrás del caballete, los que tensó hace unas semanas casi como acto de rebeldía. Coge uno y le da la vuelta sin dejar de contemplar el cuadro grande. Se levanta, apoya el lienzo pequeño en la silla, agarra el grande, lo saca al jardín y lo apoya en la fachada del estudio.

—Es temporal —le asegura a la Claire del retrato.

No obstante, no está seguro de si será capaz de devolverle esa mirada crítica al estudio. De nuevo ante el caballete, coloca el lienzo pequeño en el soporte y coge el teléfono. Busca entre las fotos y da con una que le sacó hace unas semanas, una en la que está desnuda, tendida sobre el edredón. La luz entra por la ventana del segundo piso y le ilumina el torso y las caderas. Ella gira la cara con una sonrisa de satisfacción, consciente de que él le hacía la foto. Bennett recuerda que Claire no se encogió como habrían hecho tantas mujeres; estar en exposición no la avergonzaba. En todo caso, habría jurado que ella se estiraba aún más para que los rayos de sol le bañasen la piel a placer, como pidiéndole que se decidiera a hacerle la foto mientras que al mismo tiempo le recordaba que ella estaba en su terreno. Bennett coloca el móvil en el caballete junto al lienzo y le da una aguada de color tierra. Sin apartar la mirada de la foto, empieza a esbozar su silueta con un tinte carne con matices de melocotón.

El teléfono vibra en el caballete. Bennett fuerza la vista para leer el mensaje con la esperanza de que sea Claire, pero es Carl.

¿Hoy noche de amigotes?

«Me cago en todo...» No quiere estar anticuado, quiere ser relevante.

Vale. Adelante.

«Eso no te lo esperabas, ¿verdad, Emma?», piensa.

Sabía que darías el brazo a torcer, amigo. Quedamos en Krafty Hoops, un abrevadero de la hostia.

Kirstie llega a la casa a las cinco, en un Mercedes de color azul oscuro. «Qué típico», piensa Bennett. Eliza tenía ese mismo coche antes de mudarse a Estados Unidos. La observa desde la ventana de delante mientras ella se baja del asiento del conductor con otro vestido cruzado y escotado como el de la foto del perfil de AirBed. Este es blanco con llamativas flores de color rosa. Mientras ella se acerca a la puerta, él sigue la línea del vestido desde el hombro derecho, pasa por el pecho y llega a la cadera izquierda, donde los dos lados se unen. Dos cordones atados en un lazo se encargan de que todo funcione. «Si tiras de uno de ellos —reflexiona—, se queda desnuda.»

Cuando le abre la puerta, ella se coloca las gafas de sol en la cabeza y el gesto le levanta el flequillo rubio y deja al descubierto una frente de bótox lisa y reluciente.

—¡Bennett! —exclama.

Sonríe como si él fuera un viejo amigo al que no ve desde hace años.

Bennett le tiende la mano y ella la acepta, pero tira de él y le da un beso en cada mejilla. Él le sigue la corriente, pero cada uno de sus besos llega un segundo después que el de ella.

—Entra, por favor —dice él.

Se hace a un lado y se pasa la mano por el pelo. Antes de que ella llegara, se ha dado una ducha larga en el baño del dormitorio principal. Se le había olvidado lo maravillosa que era la presión del agua allí arriba. Hasta ha usado uno de los jaboncitos de Molton Brown que deja para los huéspedes y ahora huele a pomelo. Después de darle vueltas durante media hora para decidir qué vestimenta era más adecuada para conocer a una divorciada rica, además de para ir a un concierto de hiphop, se ha decantado por sus vaqueros oscuros favoritos y un jersey de cachemira negro de cuello de pico.

—Qué bonito... —dice, y cruza el umbral hacia el espacio diáfano del salón—. ¿Tienes buen gusto o una exmujer?

—¿No pueden ser las dos cosas?

Sonríe con suficiencia, cierra la puerta y se mete las manos en los bolsillos.

—Mira qué bien... —lo anima ella.

—Como ves, aquí abajo el espacio es de concepto abierto —explica, y le señala la cocina— y la cocina es apta para profesionales.

—Me acordaré de traer el gorro de chef —bromea ella.

Tal vez sea por la melena rubia o el vestido escotado, pero Bennett no pensaba que fuese a ser tan sarcástica. «Pensar eso es sexista.»

Bennett se dirige sin prisa hacia el salón y abre unas puertas detrás de las cuales hay una televisión de pantalla plana.

—La tele está aquí. Tiene Sky, Netflix y todo eso.

Ella mira a lo lejos y se fija en el estudio, donde el retrato de Claire sigue apoyado contra la fachada; los pechos resplandecen con la luz de la tarde. Quizá debería haberlo metido dentro, pero se había olvidado de él.

—Vaya, vaya. Ya veo que estás ocupado —dice ella con una ceja enarcada.

Se acerca a la ventana para verlo más de cerca.

—¿Pasarás mucho tiempo en el estudio?

—Iré y vendré —responde él—. Mi novia vive en el norte de Londres, así que pasaré mucho tiempo allí.

«¿Mi novia?»

—¿Qué opina tu novia de que pintes a mujeres desnudas en el jardín?

—Es ella —aclara con una sonrisa estúpida en la cara.

—Anda, muy bien —responde ella como si le pusiera un excelente en un examen.

—¿Crees que es un problema? —pregunta él—. ¿Te molestaría que estuviera mucho tiempo en el estudio? A veces duermo allí.

«Puede que todos los días, si Claire rompe conmigo.»

—¡Claro que no!

Lo dice casi como si la pregunta la ofendiera. Regresa sin prisa hacia la zona del salón con la parte de atrás del vestido pegada a los muslos.

—¿Qué narices? Por mí te puedes quedar aquí. ¡Podríamos ser compañeros de casa! —se ríe—. ¡Cuánta diversión!

«¿Qué tipo de diversión? Solo se me ocurre un tipo.»

Bennett apoya una mano en la barandilla de la escalera y quiere que lo siga al piso de arriba, pero Kirstie se sienta en el sofá con cuidado de que las solapas del vestido no le dejen los muslos al descubierto, pese a que su estado natural sea separarse.

—¿Se hace más fácil? —pregunta ella esperanzada—. Me refiero al divorcio.

«No.»

—Sí, un poco. Yo todavía estoy en ello.

—Pero tu novia parece encantadora. Seguro que eso ayuda.

Él sonríe.

—Tiene mucha paciencia conmigo.

«Al menos, eso espero.»

—¿Quieres ver el resto de la casa? —le pregunta.

—Sí, venga. Seguro que tienes mucho que hacer.

Se levanta del sofá y se alisa la tela del vestido como si necesitara un momento para serenarse. Bennett la mira a los ojos y ve que se le llenan de lágrimas.

Una hora más tarde, deciden que Kirstie alquilará la casa mes a mes, hasta que tanto ella como Bennett tomen una decisión sobre comprar o vender propiedades. Ella le confiesa que la alivia saber que él también está más indeciso desde el divorcio. Que ella no es la única. Si Eliza estuviera allí, le diría que la indecisión crónica de Bennett era uno de los motivos para divorciarse, pero Kirstie no tiene por qué saberlo. Es casi como si viera a Bennett como un posible modelo a seguir, además de como casero; alguien que podría ayudarla a navegar las complicadas fases emocionales del divorcio. Podría escribir un libro de autoayuda y titularlo: *Sí, hace falta que te cambies de ropa interior*.

De camino al metro, llama a Claire. Ella debe de estar trabajando, así que su intención es dejarle un mensaje para decirle que ha decidido alquilar la casa. Decirle que de momento quiere dejar las cosas como están, que tiene ganas de explorar las distintas posibilidades a lo largo de los próximos meses y que espera que ella las explore con él.

—Hola —contesta Claire.

—Ay —dice él sorprendido—. Pensaba que no contestarías. Creía que estabas trabajando.

—Estoy trabajando. Pero he salido a fumar.

—Pero si tú no fumas —responde él pasmado.

—A veces sí. Cuando estoy de mal humor.

—Sigues enfadada.

—Eres un genio.

La oye darle una calada al cigarrillo y soplar el humo. Se ha olvidado por completo del mensaje que quería dejar.

—¿Quieres que cuelgue para que vuelvas a llamar y rompas conmigo con un mensaje de voz tal como pensabas hacer?

—No pensaba hacer eso.

De eso, como mínimo, sí está seguro.

—¿Todavía eres *superhost*?

—De momento sí —contesta él avergonzado porque, cuando ella lo dice así, parece una estupidez—. He decidido alquilarle la casa a esta mujer mes a mes.

Hace una pausa, pero Claire no reacciona.

—Va a buscar una casa para comprarla. Cuando la tenga, puede que yo ponga la mía a la venta.

—Bien.

—Dice que no le importa que yo esté en el estudio y que podemos compartir la lavadora.

—Parece que lo tienes todo decidido —le interrumpe ella.

«Nada más lejos de la realidad.»

—Bueno, significa que tú y yo no tenemos que tomar decisiones importantes. Que de momento podemos dejar las cosas tal como están.

—Bien.

—Creo que eso será bueno, no tener presión.

—Bueno, si eso es lo que piensas...

«Jesús...» Se detiene en seco en mitad de la acera. No puede andar y procesar ese asalto pasivo-agresivo al mismo tiempo.

—Tengo que volver al trabajo.

—Vale. Escucha, he decidido que esta noche voy al concierto con Carl. ¿Quieres que quedemos después?

Silencio.

—Hoy he visto a Mia. Le he hablado de ti. Quiere conocerte.

—Pues dile que venga a tomarse un vino. Ya sabes qué horario hago.

Él se pasa la mano por el pelo, pero se detiene a medio camino y aprieta el puño.

—Claire, me estoy esforzando.

Ella se ríe.

—Que vaya bien el concierto.

—¿Todo bien, Benji? —le pregunta Carl cuando se acerca.

Deja sobre la mesa media pinta de cerveza oscura con poco gas. Bennett lo ha encontrado encajonado en un rincón del atestado pub. Al otro extremo de la mesa, que se supone que no es para compartir, hay una pareja joven, los dos muy juntos.

—He tenido que espantar a tíos a diestro y siniestro para guardarte la silla —añade, y la saca empujándola con el pie.

—Gracias, tío. ¿Quieres otra cerveza? —pregunta Bennett, y señala la barra.

—No, gracias —contesta, y levanta la media pinta—. Ahora bebo con conciencia.

Le da un sorbo con el meñique estirado como si fuera una niña tomando el té. Su camiseta dice: «La vida es Gucci».

«No me jodas...»

En la barra hay treinta surtidores y una pizarra con la lista de todas las cervezas, pero Bennett no reconoce ninguna.

—¿Algo suave? —le pregunta a la joven que lo atiende.

Ella estudia a Bennett con curiosidad mientras él lee la pizarra como si buscase los horarios de un tren en la estación de Waterloo.

—¿Qué te gusta? —pregunta—. ¿La *bitter*? ¿Las IPA? ¿La *pilsner*?

—La cerveza normal —responde él, y se frota la frente—. ¿Cuál es la normal? ¿La *lager*?

—Seguro que te gustaría la *pilsner* —contesta ella, y le señala un tirador—. Esta es buena; suave, pero con mucho sabor.

—Vale.

No se molesta en mirar el tirador.

—¿Pinta o media?

—Pinta, por favor —responde pensando que cuantos menos viajes haga a la barra, mejor.

Saca un billete de cinco libras del bolsillo.

—Son seis ochenta.

«La hostia, ¿en serio?»

Rebusca una moneda de dos libras.

—¡Siete pavos por una pinta! —se queja cuando posa la bebida en la mesa.

Carl le da vueltas a su vaso y estudia los reflejos.

—Lo que tienes ahí, amigo, es mierda de la buena. Seguro que algún monje belga se ha corrido dentro.

Bennett mira el líquido amarillo con escepticismo y, ahora, también con miedo a probarlo. Le da el primer sorbo y Carl espera su reacción.

—Es cerveza, sin más.

—Tienes que relajarte, Benji. Abre los sentidos a las sutilezas de la vida y todo eso, sabes, ¿no?

«No, ni puta idea.»

—Bueno, cuenta, ¿qué tienes entre manos? —le pregunta Carl.

Ha pasado de imbécil a crítico de arte sin ningún esfuerzo.

—Ah, eh, pues la verdad es que he vuelto a hacer desnudos.

Carl da una palmada fuerte en la mesa.

—¡Bien, tío!

La pareja con la que compartían mesa se levanta y se deja un tercio de la cerveza en los vasos de pinta. El joven rodea a su compañera con el brazo y se la lleva de allí después de fulminarlos con la mirada. Carl ni se entera.

—Sí, tengo buenas sensaciones —responde Bennett en voz baja.

No obstante, se pregunta qué pensaría Carl del primer retrato de Claire. Si a él también le parecería clásico. O lo que también se conoce como «anticuado».

—Cuando te pusiste a pintar fruta, yo pensé: «Pero ¿qué coño hace?».

«Ah, vale, yo soy el que confunde a los demás», piensa Bennett.

—Pues no sé. Supongo que necesitaba un descanso.

—¿De quince años?

—Sí, bueno, tenía una hija pequeña —contesta a la defensiva, y bebe otro sorbo de cerveza—. No quería que pensase que su padre era un pervertido que se pasaba el día mirando a mujeres desnudas.

La expresión de Carl dice: «¿Y qué?».

—Qué va. Papi sería rico si hubiera seguido pintando mujeres. Tu niña se pasearía por Londres en un deportivo rosa y pasaría los veranos en el sur de Francia. No le importaría una mierda cómo te ganas el dinero.

A Bennett le da repelús hasta la última palabra de esa frase y, sin embargo, es muy probable que a Mia no le hubiera importado que continuase pintando desnudos. No es que no esté al tanto de su relación con el género en el pasado. Nunca la ha molestado, eso le resulta evidente. Y tampoco es que ella sea ajena a la pintura de la anatomía femenina. A modo ilustrativo, el cuadro que pintó hace poco de una vulva de metro y medio.

—Ya no quería seguir con eso —explica Bennett—. Las telas y los bodegones me resultaban más interesantes.

—A quién si no. Jesús...

—Sí, vale. Lo pillo.

Se bebe de golpe el resto de la pinta de seis libras con ochenta peniques. De lo único que tiene conciencia ahora mismo es de las ganas de atizarle a Carl un puñetazo en la cara, «¿que no?».

Carl se acaba su media pinta y coloca el vaso bocabajo sobre la mesa. Los restos de cerveza se deslizan por el interior y forman un anillo de líquido en la superficie.

—No fastidies, Benji. ¿Tú crees que yo quiero pintar retablos bíblicos enormes?

«Sí, ¿no?»

—Joder, yo preferiría largarme al Margate a pintar paisajes marítimos, pero nadie me los va a comprar. ¿Paisajes de Carl Willis? Ni de coña. Tengo una reputación que mantener. —Se inclina hacia delante y apoya ambos codos sobre la mesa—. Tú eres el puto Bennett Driscoll, colega. Hazle honor a tu nombre.

Bennett traga saliva y asiente con la cabeza. Carl tiene razón, no tenía por qué dejar de hacer desnudos; podría haber seguido pintándolos mientras desarrollaba otro tipo de obra.

Tal vez abandonarlos por completo fuera un acto estúpido y terco y, de haber continuado, quizá ahora no tendría que preocuparse por alquilar la casa en AirBed. Es posible que aún lo representase la galería o, al menos, una galería. Puede que hasta se hubiera podido pagar la casa a orillas del Támesis, la que tanto le gustaba desde niño y de la que Eliza estuvo pendiente durante años. A lo mejor ella no habría roto con él. Tal vez sea el único hombre del mundo que podría haber salvado su matrimonio contemplando a más mujeres desnudas.

«Un momento.»

—Si sabes que me llamo Bennett, ¿por qué me llamas Benji?

—Es que me gusta más —contesta Carl, y señala el vaso vacío de Bennett—. Tienes cara de necesitar otra.

Antes de llegar a la sala de conciertos, Bennett ha consumido veintiocho libras esterlinas de *pilsner*. Tarda un poco en hacer la suma porque las cuatro pintas han afectado su aptitud para las matemáticas de manera drástica. A pesar de haber pasado dos horas bebiendo, llegan al local pequeño y oscuro antes de la hora. Alrededor del escenario empieza a formarse un grupo de admiradores empedernidos. Bennett se sorprende de ver que la mayoría son hombres blancos de cuarenta años o más, todos con una indumentaria ridícula compuesta de camisetas de temática hiphopera, desde Tupac a Dizzee Rascal.

—Tengo que mear —dice Carl.

—Sí, yo también.

—¿Qué pasa? ¿Quieres verme la polla? —pregunta Carl con un tono a medias entre broma y en serio.

«No. No. No. No. No.»

—Igual tu señora te dejó porque eres... ¿Que no?

—Que no, Carl. No soy gay.

—Vale, si tú lo dices... El baño de hombres es un buen sitio para conocer tíos.

Se dirigen hacia el fondo del local pisando suelos tan pegajosos que les cuesta levantar los pies.

—Tío, si hoy conoces a un pavo, yo no te juzgo. No tenemos que acabar la noche juntos.

«Eso me tranquiliza.»

En el baño, Bennett se alegra de ver que todos los urinarios están ocupados, menos uno. Va directo a uno de los cubículos y cierra la puerta. Suelta la orina con los ojos cerrados, disfrutando de cada momento sin Carl, sin su voz, su mirada, su puta mierda de camiseta. Cuando abre los ojos, ve un mensaje escrito en la pared: *DAVE. TRISTE. POLLA GRANDE. LLÁMAME. 07700987868.*

—¡Oye, Benji! ¿Qué haces? ¿Cagar o apuntar números de teléfono?

Carl se ríe a carcajadas de su propia broma.

«Vete a tomar por el culo, Carl.»

Espera un segundo más con la polla suspendida sobre el retrete, incómodo porque sabe que Carl lo espera al otro lado de la puerta. Ha cometido un error: debería estar en casa pintando. Debería pasar la noche con Claire, no en ese club con un capullo racista y homófobo. Como si no hubiera suficiente con que el tipo tenga más éxito que él, encima tiene que aguantar que el soplapollas le cuente por qué lo tiene mientras se toman una *pilsner* a precio exorbitante. Bennett se sube la cremallera y le vibra el móvil. Un mensaje de Eliza.

«No me jodas. ¿De verdad?»

Mia dice que sales con alguien. Me alegro.

Abre la puerta del cubículo de golpe y sobresalta a Carl y a todos los que están en los urinarios.

—¡Joder, Benji! ¡Que era broma!

—¿Qué?

Bennett se dirige a la salida.

—Lo de los números, tío. Un poco de cachondeo y tal.

—Da igual. Ahora vuelvo, tengo que hacer una llamada.

Fuera camina de un lado a otro mientras se pregunta por qué Mia lo ha traicionado y le ha contado a su madre lo de Claire. Su hija debería haber sabido que Eliza es la última persona que él quiere que esté al tanto de su vida personal.

¿«Me alegro»? La frase le da vueltas en la cabeza. Si quisiera alegrarse por él, no lo habría dejado, ¿no? Joder, no prometes pasar toda la vida con una persona y luego te largas porque te aburres. No tienes derecho a fingir que te alegras por esa persona después de dejarla tirada. No tienes derecho a fingir que la conoces.

Pulsa el botón de llamada y da vueltas como un leopardo en la acera oscura y atestada, esperando a que ella conteste.

—Hola —contesta Eliza con un tono dubitativo y un poco a la defensiva.

—¿«Me alegro»? ¿Te ríes de mí o qué?

—Vale, Bennett... Pretendía ser amable.

La resignación con la que habla sugiere que se esperaba esa reacción.

—No sé por qué te lo ha contado Mia, pero tú no tienes derecho a saber nada sobre mi vida privada.

—Se lo he preguntado yo, Bennett. Ella no quería decírmelo. Te es muy fiel, por si no lo sabes.

Durante un momento, Bennett se conmueve y se olvida de lo enfadado que está. Piensa en Mia y en lo mucho que sabe que se preocupa por él.

—¿Cuándo se acabó lo nuestro? ¿Antes o después de que conocieras a Jeff?

—Bennett...

—Me merezco la respuesta. ¿Sabías que se había terminado cuando lo conociste?

—Sí —responde, y respira hondo—. Creo que sí.

—Bien. No me gustaría pensar que me dejaste por ese soplapollas engreído.

—Has bebido.

—Estoy en un concierto.

—¿En un concierto? —pregunta ella, y se ríe.

Él se detiene.

—Sí, ¿tan increíble te parece?

—Un poco —contesta, y se ríe con más ganas.

—Ya no me conoces.

—Tonterías, Bennett. Puede que hayas ido a un concierto, pero estás fuera hablando conmigo por teléfono.

Quiere colgarle, pero no puede. Le gusta demasiado oír su voz.

—Mia dice que se llama Claire.

—Sí.

Bennett deja que la conversación se aboque al silencio, como un adolescente malhumorado.

—¿Cómo la conociste?

—Le estoy haciendo un retrato —contesta él.

No es del todo verdad, pero casi. A fin de cuentas, cuando pintas a alguien es como si conocieras a esa persona por primera vez. Se acuerda de que Claire y él se miraron durante cinco horas y ambos eran vulnerables: ella desnuda y él con el corazón abierto y un nudo perpetuo en la garganta.

—Bien —responde ella al cabo de un momento.

—¿Alguna pregunta más?

—No.

—Te estás aguantando. Dime.

—A mí no me hiciste ningún retrato —dice ella.

—Creía que no querrías.

—Eres muy necio, Bennett.

Se le para el corazón un instante, igual que cuando se te ocurre una solución fácil a un problema, pero ya es demasiado tarde.

—Buenas noches —se despide ella, y cuelga.

Cuando regresa al local, Roots Manuva ya ha empezado. Alrededor del escenario hay mucho más público y Carl está justo en el medio, saltando como un niño de seis años en un castillo hinchable.

Mente en movimiento. Conocimiento.

Bennett se abre paso entre el gentío y le da un toque a Carl cuando por fin llega al centro del pogo. Carl tiene una sonrisa enorme de satisfacción en la cara.

—Joder, tío, ¡creía que te habías ido! —Carl lo sacude, emocionado—. Este *bro* es la hostia. ¡Jodeeeer!

Bennett sonríe mientras Carl continúa girando como un loco sin seguir el ritmo de la música.

Roots Manuva se pasea por el escenario con una chaqueta de chaqué y un sombrero de copa.

¡He aquí! Sed testigos...
¡El bruto!
El nacimiento del bruto...

Bennett se mete las manos en los bolsillos y se mece mientras observa la multitud que se agolpa a su alrededor: hombres sudorosos de mediana edad que saltan con las manos en alto y la barriga cervecera temblando como un cuenco de gelatina. Bennett piensa que ese es el aspecto que tiene vivir el momento. A esos no les importa una puta mierda parecer ridículos. No piensan en su exmujer ni en su novia actual ni en si la pinta era prohibitiva. Ellos escuchan y se sacuden el sufrimiento engañados por el convencimiento de que esa música se compuso para ellos. El *mindfulness,* según Bennett, es un espectáculo antiestético.

Roots Manuva se pone de cuclillas en el escenario y señala al público. Lo señala a él de lleno, juraría Bennett, que traga saliva y escucha.

—¡He aquí! —grita el rapero.

Y a Bennett se le pone el vello de la nuca de punta.

Saca las manos de los bolsillos y hace bocina para gritar: «¡Sed testigos!» al unísono con el rapero.

—Y, además…, el bruto seguirá siendo ¡brutal!

Una piedra que se hunde

Cuando abre la puerta, Bennett sonríe con ganas. Kirstie está acostumbrada a las sonrisas bobaliconas de los hombres, que suelen ir acompañadas de una mirada al escote. No le molesta que los hombres se fijen en sus pechos, cuyo tamaño supera la media. Al fin y al cabo, es un halago. La mayoría de las mujeres ya no saben distinguir entre un cumplido y un insulto.

—Me alegro de verte otra vez, Bennett —dice, y le posa la mano en el brazo para darle dos besos—. Estoy contenta de que hayamos llegado a un acuerdo.

—Yo también —responde él—. ¿Te ayudo con las maletas?

—¡Sí, por favor! ¡Creo que he traído demasiadas cosas!

Mira el Mercedes, lleno hasta arriba de maletas y bolsas de mano.

—¿Sabías que la casa es amueblada? —bromea Bennett después de mirar por la ventana del coche.

Abre el maletero y saca una maleta grande de estampado de cebra. Cuando intenta dejarla en el suelo, cae con un golpe sonoro. Al tirar de ella, Bennett emite un quejido.

—¿Qué es esto? ¿Una colección de piedras?

Ella sonríe porque le da vergüenza decirle la verdad: que sí.

—No soy quién para juzgarte —admite él al meter la maleta en casa—. No me he deshecho de ni una sola cosa desde que me divorcié.

—Excepto de tu mujer —dice Kirstie entre risas.

Saca varias bolsas de lona del asiento de atrás y lo mira esperando que él también se ría, pero Bennett ya ha entrado en casa. Sus hijos siempre le dicen que su sentido del humor carece por completo de tacto y a estas alturas se pregunta si esos cabroncetes tienen razón. Con dos bolsas repletas de zapatos en cada mano, va como puede hasta la puerta, tambaleándose sobre un par de alpargatas de cuña alta. Un tacón de aguja atraviesa la tela y se le clava en el muslo.

—Dame eso —dice Bennett al aparecer por la puerta.

—Siento la broma sobre tu mujer —se disculpa avergonzada—. Mis hijos me dicen que mis chistes no tienen gracia.

—Fue ella la que se deshizo de mí, la verdad.

Ella lo mira compasiva, aunque no le cree del todo.

—No voy a meter las narices. Mis hijos también dicen que soy demasiado fisgona.

Él sonríe y no es la sonrisa boba de antes, sino una media sonrisa que indica que le gustaría cambiar de tema. A Kirstie no se le escapan las indirectas: no hables de la exmujer de Bennett. Entendido. Descargan el coche en silencio y solo se dirigen alguna que otra mirada de soslayo y medias sonrisas de cortesía.

—¿Puedo llevar alguna de estas bolsas al dormitorio principal? —pregunta él cuando lo han sacado todo del coche.

Ella mira a su alrededor. La respuesta es que lo puede llevar todo arriba, pero cree que pedirle eso a él no está bien, por mucho que le gustaría que se quedara un rato con ella. Teme el momento de quedarse sola en la casa por primera vez.

—Primero tomamos un té, ¿vale? ¿Tienes prisa? —le pregunta esperanzada.

—No, ninguna prisa.

—Pues siéntate en el sofá, que te hago un té. ¿A que no estás acostumbrado a eso?

—No.

Bennett sonríe y hace lo que le ha mandado.

«Es muy obediente —piensa ella—. Me gusta.»

Kirstie se quita las alpargatas junto a la puerta, de modo que, de camino a la cocina, ha perdido cinco centímetros de altura. Algunos le han dicho que impone mucho y, más que nada, se refieren a su personalidad, pero unos pechos desproporcionados y los tacones ayudan. Sin ellos, con suerte llega al metro sesenta.

—Creo que no he escogido el mejor vestuario para hoy —dice, y se alisa la blusa de color azul eléctrico con un escote pronunciado en forma de pico y un ribete rizado que le destaca aún más el canalillo.

Sus hijos siempre le dicen que se vista normal, pero ella no tiene ni idea de qué quieren decir con eso.

—Creo que cuando te vayas me pondré el pijama. —Tira de las trabillas del pantalón negro estrecho y respira hondo—. Perdona.

No le hace falta mirar a Bennett para saber que le ha dado demasiada información. Es probable que en ese instante se la imagine en un camisón de satén negro, porque si la visualiza con los pantalones de franela y la camiseta grande que piensa ponerse, tiene un problema de imaginación.

—¿Lo tomas con azúcar, Bennett? —pregunta.

Mete una bolsita de té en cada una de las tazas blancas que acaba de sacar de un soporte de madera.

—No, gracias. Con leche, nada más —dice él mirándola desde el sofá.

—¡Qué bien te portas! Yo he intentado dejar el azúcar muchas veces, pero me encanta. Mi exmarido me decía que le recordaba a los caballos, de tanto que me gustan los terrones.

Se da cuenta de que Bennett intenta disimular una mueca.

—Gracias —dice ella—. Yo también creo que es un comentario horrible.

Justo cuando vierte un poco de leche sobre las bolsitas de té, el hervidor de agua empieza a silbar.

—Antes tomaba mucho azúcar —le cuenta Bennett, apoyado en el respaldo del sofá—. Cuando era pequeño, mi madre hacía el té muy dulce. Te juro que a veces se olvidaba de meter la bolsita, porque eso no era más que agua caliente, leche y azúcar.

—Qué bien que tu madre te hiciera té —responde.

Se acerca al sofá con las dos tazas.

Él recibe la suya y la mira extrañado.

—Mi madre no cree en la cafeína —explica Kirstie, y se sienta a su lado.

—Trágico —contesta él.

Bebe un gran sorbo y luego otro.

Le gusta, piensa ella. Bien. Albert, su ex, siempre opinaba que lo hacía demasiado aguado.

—¿Conoces la zona? —pregunta Bennett—. ¿Necesitas que te indique dónde está alguna cosa?

—Creo que más o menos me oriento —contesta ella—. Es un cambio enorme, de un pueblecito de la costa a la gran ciudad.

Hasta la fecha, Torquay es la ciudad más grande en la que ha vivido, y ni siquiera está segura de que ese destino turístico de la costa cuente técnicamente como ciudad. Antes le encantaba vivir junto al mar. Su amplitud y fluidez tenían un efecto calmante, pero ahora ya no y cree que no lo echará de menos. No después de lo que pasó con Albert. Ahora lo que la atrae es la idea de que no haya más que hormigón hasta donde le alcance la vista.

—Yo llevo aquí toda la vida, así que avísame si te hace falta algo.

—Muchas gracias, lo haré.

Kirstie sonríe. Es muy atento. Se pregunta si sería igual de amable si no le pagase ocho mil libras al mes.

—Aquí no parece que estemos en la ciudad.

—No, es cierto. Pero cualquier cosa que puedas necesitar la encontrarás en Chiswick High Road —dice él sin especificar, tal vez con una pizca de aburrimiento—. También hay un montón de restaurantes buenos. Y parques magníficos.

—Parece que lleves mucho tiempo haciendo esto. —Se ríe Kirstie—. ¿Ya saben los de la oficina de turismo que existes?

Bennett sonríe y se sonroja.

—¿Qué voy a hacer yo en un parque, Bennett?

Él se encoge de hombros.

—¿Sentarte en un banco? ¿Contemplar los rosales?

—Suena horrible.

—Yo tampoco voy —admite él.

—Se nota —dice, y le da una palmada juguetona en el brazo—. No te preocupes por mí. Sé cómo llegar hasta Harrods y eso es lo importante.

Él se bebe el último trago de té y deja la taza en la mesita. El de Kirstie aún está a medias.

—Te dejo que te instales —dice Bennett, y se pone de pie.

Kirstie es reacia a dejarlo marchar, así que se queda sentada un momento más y luego se levanta a regañadientes. Mira por la ventana que da al jardín y al estudio, adonde está segura de que él se dirige.

—Ese cuadro tan bonito de tu novia ya no está.

—He supuesto que no querrías que te mirase desde el jardín.

—No me importa. Me cae bien, la veo segura —afirma Kirstie—. Supongo que tienes que serlo para posar desnuda.

No es algo que ella se imagine haciendo. Ya no.

—Ese cuadro era un suplicio —dice sin hacer caso de la evidente falta de seguridad de Kirstie—. Ahora estoy con otra cosa.

Señala el caballete, donde hay un lienzo más pequeño. Ella tiene que forzar la vista para distinguir una posible figura como sujeto del cuadro.

—Muy interesante —miente—. Voy a espiarte mientras la cosa avanza.

—Pásate a tomar un té cuando quieras. Y le echas un vistazo.

—Gracias, lo haré.

Espera que la invitación sea sincera. Es la única persona que conoce en toda la ciudad.

—¿Has quedado con la guapa de tu novia? —pregunta, y se da cuenta demasiado tarde de que no debería—. Perdón, ¡no es asunto tuyo, Kirstie! —se regaña en voz alta.

—No pasa nada —contesta él—. Tengo una cena con mi hija y su nuevo novio. Si lo estrangulo, a lo mejor necesito que vengas a pagar la fianza.

Ella se acuerda de Albert, de cómo la agarró del cuello y le dijo que no valía ni el oxígeno que respiraba.

Tiene suerte de estar viva. Él podría haberla tirado por encima de la barandilla de cristal de la terraza y habría caído directa al puerto de Salcombe. «Puta desagradecida», la llamaba. Eran su casa, su terraza y su mujer. En su opinión, Albert podía hacer lo que quisiera con todo eso.

Ni que decir tiene que él no era así cuando lo conoció. Al parecer, es algo que los demás no entienden. De haber sido así cuando eran novios, no se habría casado con él. No es idiota. Su crueldad la pilló por sorpresa y empezó como un susurro, un insulto leve aquí y un gesto desautorizador allá. Pero después de que naciera Michael, su primer hijo, empezó con las amenazas. «Cállate o verás.» «Sonríe o verás.» «Folla conmigo o verás.» Ella no sabía qué vería, pero su imaginación no corría, sino que volaba: cualquier cosa desde quitarle las tarjetas de crédito a atropellarla con el Land Rover. Así que se callaba, sonreía, follaba con él. A cambio, tenía una casa moderna y preciosa en un acantilado de Salcombe con vistas al puerto. Un estipendio generoso, una criada y una niñera. Disponía de casi todo su tiempo, ya que Albert era actor y siempre estaba rodando. Cuando Martha y Matthew ya habían nacido, Albert pasaba casi todo el tiempo en Dorset, rodando *La costa del crimen,* una serie dramática que llevaba muchos años en pantalla y en la que él interpretaba al protagonista: el inspector Cliff Caswell, un investigador de homicidios atribulado pero guapo y brillante. El personaje estaba inspirado en el padre de Albert, un hombre que volvió de la guerra perjudicado, pero más decidido que nunca a arreglar el mundo. Un corazón sangrante con patas. Puede que el personaje fuera un santo, un hombre entregado a la justicia y al servicio de su comunidad; en cambio, Albert Cartwright era un gilipollas y estaba obsesionado con el control. Era un loco de la salud que trataba su cuerpo como un templo y, comprometido como estaba con el arte de la manipulación, casi nunca bebía. También era carismático y encantador. Disfrutaba contando anécdotas sensibleras sobre su padre mientras se acariciaba la atractiva cabellera de color rubio claro que no perdía densidad. El reparto y el equipo de *La costa de los crímenes* eran sus discípulos y, como simpatizante acérrimo del partido laborista, defendía al equipo de la serie, hombres que a menudo hacían huelga para conseguir mejor salario. Sin embargo, su pasión por un sueldo justo que diera para vivir no parecía extenderse a las mujeres del equipo. Todas las temporadas había una nueva protagonista y a todas les pagaban una fracción de lo que ganaba él. Se acostaba con todas, según sospecha Kirstie, pero nunca intentó estrangular a ninguna. De ser así, ya habrían vendido la exclusiva a la prensa. No, ella es la única mujer a la que estranguló; así que, en ese sentido, se decía ella con sarcasmo, era especial.

Cuando *La costa de los crímenes* se canceló hace cinco años, después de estar en pantalla durante veinte, las cosas empezaron a ponerse peligrosas. De pronto, Albert estaba en casa todo el tiempo, una presencia constante en el hogar y en el pueblo que, hasta entonces, había sido el terreno de Kirstie. A él le molestaba tenerla siempre cerca y, al parecer, le frustraba que ya no fuese la jovencita guapa con la que se había casado. Le insultaba que no fuera más inteligente y no se dignase a escuchar sus monólogos diarios sobre actualidad. «¡Por Dios, Kirstie, piensa!», la recriminaba él mirando por encima del *Guardian* mientras intentaba explicarle las noticias del día. «¿Qué haces todo el día?», le preguntaba, aunque enseguida añadía: «Mejor no contestes. No quiero saberlo.» Pero ¿qué hacía ella todo el día? Pues lo que siempre había hecho. Iba de compras. Veía muchos programas sobre casas. Iba a clases, sobre todo de yoga y de pilates. Le gustaba pasear por la playa y buscar conchas, pero ¿para qué iba a decirle eso? Él lo habría considerado inútil y superficial. ¿Qué esperaba? ¿Acaso no llevaba veinticinco años despojándola de forma metódica de todos sus intereses y de una vida llena de propósitos? Ella cerraba el pico, sonreía, follaba con él. Es lo que Albert le pedía. ¿Desde cuándo se los deja pensar a los trofeos? «He visto piedras con más sentido común que tú», le gustaba decirle. Sus hijos se contagiaron del desprecio de Albert. «Mamá es más tonta que una piedra», oyó que le susurraba Martha a Matthew cuanto tenían solo ocho y seis años, y ambos se rieron. Debió de ser más o menos entonces cuando empezó la lenta transformación en la piedra que todos creían que era. Ella misma notaba cómo se endurecía.

Dio la casualidad de que una pareja de jubilados pasaba con su barco por delante de la casa con vistas al puerto la noche que Albert trató de estrangularla en la terraza. Kirstie no estaba segura de qué le había dado más miedo: que le faltara el aire por lo fuerte que la agarraba del cuello o que le faltase el aire bajo el agua si él conseguía empujarla sobre la barandilla. Al final, resulta que es lo segundo lo que ha hecho mella, el miedo a hundirse en el fondo del mar. Está segura de que Albert habría conseguido lanzarla si el hombre del barco no se hubiera puesto a dar voces: «¡Suéltala!». En ese instante, Albert le quitó las manos de la garganta y miró al viejo que navegaba por el estuario haciéndole fotos.

—¡Métete en tus asuntos, coño! —le gritó.

Lanzó al agua una tumbona y luego otra, con la esperanza de alcanzar al hombre o al barco.

—¡Es el inspector Cliff Caswell! —chilló la esposa, y señaló a Albert—. ¡El de la tele! ¡Te ha tirado una tumbona!

Kirstie lo oyó todo desde el dormitorio adyacente adonde había escapado. Mientras él tiraba muebles al mar, ella buscaba desesperada un calzado plano con el que pudiera correr.

Al final, dio con un par de mocasines y bajó la escalera a toda prisa mientras Albert continuaba gritándole a la pareja del barco. Cogió el abrigo y el bolso, y corrió al Mercedes que tenía aparcado en la calzada que atravesaba el gran jardín hasta la entrada. Había imaginado que un día ese sería el coche con el que escaparía, y por ese mismo motivo lo había comprado a su nombre con el dinero que su padre le había ingresado en una cuenta veinticinco años antes; dinero que él había querido invertir en el hotel que ella planeaba abrir. Su padre había fallecido antes de que Albert y ella empezaran a salir en serio, pero ¡cuánto habría odiado a su yerno! Ahora le gustaría que se hubiesen conocido, que su padre le hubiera advertido que no le convenía; porque le habría hecho caso. Sabe que la mayoría de las feministas no estarán de acuerdo, pero a veces necesitas la opinión de un hombre decente.

Esa noche dio unas vueltas con el coche y al final acabó en la comisaría. No estaba segura de si habría denunciado a su marido si el hombre del barco no hubiera hecho las fotos, pero estaba bastante segura de que el tipo se las vendería a la prensa sensacionalista, y ni que decir tiene que así fue. Lo más lógico era adelantarse a los acontecimientos.

—Quiero denunciar un delito —le dijo al agente que la atendió en el mostrador de la comisaría de Salcombe.

—¿Cómo se llama usted? —preguntó él aburrido.

—Kirstie Cartwright —contestó ella.

Pensó que aquello podría haber salido en un episodio de *La costa de los crímenes*. Había visto la misma escena un millón de veces.

—Mi marido, Albert Cartwright, ha intentado estrangularme y tirarme por el balcón de casa.

El agente, que era un hombre mayor, la miró con incredulidad.

—¿Albert Cartwright? ¿El inspector Cliff Caswell?

—Sí, Albert. No es un inspector de verdad —añadió.

Le pareció necesario aclararlo por si el agente consideraba a su marido compañero de fatigas.

—Eso será un bombazo en las noticias, señora Cartwright. ¿Está segura de que quiere denunciarlo?

Ella se apartó el pelo y le enseñó las marcas de fricción del cuello.

—Estoy segura. Y habrá pruebas fotográficas —continuó—. Una pareja que pasaba en barco lo ha visto todo.

El agente, que no parecía convencido, echó la silla hacia atrás.

—De acuerdo, voy a buscar al sargento.

El sargento le tomó declaración con la misma perplejidad que el agente, incluso cuando ella le dijo que la guardia costera encontraría las tumbonas flotando en el estuario y aportó la marca y el modelo.

—Siento decirle que una tumbona flotando en el agua no demuestra que haya habido violencia doméstica —le dijo el sargento, un hombre más joven que el anterior con la piel de alrededor de la nuez irritada por la cuchilla de afeitar—. Solo demuestra que a uno de los miembros de la casa no le gustaban.

De hecho, a ella le encantaban. Se sentaba en una de ellas todas las mañanas, desde abril hasta noviembre, a beber café y a leer la revista *House Beautiful*.

—No parece muy afectada —apuntó el sargento.

—Mi marido es un cabrón. Puede que a usted le coja de nuevas, pero a mí no.

—Iremos a su casa a hablar con él, pero le sugiero que esta noche busque otro lugar donde dormir.

—No me diga —respondió ella.

El sargento la miró como queriendo decir: «Si yo pudiera, también la tiraría por el balcón». Se había acostumbrado a que los hombres la mirasen así; en general, querían follársela o matarla. No recordaba ni uno solo que le hubiera mostrado indiferencia.

—¿Van a detenerlo?

—Eso depende, señora Cartwright.

—¿De qué?

—De lo que nos encontremos.

—Lo que se van a encontrar es un buen mentiroso y una terraza sin tumbonas.

—La mantendremos informada, señora Cartwright.

—Por el amor de Dios, llámame Kirstie.

—Las cosas no funcionan así, señora Cartwright. Voy a darle un número de expediente para que pueda llamar y estar al corriente.

—¿No me llamáis vosotros?, ¿tengo que llamaros yo?

—Estamos muy ocupados, señora Cartwright.

—¿Con qué?

—Pues alguien acaba de acusar a Albert Cartwright de violencia doméstica —responde él—. La prensa se nos va a echar encima.

Cuando Bennett se ha ido, Kirstie se prepara otro té. «La gran técnica británica de la procrastinación: el té», piensa. Cuando está ocupada, cuando está feliz, podría pasar días sin tomar ni un té. Ahora mismo prepara una taza como subterfugio para hacerse creer que tiene algo que hacer. Nunca en la vida ha vivido sola. Hoy es el primer día. Los últimos meses los ha pasado en casa de su madre, en Totnes, un enclave *hippie* que está más o menos a una hora de Salcombe. Vivienne, a pesar de acercarse a la barrera de los ochenta y cinco, es la propietaria y encargada de la tienda más popular del pueblo de cristales medicinales, ya que cree con todas sus fuerzas en sus poderes de sanación. A Viv Albert nunca le ha caído bien y dice que siempre le ha dado «cierta sensación». Las sensaciones que Viv tiene provienen de lo que le dicen los cristales. En lo que a ella respecta, eso significa que se basan en pruebas reales. «Noto que desprende mucha energía negativa», dijo la noche de bodas. Sacó un saquito de piedras del bolso, se las entregó a su hija y le dijo: «Prueba poniéndole esto encima de la tripa mientras duerme. Deberían ayudar a neutralizarlo».

La noche del incidente de la terraza, cuando Kirstie llegó a su casa a una hora intempestiva, Viv no se sorprendió de verla.

—No probaste con los cristales, ¿verdad? —le preguntó.

—No, mamá.

La anciana, vestida con una especie de bata multicolor de aspecto psicodélico y la cabellera corta y entrecana apuntando en todas las direcciones, levantó las manos clamando al cielo.

—Pues ¿qué tal un whisky?

Kirstie se lleva el té al dormitorio principal, donde Bennett ha dejado las cuatro maletas grandes sobre la cama, incluida la de estampado de cebra, que es la primera que abre. Dentro está la colección de cristales que le ha regalado su madre antes de marcharse de Totnes, todos envueltos con cuidado en plástico de burbujas. Se le ocurrió la posibilidad de parar en la A303, cerca de Stonehenge quizá, y tirarlas todas para que algún *hippie* loco las encuentre por casualidad y les haga una especie de altar en honor a sus poderes mágicos. No obstante, y por mucho que le disguste admitirlo, parte de ella quiere que los cristales ejerzan sus poderes mágicos. ¿No sería bueno que el secreto de la serenidad y la realización personal no requiriese más que la presencia de unas cuantas rocas? Saca el pedazo grande de amatista y lo desenvuelve. «Esto traerá la calma a tu vida —le ha dicho Viv—. Cuando notes el estrés, mete la amatista en tu órbita.» «¿Mi órbita? Que no soy un puto planeta, mamá.»

Lo deja en el alféizar porque a lo mejor le parece bonito mientras hace yoga. A continuación, saca el cuarzo rosa. «Este es para el bienestar emocional —le ha explicado su madre—. Favorecerá el amor propio.» Le quita el plástico de burbujas y lo sostiene debajo del tragaluz del dormitorio para que la luz ilumine la roca de color rosa pálido. Es cierto, no tiene mucho amor propio. Ni siquiera tiene vibrador. ¿Qué demonios va a hacer el cristal? ¿Darle una charla motivacional?

—Eres resistente —se dice con voz de dibujos animados mientras mueve el cristal como si hablase—. Eres ingeniosa y tienes un culo estupendo.

Kirstie decide colocarlo en la mesita de noche porque a primera hora de la mañana es más dura consigo misma.

Por último, saca el cuarzo citrino, su favorito de las tres piezas grandes que le ha dado su madre. «Este te ayudará a cumplir tus sueños», ha afirmado Viv con total confianza. Es la roca en la que Kirstie pone más esperanzas. La coloca al otro extremo del alféizar, junto a la amatista, de cara al estudio de Bennett. Desde que se fue de Salcombe, se ha esforzado en no pensar en el futuro. Tenía la esperanza de que la libertad la inspirase; en cambio, solo la ha colmado de miedos. ¿Qué pasó con los grandes sueños que tenía de joven? De hecho, eran más que meros sueños: eran planes. Diseñar y abrir su propio hotel. Ahora le resulta extraño lo próximos e incuestionables que le parecían esos planes. Tan incuestionables que ni se le ocurrió que el matrimonio y la maternidad podrían desbaratárselos. Ahora no sabe qué esperar y le cuesta imaginarse deseando algo más allá de una vida sin miedo y juicios ajenos. Si consiguiera eso, lo demás no son más que detalles.

Desempaqueta la ropa despacio y de forma metódica, con mucho cuidado de que la actividad consuma una buena parte de la tarde. Se da cuenta de que le gusta el tacto de la tela; todo el proceso se le antoja de una necesidad exquisita. En Salcombe nunca tenía oportunidad de hacer esas cosas tan necesarias. Para eso tenían una empleada. Tal vez podría conseguir un trabajo en una tienda de ropa, doblar camisas y diseñar escaparates. Mira el cuarzo citrino de la ventana y enarca una ceja. El cristal la contempla como diciendo: «¿Ese es tu sueño? ¿Doblar ropa en una puta tienda de TopShop? Esfuérzate más». No necesita el dinero. Albert se quedó con la casa de Salcombe, pero a ella le tocaron casi todos los fondos de la cuenta común, además de la mitad los derechos futuros de *La costa de los crímenes,* que no es poca cosa, porque en una de las cadenas privadas emiten la condenada serie en bucle todo el día y toda la noche. Cualquier cosa que haga ahora, puede hacerla por puro amor. Aun así, ¿qué ama?

De joven le gustaban los hoteles y la restauración. Fue su primer trabajo al acabar la secundaria: limpiar habitaciones en un hotel de la costa. Se suponía que tenía que ser algo provisional, pero poco a poco fue subiendo de puesto hasta entrar en la recepción y llegó a ser la encargada. Se le daba bien y siempre le ha costado mucho no enamorarse de las cosas que se le dan bien. En esa época, estudiaba números antiguos de revistas, las que robaba del vestíbulo del hotel, y recortaba fotografías a modo de inspiración para su propio establecimiento. Pegaba los recortes en un álbum titulado *Mi hotel,* junto con notas sobre cómo aprovechar los diseños y qué cambiar. Se había planteado llamarlo *Mi hotel de ensueño,* pero al final decidió que no sería un sueño, sino una realidad.

Cuando conoció a Albert, llevaba dos años a cargo de la recepción de un hotel en primera línea de la costa de Torquay. Sabía todo lo que había que saber sobre el hotel y el pueblo y, en su opinión, no había mejor sensación en el mundo que tener el conocimiento suficiente para hacer algo muy bien. (Añora esa sensación a diario.) Ese año solicitó plaza en el programa de hostelería de la Universidad de Plymouth. El plan era abrir su propio hotel *boutique* en algún pueblo pequeño de Devon. Sería un establecimiento turístico con diez habitaciones de mobiliario bonito y un restaurante considerado el mejor de todo Devon. Hoy en día hay muchos sitios así, pero a mediados de los ochenta su idea era un concepto muy novedoso. Se dice que no debe amargarse por eso: tomó una decisión. Se equivocó. Ahora toca pasar página.

Albert, que se alojaba en el hotel de Torquay, estaba en el pueblo para asistir a una boda. Kirstie lo registró un viernes por la tarde. No lo reconoció, pero pensó que se parecía a Boris Becker, su tenista favorito. Más tarde, uno de los botones le explicó quién era.

Albert quería saber dónde tenía lugar la boda, así que, a través de una de las ventanas grandes de mirador, ella le señaló el jardín bonito y cuidado donde habían colocado una marquesina.

—¿Qué sentido tiene venir hasta la costa para casarte en un jardín? —se preguntó él.

Kirstie pensó que no le faltaba razón. No averiguaría hasta mucho después que a Albert nunca le faltaba razón.

—Una boda en la playa sería mejor. Con la arena entre los dedos de los pies...

Ella sonrió, encandilada por la idea.

—Aquí hay muchas calas recogidas.

Cuando le entregó la llave de la habitación, él le guiñó un ojo.

—Deberían haberte dejado organizar la boda a ti.

Ella se metió un mechón de su cabellera rubia detrás de la oreja. Se la había cortado y peinado como Chrissy Evert, su tenista favorita.

—¿No te apetecerá tomar algo más tarde, por casualidad? —inquirió él con falsa inseguridad—. Cuando acabes de trabajar. Me gustaría saber más sobre las calas.

—Salgo a las cinco —respondió ella como si esas proposiciones le ocurrieran a menudo.

Él agitó la llave delante de ella.

—Perfecto. Ya sabes cuál es mi habitación.

Kirstie subió a las cinco y llevó consigo un puñado de mapas plegables y un bolígrafo para marcar las calas recónditas. Estaba bastante segura de que él pensaba tirarle los tejos, que tampoco era idiota, pero le parecía importante guardar las apariencias. Al fin y al cabo, no era prostituta. Cuando ella llamó a la puerta con los nudillos, Albert dijo: «La puerta está abierta» y allí estaba él, en el balcón, su primer balcón, mirando el mar con una jarra de *gin-tonic* sobre una mesa de plástico transparente.

Kirstie le mostró los mapas desplegándolos sobre su regazo para que él tuviera que acercarse a verlos. Albert sujetaba una esquina y ella otra mientras señalaba puntos de interés con un círculo. Le contó toda su vida, cómo había sido crecer en la llamada Riviera inglesa, cómo era su trabajo y que pensaba ir a la escuela de hostelería para abrir su propio hotel. Él escuchó con atención y le hizo preguntas. Sonreía mucho, apoyado en el reposabrazos de la silla con la cabeza recostada en la mano. Rellenaba el vaso de Kirstie con el *gin-tonic* de la jarra, pero el suyo no.

—¿Cuántos años tienes, si no te importa que te lo pregunte?

—Veintitrés —respondió ella—. Y no me importa. Pregúntamelo otra vez dentro de diez años y te diré lo mismo.

Él sonrió ante su ingenio y era evidente que le resultaba atractivo, al menos en aquel entonces.

—Para ser tan joven, tienes grandes aspiraciones.

Ella se encogió de hombros.

—Es una idea, nada más...

Solo que no lo era. Se trataba de una propuesta muy estudiada. Ahora los comentarios como ese le remueven la conciencia, pero en su momento no se dio cuenta de lo poco que había tardado en quitarle importancia a su ambición vital solo porque estaba bebiendo *gin-tonics* con un hombre guapo y exitoso.

Al día siguiente, él llamó a recepción para prorrogar su estancia cinco días. Todas las tardes, al salir del trabajo, Kirstie subía a su habitación. La segunda vez se besaron y la tercera se acostó con él. No quería malgastar la que podría ser su única oportunidad de irse a la cama con alguien de la tele, alguien que además se parecía a Boris, el hombre más adorable del mundo. Cuando Albert la tuvo desnuda en la cama, con el uniforme del hotel (una falda estrecha negra y una blusa blanca con la placa) tirado en el suelo, le preguntó: «¿Eres virgen?», y ella exclamó que no como diciendo «¿Estás loco?», y por un momento creyó que él se había decepcionado. El día que ella tuvo fiesta, se subieron al MG descapotable de Albert y ella le enseñó todo el sur de Devon. Fueron a Salcombe por primera vez y él comentó que era más civilizado que Torquay, la clase de sitio donde se veía viviendo para siempre. Al cabo de los cinco días, ella se había olvidado casi por completo de la idea de abrir un hotel. No había mirado el álbum de recortes ni una sola vez. En su opinión, aún le quedaba mucho tiempo y una idea nueva aparecía en su mente: el marido de ensueño.

Ahora le gustaría abofetear a esa joven.

La noche que acabó en casa de su madre, Kirstie llamó a sus hijos, uno por uno. «Es posible que veáis unas fotos en la prensa», les dijo por separado. Era importante que lo oyeran de su boca, explicó con calma. Michael, actor en ciernes, aunque casi todo lo que hace es voz en *off*, dijo:

—¿Has ido a la policía? Ay, mamá... ¿No podrías haber hablado conmigo antes?

—¿De qué habría servido, Michael?

—Podría haberte dicho que no fueses. Esto saldrá por todas partes.

—Lo siento, cariño. Sé que es duro.

Le dio un vuelco al corazón al darse cuenta de que el torbellino mediático les afectaría a sus hijos.

—¿Y ahora qué? No puedes volver a casa después de denunciarlo.

—No. Voy a pedirle el divorcio.

—Estoy seguro de que fue sin querer, mamá. Tiene muy mal carácter.

—No fue sin querer, cariño. Lo siento mucho.

Contactar con Matthew le costó más tiempo. Estaba en alguna discoteca de Plymouth cuando contestó al fin, la quinta vez que Kirstie lo intentaba. Había sido jugador semiprofesional de críquet, pero se había roto el ligamento cruzado anterior saltando una valla de la Academia Naval de Dartmouth por un desafío entre borrachos. Ahora es un holgazán a tiempo completo.

—Ya era hora —respondió él cuando ella le dijo que se divorciaba de su padre—. Nunca habéis sido felices juntos.

Bueno, eso no era del todo cierto, pero tal vez sí desde el nacimiento de Matthew. Matthew era de los hijos que creían con total firmeza que nada había existido antes que ellos. Y mucho menos los sentimientos de los demás.

Le faltaba Martha. Había guardado la conversación con su hija para el final, ya que sabía que sería la más difícil. Y el motivo no era que la noticia fuese a herirla, sino que no lo haría. Es dentista a las afueras de Leeds y se pasa el día blanqueándole la dentadura a la élite del condado de Yorkshire. Martha le ha insinuado más de una vez que está convencida de que su madre ha malgastado la vida, y eso a Kirstie le duele muchísimo, en parte porque está de acuerdo con ella. Aun así, sospecha que tienen mucho más en común de lo que Martha admite, como la vez que la joven insinuó que Theresa May le caía bien y dijo que era «valiente al enfrentarse a una nación hostil».

—Tonterías —la había reñido Albert, igual que hacía con Kirstie—. A esa bruja miserable le importa más su colección de zapatos que el pueblo británico.

Albert creía que el hombre de clase trabajadora era la baza más importante de cualquier civilización. Había aprovechado su fama para hacer campaña a favor de candidatos laboristas de todo el país; candidatos, no candidatas. «Las mujeres no razonan —explicaba él siempre—. Siempre quieren algo.» Como si los hombres que se dedicaban a la política no quisieran nada.

—Menudo estereotipo, papá —le había gritado Martha.

Kirstie recordaba haber sonreído con eso, abrir el frigorífico y refugiarse tras la puerta para que nadie la viera. Cuando era joven, le gustaba Margaret Thatcher. Se acuerda de ver a la mujer de hierro en el televisor de sus padres e imaginar que algún día ella también podría ser la primera ministra. Cuando miraba a Thatcher, vestida con falda roja de punto y chaqueta a juego con botones dorados, veía a una mujer que podía hacer callar a una sala llena de hombres. Se bebían sus palabras.

—¿Qué has hecho, mamá? —quiso saber Martha después de que le contara la historia de la terraza.

—¿A qué te refieres?

—Debes de haber hecho algo para que se enfadase. ¿Por qué lo provocas siempre?

Esa era una de las cosas que su hija no entendía: pensaba que hacía cosas a propósito para empeorar el humor de Albert. Como si fuera un juego sexual raro, Martha cree que a su madre eso la satisface.

—Martha, no hice nada.

—Siempre has querido romper con él, no hace falta que lo dejes de delincuente para eso. No te mataría, mamá. No podría. Kirstie no dijo nada. Sí la habría matado. El problema que tenía Albert era que pensaba que podía matarla y después resucitarla. Como si durante todo ese tiempo la hubiera metido en el guion de su vida. Como si pudiera borrarla y empezar su historia desde el principio.

—Pues bueno. —Hizo una pausa—. Que sepas que a mí también me cae bien Theresa May —dijo, y notó que se le humedecían los ojos—. La voté.

Y entonces colgó.

Les manda a sus tres hijos un mensaje colectivo para decirles que ha llegado a Londres y que los echa de menos. A pesar de que sabe que al final tendrá que suplicárselo, escribe:

Venid cuando queráis.

La mañana irrumpe a las seis por el tragaluz de la habitación. La luz rebota en la amatista y el cuarzo y arroja reflejos violetas y amarillos por todo el dormitorio blanco de diseño de Bennett. Kirstie se da media vuelta y mira el citrino del alféizar, el guardián de sus esperanzas y sus sueños. Según Viv, una mañana mirará ese mineral y verá su futuro con claridad. Pero no esta mañana, todavía no. Le cuesta ser paciente con una roca. Rueda hasta el borde de la cama y se levanta dispuesta a no darle vueltas a sus pensamientos ni analizar el sueño raro que ha tenido: ella sobre un escenario, delante de un público compuesto de ancianos con la chaqueta roja de punto con botones dorados de Thatcher y nada más.

Abre el cajón central de la cómoda, mira la ropa que dobló ayer con tanta pulcritud y saca unas mallas de yoga y una camiseta elástica de color fucsia. Una vez vestida, desenrolla la esterilla en el suelo, junto a la ventana. Empieza a hacer estiramientos de cara al jardín. Levanta los brazos por encima de la cabeza y hacia un lado y deja que las caderas tiren en la otra dirección. Mantiene la postura durante treinta segundos antes de cambiar al otro lado. Su madre y ella hacían yoga juntas mientras estaba en Totnes. A sus ochenta y cuatro años, Vivienne no puede hacer las posturas más difíciles, así que hace un tiempo que Kirstie no intenta nada tan exigente como la postura de la grulla o de la luciérnaga, que es su favorita. Trabajó la fuerza abdominal durante meses para conseguir esa postura. Pasaba horas al día en el estudio de yoga de Salcombe con Thorbjørn, un instructor rubio veinte años menor que ella. En el pueblo todo el mundo pensaba que se follaba al danés, aunque la cosa no era así en absoluto; pero sí le confiaba cosas. Era el único en Salcombe con quien había hablado del temperamento de Albert y de que tenía miedo de que un día su marido quisiera hacerle daño. Quería estar preparada. Quizá necesitara equilibrio y fuerza abdominal para salvarse, le decía, y al final resultó ser verdad. Esa noche, en la terraza, notó que sus abdominales entraban en acción como un muro de resistencia. Tal vez fuese «más tonta que una piedra», pero intenta partir una piedra por la mitad y verás.

Se acuclilla en el suelo mientras piensa que quizá, cuando vuelva a mejorar con las poses difíciles, salga a hacer yoga al jardín. Podría pedirle a Bennett que le haga una foto haciendo la luciérnaga y enviársela a Thorbjørn para que sepa que todavía entrena duro. Cuando se publicaron las fotografías de la agresión, tuvo que despedirse de él de manera abrupta. Por la mañana, una amiga había llamado a Viv para decirle emocionada: «¡Tu hija sale en la primera plana de todos los periódicos!». Después de eso, se volvió difícil ir a Salcombe. En el pueblo sospechaban. Se preguntaban si eran fotos trucadas. No podía ser Cliff Caswell, el tesoro nacional. Albert Cartwright, miembro honorable de la comunidad y afiliado al partido laborista. Imposible, escribieron en la columna de opinión del periódico local. Sí, puede que hubiera sido infiel en alguna ocasión; al fin y al cabo, los hombres son hombres. Pero era posible que ella también, «¿O no la has visto?», susurraban. Estaban convencidos de que Albert Cartwright jamás le pegaría a una mujer. Y era cierto. Albert nunca le había pegado. Solo la reñía y la había agarrado por la garganta y había apretado hasta que se había quedado sin aire. Pero nada de golpes. Todo el mundo quería saber por qué, si él era tan imbécil, Kirstie no se había marchado antes. Solo una tonta se quedaría si de verdad temía por su vida. Que te digan que eres estúpida e inútil durante veinte años, y ya veremos si tú no acabas creyéndotelo. Eso es lo que ella quería responder.

Se acuclilla como una rana a punto de saltar y cambia el centro de gravedad de modo que las manos soporten casi todo su peso. Tiene las rodillas a ambos lados de los hombros y tensa los abdominales, duros como una roca, preparada para estirar las piernas hacia el techo. Traga saliva y suelta un quejido leve al tiempo que levanta las piernas y se sostiene sobre las manos. Está a punto de estirar los brazos para elevar el cuerpo unos treinta centímetros del suelo, pero se inclina hacia atrás y se cae de culo.

—¡Ay, coño! —grita.

Se tumba de costado y se frota el codo, cree que se le ha doblado hacia donde no toca. Se levanta para sacudir los brazos y estirar el cuello. Desde la ventana, observa el estudio de Bennett y se pregunta si él ha dormido allí o en casa de su novia. Como si lo hubiera materializado con sus pensamientos, Bennett abre la puerta del estudio vestido con una camiseta de color azul marino y un pantalón de chándal gris. El resplandor de la camiseta fucsia atrae su mirada hacia la ventana del dormitorio, y ella lo saluda con la mano y sonríe. Él le devuelve el saludo con la misma sonrisa bobalicona con la que la recibió ayer y luego sale por atrás y echa a correr. A ella no se le borra la sonrisa ni cuando ya se ha marchado.

Una hora después, está sentada en el sofá del jardín, vestida con un pantalón pirata de pinzas de color caqui, atándose el lazo de una blusa cruzada de algodón negro a un lado. Le gusta pensar que las prendas cruzadas son típicas de ella, seductora pero con clase, igual que Catalina, la duquesa de Cambridge, su miembro favorito de la casa real británica.

Con un té y el iPad, busca apartamentos en la página de una inmobiliaria cuando Bennett llega jadeante. Ella levanta la cabeza y sonríe. Él se agarra a la verja de madera mientras intenta recuperar el resuello y no es consciente de que alguien lo observa. Cuando por fin entra, Kirstie ve que está bañado en sudor. Bennett menea todo el cuerpo como un perro después de nadar para sacudirse las gotas.

—¡Buenos días, Bennett! —grita ella con una sonrisa aún más amplia.

—¡Buenos días! —responde él.

El saludo lo ha sobresaltado y disimula la sorpresa con entusiasmo. Se saca los auriculares de las orejas y el sonido tenue del rap llena el jardín. Kirstie no se lo esperaba.

—¿Qué tal ha ido la primera noche? —le pregunta mientras rebusca en los bolsillos buscando el dispositivo correcto.

Primero saca el móvil y después encuentra el iPod y pulsa el botón de pausa.

—Perdona.

Ella espera a que la mire antes de contestar.

—Ha ido bien, gracias. La cama del dormitorio de arriba es una maravilla.

—Bien. Sí. Es uno de esos colchones que dicen que te mantienen fresco. Será muy agradable cuando haga más calor.

Ella se ríe.

—A mi edad, las mujeres tienen calor todo el año.

Mientras Bennett hurga en el cerebro buscando una respuesta apropiada, mira de un lado a otro con nervios. A Kirstie le encanta hacerles esto a los hombres.

—¿Corres? —le pregunta para no hacerlo sufrir más.

—No, en serio no. Supongo que es para mantener la salud, que soy un viejo. —Da unas vueltas por el jardín—. ¿Te importa que me siente un momento? —pregunta, y señala el césped.

A juzgar por su cara, si le dice que no, podría desmayarse.

—¡Por supuesto que no! ¿Has tenido alguna huésped horrible que no te dejara sentarte en tu jardín?

Se deja caer bocarriba y contempla el cielo mientras se vacía los bolsillos en la hierba. Después, la mira a ella.

—No, pero tú eres la más amigable. La mayoría quieren intimidad. No quieren ni verte asomar las narices.

Ella entorna los ojos con incredulidad. En toda su vida no ha tenido ni un solo día de intimidad. La gente que la exige la aburre.

—La verdad, Bennett, es que no me importa nada compartirlo todo. Me gusta tu nariz.

Él le sonríe.

—¿Incluso con estas pintas?

Ella le quita importancia.

—He criado a dos hijos deportistas. Dios, cómo apestaban.

Bennett se ríe y estira los brazos sobre la hierba.

—¿Qué tal fue lo de conocer al novio? —pregunta ella.

Le da la sensación de que van a llevarse bien.

Él para de reír y se incorpora. Es precavido.

—Creo que no me cae bien.

—¿Qué le pasa?

Deja el iPad a un lado para indicar que lo escucha.

—Aún no lo tengo claro. Puede que sea demasiado educado. Me dio un buen apretón de manos y me llamó «señor». De hecho, no dejó de hacerlo, aunque le pedí que me tuteara.

Kirstie nota que Bennett se altera un poco.

—No seguirá así, ¿no? ¿Voy a tener que lidiar con un chaval que me llame «señor» durante el resto de mi vida?

Ella se echa a reír antes de que acabe de enunciar sus preocupaciones.

—Pobre papá. Me preocuparía que no lo odiaras. Eso querría decir que no prestas atención.

Él se encoge de hombros.

—¿Tenéis una relación estrecha? Me refiero a tu hija y tú.

—Sí —responde él con tono sensiblero.

—Pues no se quedará con alguien si lo odias.

—O sea que si los odio a todos... —repone él, que al parecer urde un plan.

Ella asiente y se ríe.

—Bueno, un día te traerá a casa a un joven que te recordará muchísimo a ti y no te quedará más remedio que quererle.

Bennett se estira de nuevo sobre la hierba.

—Creo que subestimas hasta qué punto me desprecio a mí mismo.

Ahora se ríen ambos, y Bennett lo hace con tantas ganas que rompe a toser y tiene que ponerse de costado para aliviar la tos.

—Me iría bien un poco de ayuda —dice Kirstie cuando él se repone.

—Sí, claro —responde Bennett, y se levanta.

—No hace falta que estés de pie —dice ella, y le hace un gesto para que se siente.

Él obedece, una cosa que le encanta de él. Es como un perro bien enseñado. Coge el iPad.

—¿Dónde debería vivir?

Bennett parece sorprendido, pero enseguida sonríe.

—Una pregunta muy importante.

—Estoy mirando viviendas y puede que forme parte de la minoría, pero no quiero una de esas casas adosadas victorianas. Quiero algo moderno. Un lugar con un aire muy urbano.

Es consciente de que ha descrito lo contrario a esa casa.

—Sin ofender.

—No me ofendo —le asegura él, y mira el cielo, pensativo—. No sé qué presupuesto tienes...

—Es bastante abultado —responde—. Venga, dime.

Él la mira a la cara, y Kirstie sabe que quiere preguntarle de dónde ha salido el dinero, pero no lo hace. Si se ha dado cuenta de quién es y qué hace allí, no da señales de ello.

—Bueno, pues a lo mejor te interesa mirar en Barbican.

—Uy —dice, y lo escribe en Google—: Bar-bi-can.

—Está justo en el centro. Es muy moderno. Como una ciudad dentro de la ciudad.

Kirstie estudia las imágenes de la urbanización de estilo brutalista y sus tres torres con vistas a toda la ciudad. Es hormigón hasta donde alcanza la vista, como si hubiera brotado del pavimento. ¿Cómo diantres es posible que Bennett haya entendido a la primera el lugar que ella se había imaginado? Lo mira entusiasmada.

—Me encanta. Uy... ¡Mira este! Torre Lauderdale, décima planta, tres habitaciones. Una cocina preciosa..., aunque no sé cocinar. ¡Madre mía, qué vistas!

Le da la vuelta al iPad para que Bennett lo vea. Él se acerca y se acuclilla delante de la pantalla, aunque es evidente que intenta no acercarse demasiado. Su sudor tiene un olor dulce, como a calcetines viejos untados en miel. Se encoge de hombros mientras mira las imágenes que ella va pasando.

—Pues sí, es alucinante.

—Es perfecto para mí. ¿Cómo puede ser que no conociera este sitio?

—Encantado de echarte una mano. —Vuelve a sentarse en el suelo, satisfecho por haber hecho un buen trabajo—. Quizá debería hacerme agente inmobiliario.

—Para divorciadas adineradas —dice ella—. Te harías de oro.

Bennett pone cara de planteárselo en serio.

—Sí, ¡me encanta! —declara ella, y deja el iPad para dar una gran palmada sonora—. ¡Ven conmigo a echarle un vistazo!

Él mira el estudio, donde el caballete está vacío.

—Bueno, vale. Déjame que me arregle —contesta, y se levanta.

—¿Qué le ha pasado al cuadro pequeño?

—Lo acabé.

Sonríe con orgullo. Kirstie espera que se ofrezca a enseñárselo, pero no lo hace.

Cuando él ya ha entrado en el estudio, mira el cuarzo citrino del alféizar de su ventana. Juraría que resplandece.

Cuando salen de la estación de metro de Barbican y los baña el sol de la tarde, Kirstie se fija de inmediato en las torres de hormigón cuyos cuarenta y dos pisos se alzan ante ella. Los rascacielos de cristal de la City relucen a lo lejos.

—¿A qué hora hemos quedado? —pregunta Bennett, y mira la hora.

—A las tres —responde ella mientras camina por Aldersgate Street con aires de saber adónde va.

—Es allí. —Bennett se detiene en mitad de la acera y señala la torre que tienen justo delante—. La torre Lauderdale.

Ella lo coge del brazo y se lo sacude de la emoción. De no ser por él, no estaría allí en ese instante, y solo por ese motivo cree que tiene derecho a tocarlo.

Con sus treinta centímetros de ventaja, Bennett le sonríe desde las alturas.

—Entonces ¿todavía te gusta?

Sí, sí y mil veces sí. De este momento le gusta todo, aunque se recuerda a sí misma que tiende a entusiasmarse demasiado con cosas que debería pensar dos veces. No obstante, le gustan las corazonadas y sigue fiándose de las suyas a pesar de que ya le han fallado otras veces.

—Tenemos un rato, ¿quieres ver el estanque?

—¡Hay un estanque?

Hace lo posible por parecer emocionada, teniendo en cuenta que no quiere contarle que desde hace poco ha desarrollado miedo al agua. No en vano, a lo largo de las dos últimas décadas se ha transformado poco a poco en piedra, pensando que era lo que debía hacer para reforzar sus defensas, para volverse sólida e impenetrable. Hasta lo que sucedió ese día en la terraza, no se le había ocurrido que las piedras tienen un problema: se hunden.

No sabe si es muy profundo. Es lo primero que piensa Kirstie a medida que se acercan al estanque artificial que hay en el centro de la comunidad. El agua es de color oscuro, marrón verdoso, y está cubierta de una espesa capa de algas. Un abismo, piensa Kirstie, denso y estancado. Imagina su cuerpo hundiéndose hasta el fondo, donde nadie lo encontraría. Le da un escalofrío y mira la fuente que borbotea y escupe agua en el centro. A su alrededor, unas cuantas aves pequeñas de pico largo andan por el agua y picotean el musgo. Bennett la mira extrañado.

—Perdona —le dice ella—, me ha dado un escalofrío.

—Pensaba que siempre tenías calor.

Ella le frunce el ceño y sigue mirando las aves.

—Qué bonitos. ¿Qué son?

—Pájaros —contesta Bennett.

Ella lo mira y finge exasperación, pero en realidad disfruta escuchando sus ocurrencias.

—Ni idea. No soy de pájaros —añade.

—Ornitólogo —repone ella porque su padre era un gran amante de las aves—. No eres ornitólogo.

Él niega con la cabeza: no lo es. A diferencia de Albert, no parece que a Bennett le moleste que lo corrijan. Pasean por la terraza de ladrillo que rodea el estanque, donde los residentes y los trabajadores de la City se reúnen a comer sándwiches directamente de su envase triangular.

Bennett señala el restaurante que hay a un lado.

—Eso de ahí es la cafetería. Tienen pollo, que es un pájaro. Al menos eso me han dicho.

Ella lo mira con los ojos entornados e intenta discernir si coquetea con ella o si es así y ya está. La mayoría de los hombres, cuando flirtean con Kirstie, le miran el escote, pero al parecer Bennett prefiere hacerle bromas, como un chaval en el patio del colegio que todavía no conoce el sexo, solo la proximidad.

—Ándate con cuidado, Bennett, no sea que acabes en el agua.

Cuando llegan, la agente de la inmobiliaria los espera en el vestíbulo de la torre Lauderdale. Es una joven india de unos treinta años, aún más baja que Kirstie, que lleva un traje pantalón de color gris.

—Hola —dice, y les tiende la mano—. Soy Priya. Tú debes de ser Kirstie, ¿verdad?

—¡Sí! ¡Hola! —dice, y le estrecha la mano antes de señalar a Bennett, que está un metro o dos por detrás de ella—. Te presento a mi amigo y segundo par de ojos: Bennett.

Él saca la mano del bolsillo y la saluda.

—¡Venga, vamos! —exclama Kirstie como para convencerlos, y adopta la postura de un velocista.

El entusiasmo de Kirstie sorprende a Priya y puede que también la asuste un poco, pero Kirstie está acostumbrada a ver esa reacción en otras mujeres: intimidación y lástima a partes iguales. Priya se dirige a Bennett buscando ayuda.

—Está un poco emocionada —aclara Bennett con el clásico autocontrol británico que Kirstie nunca ha dominado.

Es justo el motivo por el que lo ha llevado. Él cae mejor. Es guapo y tiene una cicatriz debajo del ojo que le hace hoyuelo cuando sonríe y le da un aspecto un poco más duro. Priya ya ha reparado en él.

Llegan al apartamento después de un trayecto corto en el ascensor, durante el cual Kirstie se comporta con efervescencia, como un proseco recién servido intentando no rebosar de la copa. La entusiasma la idea de hacer un cambio tan radical en su vida que quizá dentro de unos años la vieja le resulte irreconocible. Aunque quizá desear eso no sea lo correcto, sino que tal vez debería querer aferrarse a algún elemento de su antigua vida. Pero ¿por qué? Sospecha que las mariposas no añoran sus días como oruga, por eso espera que, cuando entre en el piso, sea capaz de ver con claridad y por primera vez desde hace treinta años cómo podría ser la vida sin Albert. Tener una vida propia. Durante mucho tiempo, la soledad la había asustado más que la muerte. Eso es lo que te provoca un tipo como él. Ni siquiera se le había ocurrido tenerle miedo a él, sino que se lo tenía a sí misma. Todavía odia estar sola y por eso siempre tiene el televisor encendido; teme sus propios pensamientos y por eso de noche toma pastillas para dormir con las que evita pasar demasiado rato con ellos.

Abre la puerta de un pasillo largo con Bennett y Priya a la zaga. Lo hace despacio y sin ruido, casi como si esperase toparse con un depredador en cualquier rincón: las viejas costumbres no cambian así como así. Cuando llega a la altura de la cocina, donde el apartamento se vuelve espacioso, nota que se le estira la cara formando una sonrisa amplia y dentona, y se vuelve hacia Bennett, lo agarra del brazo y tira de él para que se acerque.

—¡Esto es lo que quiero!

Él la mira como si estuviera loca.

—Es el primer piso que ves. Ni siquiera lo has visto entero.

—¿No has oído hablar del amor a primera vista?

Le da la sensación de que a Bennett se le oscurece la mirada, y esa no es la reacción que esperaba provocarle. Lo agarra por los hombros, lo sacude y después se acerca a la hilera de ventanas anchas que ofrecen vistas de las otras dos torres.

—¡Mira qué vistas!

A lo lejos, los cristales de los rascacielos reflejan la luz.

—¿Te imaginas despertarte todas las mañanas con esta energía?

Abre la puerta, sale al balcón de hormigón y le echa un vistazo a la calle. Abajo, la acera es un hervidero.

—¡Ah! ¡Hombres de traje por todas partes! Me pregunto a qué se dedican. ¿Adónde irán?

Entonces se da cuenta de que habla sola. Ni Bennett ni Priya han salido con ella. Los observa a través del cristal mientras charlan y, cuando se ríen, le da un vuelco el corazón por si es a su costa.

Bennett la ve y sale al balcón.

—¿Qué os ha hecho tanta gracia? —pregunta Kirstie cuando él se apoya en la barandilla de hormigón.

Él la mira extrañado.

—Pues cuánto están subiendo los precios de la vivienda en Londres. Supongo que no tiene tanta gracia, la verdad.

Ella asiente con alivio.

—Sé que piensas que estoy loca. Pero no se trata solo de detalles prácticos. También busco una corazonada.

Vuelve a mirar abajo. Es extraño, pero el hormigón le da fuerzas. Si se cayera del balcón, no se hundiría; no se quedaría sin aire, no desaparecería. Haría «plaf». La idea de un impacto fuerte le resulta reconfortante. No le serviría de nada explicárselo a Bennett, pero se pregunta si él también piensa en la muerte ahora que está apoyado en la barandilla.

—«Mira primero con el corazón y luego con la cabeza.» Es lo que dicen en los programas de casas —explica Kirstie.

Intenta convencerse a sí misma tanto como a Bennett.

Él mira la ciudad enfrascado en sus pensamientos y, al final, se encoge de hombros.

—Sí, vale.

—Vamos a ver los dormitorios —le propone Kirstie.

Le coge la mano y lo lleva adentro.

—¿Puedo escoger el mío?

Bennett sonríe de oreja a oreja.

Sin soltarlo de la mano, Kirstie se da cuenta de que para ella la soledad sigue siendo algo huidizo.

Una vez en Aldersgate Street, Kirstie dice:

—Tengo que hacer una lista de preguntas. ¿Me ayudas a pensar en todas las cuestiones prácticas de las que debo enterarme?

Albert se había encargado de la compra de la casa de Salcombe. Antes de eso, ella había vivido con sus padres y en una casa compartida en Torquay.

—Al menos debería intentar que parezca que sé lo que hago, aunque sea mentira —añade—. No tengo ni idea.

—Yo tampoco soy un experto —admite Bennett, y se pasa la mano por el pelo—. Hace más de veinte años que no compro una casa. Igual es mejor que hables con alguien más.

—No tengo a nadie más, así que ponte a pensar.

Él sonríe nervioso.

—¿Hoy tienes planes? —le pregunta ella.

Él mira la hora.

—Había pensado ir a ver a Claire cuando salga de trabajar, pero eso es a las once.

—¡Perfecto! Entonces, ¿cuento contigo hasta la hora de cierre?

Él se encoge de hombros.

—Vale, sí.

—Vamos a un pub y hacemos una lista. Y luego te invito a cenar.

Ella le enhebra el brazo para seguirle el paso. Se pregunta cuánto tardará él en hacerle preguntas sobre su pasado; la asombra que no haya empezado aún. Tratándose de un tipo tan encantador, cree que es muy egocéntrico. Aun así, tampoco está mal que él no sepa nada de su historia. Es consciente de que cuanto más tiempo pasa con él, más se olvida de sí misma.

Escondido en un patio junto a una iglesia, encuentran un pub que, según Kirstie, debe de tener al menos quinientos años de antigüedad. Miles de personas pasan por delante de esa iglesia, piensa, y es así desde hace cientos de años. La hace pensar en lo inconmensurable que es la historia, y eso le gusta. El mar la hacía sentir así, como una mota en la tierra vasta, un instante diminuto en el mundo. Por algún motivo, la reconfortaba.

—Me siento como si estuviera en un libro de Dickens.

Bennett tira de la pesada puerta de madera del pub y entran en una sala vacía y en penumbra.

—¿Te gusta Dickens?

Kirstie se ríe.

—He visto *Un cuento de Navidad* en la tele.

Él sonríe satisfecho, como si la hubiera pillado mintiendo.

—No me digas que tú eres un experto.

—Claro. Experto en Dickens y en pájaros.

Sonríe mientras esperan junto a la barra de madera oscura.

—¿Estáis listos para pedir? —pregunta el camarero.

Es un tipo delgaducho y pálido que lleva una camisa y un pantalón negros, ambos cubiertos de manchas y costras blancas. Kirstie se pregunta si cuando acaba el turno lo meten en un armario.

Bennett toma la iniciativa.

—Una pinta de *lager*, por favor —dice, y señala a Kirstie.

—De eso nada. Vamos a compartir una botella de *pinot grigio* —le dice ella al camarero, cuya nariz de gancho los apunta de forma alterna.

—¿Todavía quieres la cerveza, amigo?

—No —responde Bennett—. Supongo que no.

Cuando el camarero les da las dos copas, Kirstie va a buscar una mesa.

Bennett la sigue con el vino y el enfriador.

—Me gusta esta —dice al escoger una mesa—. Hay una vista bonita de la iglesia.

Bennett deja la cubitera y el vino en el centro de la mesa.

—Vaya, ¿ahora eres religiosa?

Ella sonríe.

—No seas bobo. Es porque es bonita.

Él se queda plantado, mirando la iglesia.

—Venga, ¡admítelo! —exclama ella—. ¡Es bonita!

—Es una iglesia bonita —admite él.

—Bien. Asunto zanjado —concluye ella, molesta porque le haya costado tanto afirmar algo tan evidente.

¿Cómo será este tipo cuando las cosas se pongan complicadas?

—¿Cómo está la guapa de tu novia? —pregunta con aire travieso al sentarse.

Él la mira de soslayo con cierto resentimiento mientras abre el tapón de rosca de la botella.

—Quiere que me vaya a vivir con ella —responde—. Yo digo que es por tu culpa.

Kirstie está acostumbrada a llevarse la culpa de muchas cosas, pero en ese caso está bastante segura de que Bennett bromea. En realidad, hay muy pocas cosas de las que ella sea culpable. No tiene tanto poder.

—¿Por mi culpa?

—Si no te hubiera alquilado la casa, es muy posible que el futuro no hubiera salido a colación. Ella pensó que un alquiler largo era la oportunidad de hablar de nuestra relación.

La mira un instante y después inclina la botella hacia la copa de Kirstie.

Ella se la acerca un poco más.

—Solo hasta el borde, cariño.

Él sonríe y le sirve un poco más de lo que se sirve él.

—¿No teníamos que pensar preguntas?

—¡Sí!

Cambia de marcha, saca un cuaderno y un bolígrafo del bolso y se acomoda. Lista para el dictado.

—Preguntas. Venga.

—Bueno, vamos a ver... Creo que conviene averiguar qué cuotas hay —sugiere él con aire profesional—. Gastos de comunidad, recolección de basuras y cosas así. —Levanta la copa, pero no bebe—. Y los impuestos municipales. Todo eso suma.

Kirstie lo anota todo a velocidad frenética, y él se lleva la copa a los labios.

—¡Espera! —grita, y levanta la mano libre.

Bennett, sobresaltado, posa el vino.

Ella suelta el bolígrafo, alza su copa y dice:

—Salud.

—Salud —contesta él después de volver a coger la suya con cierta vacilación.

Kirstie tenía ganas de que llegara este momento, la oportunidad de mirar a Bennett a los ojos por primera vez, pero de verdad. Está convencida de que a través de los ojos es como más se aprende sobre las personas, y Albert casi siempre le rehuía la mirada. La noche de la terraza, cuando la miró bien a los ojos, Kirstie comprendió por qué no lo había hecho hasta entonces: la odiaba.

Kirstie y Bennett beben un sorbo cada uno mientras se miran, él con una ceja enarcada. Si no le hace ninguna pregunta, jamás la conocerá. Kirstie se pregunta por qué no se le habrá ocurrido.

—¿Cómo te hiciste la cicatriz de debajo del ojo? —le pregunta ella.

Él vacila.

—Fui boxeador.

—De eso nada.

—Que sí. Me lo hizo Chris Eubank en 1992.

—¡No! ¿En serio?

—Claro que no. —Le señala el cuaderno—. ¿Quieres que te ayude o no?

No le gusta que los hombres le demuestren lo ingenua que es. Le ha hecho una pregunta seria y esperaba una respuesta igual de seria. Quiere conocerlo y que él la conozca a ella. ¿Acaso es mucho pedir? Quiere tener un amigo de verdad.

—Continúa —le dice ella.

Posa la copa y retoma el bolígrafo.

—He oído que conseguir una hipoteca puede ser complicado después de un divorcio.

—Puedo pagar en efectivo.

Piensa que ahora sí tendrá que empezar a hacer preguntas, y respira hondo.

—Pues bien —responde él, con la copa en alto—. Ah, también estaría bien estudiar el precio de mercado de la propiedad. No será muy difícil averiguar por qué precio se han vendido otros pisos parecidos.

Kirstie no se lo puede creer. ¿Cómo es posible que no le pregunte de dónde ha sacado el dinero?

—Vale —responde Kirstie—. Tiene sentido.

Da unos golpecitos en la página, pero no se molesta en apuntar esa sugerencia en concreto.

Él la observa con evidente confusión mientras el bolígrafo se mueve arriba y abajo.

—Diría que eso es lo más importante. Seguro que se te ocurrirán más cosas cuando tengas las respuestas a esas cuestiones.

Un grupo numeroso de hombres vestidos de traje irrumpe en el pub como una ráfaga de aire con las tripas cerveceras por delante, entre risas y gritos, haciendo aspavientos. Bennett entorna los ojos con desaprobación.

Ambos observan a los tipos entrajados, que se reúnen junto a la barra y piden pintas de cerveza. En Salcombe no hay ejecutivos, así que a Kirstie le resultan fascinantes.

—Tendrás que acostumbrarte a ellos —dice él—. Viajan en grupo.

Se vuelve para observarlos con una expresión que ella reconoce: desprecio. Es como la miraba Albert.

—¿Pintas todos los días? —le pregunta para intentar recuperar su atención.

—Hoy no —responde él con hostilidad fingida, y luego añade—: Pero casi todos. Al menos lo intento.

—¡Eso es lo que yo quiero encontrar! Algo que me atraiga como a ti la pintura. ¿Haces exposiciones?

—Antes sí, bastantes. Es una historia muy larga, pero ahora intento volver a entrar en el mundillo. He presentado el cuadro que acabo de terminar para ver si entra en la exposición de verano de la Royal Academy —confiesa—. Eso significaría mucho para mí, si lo consiguiera.

—Crucemos los dedos.

Él se encoge de hombros.

—Ya veremos —dice.

Se recuesta en el asiento y mira al techo.

A la mierda, piensa ella, si él no le hace preguntas...

—Hubo un tiempo en el que quería tener mi propio hotel. Me casé con un hombre pensando que él me apoyaría para realizar mi sueño.

Él se inclina hacia delante y sirve más vino en ambas copas.

—Los hombres son unos capullos.

Con eso se queda muy corto. En cierto modo, Bennett le da lástima. No es capaz ni de hacer las preguntas adecuadas. Ella acaricia el pie de la copa y lo mira con incredulidad.

—¿Qué? —pregunta él al final.

—¿Tienes televisor? —inquiere Kirstie.

—El que hay en la casa —responde él—. Nada más.

—O sea, que no ves la televisión.

—La verdad es que no. He visto *Britain's Got Talent* demasiadas veces para mi gusto —dice—. A Claire le encanta.

—¿Antes tampoco la veías?

Él se encoge de hombros otra vez y se inclina en sentido contrario a ella, con evidentes muestras de confusión y tal vez un poco molesto por el interrogatorio.

Pero ella insiste.

—¿Series de misterio? ¿Policiacas? ¿Algo así?

—No. Para nada. ¿Por qué? ¿Me he perdido alguna buena?

—No.

Kirstie se recuesta en la silla, convencida de que si le dice cómo se llama su ex, seguirá sin saber quién es.

—Mi ex salía en la tele —explica—. Nada más.

—Ah —responde él indiferente—. ¿Ahora ya no?

—No. Cancelaron la serie hace cinco años.

Bennett asiente como si a él le hubiera ocurrido lo mismo.

—Qué mal.

«No, Bennett, mal no», piensa ella. Ese cabrón se merece toda la mala fortuna que se interponga en su camino. Le da un buen trago al vino y recurre a tamborilear con los dedos sobre la mesa. No piensa darle más información. No hasta que él empiece a hacer preguntas relevantes.

Desconcertado, Bennett levanta la copa y la inclina hacia un lado mientras mira el contenido de color amarillo pálido. Endereza la copa y estudia el movimiento del líquido. Emite un sonido gutural.

Kirstie observa furiosa.

—No tiene piernas —dice, y la mira a través del cristal—. Eso significa que tiene poco alcohol. Me lo enseñó Claire.

—Bueno. —Como si a ella le importara una puta mierda—. Tiene mucha paciencia, ¿verdad?

—¿Perdona?

—Tu novia. Si eres así con ella, debe de tener más paciencia que una santa.

—¿Así cómo? —pregunta él a la defensiva.

—Deja, da igual.

Bennett entorna los ojos como si nada de eso fuera nuevo para él.

—Bueno, ¿qué comida te gusta? —pregunta cambiando de tema, y se bebe el resto de la copa de un trago.

Asombroso. Ahora mismo Kirstie querría estrangularlo. Por otro lado, al menos le ha hecho una pregunta. Por fin. Se hace de rogar con la respuesta y finge que se lo piensa muy bien.

—Carne —dice al final, aunque ya lo sabía desde el principio—. Un chuletón grande y bien jugoso.

—Vale —contesta él, y saca el móvil, se supone que para buscar un buen restaurante especializado en carnes—. No me lo esperaba.

—¿Qué esperabas? —le pregunta Kirstie.

No obstante, no le sorprende demasiado que Bennett se rodee del tipo de mujeres que prefiere el hummus a la comida de verdad.

—Las mujeres que hay en mi vida no son muy de comer carne —explica mientras teclea en el teléfono.

—Las mujeres de tu vida son idiotas —responde ella.

La rabia de todo lo anterior ha salpicado la respuesta. Ni siquiera sabe quiénes son esas mujeres. ¿Su novia? ¿Su hija? No puede evitar ponerse celosa, tal vez porque sospecha que Bennett les presta más atención de la que le presta a ella en ese momento. Se acaba el vino y espera a que él reaccione de algún modo o, como mínimo, deje el móvil. Pero al ver que no hace ninguna de las dos cosas, le dice:

—Lo siento. Otra vez con la falta de tacto. Estoy segura de que compensan la dieta aburrida con muchas cosas interesantes.

—Qué mala eres cuando tienes hambre —se ríe él, y pasa el pulgar por la pantalla—. Vale, he encontrado un sitio, pero está más o menos a media hora a pie. ¿Te apetece un paseo o prefieres coger un taxi?

Ella lo mira como si estuviera loco.

—Cariño, por favor, no iría andando por nada del mundo.

Se sientan a una mesa pequeña de madera para dos, al fondo del restaurante, donde hay poca luz y el ambiente es algo romántico, a pesar de que Kirstie no las tenía todas consigo cuando él la ha hecho entrar en un almacén pintado de negro de la época de la Revolución Industrial. La jefa de sala les ha dado un par de opciones y esta es la mesa que ha escogido Bennett. Kirstie se dice que no le busque tres pies al gato, aunque la pareja de al lado haga manitas por encima de la mesa.

Ella mira la carta y se relame. Una vez más, Bennett ha acertado de lleno, cosa que es asombrosa tratándose de alguien que parece tan enfrascado en sí mismo, y, a juzgar por su sonrisa autosuficiente, él lo sabe.

—Venga, escoge una botella de tinto, cariño —le dice—. Pide una con piernas, como a ti te gusta.

Saca un par de gafas de leer de color rojo chillón y se las pone.

Él la mira nervioso.

—Si tengo que elegir el vino, debería pagarlo.

—Tonterías —replica ella de inmediato, y suelta la carta—. Creía que ya habíamos dejado claro que no debes preocuparte por mi cuenta bancaria.

—Aun así, aquí el vino cuesta un ojo de la cara.

—Excelente, escoge uno muy muy caro.

La mira perplejo. Ella vuelve a coger la carta sin hacer caso de su expresión de súplica.

—Escoge uno, caramba —lo riñe.

—¿Rioja? —pregunta él.

—Vale. Cualquiera, mientras no sea barato. No hay nada peor que un rioja barato.

—No lo es —responde él con seguridad.

Ella le sonríe.

—Muy bien. ¿Tan difícil era?

Él niega con la cabeza, pero Kirstie se da cuenta de que las decisiones, cualquier decisión, le resultan casi imposibles.

—¿Qué vas a comer? —le pregunta como burla a su indecisión.

—Pues no lo sé —responde él.

Estira el brazo con el que sostiene la carta para verla con claridad.

—Aún no la he leído. Supongo que un chuletón.

—¿Quieres que te preste las gafas?

Él la mira y ve las gafas de color rojo chillón.

—No, no hace falta. Solo las necesito cuando hay muy poca luz.

—¿Como ahora? —contesta ella, y se las quita para ofrecérselas.

Él las acepta a regañadientes e intenta leer la carta a través de las lentes, pero sin ponérselas.

—Qué ridículo eres... —dice ella, y se ríe.

Y presumido, piensa, pero por algún motivo consigue no decirlo en voz alta.

—Póntelas, anda. Que no me río.

Cuando Bennett se coloca las gafas sobre la nariz, ella se ríe, cómo no. No puede evitarlo.

—Hay cangrejos de Salcombe —comenta él mientras la mira a través de las gafas con sus ojos grises aumentados.

—No he venido a un asador a comer cangrejo. Esos bichos asquerosos se comen todo lo que encuentran en el fondo del mar. Mis hijos los pescaban en el puerto del pueblo. Hazme caso, son unas criaturas estúpidas.

—Por eso nos las comemos. Porque son estúpidas.

Se quita las gafas y las deja en el centro de la mesa, lo que indica que es lo último que piensa decir sobre el tema.

Ella se lo toma como un insulto personal, aunque no está segura de por qué. No la ha llamado estúpida a ella: solo ha insinuado que los seres que carecen de inteligencia son buenas presas. Albert estaría de acuerdo.

La camarera se acerca a la mesa. Su trenza larga y castaña descansa sobre el hombro izquierdo y le cuelga hasta el codo. Enreda el dedo índice en la punta.

—Hola —dice con alegría—. ¿Les gustaría pedir el vino?

Le sonríe a Kirstie con educación y después mira a Bennett para que conteste él.

—Una botella de rioja, por favor.

Inclina la carta de vinos en su dirección para que ella se la lleve.

—Muy bien. Ese es superdelicioso —dice, y se pone de puntillas con entusiasmo—. Me llamo Ellie, avísenme si necesitan algo.

—Eso es lo que pasa cuando les dan demasiada propina —dice Kirstie.

Ellie se ha marchado dando saltitos y desafiando la gravedad con el movimiento de su culo en forma de lágrima.

—Se vuelven demasiado alegres. Alguien debería decirles que no es una cualidad atractiva.

Bennett deja la carta al borde de la mesa y la estudia con una sonrisa irritante.

—Tú eres así de alegre.

—¡NO LO SOY!

Le gustaría agarrarlo del cuello y atizarle un bofetón.

Él se recuesta en la silla y disfruta de la reacción. Kirstie juraría que le gusta torturarla. Ni que decir tiene que ella disfruta torturándolo a él.

—Venga ya, cuando estábamos en Barbican, ¿eso no era muy alegre?

—Eso era entusiasmo controlado. No he dicho: «¡Uau! ¡Este apartamento es supermaravilloso!» —argumenta con voz de pito justo cuando Ellie vuelve con el vino.

Si la camarera se da por aludida, no da muestras de ello y le enseña la botella a Bennett como si le presentase una medalla.

—Súper —dice él con cara de póquer.

A Kirstie se le escapa una risa entre dientes. Tiene que bajar la mirada.

A Ellie le cuesta cortar el precinto metálico de la botella.

—¡Perdón! —dice, y mientras mete el sacacorchos en el corcho, forcejea a cada vuelta—. El tapón está superatrancado.

Bennett ahoga una risa, se atraganta con ella y tose hasta que consigue echarle mano al vaso de agua. Se pone rojo y las arrugas de la cara se le acentúan. Kirstie piensa que es refrescante conocer a otra persona que se divierta con tan poco como ella.

—¡Listo! —dice Ellie con aire triunfal y sin coscarse de que es el blanco de sus bromas.

Sirve un poco de vino en la copa de Bennett.

Él vuelve a ponerse serio, mete la nariz en la copa e inhala.

—Es vino, no perfume —se queja Kirstie—. Bébetelo.

—Está muy bien, gracias —le dice a Ellie.

Mira a Kirstie con los ojos entornados.

—¿Qué les apetece comer? —les pregunta la joven mientras sirve el vino.

—¡Eso! —afirma Kirstie con confianza, coge las gafas del centro de la mesa y se las coloca en la punta de la nariz—. Yo voy a empezar con el *steak tartar* y luego quiero el chuletón de lomo alto con salsa de tuétano y patatas con triple cocción. Por favor, asegúrate de que ponen suficiente salsa para la carne y las patatas.

Bennett la mira con los ojos como platos. Ella entorna los suyos con aire desafiante.

—Pues que sean dos, supongo.

Cuando les sirven los chuletones, de la botella de rioja no queda apenas nada. Kirstie se lame los dientes, convencida de que debe de tenerlos teñidos de rojo (como Bennett), pero no quiere parar de hablar de tanto que tiene que decirle. De momento no ha habido silencios incómodos de esos a los que acostumbra su familia, cuando todos se miran pensando: «¿De verdad somos parientes de esta mujer?». Él sigue sin preguntarle por el divorcio, pero se dice que es por educación. Al menos se ríe con sus bromas. Y la hace rabiar, cosa que debe admitir que le gusta. Pero lo cierto es que le paga un alquiler y la suya no es una amistad de verdad, al menos de momento. Además, Bennett no tiene motivos para pensar que su separación de Albert tuviera nada de extraordinario. Ella se enorgullece de lo normal que se siente después de todo lo ocurrido. Las marcas rojas de cuando Albert la agarró por el cuello ya se han desvanecido y, tarde o temprano, el poder que tenía sobre su subconsciente también desaparecerá. Si Bennett no lo ve, eso es bueno. No hace falta señalárselo. Los que van de víctimas son muy aburridos.

—¿Tu hija se lleva bien con tu ex? —le pregunta.

Siente curiosidad por saber si las hijas son capaces de perdonar a sus madres por no ser mujeres perfectas.

—Para ella ha sido difícil —dice Bennett, y corta la carne y come un bocado—. Tengo la suerte de que Mia siempre apoya al más desfavorecido y, en este caso, ese soy yo.

A Kirstie no le molesta que hable con la boca llena. El único hombre que conoce que mastica con la boca cerrada es Albert.

—¿La culpa a ella del divorcio?

Él asiente con la cabeza.

—No fui yo quien tuvo una aventura.

—Claro —responde ella, que ya se imaginaba que había sido así.

Hay mujeres que siempre buscan algo mejor.

—Ahora quieren arreglarlo. Mia va a pasar el verano en Estados Unidos, con Eliza. Es lo correcto —añade.

Sin embargo, niega con la cabeza como si contradijera sus propios sentimientos.

—Se te oye rechinar los dientes desde aquí —repone ella entre risas.

Bennett se acerca la servilleta blanca de tela a la cara, manchada de vino y salsa.

—Debería tener a su madre cerca. Yo no sé cómo sobreviviré dos meses sin ella, pero lo conseguiré.

—Volverá antes de que te des cuenta. Dos meses no son nada a nuestra edad.

Él se encoge de hombros y, al parecer, le da la razón. Pero entonces se hace el silencio que ella tanto teme.

«¿Cuántos hijos tienes?», «¿Cuántos años tienen?», «¿Cómo son?». Podría hacerle todas esas preguntas.

—Tú nunca haces preguntas —le suelta.

Él la mira perplejo.

—¿Qué quieres que te pregunte?

—Cualquier cosa para que parezca que te interesas.

Él abre los ojos y tartamudea a la defensiva antes de que ella le interrumpa:

—Es solo un consejo, cariño. A las mujeres les gusta que les pregunten cosas.

—Vale —dice, y asiente mientras digiere la información—. Tus hijos, ¿te echan la culpa a ti?

Ella mira el chuletón y, de repente, sin que se lo espere, se le llenan los ojos de lágrimas. «Esa pregunta no tocaba, joder.»

Después de respirar hondo, contesta:

—Creo que sí.

Parpadea varias veces y se mete una patata frita en la boca. Es posible, teniendo en cuenta lo oscuro que está, que él no se haya percatado de que le han brotado las lágrimas.

—Debe de ser horrible. Lo siento.

—Mis críos... son difíciles. Nunca han querido tener una relación estrecha conmigo ni con su padre. A veces pienso que nos vieron el plumero a los dos.

Él asiente con la cabeza.

—A los críos se les da bien eso.

—Debería dejar de llamarlos críos, que ya son mayores. Todos pasan de los veinte. ¡Esos mamones ya están creciditos!

Se ríe con la esperanza de ahogar las lágrimas.

Bennett parece impactado, aunque lo disimula enseguida.

—Entiendo que tu ex y tú tampoco os lleváis bien.

—¡Ja! No —contesta ella.

—Perdón, es una pregunta estúpida. Y él... —hace una pausa para buscar la palabra adecuada— ¿ha pasado página?

Ahora el aluvión de preguntas es tal que Kirstie se pregunta si no preferiría volver a cuando no le hacía ninguna.

—No tengo ni idea —responde ella—. Espero que no.

Bennett para de masticar y la mira con lástima.

—¡No quiero volver con él! ¿Es eso lo que piensas?

—Puede... —admite él—. Yo esperaba que mi mujer plantase al gilipollas por el que me dejó y volviera de rodillas.

—¿Todavía lo esperas? —pregunta ella volviendo las tornas.

En realidad, la pregunta no era necesaria. Es evidente que volvería con su ex en un abrir y cerrar de ojos.

Él tarda en contestar.

—Sé que no lo hará. Eso es lo que importa. Durante un tiempo, la raya entre la esperanza y las falsas ilusiones no estaba clara. —Bennett se bebe el último sorbo de vino—. Joder, si vamos a seguir con este tema, necesitamos otra botella —dice para animar el ambiente.

—Esta vez pediremos un *châteauneuf-du-pape*.

Kirstie sonríe. Tiene la sensación clara de que él no le ha contado a nadie lo que acaba de decirle sobre su ex. Es más, sospecha que Bennett aún tiende a negar la realidad. Podría compartir con él su firme convicción de que toda esperanza es ilusoria, pero no quiere romperle el corazón. Es la primera persona en mucho tiempo a la que quiere reconstruir en lugar de romperla en mil pedazos pequeños.

Le hace señas a Ellie para que se acerque y le pide la botella a pesar de saber que cuando se la acaben, se habrá agarrado una borrachera de escándalo. Debería preocuparla no tener ni idea de dónde está ni de cómo llegar a casa porque, si Bennett se marcha a ver a su novia, no le quedará más remedio que volver al oeste de Londres sola y borracha como una cuba. O puede que vuelvan juntos. Y puede también que Bennett no sea el único que se engaña a sí mismo.

—Suele ser al revés —explica Bennett después de probar la botella nueva—. La mayoría de la gente pide primero la botella cara y luego la mala.

—De eso nada, cariño. La mayoría de la gente empieza siendo sensata y luego se pone hasta arriba. —Bebe un sorbo para que no le falte—. Y al final se deprime y lo único que cura eso es un *châteauneuf-du-pape*.

Él se ríe.

—Es evidente que sabes de lo que hablas.

—Así es.

Bennett para de reír de repente y se saca el móvil del bolsillo.

—Perdona, es que no para de vibrar. Voy a ver que no sea Mia.

Mira la pantalla y extiende el brazo por encima de la mesa para leer el mensaje.

—¿Quieres las gafas?

Él la fulmina con la mirada.

—No —dice, y fuerza la vista—. Es Claire, no Mia. Quiere saber si esta noche iré al bar.

—Vale, ya acabamos —dice intentando disimular la desilusión—. Te he secuestrado demasiado tiempo.

—Si nos acabamos el vino —dice, y se pasa la mano por el pelo—, me emborracharé demasiado.

—Bebe agua —responde ella—. No pasa nada.

Él coge el vaso de agua y le da un buen trago. Jesús, si le dijera que saltase a las vías del tren, ¿lo haría?

La pantalla se ilumina de nuevo y Bennett mira el móvil.

—Vale, le he dicho que estaré en Soho dentro de una hora.

Kirstie asiente con valentía. Tiene suerte de haber contado con su compañía durante todo el día y es hora de dejarlo marchar. Bennett ya tenía vida antes de que ella entrase en su casa y debe permitirle que siga con ella. Mañana se planteará cómo sentirse realizada. Llamará a Priya y le hará las preguntas pertinentes sobre el apartamento de Barbican. Buscará cursos para adultos. Un grupo de yoga. Llamará a sus hijos y dejará a Bennett tranquilo.

—Hostia —dice él, y la mira con la clase de expresión que un padre usa con su hija adolescente—. No sabes volver a casa.

—Tiraré hacia el oeste —responde ella.

Kirstie se mete el último trozo de carne en la boca y juraría que esa mirada es de lástima. No quiere que nadie le tenga lástima.

—Me las apañaré.

—Vale... —responde él sin convencimiento.

—¿Quieres que te mande un mensaje cuando esté sana y salva en casa, papá?

Él entorna los ojos.

Kirstie no debería ser así, lo único que ha hecho él es demostrar que le importa. Está claro que la desilusiona quedarse sola, pero también le molesta que piense que no es capaz de volver sin su ayuda.

—No soy idiota —dice ella para concluir el tema.

—Yo no he dicho que lo seas —responde él con frustración, y deja el tenedor en la mesa y la mira—. Te he traído a un barrio que no reconoces y ahora te abandono, y me sabe mal. Solo quiero ayudar, que no soy tan inconsciente como tú me crees.

—Ya lo sé. Lo siento.

Kirstie aparta el plato.

—Qué montonazo de carne —dice él, y mira un plato blanco y vacío, salvo por el hueso solitario.

—Gracias por darme el gusto.

—Ha sido un placer.

—Venga, pedimos la cuenta y te vas a ver a tu chica guapa.

Le hace señas a Ellie para llamarle la atención.

—¿Podemos pagar a medias, por favor? —pregunta Bennett.

—No seas tonto. Hoy me has ayudado muchísimo. Te lo debo.

—En realidad no he hecho nada, Kirstie.

No está segura de si la había llamado por el nombre hasta ese momento. Siente un cosquilleo por todo el cuerpo.

—¡Que sí!

«Me has hecho reír —piensa—. Me has recordado lo que se siente cuando haces reír a los demás.» Pero no vale la pena explicárselo, porque sonaría patético.

—Déjame tener un detalle bonito contigo.

—Vale —contesta él, y levanta las manos en señal de rendición al tiempo que Ellie deja la cuenta en la mesa.

En el taxi de camino a casa, Kirstie se advierte a sí misma que no debe emocionarse demasiado por haber pasado el día con Bennett. No cabe duda de que parece un tipo adorable, pero no puede permitir que otro hombre le desbarate los planes. Además, los hombres como Bennett nunca saben lo que quieren. Para ellos la vida es como la cinta transportadora de los bufés de sushi: cogen lo que les apetece a medida que les pasa por delante. Prueban muchas cosas y se olvidan de todas en cuanto pasan a la siguiente. Pobrecita su novia. A lo mejor Bennett es así con todos sus huéspedes. Lo cierto es que la mayoría de las críticas que tenía en la página de AirBed eran de mujeres. Y todas positivas. Puede que su casa no sea más que una cinta transportadora de mujeres solteras que entran en su órbita y después se van. La verdad es que es un arreglo perfecto. La asombra que no se les haya ocurrido a más hombres.

Cuando Kirstie entra en el dormitorio, le da la sensación de que los cristales no tienen vida. El cuarto citrino, que vela por sus sueños y esperanzas, tiene un aspecto aún más apagado que los demás en la penumbra de la habitación. La maldición depresiva del vino tinto hace que todo lo que prometían por la mañana le parezca una mierda. No son más que rocas que no valen para nada más que para aguantar puertas. A lo largo de su matrimonio, Albert la convirtió en piedra y ahora ella se ha rodeado de más piedras. Es como estar en una puta cantera, piensa. Durante treinta años se ha mentido a sí misma pensando que Albert no quería decir las cosas que decía; ¿de verdad va a mentirse sobre el potencial de esos condenados cristales durante otros treinta años? No. Va a aprender a vivir con la verdad, aunque sea incómoda. Coge la amatista, el cuarzo rosa y el citrino, los baja a la cocina y los tira a la basura.

Sube con un vaso de agua. Ya empieza a notar la resaca de las tres botellas de vino, incluso antes de dormirse. Se quita la ropa, pero no se molesta en ponerse el camisón. Está acalorada y sudorosa y no quiere que se le pegue la tela al cuerpo. Se tiende en la cama a lo ancho solo con la ropa interior compresiva, aunque al final se la quita. Vuelve a tumbarse con los pies colgando de uno de los lados y siente que poco a poco, sin prisa, se le desenroscan las espirales de los intestinos. Empieza a quedarse dormida antes de colocarse bien en la cama, y a lo mejor mañana no hace nada de lo que ha dicho que haría. Puede que no haga nada, piensa, y cae rendida. Cuando se despierte, quizá dé media vuelta y siga durmiendo el resto del día. Podría dormir día y noche hasta que sienta que tiene un motivo para dejar de hacerlo. No se le ocurre cuál podría ser el motivo, pero ese ha sido siempre su problema, ¿verdad? Si no sabe qué quiere hacer ni dónde, quizá debería no hacer nada y quedarse donde está.

Se despierta cuando un torrente de luz entra por la ventana que da al jardín. Se levanta como puede de la cama y retira las sábanas para meterse dentro, pero entonces ve a Bennett delante de la puerta del estudio, buscando las llaves en los bolsillos. El reloj de la mesita dice que es la una de la mañana. Entonces él la mira, y el foco que hay en la fachada trasera de la casa le ilumina los pechos a Kirstie, y él no se mueve. Kirstie regresa a la cama sin ofrecerle nada: ni un saludo ni una sonrisa.

Él no es la respuesta, se dice. Tiene que decidir qué quiere, cómo pasar los días y dónde vivir. Y debe hacerlo sola.

Días de ensueño, pase lo que pase

A media mañana, Bennett sigue en calzoncillos con la cortina opaca echada. Debería devolverle la condenada cortina a Claire, pero ella no se la ha pedido y, en ese momento, le sirve para mantener el estudio fresco durante una inverosímil ola de calor de mayo que lo vuelve perezoso e irritable. También crea una distancia muy necesaria entre Kirstie y él, que, ahora que hace calor, se pasa el día en el jardín con un ventilador de mano de esos eléctricos que suenan como un enjambre de abejas. Bennett lleva horas sentado en el sofá cama, refrescando su perfil de artista de la página web de la Royal Academy. El bombo de Roots Manuva suena bajo en la base del iPod:

Días de ensueño, pase lo que pase, no hay camino, pero habrá diversión y muchas risas.

Es 15 de mayo. El día en que los candidatos sabrán los resultados tan pronto como las palabras «preseleccionado» o «rechazado» aparezcan junto a su nombre en la página web.

Le da la impresión de que presentarle el retrato pequeño de Claire a la exposición de verano de la Royal Academy es la última oportunidad que tiene de recuperar el éxito, aunque no hay motivos concretos para pensar eso. El año que viene habrá otra oportunidad, por no hablar de la infinidad de concursos de pintura que se convocan. Aun así, este momento le resulta determinante. Es posible que se sienta así por culpa de los pobres desgraciados que ha visto en *Britain's Got Talent* y todas esas patochadas sobre «¡Mi última oportunidad de convertirme en malabarista operático!». Esta no es la última oportunidad que Bennett tendrá de reaparecer en escena como pintor, se recuerda él mismo, y refresca la página una vez más. Lo que pasa es que se lo parece porque es algo que desea con todas sus fuerzas y no está acostumbrado a desesperarse tanto por algo. Hasta hace poco, solía conseguir todo lo que quería. Se recuerda que debería sentirse privilegiado de haber tenido una trayectoria profesional de éxito y cree tal vez sea egoísta querer más, pero lo quiere de todas formas y refresca la página de nuevo.

Ni que decir tiene que estuvo a punto de no presentarse cuando se enteró de que su antiguo compañero de la escuela de arte Carl Willis era uno de los seleccionadores de este año. Aborrece la idea de que lo juzgue alguien con quien en su momento estaba en igualdad de condiciones, si es que él mismo no tenía más éxito, pero se ha tragado lo que le quedaba de orgullo. Presentar el retrato pequeño de Claire era arriesgado. La apuesta más segura habría sido acabar el retrato grande, el de Claire sentada con aire escultural, y presentarlo. Con la pared de los tejidos detrás. Un Bennett Driscoll. En cambio, el cuadro pequeño es casi voyerístico; Claire aparta la mirada y la dirige hacia la ventana y la calle, con las piernas enredadas en un edredón abultado de color melocotón. Bennett sabe que ella era consciente de que él tomaba una foto de ese instante, pero, aun así, siempre había pintado a sus modelos de frente, como si ellas compitieran por su atención con las filigranas de los tejidos sobre los que posaban. En ese cuadro no hay nada por el estilo: ni la modelo ni la tela se tienen celos. Si acaso, parecen más prendadas entre sí que del hombre que sostiene el pincel. Todo lo que incumbe a ese cuadro es distinto; nunca había pintado solo a partir de una fotografía, y mucho menos de una que hubiera hecho con el móvil. Iba ampliando la pantalla aquí y allá, pero casi todo lo hizo de memoria. No solo a partir del recuerdo de verla tumbada desnuda en la cama, sino del recuerdo de su tacto, su sabor y su olor. Todos los apuntes sensoriales que no había tenido con ninguna otra modelo. Y que tal vez no volverá a tener ni siquiera con ella. No después de la discusión en el Claret.

Bennett Driscoll – A la espera de actualización de estado, dice la página web ahora, igual que durante toda la mañana y todos los días a lo largo de las últimas semanas. No puede evitar reírse solo, ya que la frase es aplicable a cualquier faceta de su vida.

Claire y él no han hablado mucho desde la gran pelea que tuvieron en el Claret hace un par de semanas, cuando él se presentó borracho en el bar después de cenar con Kirstie, pero las noticias de hoy podrían ser un buen motivo para llamarla. Le dijo que ella sería la primera en saber si lo habían seleccionado, aunque esa promesa la hizo antes de que Claire quisiera verlo muerto (dicho con sus propias palabras, no las de Bennett). En cualquier caso, él piensa cumplirla a pesar de que aún no le ha confesado que al final se decidió por otro cuadro. Además, la echa de menos. Esa noche le aseguró que Kirstie y él eran solo amigos, aunque se pregunta si esa observación es precisa. Es que Kirstie y ella tienen mucho en común y, a veces, es agradable sentir cierta cercanía con alguien que te entiende. No debería haberle contado lo del piso de Barbican ni lo del restaurante elegante, y ni que decir tiene que no debería haberle contado lo del vino caro. Fue el *châteauneuf-du-pape* lo que la hizo perder los estribos. Compartir una botella de vino tan especial con otra mujer, tal como Claire lo veía, era el equivalente a follar con ella.

—*¡Châteauneuf-du-pape!* —había chillado. Ya había cerrado y ellos dos eran los únicos en el local—. ¿Cómo te atreves?

—Es solo vino —musitó él.

—¡Vete a tomar por el culo! ¡Es *châteauneuf-du-pape!* —gritó Claire, y le tiró una bayeta sucia a la cara.

Esa noche se había dejado el pelo suelto, cosa que no acostumbra a hacer detrás de la barra. Lo tenía liso y pulcro, como si hubiera ido a la peluquería. El vestido también parecía nuevo, negro y corto, como si esperase que él se lo quitara.

—Lo pidió ella, no yo —dijo como intento torpe de defenderse.

—Pero tú te lo bebiste —repuso ella.

—Pues vamos tú y yo a por una botella. Una mejor. —Estiró los brazos sobre la barra cansado y vencido—. ¿Cómo se llama? ¿Château Margaret o algo así?

—¡MARGAUX!

—Vale, bueno, pues pedimos ese —propuso sonriendo.

—Ese vino no se compra a las once y media de la noche, Bennett. No lo venden en la tienda de bebidas.

—Vale, pues mañana por la noche —sugirió desesperado por deshacerse del problema.

—Vete a la mierda, Bennett.

El bar empezaba a darle vueltas, así que apoyó la cabeza en la barra.

—Vete a casa con tu nueva novia.

Bennett dio un golpe ligero con la frente sobre la barra de madera pensando que quizá dejaría de darle vueltas la cabeza. No fue así.

—Deberíamos darnos un descanso —dijo ella terminante.

—¿Porque he bebido un *châteauneuf-du-pape*? —preguntó él.

Había pronunciado el nombre con cierto sarcasmo, pero se arrepintió de inmediato al darse cuenta de que ella estaba al borde de las lágrimas.

—Porque no sabes lo que quieres.

Él pensó que eso no era cierto. Sí sabía lo que quería. Quería que dejasen de discutir. Quería pasarle los dedos por su melena sedosa. Quería dormir en su cama con el sobrecolchón cómodo y almohadillado. Y quería despertarse con una erección y un lugar acogedor donde meterla. Pero no iba a conseguir nada de eso y todo por culpa de haber compartido una botella de un vino francés de mierda que, si ha de ser sincero, no sabía muy distinto del vinacho que venden en la tienda de Khoury.

«Bennett y Claire: a la espera de actualización de estado.»

A la mañana siguiente, cuando el martilleo del dolor de cabeza y la sensación de vómito inminente habían amainado por fin, fue a la tienda de vino de Turnham Green Terrace y preguntó el precio de una botella de Château Margaux.

—Depende de la añada —dijo el pijo del mostrador, que parecía una versión anoréxica del príncipe Guillermo hecha de cera—. Uno de un buen año costaría unas quinientas libras.

Se dio unos golpecitos en el bolsillo exterior de la americana azul almidonada como insinuando que valía más o menos lo mismo.

«A tomar por el culo.»

Cuando llegó a casa *sans* Margaux, encontró a Kirstie sentada en el jardín leyendo una revista.

—¿Qué tal la cabeza? —le preguntó ella con una sonrisa avergonzada.

—Ha tenido días mejores —admitió él.

Se pasó la mano por el pelo pensando en la imagen de Kirstie desnuda en la ventana del dormitorio. Debería haber entrado de inmediato, pero no lo había hecho. La había mirado hasta que ella se metió en la cama. No tenía ni idea de si debería mencionarlo.

—¿Quieres que te fría un huevo? —le preguntó ella—. A mí me ayuda con la resaca.

Se le revolvió el estómago solo de pensar en el huevo, o quizá por la conversación incómoda. O las dos cosas.

—No, gracias —dijo, y añadió—: aún estoy lleno del chuletón.

Era mejor que admitir que sería incapaz de no vomitar el huevo.

Cuando se dirigía al estudio, ella cerró la revista.

—¿Todo bien?

—Sí, bien —dijo él, y de inmediato se preguntó por qué no le había dicho la verdad—. Que vaya bien el día.

«Bennett y Kirstie: a la espera de actualización de estado.»

Refresca la página de nuevo. Nada. La preselección ni siquiera garantiza entrar en la exposición. Lo único que significa es que tendrá el privilegio de llevar el cuadro hasta el barrio de Mayfair, dejarlo en la Royal Academy y cruzar los dedos para que lo cuelguen.

Mira a Kirstie por la ventana, a través de la cortina; ella vuelve a estar en el sofá del jardín. Lleva la ropa de yoga, que a lo largo de las dos últimas semanas se ha ido poniendo cada vez más a menudo. Tal vez por el bien de ambos, ha dejado de ponerse los conjuntos más seductores. Pero ¿hace yoga? En general pasa mucho tiempo en el sofá bebiendo té y leyendo revistas o jugando con el iPad. Parece que toda la energía y la ambición que tenía antes se ha desvanecido, y Bennett se pregunta si tiene algo que ver con el exmarido. Ella ha mencionado un par de veces que el tipo es un gilipollas, pero no le ha hecho preguntas. Está harto de oír lo gilipollas que son los hombres, aunque es cierto: lo son. Pero las mujeres también pueden ser unas auténticas cabronas, a veces. La diferencia es que él no puede decirlo. Pulsa con todas sus fuerzas el botón para refrescar la página. Nada.

«Haz algo, cualquier cosa, cualquier otra cosa.»

Hay unos vaqueros en el suelo, así que los recoge y se los pone.

«Ya está, una cosa hecha.»

No ha empezado un cuadro nuevo desde que hace unas semanas acabó el pequeño de Claire. Su intención era seguir a toda máquina con una serie de desnudos, sobre todo después de que Carl opinase que debía retomar su antigua temática, pero se ha dado cuenta de que está atrapado y es demasiado aprensivo para avanzar. Nunca había estado tanto tiempo sin pintar y no está seguro de hacia dónde ir. Si hacia el estilo viejo o el nuevo. Recibir noticias de la Academia sería de ayuda. Además, había pensado hacerle a Claire unos cuantos retratos más en vivo en lugar de a partir de fotos, pero ella le ha dejado claro que prefiere no compartir el aire con él. Se le ha pasado por la cabeza hasta pedírselo a Kirstie; qué diablos, ya la ha visto desnuda y lo sorprendió lo quieta que podía quedarse, tanto que le recordó un cuadro de Edward Hopper. Y no es que ella tenga mucho que hacer, aparte de relajarse en el jardín. Aun así, no se lo pide porque sabe que eso sería cruzar una raya. Al fin y al cabo, ella le paga. La opción que le queda es contratar a una modelo, a lo que no ha recurrido desde hace años. ¿Cómo se hace hoy en día? ¿Se pone un anuncio en internet? Vete a saber quién se presentaría en su puerta. Es de suponer que podría pedir recomendaciones, pero eso también le resulta incómodo. «¿Has visto últimamente alguna mujer desnuda que te haya gustado?»

Mira de nuevo por la ventana, justo cuando Kirstie levanta la mirada del iPad. Ella lo ve, lo saluda y le hace gestos para que salga.

«Mierda.»

—¿Estás bien? —le grita ella cuando abre la puerta.

—Sí, bien —responde con las manos en los bolsillos y apoyado en el quicio.

—Hace días que casi no te veo. Pensaba que me evitabas.

«Sí.»

—No, claro que no.

—Acabo de recibir un correo de Priya, la agente de la inmobiliaria —dice, y alza el iPad—. Otra persona ha hecho una oferta para comprar el apartamento de Barbican.

—¿Qué vas a hacer? —le pregunta, y sale al jardín.

—Supongo que dejaré que se lo queden —responde ella desanimada—. Tenías razón, me precipité.

Él se mira los pies. Kirstie tenía demasiada prisa, pero ahora él se queda con la sensación de haberle estropeado un sueño. ¿Por qué acepta consejo de un tío que toma las decisiones al ritmo de los glaciares?

—Yo casi nunca tengo razón, Kirstie.

Ella frunce el ceño porque percibe su autocrítica.

—Vivo en una caseta en mi propio jardín. No deberías hacerme caso nunca.

—Siéntate —le ordena ella, y da unas palmaditas en el cojín de al lado.

«A Kirstie le hace falta una mascota.»

Sin embargo, Bennett obedece. La tela impermeable cruje cuando se deja caer.

—Me preocupa haber hecho algo que te haya molestado.

Es posible que cuando apareció desnuda ante la ventana estuviera sonámbula. Puede que no lo recuerde.

—No, para nada —responde él.

Ella lo mira con curiosidad.

—Estás dudando...

—A Claire no le hizo ninguna gracia lo de la cena.

—Ah —responde ella, y deja el iPad—. Siento haberte metido en un lío.

Bennett no cree que lo sienta. Parece más irritada que arrepentida.

—La verdad, creo que busca motivos para enfadarse. No estoy seguro de ser el hombre que ella tenía en mente.

—¿A quién crees que tenía en mente?

—No lo sé...

—¡Sí lo sabes!

Le da una palmada en el brazo, como ha hecho tantas otras veces. Eliza también lo hacía cuando él fingía no saber algo, cosa que sucedía a menudo.

—A lo mejor pensaba que salir con un pintor sería más romántico.

Kirstie entorna los ojos con incredulidad.

—No salgas con alguien que te hace sentir mal contigo mismo.

Siempre se las apaña para hacer que todo parezca muy sencillo. Mucho más sencillo de lo que es en realidad. A fin de cuentas, si la vida fuese tan simple como Kirstie dice, ella no estaría divorciada ni estaría de alquiler en su casa ni le preguntaría qué ha hecho para disgustarlo.

—Hoy me dicen lo de la exposición de verano de la Royal Academy. Quiero darle una buena noticia.

—Quieres una buena noticia para ti —le riñe ella—. El cuadro lo has pintado tú, no ella.

«Sí, obvio.» Se levanta.

—¿Tú estás bien? ¿Todo bien en la casa?

—Cariño, la casa está perfecta.

Él asiente despacio y absorbe la indirecta de que la casa está bien, pero la mujer no. Nunca sabe qué responder a esas insinuaciones. ¿Hay que pasarlas por alto o no? Si ella quiere que sepa algo, debería decírselo, sin más.

—Si necesitas algo, avísame —le canturrea con su tono habitual de *superhost* a esa huésped fuera de lo normal.

Cuando Bennett llega a la puerta del estudio, Kirstie ha vuelto a coger el iPad. Regresa al sofá cama y se arrepiente de inmediato de haber entrado en casa.

Son las cuatro de la tarde cuando refresca la página y ve que por fin le han cambiado el estado. Lleva tanto tiempo viendo A LA ESPERA DE ACTUALIZACIÓN DE ESTADO que casi no da crédito a sus ojos: BENNETT DRISCOLL – PRESELECCIONADO. Refresca la página de nuevo para asegurarse de que no es un error y piensa que tal vez debería esperar un rato antes de decírselo a alguien, por si acaso la Academia cambia de parecer.

Mira a Kirstie por la ventana; ella sigue sentada en el sofá, esta vez con una revista, una copa de vino blanco y el pequeño ventilador de las narices. Ella se da cuenta de que la mira y le hace el gesto de los dos pulgares hacia arriba y de los dos pulgares hacia abajo, y después alza la mano para preguntar: «¿Cuál?».

Él sonríe y levanta el pulgar. «Siendo estrictos, esto no cuenta como contárselo primero a ella, ¿verdad?»

Kirstie agita el puño a modo de celebración y vuelve a la revista.

La mente de Bennett da un salto inmediato: ¿qué significa la preselección? El *Guardian* podría escribir un artículo sobre él. «Bennett Driscoll ha vuelto mejor que nunca», sería el título. Debajo figuraría una fotografía de él en el estudio con un ejército de desnudos detrás. Tendría las manos en los bolsillos y miraría directo a la cámara con gesto serio, vestido con la ropa de pintar. Todos aquellos que lo mirasen pensarían: «Este hombre vive y respira la pintura. Él ES la pintura».

«Es una preselección. Aún no estoy en la exposición.» Y, con eso, vuelve a posar los pies en la tierra. Tal vez debería esperar a que sea definitivo antes de contárselo a Claire.

«Joder, llámala ya.»

A pesar de que hace días que no hablan, su número está de los primeros de las últimas llamadas, justo por debajo de Mia. Bennett respira hondo.

—Hola —responde Claire con solemnidad después de dos tonos.

—Hola. ¿Llamo en mal momento?

—No. Estoy esperando el autobús. Voy a trabajar.

—No sueles trabajar los jueves.

—Me he cambiado el horario.

Bennett oye el roce de las suelas en la acera.

—Ah.

—¿Esperabas que te lo consultara antes?

—No.

Ya no tiene ganas de darle la buena nueva, así que se hace el silencio.

—¿Por qué me llamas, Bennett?

—Quería decirte una cosa.

—Pues dímela.

El tono de voz sugiere que no querrá oír nada de lo que él pueda decirle.

—Han preseleccionado tu retrato para la exposición de verano de la Royal Academy.

—Vale —contesta ella después de un momento de silencio.

—Pero no es el cuadro para el que posaste.

—Ah.

—Es de una foto que te hice con el móvil —explica afectando indiferencia.

—No me jodas, ¿has pintado un desnudo de mí sin mi permiso?

—Me dejaste hacerte la foto. Y es muy bonita.

—¡Eso es lo de menos!

—¿Quieres que lo retire?

«Di que no, por favor...»

—Mándame una foto —ordena ella, y cuelga.

Bennett busca una fotografía del cuadro en el móvil y se la manda.

Claire responde por mensaje:

No lo retires.

Él sonríe y contesta:

A lo mejor voy esta noche a tomar un vino cuando
acabes, ¿vale?

Bennett, es solo un cuadro.

¿Qué quieres decir?

Todavía nos estamos dando tiempo. El cuadro no cambia
nada.

«Un "enhorabuena, Bennett" no habría estado mal», piensa él.

No sabe qué contestar. No tiene ni idea de lo que ella quiere y tampoco puede preguntárselo; Claire lo acusaría de no prestar atención. Podría gastar quinientas libras en una botella de Château Margaux, pero cabe la posibilidad de que ella la tire al suelo delante de sus narices y la haga añicos. Y, si se la bebiera, es probable que no la compartiese con él.

«A la mierda.»

Debería estar de celebración. Se levanta del sofá cama de un brinco y coge la taza que descansa junto al fregadero. La enjuaga rápido antes de abrir la puerta.

—¡Dame vino! —exclama.

Y Kirstie le sonríe.

—¿Pedimos una pizza? —pregunta Kirstie dos horas y dos botellas de blanco más tarde—. Me muero de hambre.

—Vale.

Él también está hambriento y sabe que en el frigorífico no hay nada más que un trozo de *cheddar* que empieza a secarse por las esquinas.

—Una pizza grande y guarrindonga —especifica ella—. Una de Pizza Hut, por ejemplo. Nada de esas saludables con los bordes finos de los cojones.

—Hay que ver cómo odias la comida saludable —responde él pensando en la carne que cenaron el otro día.

—Mi ex era un loco de la salud. Nada de comida procesada. Todo orgánico. Me estoy rebelando. —Ella toquetea la pantalla del móvil, pero se detiene en seco—. ¿Lo has hecho alguna vez? —pregunta, y le clava una mirada intensa—. ¿No haces nada solo porque a tu ex le parecería fatal?

Él piensa en Roots Manuva y sonríe.

—Yo me puse a escuchar rap.

Kirstie sonríe de oreja a oreja, contenta con la respuesta.

—Pues espero que lo de la comida grasienta sea solo una fase o me pondré como una bola.

Bennett no puede evitar preguntarse si el motivo de que ahora vaya siempre con mallas elásticas de yoga es que ya no cabe en los vaqueros. Ojalá en ese momento no la tuviera de cara y justo delante.

—Qué va... A las personas de nuestra edad nos cuesta mucho ganar peso —responde él.

Intenta poner cara seria, pero se le escapa una sonrisa amplia.

Ella frunce el ceño y los labios, agarra uno de los cojines del sofá y se lo lanza. Es tan denso que, cuando le da en la cara, Bennett siente que le cruje el cartílago de la nariz.

—¿Qué quieres que lleve la pizza, mamón? —le pregunta, y mira el móvil.

Él mueve la nariz para recolocársela.

—Me da igual, elige tú.

—Si elijo yo, elijo jamón dulce y piña —le advierte.

—Pues jamón dulce y piña.

Sonríe porque le parece una buena opción y porque, a diferencia de Claire, complacer a Kirstie es muy fácil. Se arrellana bien a gusto en el sofá.

—Hecho.

—¿Cómo? —Se inclina hacia delante—. ¡Si no has llamado!

Ella le enseña el móvil.

—Se llama «aplicación», abuelo. —Lanza el teléfono al sofá y se acomoda—. Qué buena tarde, por fin sopla un poco de brisa.

Los dos se relajan en el sofá y escuchan mientras el aire mece las hojas de los árboles.

—Debes de echar de menos el mar —dice él.

Se imagina que, teniendo un marido que era un actor famoso, en Salcombe debía de vivir delante del mar.

Ella sonríe.

—Estaba deseando hacer un cambio.

—Debería haberlo sabido —dice él—. No hay nada más opuesto a la costa de Devon que el Barbican.

—Y yo debería seguir buscando. Si no, tú y yo viviremos así para siempre.

Se fija en él, y a Bennett no le cabe duda de que calcula su reacción.

—No está tan mal —contesta él, y bebe un sorbo de vino.

Kirstie no quería que bebiese de la taza: le ha hecho ir a la cocina a por una copa como está mandado. Al sacarla de los soportes de donde cuelgan en la cocina, el roce del cristal contra el metal ha hecho un ruido tan familiar que, por un momento, ha sido como si los dos últimos años de su vida no hubieran sucedido; como si, al darse la vuelta, Eliza fuese a estar allí, de pie junto a la isla de la cocina. Llevaría el delantal rojo y los rizos de color castaño rojizo le taparían la cara mientras pica una cebolla. Lo miraría con las lágrimas cayéndole por las mejillas, y él la rodearía con los brazos y le diría: «No llores, mi amor. Podría ser mucho peor». Entonces la besaría hasta que le escocieran los ojos de la cebolla.

«Mucho peor.»

—¿Por qué no te vienes a vivir a la casa? —le propone Kirstie.

Ha pensado varias veces en compartir la vivienda con ella. La compañía le iría bien, igual que una cama cómoda. Pero es incapaz de sacudirse la melancolía que sentiría estando entre esas cuatro paredes.

—Creo que no puedo. Ahí dentro hay demasiados recuerdos —explica—. No es por ti.

—No tienes que darme explicaciones —responde ella, y parece sincera.

A él le vibra el teléfono y entra en pánico de inmediato por si es Claire. ¿Ha cambiado de opinión sobre esta noche?

¿Tendrá que admitir que ha vuelto a emborracharse otra vez con la misma mujer? Pero no, el nombre que aparece en la pantalla es el de Mia.

—Perdona. —Le enseña el móvil a Kirstie—. Es mi hija.

—Adelante, por favor.

Camina hacia el centro del jardín.

—Hola, cariño. ¿Estás bien?

—Papá...

Bennett oye que le tiembla la voz. «Está embarazada.»

—¿Qué pasa?

Da vueltas por el jardín y le hace una mueca a Kirstie para que sepa que podría tardar un rato.

—Calum y yo hemos roto.

«La hostia, menos mal.»

—Ay, Mia, ¿qué ha pasado?

La oye sorberse la nariz y gemir intentando no llorar.

—¡Le dio un puñetazo a Richard!

—¿Cómo? ¿Por qué haría semejante cosa?

«Aparte de porque Richard es un puto incordio.»

Ella respira hondo.

—Según él, nos llevamos demasiado bien.

Bennett hace lo posible por ahogar una carcajada.

—Sabe que Richard es gay, ¿no?

—Sí.

A ella se le escapa una risita.

—Entonces, ¿por qué piensa eso? —pregunta Bennett.

Va recorriendo el jardín de lado a lado mientras intenta sacarle la información necesaria.

—Porque Richard le dijo a Calum que es demasiado controlador.

«Esto se complica.»

—¿Y lo es?

«¿Y qué implica?»

—Puede. Un poco.

—Mia, ¿te ha pegado a ti?

Mira a Kirstie, que se tensa al oírlo.

—No, papá. No te preocupes.

—Bueno...

No le queda más remedio que creérselo.

—¿Richard está bien? ¿Dónde le pegó?

—En el ojo izquierdo.

Durante una fracción de segundo, Bennett imagina que le clava los pulgares en las cuencas a Calum y le hunde los ojos en el cráneo.

—¿Quieres que vaya?

—No —responde ella, y hace ruido con la nariz.

Bennett oye cómo aspira los mocos hacia las fosas nasales. Cuando era un bebé, le extraía la mucosidad metiéndole una pipeta, pero no cree que recordárselo ahora vaya a servir de algo.

—Voy a ver comedias románticas y a comer helado de Ben and Jerry con Richard y Gemma —añade—. Te llamo mañana.

—Vale. Dile a Richard que se ponga hielo en el ojo.

—No tenemos. Se ha puesto una empanada de cerdo congelada.

—Ya te compraré bandejas de hielo.

—Papá...

—Déjame hacer algo —dice, y niega con la cabeza para demostrarle a Kirstie su exasperación—. Por favor, ¿no?

Kirstie le sonríe y se lleva la mano al corazón para mostrarle que le comprende.

—Vale, papá. Cómprame bandejas para hacer hielo.

—Te quiero.

—Yo también te quiero, papá.

—¿Qué ha pasado? —grita Kirstie desde el sofá en cuanto él cuelga.

—Creo que ya no tengo que preocuparme por el novio —responde él, mirando perplejo la pantalla del móvil—. Si Mia dice que era «demasiado controlador», ¿qué significa eso exactamente?

Mira preocupado a Kirstie, que se ha quedado pálida.

—Significa malas noticias. ¿Han roto para siempre?

—Creo que sí.

—Bien —responde ella, y asiente con muchísimo vigor.

—Le atizó un puñetazo a Richard, su mejor amigo. Por lo visto, él intentaba avisarla de que es un capullo.

—Pues ese es un buen amigo.

Bennett se sorprende de ver que coincide con ella al cien por cien.

—Según dice Mia, Calum nunca le ha pegado.

—Es posible que haya hecho de todo menos eso... —responde Kirstie en voz baja.

Da una palmadita en el sofá, de nuevo, para animar a Bennett a sentarse.

Él se acuerda de su padre y del tormento emocional al que sometía a su madre, de lo orgulloso que estaba el cabrón de no haberle puesto la mano encima jamás. Bennett se deja caer en el sofá como si hubiera acabado una maratón. Kirstie le pone la mano en el hombro y se lo acaricia. Le encantaría acurrucarse con ella. Le gustaría que ella le acariciara el pelo como hacía Eliza cuando a él lo preocupaba algo.

—Es muy lista por haberse deshecho de ese mamón. Los tíos como él no cambian. En todo caso, empeoran.

Bennett reconoce la expresión de Kirstie. La ha visto antes, hace no mucho; en enero, cuando Alicia estaba de huésped en su casa. Se acuerda de verla cruzar el jardín desconsolada hacia la puerta del estudio. Cuando él salió al jardín, Alicia le anunció que tenía que regresar a casa antes de lo planeado. En ese momento, Bennett creyó que tenía delante a una persona muy perdida; sin embargo, ahora se da cuenta de que no era solo eso, sino que estaba derrotada. Lo sabe ahora que mira a Kirstie. Traga saliva y piensa en que el día que se conocieron a Kirstie se le saltaron las lágrimas y era evidente que quería que se quedase a hablar. Ella también estaba derrotada. Y él la había apartado. ¿Cómo no se había dado cuenta de que estaba herida? O peor aún, ¿cómo lo había entendido y no le había importado? Se vuelve hacia ella y le pregunta:

—¿Tu marido te pegaba?

Ella entorna los ojos y aparta la vista, incapaz de mirarlo a los ojos.

—No. Era demasiado listo para eso. No quería estropearme la cara, de las pocas cosas buenas que yo tenía. Lo que más hacía era regañarme. Y unas cuantas veces, cuando estaba muy enfadado, intentó estrangularme.

—Hostia...

Sin pensárselo, estira el brazo y le coge la mano.

«¿Qué será de Mia? —se pregunta—. ¿Cuánto daño le ha hecho Calum? ¿Tendrá que mudarse al otro extremo del país o atravesar medio mundo para reparar el daño que le haya hecho ese cabrón?»

Kirstie sonríe con determinación, tratando de evitar las lágrimas.

—Bueno, ya pasó.

—Lo siento —dice él—. Debería haberme dado cuenta.

—No seas tonto. ¿Cómo ibas a saberlo si yo no te he dicho nada? —Le aprieta la mano—. No tienes que pedirme disculpas, basta con que me hagas sonreír.

Bennett hace una nota mental para no olvidarlo. Hasta que ella lo ha mencionado, no se le había ocurrido lo mucho que le gusta hacerla sonreír. Sin embargo, no es una tarea fácil provocarle eso a alguien día sí y día también. De hecho, puede que sea lo más difícil del mundo.

—A tu novia esto tampoco le parecerá bien, ¿verdad que no? —pregunta, y mira sus manos unidas.

—No, supongo que no.

Aparta la suya. Ni siquiera se acordaba de Claire y ahora le sabe mal.

—Ahora mismo no nos hablamos. Tengo que decidir si me mudo a su casa o si rompemos.

—Bueno. —Kirstie se incorpora y lo mira a los ojos—. ¿Y qué va a ser?

Él la contempla con cara de póquer. No tiene respuesta.

—Ay, pobre Bennett —dice ella, y le da un empujoncito—. No tienes ni idea de lo que quieres.

Él entorna los ojos.

—Eso es lo que dice Claire.

—Pero no pasa nada por eso. Porque no lo sepas. —Se recuesta en el sofá y contempla el jardín—. Yo tampoco sé lo que quiero.

Guardan silencio un momento, y Bennett piensa que lo que más quiere en el mundo es dejar de sentirse atrapado y sentir que avanza hacia alguna parte. Le gustaría pasar más tardes como esa, disfrutando de la brisa. Y también quiere comer pizza.

A la mañana siguiente, después de salir a correr, Bennett decide hacer algo que pensaba que no haría jamás: ir a ver a Richard a la cafetería. Le debe una al chaval; Kirstie tenía razón: tener un mejor amigo como él no es tan habitual. Bennett lo sabe bien porque él no tiene ninguno. Anoche, mientras estaba en el jardín con Kirstie, se planteó si ella podría ser esa persona. Le da la sensación de que ella lo cuida y cree que también le gustaría cuidar de ella. Sin embargo, hay un problema: le da miedo la posibilidad de estar enamorándose.

Anoche, en la cama, se durmió pensando en lo suave que tenía la mano izquierda y en si la derecha sería igual.

Hay muchos motivos por los que debería dejar atrás lo que siente por Kirstie y los enumera uno a uno en el metro, de camino al Soho. Uno: su relación todavía es mercantil, al menos de manera oficial, y no debería gustarte alguien que te paga dinero. Dos: no tiene ni idea de qué piensa ella de él. Si le habla de lo que siente y ella no lo corresponde, eso podría ser malo para su relación económica y para su amistad incipiente. Tres: aunque ella tuviera sentimientos hacia él, acaba de divorciarse y no quiere ser su flotador. Cuatro: le preocupa que solo le resulte atractiva porque le han hecho aún más daño que a él. Cinco: le recuerda mucho a Eliza, y Eliza lo dejó. Seis: es un incordio. Siete: Claire. Claire. Claire. ¿Te acuerdas de Claire?

En el asiento de delante hay un niño que sonríe cada vez que Bennett estira un dedo al contar; se ha sentado en el borde del asiento, entusiasmado con la conclusión inminente: el octavo y luego el noveno y, por fin, el décimo (¡Bingo! ¡Diez dedos!). Pero cuando Bennett llega al séptimo, deja caer las manos en el regazo y se hunde en el asiento, el niño frunce el ceño y entierra la cabeza en el pecho de su madre.

Bennett mete la mano en el bolsillo de la chaqueta y sube el volumen del iPod:

> *De pronto necesito hacer trastadas,*
> *quiero quitarte el estrés,*
> *comprarte flores bonitas y vestidos caros,*
> *pero tú me llamas cursi y no me crees.*

Anoche, después de la pizza, Kirstie le preguntó si quería entrar a ver una película, pero él rechazó la invitación. Estaba seguro de que se habría sentido como un adolescente en su primera cita en el cine, así que mintió y dijo que quería llamar a Mia para ver cómo estaba.

Hoy no ha visto a Kirstie, tal vez porque no ha dejado de lloviznar. Un chaparrón ha interrumpido por fin el calor de los días anteriores. Por la mañana, ha mirado por la ventana un par de veces con la esperanza de verla haciendo cosas en la cocina, con el pelo recogido en una coleta alta desordenada y la barriga comprimida por el top estrecho de licra. Es verdad, número ocho: la licra. (El niño ya se ha olvidado de Bennett y ahora juega con sus propios dedos.) Si a Kirstie le gustara, volvería a ponerse esos vestidos cruzados tan sensuales.

Cuando entra en la cafetería de Berwick Street ya es mediodía y lleva la *blazer* de lona cubierta de gotitas de lluvia. Las botas de cuero, que al salir del estudio eran de color tostado, ahora están de color tierra. De camino ha pasado por delante del Claret, pero por la otra acera mirando fugazmente hacia el interior del pub desde debajo de su gran paraguas. Junto a la ventana había una silueta que parecía la de Claire.

La cafetería es pequeña, solo media docena de mesas, todas de fórmica blanca y cada una decorada con su pequeño terrario de suculentas. Del techo cuelgan cestas con más plantas cuyas hojas penden de un lado a otro. Bennett tiene que esquivar una para llegar al mostrador, donde ve a Richard detrás de la máquina de café, enfurruñado, lejos de su alegría habitual. Ni siquiera levanta la mirada cuando Bennett se acerca.

—Hola, amigo, ¿qué te pongo? —dice la chica que está junto a la caja, con un aro atravesado en la nariz y un acento australiano muy marcado.

—¿Me pones un *flat white*, por favor?

Se apoya en el mostrador para fijarse mejor en el ojo morado de Richard, cosa que confunde a la australiana.

—Claro que sí, eso está hecho. ¿Algo más?

—Que sean dos. Uno para Richard.

Cuando Richard aparta la vista de los posos de café que está sacando de un filtro, lo hace con la expresión de uno de esos niños tristes que hacen de víctima de abusos en los anuncios de la Sociedad Nacional para la Prevención de la Crueldad hacia los Niños —que ni están tristes ni les ha pasado nada, pero les pagan para que lo parezca en la televisión—. Tiene el ojo izquierdo morado e hinchado.

—¡Señor D! —grita, y se le ilumina la cara una barbaridad.

Sale al trote de detrás del mostrador y le da a Bennett un abrazo enorme.

—¡Has venido!

—¿Qué tal el ojo? —pregunta Bennett mientras hace lo posible por soltarse del abrazo mortal de Richard para verle mejor el cardenal.

Richard da un paso atrás y hace una pose.

—¿Parezco un malote? —pregunta.

El ojo morado brilla como el culo de una berenjena. El joven levanta los puños y ruge.

—Aterrador.

«En serio», piensa.

—¿Te duele?

—Joder, ¡y tanto! Yo me ocupo, Misty —vocea Richard cuando su compañera se dirige a la máquina de café—. Quiero hacerle yo el café al señor D. Y salgo a comer ahora —añade, y le pone la mano en el hombro a Bennett—. Así nos ponemos al día.

«Ay, por Dios...»

Mientras Richard le hace el café, Bennett se sienta en una de las mesas de fórmica de la ventana, desde donde ve llover. Fuera, los hombres del mercado de Berwick Street se apiñan bajo los toldos de plástico y miran el móvil, puede que buscando pruebas de que vaya a amainar.

Richard llega con dos cafés, sonriendo de oreja a oreja.

Bennett va directo al grano.

—Quería darte las gracias —explica cuando Richard se sienta.

—¿Por qué? —pregunta él, como quitándole importancia a su gratitud.

—Eres muy buen amigo de Mia. Te agradezco que cuides de ella; estoy seguro de que para ella no es fácil acudir a mí con según qué problemas.

—¡Ay, por favor! ¿No lo dirás en serio? ¡Si eres el mejor padre del mundo, señor D!

«Bueno, a lo mejor.»

—Eres muy amable... Pero lo de los novios es un tema difícil, así que me alegro de que te tenga a ti. Gracias.

—Tú y yo hacemos buen equipo —dice Richard, y mira a Bennett con aire seductor por el ojo bueno.

Hay que reconocerle el mérito, piensa Bennett mientras bebe un sorbo de café. Que Richard siga empeñado en coquetear con él a pesar de tener la cara como una hortaliza a punto de reventar es admirable.

Con un dedo, Bennett da golpecitos en la fórmica, que se descascarilla por las esquinas.

—¿Debería preocuparme por que este tío vuelva?

Porque anoche Kirstie se preguntó si a Richard y Mia les haría falta una orden de alejamiento.

Richard hace un gesto que desestima la idea.

—No lo creo.

Bennett emite un quejido, no lo ha convencido.

—¿Cómo está Mia? Hoy todavía no me ha dicho nada.

—Ay, por favor... Pues con un bajón que no se lo cree ni ella. Pero sí, está perfectamente.

«Me pregunto de quién habrá sacado eso.»

—¿Debería llamarla o mejor la dejo tranquila?

—¿Me pides consejos como padre, señor D?

—Te pido tu opinión, Richard, porque eres su mejor amigo.

Richard se lleva la mano al corazón, como si nunca se le hubiera ocurrido que eso es lo que es.

—Yo la dejaría un poco a su aire. Seguro que te llama más tarde.

—Vale —responde Bennett, y respira hondo—. Intentaré no atosigarla. Una pregunta más.

—Lo que quieras —dice Richard, y estira el brazo para acariciarle la mano—. Cualquier cosa.

Bennett aparta la mano y carraspea.

—¿Se lo ha dicho a su madre?

—Creo que no. Vaya, solo te cuenta las cosas a ti, señor D. La idea de que ella comente su vida personal con el imbécil de Jeff le repugna.

Bennett sonríe como un bobo.

—Gracias, Richard. Me hacía falta oír eso.

Se sorprende a sí mismo estirando el brazo para agarrarle la mano un instante.

—Corre el rumor de que las cosas no van bien —dice el chico, y se tapa la boca fingiendo sorpresa, como si no esperase que se le escapara.

Al oírlo, Bennett traga saliva con miedo de regurgitar el *flat white*.

—¿A qué te refieres?

—Mia dice que a Eliza le caduca el visado americano. Pensaba que a estas alturas estaría casada y tendría el permiso de residencia, pero Jeff todavía no pasa por el altar.

Richard le enseña el dedo anular para que quede más claro.

—Vaya —contesta Bennett.

Le cae una gota de sudor frío. Debajo de la mesa, le tiemblan las piernas con violencia. Hace mucho que no se planteaba que la relación de Eliza y Jeff podría no durar.

—¿Estás bien, señor D?

Bennett se pasa la mano por el pelo.

—No tenía ni idea de eso.

—Ya, pues, según Mia, es posible que Eliza vuelva a Londres.

Cinco minutos más tarde, Bennett está bajo la lluvia. Se sienta en un banco de Soho Square sin hacer caso del agua que se acumula en las tablas de madera. Entierra la cara en las manos e intenta calmar el remolino que tiene dentro. Se le empapan los vaqueros, pero le da igual. Después de que se marchara Eliza, soñó durante meses con esa situación: que su esposa volviese con el rabo entre las piernas. Ahora que eso podría ocurrir, se encuentra mal, como si de pronto tuviera gripe. Bennett no es idiota; sabe que si regresa, no será por él, y odia la idea de volver a compartir Londres con ella, compartir a Mia. Lo mejor de su divorcio fue que ella se marchó muy lejos. Si no pueden estar juntos, prefiere que los separe un océano. Se frota la cara con las manos intentando serenarse y mira una caseta de estilo Tudor que hay en el centro de la plaza. Cuando Mia era pequeña, la convenció de que estaba hecha de bizcocho de jengibre y de azúcar y de que, todos los años, los niños que mejor se portaban de Londres podían comérsela desde dentro hacia fuera. Durante los meses siguientes, Mia se comportó como una santa con la esperanza de ganarse un pedazo de la caseta. Al final, cómo no, él tuvo que decirle que había sido una broma, y tales fueron los remordimientos que no le quedó más remedio que ir a Fortnum and Mason a comprarle una casita de jengibre como compensación.

«No la llames.»

Ahora Mia tiene sus propios problemas, se recuerda. Cuando Richard llegue a casa, le contará que ha ido a verlo a la tienda y está seguro de que entonces ella lo llamará. Solo tiene que esperar hasta entonces. Le vibra el móvil en el bolsillo. Podría ser ella, así que lo saca.

Es un mensaje de Claire:

¿Eras tú el que ha pasado hace un rato?

No se molesta en contestar, sino que se levanta del banco y deshace el camino hacia el Claret sacudiéndose el agua de la parte trasera de las perneras mientras avanza.

—¿Me vigilas? —exige saber ella en cuanto él entra.

Está detrás de la barra con una expresión a medias entre una sonrisa y un ataque de pánico.

«¿Eso sería algo bueno o malo?»

Claire lleva la misma camisa roja con volantes en las mangas que el día que se conocieron, aunque hoy parece que le queda distinta.

Al fondo del bar hay un grupo de turistas que han juntado casi todas las mesas y han abierto un mapa plegable gigante de Londres. Aparte de ellos, el local está vacío.

—No.

Bennett le ofrece una sonrisa encantadora, o eso espera, porque ella tiene cara de estar asustada. Como si a lo largo de las últimas dos semanas se las hubiera apañado para convencerse de que él es un monstruo.

—El mejor amigo de Mia trabaja en una cafetería de aquí cerca. Tenía que hablar con él por una cosa.

—¿Qué cosa? —pregunta ella, que no se cree la explicación.

—Se llevó un puñetazo por cuenta de Mia. Ella estaba saliendo con un imbécil.

—Anda... —responde ella con cara de culpable por haber dudado de él. Y quizá un poco desilusionada por que no la vigilara—. ¿Está bien?

Bennett se mete las manos en los bolsillos.

—Sí, bien.

—¿Y Mia?

—Ella también —dice, y se acerca un poco más a la barra—. Con el corazón un poco roto.

—Ya —dice ella con un hilo de voz, como si supiera mucho de tener el corazón roto—. ¿Te apetece un vino?

—No.

Pero se sienta a la barra con los vaqueros empapados.

—Ellos tampoco beben —dice ella, y señala a los turistas de atrás con los ojos entornados—. Han pedido Coca-Cola.

Que esté tan molesta con los turistas le recuerda la facilidad con la que se irrita y lo encantador que le parece. Hasta que se vuelve contra él, claro.

—Te echo de menos —le dice.

—Ahora no —responde ella, y mira la barra.

De repente, Bennett está confundido.

—Ahora no ¿el qué?

—No podemos hablar ahora de nosotros. No mientras estoy trabajando.

—Es lo único que quería decir.

Como siente que no es bienvenido, se levanta del taburete.

—Te dejo que sigas con el trabajo.

Al llegar a la puerta, se vuelve a mirarla. Ella tiene la cara cansada y apesadumbrada, como nunca la ha visto, ni siquiera después de una jornada sin parar ni un momento. Le da la sensación de que lo que le causa ese agotamiento no se arregla durmiendo.

—¿Qué? —pregunta ella mientras él intenta averiguarlo. Aunque sabe que tal vez no debería, Bennett comenta:

—Estás distinta.

Ella asiente con la cabeza.

—Pero no sabes por qué, ¿no?

«Tienes cara de cansada y pesarosa. Pero no puedo decirte eso...»

—No.

Le gustaría tener la capacidad de entenderla. Le gustaría no decepcionarla siempre que le pide explicaciones. Se acuerda de anoche, en el jardín con Kirstie, de la facilidad con la que intuían las necesidades del otro.

—Claire, por favor, no me hagas adivinarlo.

Ella se vuelve y le muestra el perfil. Él se acuerda de la primera vez que se vieron en ese mismo bar, cuando la dibujó detrás de esa misma barra. Piensa en cómo su mano esbozaba el contorno de su cuerpo, la delgadez del cuello, la ligera elevación de los pechos, la curva de las caderas. Se le detiene la vista en la curva del vientre.

«Un momento...»

Traga saliva antes de mirarla a los ojos. Es imposible, no puede decirle lo que cree ver. Lo mismo que vio hace veinte años, una imagen que puso el universo que él conocía patas arriba. Una vida que crece gracias a él. A pesar de él.

—Es tuyo —dice ella—, por si eres tan estúpido como para hacerme esa pregunta.

—No iba a hacerlo.

Es lo único que consigue decir. Piensa que son un millón las preguntas que podría hacerle, pero solo es capaz de pensar en el posible regreso de Eliza a Londres y en Kirstie sentada en el sofá del jardín con una revista de decoración y una copa de vino. Pero en ese instante nada de eso debería importar.

—¿Desde cuándo? —consigue decir, y se vuelve a sentar en el taburete.

—Estoy de diez semanas —confirma ella.

«Es el tiempo que llevamos saliendo.»

—Bueno... —Le tiende la mano por encima de la barra para cogérsela, pero Claire la aparta—. ¿Desde cuándo lo sabes?

—Desde hace un tiempo. Pensaba que empezaba con la menopausia —dice, y se ríe para sus adentros a pesar de que es evidente que no le hace gracia.

—¿Por qué no me lo habías dicho?

Entierra la cara entre las manos.

—Intentaba decidirme.

«¿Te has decidido ya?» Bennett la mira con la esperanza de que no haga falta que esa pregunta salga de su boca.

Un par de hombres mayores, clientes habituales, entran en el bar y Bennett se molesta porque eligen dos taburetes demasiado cerca de él, teniendo en cuenta que el local está vacío. Lo saludan con familiaridad.

—Hola, caballeros —dice Claire, y les pone un par de posavasos delante—. ¿Una botella de *syrah*?

—Ya es casi verano, reina —responde uno de ellos—. ¿Qué tal un rosado?

—Muy bien, abriendo horizontes —dice ella, y le sonríe al tipo que lleva una camisa de color caqui con botones y dos bolsillos enormes en la pechera, como si acabara de llegar de un safari—. Me gusta tener que mantenerme alerta —añade, y llena una cubitera de hielo.

Bennett observa mientras ella coquetea con los abuelos de forma muy natural. Se acuerda de cómo tonteaba con él cuando le hizo el dibujo y se le ocurre que podría haberlo dejado correr igual que hacen esos señores, que vienen a charlar un poco con ella y se van a casa entonados. ¿Por qué no le bastó con eso? ¿Por qué tuvo que dejarla embarazada?

—Pienso tenerlo —susurra apoyada en la barra, con la cara a centímetros de la de él—. Si no, ¿quién me pagará el entierro?

Esta vez, ni siquiera ella se ríe de su propio chiste macabro.

Él asiente y consigue esbozar una sonrisa, aunque Claire debe de darse cuenta de que es una farsa. No quiere volver a ser padre. Le preocupa no ser capaz de querer a nadie más ni la mitad de lo que quiere a Mia. Hasta este momento, ni siquiera pensaba que tendría que hacerlo.

—Me imagino que esto no será lo que tú quieres —le dice ella.

—Pues te aseguro que no entraba en mis planes, si te refieres a eso.

—¿Tenías un plan?

Claire retrocede un paso, como si quisiera incluir a los otros dos hombres en la conversación.

—No voy a ser una de esas mujeres que dicen que no tienes que involucrarte si no quieres —afirma, y se señala el vientre—. Esto lo has hecho tú, y espero que seas responsable de ello.

Bennett mira a los otros dos, que parecen haber oído a Claire, pero tienen la decencia de hacer como si no supieran nada. Le da mucha rabia que ella insinúe que la dejaría tirada; sin embargo, todavía no ha decidido que hará lo contrario.

—Lo hicimos los dos —aclara él, y añade—: y está claro que me responsabilizaré.

Él mismo se sorprende de oírse hablar con tal autoridad.

—¿A qué hora acabas de trabajar? —la interroga.

—Hoy hago dos turnos —responde ella, y se vuelve hacia los dos clientes habituales—. No salgo hasta las once.

—Pues vuelvo entonces —dice él, y se levanta.

—No —responde ella—. Estaré agotada.

Su mirada de cansancio no lo desmiente.

—Entonces, ¿te llamo por la mañana? —dice, desesperado por hacer un plan.

—Llámame cuando sepas lo que quieres —contesta ella.

Al entrar por la verja del jardín, Bennett contempla lo que ahora considera «el sofá de Kirstie». De camino a casa se la ha imaginado acurrucada con un té, hojeando una revista y lamiéndose el dedo para pasar las páginas, una costumbre que le parece repugnante cuando lo hace cualquier otro ser humano. Sabía que no la encontraría sentada fuera porque está diluviando, pero aun así se le cae el alma a los pies al ver que no está. Se plantea llamar a la puerta, y se pregunta si eso violaría la norma tácita que él cree que tienen: relacionarse solo en el jardín, el espacio que comparten. Al fin y al cabo, ella aún no ha acudido a su puerta y, por lo tanto, quizá él no debería ir a la suya. Pero quiere contárselo todo: lo de Eliza, lo de Claire, lo que le pasa con ella. Necesita que lo lleve de la mano, en el sentido literal.

Se acerca unos pasos hacia la casa, pero enseguida cambia de opinión y se dirige al estudio. Suelta sobre la encimera una bolsa llena de bandejas para hacer hielo; las ha comprado para Mia, ya que es lo más útil que se le ha ocurrido después de la conversación con Claire. De la bolsa de lona que cuelga junto a la puerta saca el cuaderno de bocetos y un lápiz HB. Va a hacer una lista. Al abrirlo, cae una servilleta doblada, la del monigote que le dibujó Claire. Se le había olvidado que la había guardado con el primer dibujo que hizo de ella. En su mente, ambos van de la mano y se permite entretenerse mirándolos. En ese momento, no la conocía como ahora y lo sorprende la esperanza que contienen los esbozos, el inicio de un capítulo nuevo que ni siquiera él sabía que estaba a punto de escribir. Se sienta en el sofá cama, abre una página en blanco, escribe PREGUNTAS arriba del todo y lo subraya varias veces. Creía que Claire tomaba anticonceptivos y se pregunta si ese día se le olvidaron. La respuesta es irrelevante, así que no la escribe; aun así, ¿cómo ha sucedido? ¿Puede preguntárselo a ella? ¿Puede decirle «¿Cómo ha sucedido?»? No. Se acostó con ella. Muchas veces. Así es como ha pasado. ¿No era tan difícil que las mujeres de más de cuarenta años se quedaran embarazadas? Una vez leyó en un artículo del *Guardian* que las mujeres mayores de cuarenta que querían tener hijos casi siempre tenían que recurrir a terapias caras como la fecundación *in vitro*. ¿Cómo se las ha apañado él para dar a la primera con la única cuadragenaria fértil? «No escribas eso.»

Se levanta y coloca el iPod en el altavoz por si la música lo ayuda a pensar.

Días de ensueño, pase lo que pase, no hay camino, pero habrá diversión y muchas risas.

O quizá no.

Claire le ha dejado bien claro que quiere que participe, pero ¿de qué manera? Ahora mismo apenas soporta verlo. ¿Quiere dinero, nada más? ¿Todavía quiere que vaya a vivir con ella? ¿Quiere estar con él? ¿Ser una familia?

«Joder. ¿Una familia?»

¿Por qué le da un escalofrío solo de pensarlo? Ya ha formado parte de una familia y le encantaba. Casi se muere cuando esta se rompió. Y, ahora que tiene otra oportunidad, ¿por qué le parece que la palabra «familia» es sinónimo de «prisión»? Y, en cualquier caso, ¿qué tipo de madre será Claire? Ni siquiera la ha oído hablar de niños, ni bien ni mal. No se la imagina acunando a un bebé ni cantándole para que se duerma ni cortándole las uñas con los dientes. Da por sentado que ella no sabe nada de las uñas y las pipetas para los mocos. Joder, es muy posible que aún no se le haya ocurrido lo indefensa que estará esa personita. A él no se le pasó por la cabeza hasta que tuvo a Mia en brazos por primera vez y ella le agarró el pulgar y ni siquiera lo abarcaba con sus deditos. ¡Y Mia! ¿Cómo reaccionará ella a tener una hermana o un hermano?

«Joder...»

La mera idea de que Mia tenga que compartir el amor de su padre le parte el corazón. Mia es su mundo entero y con ella ha tenido muchísima suerte. En cuanto a hijos, no los hay mejores. Y anoche, cuando ella lo llamó llorando... «Eso jamás se vuelve más fácil.» ¿Sería capaz de soportar algo así, pero por partida doble?

¿Y qué pasa si no siente lo mismo por el otro bebé? ¿Qué pasa si llora y a él no le importa una mierda? ¿Y si no le suscita ninguna emoción y no es más que un alienígena en un capazo? ¿Cómo sería despertarse todas las mañanas y admitirse a sí mismo que no quiere a su segunda criatura tanto como a la primera? Que no quiere a Claire del modo que quería a Eliza.

«Hostia puta...»

¿Qué pasa si su segunda familia no es ni de lejos tan buena como la primera?

«Joder, joder, joder.»

Es que, coño, anoche, a punto de caer rendido, pensó en el apartamento de Barbican y se imaginó viviendo allí con Kirstie.

«Menudo cabrón.»

Aun así, puede que nada de eso importe. No ahora que Eliza podría volver a la ciudad. ¿Es posible sentir algo por cualquier otra mujer estando Eliza en la ciudad? Es una idea demencial, pero ¿qué pasaría si mañana ella llamase a su puerta y le dijera: «Te quiero, hazme un retrato»? No podría, ¿verdad? Porque está Claire. Por el bebé.

«Me cago en todo, la hostia puta, coño ya, joder.»

Tira el cuaderno al suelo, se arrepiente de inmediato, lo recoge y comprueba que no se haya arrugado ningún dibujo. Debe de haber preguntas relevantes. No puede dejar la página en blanco, pero las dudas que tiene son existenciales, no prácticas. Se acuerda de cuando Emma se alojó en su casa y llenó un tarro de notas que se escribía a sí misma, aunque más bien eran opiniones firmes relativas a sus circunstancias y al mundo que la rodeaba. No eran hechos como tales, sino verdades personales. ¿De qué le servían? Es de suponer que Emma tenía un problema que intentaba resolver y que las hojas de papel eran pruebas circunstanciales. Bennett pasa la página y escribe: HECHOS, y también lo subraya varias veces. Debajo anota: «Claire está embarazada». Eso no cambiará, tiene que aceptarlo. Es camarera y necesitará dinero. En su apartamento no hay sitio para un bebé y, tanto si acaban viviendo juntos como si no, le hará falta una vivienda más grande. Intenta visualizar a Claire y al bebé viviendo con él en la casa grande. ¿Sería feliz con una familia distinta en el mismo hogar? «Necesito vender la casa», escribe.

Deja el cuaderno a un lado y busca el móvil en el pliegue del sofá cama hasta que se da cuenta de que se ha sentado encima.

Le escribe a Claire:

Voy a vender la casa.

Y pulsa el botón de enviar. Con eso se siente un poco orgulloso, al menos ha hecho algo.

Supone que el problema que Emma intentaba resolver debía de ser mucho mayor que las conclusiones nimias que recopiló en el tarro de galletas, tan grande que quizá el problema en cuestión era: «¿Cuál es el problema?». Y quizá él esté en la misma situación. Sus conclusiones nimias: Claire está embarazada, él tiene que vender la casa, ha dejado de pintar, le gusta Kirstie, Eliza vuelve a casa. ¿Cuál es el problema?

A través de la ventana ve a Kirstie acercarse al fregadero de la cocina con un plato y un vaso vacíos. Ella mira hacia el estudio y sonríe; no a él como tal, sino a la idea de él. Al menos eso imagina Bennett.

Le llega un mensaje de Claire:

¿Es eso lo que quieres?

«Maldita sea», piensa.

Mira el cuaderno, suelta un suspiro inmenso y escribe su gran problema: «No sabes qué cojones quieres.»

Mia lo llama por la noche, tal como Richard le había dicho que haría.

—¿Estás bien? —pregunta Bennett—. ¿Mejor hoy?

Por la tarde ha empezado otro cuadro. Incapaz de enfrentarse al gran problema que había apuntado en el cuaderno, ha pasado las páginas hasta volver al dibujo de Claire y se ha sorprendido de la viveza con la que recordaba la paleta y el estado de ánimo de ese día. Ha cogido otro lienzo pequeño y lo ha colocado en el caballete, junto al cuaderno, antes de cubrirlo con una aguada ligera de siena natural. Primero ha delineado con marrón oscuro la forma de la barra, tal como recordaba haber hecho el día del boceto. A continuación, ha mezclado un carmesí intenso y se ha puesto con la manga acampanada de Claire que se escondía detrás de la barra. La misma que llevaba ese día.

—No lo sé —responde Mia despacio y en voz baja—. Supongo, ¿no? Calum me ha llamado un par de veces.

Bennett deja el cuadro y se acerca a la cocina a llenar el hervidor de agua.

—No le habrás contestado, ¿verdad?

—La primera vez sí.

—Ay, Mia.

—Ya lo sé. Pero he aprendido la lección.

—¿Qué te ha dicho?

—No quiero contártelo. Te enfadarías.

—Es que me preocupo, Mia —responde él, y pone el hervidor en marcha—. He pensado que quizá habría que pensar en una orden de alejamiento.

En ese momento, cae en que está bien tener un problema distinto que resolver.

—No, papá. No seas ridículo.

—¿Te parezco ridículo? —Se apoya en la encimera y mira el hervidor—. ¿Qué te ha dicho?

—Me dijo que era una puta, nada más.

—¡Nada más! Eso es horrible.

—No le contesto más. Lo bloquearé.

—¿Por qué no cambias de número?

—Me gusta el que tengo, papá —dice ella con exasperación.

Y eso lo exaspera a él.

—Qué tontería. A nadie le gusta un número de teléfono. Venga, lo cambiamos.

Al ver que ella no contesta, se pone a divagar.

—Te he comprado unas bandejas para hielos. Aunque habría sido más inteligente comprarlas antes de ir a ver a Richard. Oye, ¿cuándo se os acaba el contrato de alquiler? Seguro que podrías cancelarlo si les explicas la situación. No me gusta la idea de que este tío se presente en tu casa de noche y se ponga a aporrear la puerta.

—¡PAPÁ, basta ya!

Le gustaría, pero no puede parar.

—No le habrás dado una llave, ¿no?

—Claro que no. No me jodas, papá.

—Vale.

Estira el brazo y da unos golpecitos en el lateral de la encimera con la intención de que no se le acelere tanto la cabeza.

—Lo siento —dice.

Cuando el agua hierve, mete una bolsita de té en la taza y vierte agua hirviendo encima.

—Richard no debería haberte dicho lo de mamá. Estás como loco por eso, ¿verdad?

«No solo por eso.» Sin embargo, todavía no está dispuesto a contárselo todo.

—Fue una sorpresa muy grande.

«No la mayor del día, pero bueno.» Agarra una punta de la bolsita de té con las yemas de los dedos y la hunde varias veces; el agua se vuelve marrón.

—¿Por qué no me lo habías dicho?

—No quería que te preocuparas, al menos hasta que supiera con seguridad si volvía. No esperaba que fueses a ver a Richard.

—Entonces, ¿qué pasa con el viaje de este verano? ¿Todavía piensas ir?

—De momento está parado.

Bennett sonríe para sus adentros. Puede que Mia no se vaya. Bien.

—Creo que el plan es darle un ultimátum a Jeff —añade Mia.

Le parece plausible. A Eliza le encantan los ultimátums. A lo largo de los veinte años de matrimonio, Bennett tuvo que someterse a varios. La mayoría implicaban no acostarse con él, cosa que en realidad no le molestaba tanto como a ella le gustaba pensar que le molestaba.

—¿Crees que volverá? —le pregunta.

—No lo sé. Es posible.

—¿Dónde viviría?

Saca la leche de la nevera y le añade un poco al té. Mira a su alrededor buscando una cucharilla y, como no encuentra ninguna, se da por vencido y remueve el té con el dedo índice, que tiene manchado de pintura. El té arde, así que lo saca de inmediato.

—Hablaba de alquilar algo en AirBed —dice Mia, y reconoce la paradoja de la situación con una risita burlona.

—No me digas... —Él también suelta una risita mientras se limpia el dedo en una pernera de los vaqueros—. Pues dile que conozco a uno que alquila su casa.

—Ja. Ni de coña.

—Ahora en serio, si vuelve, ¿me avisarás?

—Por supuesto.

—A lo mejor le mando un regalo de bienvenida.

«Una rata muerta.»

—Papá...

—¿Qué? —pregunta él, y sonríe con los labios pegados a la taza—. Quiero ser amable.

—De eso nada. Te lo noto en la voz.

—Quién sabe, a lo mejor en el último momento Jeff hace lo que debe.

—¿Es lo que te gustaría? —pregunta Mia—. ¿Qué mamá no vuelva?

—Es que no vuelve por mí, cariño.

—Ya lo sé, pero ¿y si decide volver por mí?

Él deja la taza en la encimera, herido porque se ha dado cuenta de algo doloroso: quizá él solo no sea suficiente para su hija.

«Claro, necesita a su madre. Cómo no va a necesitarla.»

—No se me ocurre mejor motivo para que regrese. Espero que así sea.

Le da la sensación de que ella se sonroja. Los halagos siempre la dejan sin palabras.

—¿Cómo está Claire? —pregunta Mia, ansiosa por cambiar de tema.

«Mierda.»

—Bien, está bien.

—No me digas que tú también tienes mal de amores. Por Dios, menuda familia...

—No —le asegura, aunque es poco convincente—. Va todo bien.

—¿Trabaja mañana por la noche? A lo mejor podríamos ir a tomar algo al bar.

«Joder...»

—Déjame ver si trabaja. Ahora tiene un horario diferente y no me acuerdo de si tiene turno o no.

Cosa que no es del todo mentira.

—Pues, si libra, a lo mejor podemos quedar los tres en otra parte.

«Jodeeeer...»

—Ya hablaré con ella. Pero tú y yo deberíamos ir a tomar algo y a cenar de todos modos —le propone—. Te echo de menos. ¿Cuánto falta para la exposición de fin de curso?

—Un par de semanas.

—¿Lo tendrás todo listo?

—Bueno, por los pelos. Al final he decidido pintar cuatro cuadros más pequeños en lugar de presentar ese grande.

—¿Quieres prevenirme sobre algún tema en concreto?

—Te lo cuento todo mañana por la noche. Sin sorpresas.

Bennett piensa que ojalá pudiera prometerle él lo mismo.

Está tan despejado que continúa pintando hasta las dos de la mañana. Se lleva el cuaderno de bocetos a la cama y lo deja en el suelo, abierto por la página de HECHOS. Así, cuando se despierte por la mañana, no se preguntará si ha sido todo un sueño. Claire está embarazada.

Al día siguiente, debe llevar el retrato pequeño de Claire a la Royal Academy. Al menos así tendrá algo que hacer. Mira el cuadro y le gusta saber que Mia y él han empezado al mismo tiempo a usar un formato más pequeño. Es como si su vínculo fuera inextricable, como si pintaran con el mismo estuche de pinturas genético. El nuevo tiene muy buena pinta; es una mezcla de recuerdos e imaginación, y Claire encaja a la perfección en el fondo que proporciona el Claret. Ha pasado gran parte de la velada pensando en qué es lo que diferencia ese boceto de sus retratos anteriores. Aunque Claire no era consciente de que él la estaba dibujando, en el boceto manda ella, no él. No la hizo posar, igual que en el cuadro pequeño. No preparó la escena. Se acuerda de lo que ella le dijo en el Townhouse: que la mujer de ese cuadro parecía incómoda. En el boceto, Claire no parece incómoda en absoluto. Tiene el control. Son Claire y el Claret en estado puro. Bennett sospecha que este concepto es lo que siempre se le ha escapado, la comunión entre la figura y el fondo. No se puede comprender de verdad a una persona sin comprender el espacio que ocupa. Pero ¿cómo no se había dado cuenta? Quizá por eso sus obras anteriores parecen «clásicas», tal como las llamó Emma. Esa palabra aún lo obsesiona, a pesar de haber abandonado el primer retrato de Claire; es el motivo por el que ahora mismo está sin acabar, de cara a la pared. Y no solo eso, sino que tal vez sea la razón por la que siempre le ha costado tanto leer las expresiones de sus modelos. Las usaba como atrezo en lugar de tratarlas como personas. Quizá se equivocase al preocuparse tanto por captar la expresión de

Claire. ¿Y si la expresión no importa? Ella puede poner la cara que se le antoje, pero eso no cambia dónde está, lo que hace, quién es. Claire es el Claret y el Claret es ella, ambos mejores por la presencia del otro. Una figura en su terreno.

Como sigue sin tener sueño, se incorpora, apoya la barbilla en el alféizar de la ventana y mira su casa, a oscuras. La ventana del dormitorio de Kirstie también, pero Bennett imagina su cuerpo desnudo e iluminado, a ella mirándolo desde allí arriba. Ve la imagen convertida en cuadro. Todavía no han hablado sobre esa noche y es probable que no lo hagan jamás. Quizá no lo necesiten. Hay momentos que son como cuadros y no precisan palabras.

«¿Qué cojones quieres, Bennett?»

Esa pregunta le da vueltas en la cabeza, tal vez porque la respuesta se le escapa. Vuelve a contemplar el cuadro nuevo de Claire que tiene en el caballete. Tras unas cuantas semanas sin ser productivo, sostener el pincel de nuevo le ha sentado de maravilla, recordar por qué se enamoró hace tantos años de la pintura. Cree que le gustaría volver a estar inspirado, despertarse por las mañanas y plantearse cómo se las apañará para hacer todo lo que tiene que hacer ese día en lugar de preguntarse cómo ocupar el tiempo.

Se levanta pronto, casi sin haber dormido. Eliza, Kirstie y Claire se le han aparecido en sueños, aunque, por suerte, cada una por separado. No se habían aliado para asesinarlo, aunque puede ser cuestión de tiempo que se les ocurra. A las siete de la mañana, abre la puerta que da al jardín y extiende un rollo de plástico de burbujas sobre el césped. Al arrodillarse, nota un pinchazo leve en los riñones y se queja. «Ahora en serio: ¿un bebé? —se pregunta, y mira el cielo—. ¿Quién ha hecho este plan de mierda?» Corta el plástico de burbujas en tiras iguales y las pega con cinta de embalar, de la que chirría cuando tiras de ella. Unos minutos más tarde, Kirstie sale con uno de sus vestidos cruzados (¡por fin!) y las manos sobre los oídos.

—¿Qué demonios haces? —le pregunta.

Él le sonríe. Le gustaría levantarse de un brinco y abrazarla, pero no puede. La primera de muchas razones es que la época en que podía levantarse de un brinco ya pasó.

—Hoy llevo el cuadro a la Royal Academy. Lo estoy embalando.

—¿Me dejas verlo mejor? —pide ella—. Antes de que lo envuelvas.

—¿Por qué no? —responde Bennett.

De inmediato se le ocurren varios motivos. Kirstie todavía no ha entrado en el estudio.

Se levanta por fases mientras ella lo contempla.

—¿Necesita ayuda, anciano?

«Será caradura...»

Ella sonríe de oreja a oreja.

—Podría enseñarte algunas posturas de yoga que harán que vuelvas a sentirte joven.

—No sé de qué me hablas —responde él, y arquea la espalda hacia atrás con las manos en las caderas para estirarla un poco.

Le hace una señal para que pase al estudio y, cuando ella obedece, la sigue. Kirstie huele genial, como a flores silvestres y ropa de cama limpia.

—¿Es aquí donde se crea la magia? —pregunta, pero entonces ve el sofá cama y la curiosidad se convierte en horror—. ¿Duermes encima de eso?

—Pensaba que querías ver los cuadros.

—Sí que quiero, cariño.

Ella le pone la mano en el hombro, y Bennett se percata de que lleva las uñas pintadas de un violeta intenso.

—Pero no me extraña que tengas la espalda tiesa. ¿Seguro que no quieres dormir en la casa?

«¿No te has enterado de que no tengo ni puta idea de lo que quiero?»

—No. No es para tanto.

—Me ofende que no quieras compartir la casa conmigo cuando duermes en esa cosa.

—No te ofendas, no es por ti.

Daría cualquier cosa por un montón de arena en el que enterrar la cabeza.

Ella le coge el brazo y tira de él.

—¡Demuéstramelo! Quédate esta noche.

«Respira, Bennett.» Tiene que recordárselo a sí mismo a cada par de segundos. Respira. ¿Dónde dormiría? ¿En la vieja habitación de Mia? ¿En la habitación de invitados donde es posible que preñase a Claire? ¿O con Kirstie en el dormitorio principal donde ha dormido junto a Eliza durante veinte años?

—Hoy he quedado con Mia. Volveré tarde.

—¿Qué más da? —Lo mira estupefacta—. Ya eres mayorcito, por el amor de Dios. Vuelve cuando te dé la gana.

—Vale.

—Muy bien. ¿Tan difícil era?

«Sí.»

—Y ahora —dice ella, y se frota las manos—, vamos a echarle un vistazo al cuadro.

Bennett lo coge del suelo, donde descansaba apoyado en otros lienzos más grandes, y se lo pasa.

Ella lo coge con mucho cuidado y lo mira sonriente.

—Sí —dice—, ya veo por qué querías volver a empezar. Este es mucho más visceral. Sin los detalles inútiles, pero con mucha más profundidad.

A Bennett se le hace un nudo en la garganta del tamaño de una nuez.

—Gracias.

—Es hermoso —dice ella—. De verdad. —Entonces se vuelve hacia él—. Estoy celosa. Dios, ya me gustaría que algo se me diera así de bien.

Él quiere decirle que la ve perfecta tal como es, pero sabe que lo que él opina no importa.

Ella le rodea la cintura con un brazo.

—Me inspiras mucho —dice.

«¿En serio?»

—Por cómo sigues esforzándote. Podrías haberlo dejado, pero no lo has hecho.

Quiere abrazarla porque hasta ese momento nadie ha comprendido, ni siquiera él, que pintar ese cuadro ha sido difícil. Implicaba admitir errores, significaba retroceder para poder avanzar. Nota tensión en el estómago, como la primera vez que eres consciente de tus responsabilidades. La responsabilidad que siente hacia Kirstie, de inspirarla y hacerla sonreír. La clase de responsabilidad que no ha tenido en mucho tiempo y que, hasta ahora, no sabía que echaba tantísimo de menos.

—¿Qué tal si te llevo en coche? —le propone Kirstie después de que Bennett cometa el error de quejarse de lo difícil que sería proteger el cuadro en un vagón del metro abarrotado de gente.

—El tráfico estará fatal. No habrá dónde aparcar.

—No hay que aparcar: te dejo allí y vuelvo a casa.

—Kirstie, es demasiado —responde Bennett, y lo decía en serio.

Hay veces en las que la bondad de los demás es demasiado difícil de aguantar, piensa, sobre todo cuando te has dado cuenta de que lo único que quieres es absorber esa bondad como una esponja y devolvérsela multiplicada por diez, pero no puedes hacerlo. Es imposible.

No obstante, tras la protesta inicial, Kirstie gana. Mientras ella va a sesenta kilómetros por hora y en segunda por la carretera Great West Road, Bennett se da cuenta de que Kirstie tiene que mejorar su aptitud para conducir por la ciudad, y no poco. El motor chirría como un cerdo en el matadero hasta que por fin mete tercera.

—Uy, mejor ahora —dice, y se vuelve hacia Bennett.

Él se aferra al asidero de la puerta como si le fuera la vida en ello y tiene las venas de la mano a punto de reventar.

Se resigna a ofrecerle una sonrisa nerviosa. Ya habían estado así de cerca, pero la situación actual le parece más apretada: ellos dos y un cuadro de Claire desnuda, todos amontonados en el Mercedes a modo de encarnación física de un triángulo amoroso que él querría que no saliese de su mente, que es donde tiene que estar. Por eso ha colocado el retrato en el asiento de atrás, para no verlo, y ahora está ahí atrás tan tranquilo, como si nada, tal como hace Claire siempre. Kirstie presiente que a Bennett le pasa algo, lo nota. Es demasiado astuta para no verlo. No para de dirigirle miradas e intentar leerle el rostro.

—Mi mujer tenía este coche —dice para ahogar el silencio.

—Pues me sorprende que no me lo hayas rayado con una llave.

Ella se ríe y pisa el freno para evitar empotrarse contra un Corsa rojo.

—Ni se me había ocurrido —le asegura él, y apoya la otra mano en el salpicadero.

Cuando el coche de delante avanza, ella mete segunda otra vez y el coche da una sacudida hacia delante. Un momento después, tiene que frenar de nuevo.

—Eres muy delicado, Bennett. ¿Por qué estás tan asustado?

«Porque estoy pensando en quitarte el volante. O en saltar del coche en marcha.»

—Tu madre te educó bien —añade convencida.

—Le habría gustado oír eso.

—¿Cuándo murió?

Le gusta que haya usado la palabra «morir». Aborrece que la gente use eufemismos. La vida acaba. Las relaciones se terminan. No pasan a mejor vida ni van a ninguna parte.

—Hace cinco años.

Se remueve en el asiento al recordar a Helen conectada a un montón de monitores, dando bocanadas de aire. Le había dicho que su corazón parecía un yunque presionándole los pulmones. ¿Cómo era posible que tuviera insuficiencia cardiaca mientras que su padre se marchó en paz mientras dormía?

—¿Te llevabas tan bien con ella como Mia contigo?

—No —admite él, pero de inmediato siente la necesidad de aclararlo—. Era buena madre, pero yo no podía hablarle de muchas cosas.

—¿Por qué no?

Siente que se le empaña la mirada. «Esto es una tortura.»

—La verdad no le interesaba mucho. Ella prefería que le dorasen la píldora.

Mira al frente porque cree que si mirase a Kirstie en ese instante, se echaría a llorar.

—Mira, ahí está tu tienda favorita —dice, y le señala Harrods.

Ella sonríe con complicidad.

—Si quieres cambiar de tema, solo tienes que decirlo, cariño.

«Cariño.» Lo llama así desde el primer día. Es posible que se lo diga a todo el mundo, pero, tal como se lo ha pronunciado ahora, con una combinación de dulzura y frustración, le hace sentir que él es su único cariño.

«La puta Royal Academy. Hola, qué tal.»

Se despide de Kirstie con la mano delante de la entrada al magnífico patio de la Academia, donde una escultura de una orbe gigante de color naranja reluce ante él con aspecto de estar tan caliente como la superficie del Sol. En realidad, el acceso para los artistas está en la parte trasera del edificio, pero le sabía mal pedirle a Kirstie que diera la vuelta; además, le gusta contemplar la espléndida entrada, sentirse igual de espléndido en ese escenario. Se da unos instantes para absorberlo todo y después entra en la opulenta galería comercial Burlington Arcade, pasa por delante de las joyerías de lujo y se dirige a la entrada trasera. En una de esas tiendas compró un anillo de compromiso de 1920 para Eliza: un zafiro rodeado de seis diamantes pequeños. Se le ocurre que esa ciudad no es más que un mapa del pasado, a pesar de que él se muere por avanzar. Las palabras de Kirstie («Podrías haberlo dejado, pero no lo has hecho») resuenan en sus oídos como si fueran música.

—¡Oye, Benji!

Bennett se vuelve y otea confundido el vestíbulo de la Academia. «¿Dónde está ese capullo?» Al final encuentra a Carl Willis en lo alto de la escalera, con los brazos abiertos y una botella gigante de dos litros de agua con sabor a frutas en una mano.

—Vamos a ver esta belleza —dice Carl mientras baja los escalones.

Aprieta la botella como si fuera una pelota antiestrés. En la camiseta estrecha de color negro que lleva hay una representación artística de un perro gruñendo.

—¿Es Rosie? —le pregunta Bennett, y señala el perro de la camiseta.

—No, Givenchy —contesta Carl sin asomo de sarcasmo, y le ofrece la mano libre—. ¿Todo bien, amigo?

Bennett le devuelve un apretón de manos que empieza siendo profesional, pero enseguida degenera en un abrazo. Cuando Carl tira de él para abrazarlo, a Bennett casi se le cae el cuadro.

—Sí, bien —gruñe Bennett.

—Venga, deja que le eche un vistazo.

Carl agarra el retrato y lo mira.

—Espero que te la estés follando.

Bennett se mira los dedos de los pies y se pasa la mano por el pelo.

—Sin comentarios.

—Qué campeón, joder. ¿Vendrá contigo a la inauguración?

Carl mira a Claire de arriba abajo sin dejar que el plástico de burbujas le estropee las vistas.

—Sí, puede. Aunque no sé ni si vais a exponerlo.

—Coño, claro que vamos a exponerlo. Eres Bennett Driscoll.

Bennett reprime una sonrisa. No quiere darle a Carl la satisfacción de saber que acaba de hacerlo muy feliz.

—Cómprale a tu chorba un vestido nuevo. Brindaremos por el regreso de Bennett Driscoll a la fama.

Usa la botella de agua como atrezo y finge que la descorcha como si fuera de champán.

A pesar de que el entusiasmo de Carl debería entusiasmarlo a él, de pronto lo abruma una sensación de culpabilidad y temor. «Claire no puede tomar champán.» Eso sí lo acompaña. Cambia de tema.

—¿Adónde llevo esto?

—Yo me ocupo, amigo.

El pervertido parece encantado de llevárselo.

—Te mandaré una foto en cuanto esté en la pared.

—Gracias. Me encantaría —responde Bennett.

Cuando va a dirigirse hacia la salida, Carl lo abraza de nuevo y le da varias palmadas fuertes en la espalda.

—¡Estoy orgulloso de ti, Benji!

—Gracias —contesta Bennett, y se da cuenta de que le va a caer una lágrima—. Debería...

—Sí, sí —dice Carl—. Yo tengo que seguir juzgando a los demás comemierdas. —Se ríe—. Es broma.

«No lo es.»

Le envía a Claire un mensaje de texto desde un banco de Trafalgar Square.

¿Esta noche trabajas?

No sabe bien por qué está ahí; al salir de la Royal Academy, se ha puesto a vagar sin rumbo. Hay adolescentes dando botes en las fuentes de piedra con los pantalones remangados, salpicándose unos a otros y dando gritos, anunciándole al mundo que el verano llegará pronto.

Claire contesta:

Sí.

Se ha vuelto una mujer de pocas palabras, sobre todo teniendo en cuenta que antes era imposible hacerla callar.

Mia me ha pedido que vayamos a tomar algo al Claret. No sé qué debería decirle.

Claire le responde:

Qué raro, con lo decidido que eres siempre.

«Se lo he puesto a huevo», piensa él.
Bennett teclea:

¿Qué quieres que haga, Claire?

Aparecen los puntos suspensivos que indican que ella está escribiendo, pero enseguida desaparecen. Ocurre lo mismo un par de veces más antes de que al final le llegue un mensaje:

¿Se lo has contado?

«Esto es ridículo», piensa, y se decide a llamarla justo cuando una joven y su hija pequeña se sientan en el banco contiguo a compartir un helado. Las dos tienen el pelo muy rizado y rubio, y por primera vez Bennett se pregunta cómo será el bebé. ¿Tendrá el pelo rojizo como Claire? ¿Los ojos de color gris azulado como él? ¿La sonrisa contagiosa de Mia?

—Hola —dice cuando Claire contesta—. No se lo he dicho. Creo que, antes de eso, tú y yo deberíamos hablar más. Pero vosotras dos deberíais veros —dice con toda la autoridad que consigue reunir.

Le sorprende haber llegado a esa conclusión, pero quiere que Mia conozca a Claire igual que él: en su elemento. Quiere que conozca a la Claire del boceto.

—Vale —contesta ella.

Sin discutir.

—Eso es lo que quiero. Que conozcas a Mia.

—De acuerdo.

—¿Has ido al médico?

—Sí. Hace una semana.

—O sea que, cuando nos peleamos, ¿ya lo sabías?

—Acababa de enterarme, por eso quería que vinieras. —Habla cada vez en voz más baja—. Para contártelo.

—¿Por qué no me dijiste que era importante?

—Joder, Bennett —dice, y se le estrangula la voz de la rabia—. No tendría que haber hecho falta.

—Lo siento —responde él, y su tono revela más molestia que remordimiento.

—Tenías una cita con otra mujer. Es evidente que no soy importante.

—No era una cita.

La joven lo fulmina con la mirada. Ahora Claire habla tan alto que hasta ella la oye.

—Y una mierda que no.

—Claro que eres importante para mí, Claire.

—Ahora no te queda más remedio que decirlo.

«Así es.»

—Pero es verdad.

Se fija en la niña, en su carita dichosa plantada sobre el cucurucho de helado mientras su madre se ríe de cuánto se ha ensuciado.

—¿Te han hecho una ecografía? —le pregunta.

—Sí.

—¿Y el bebé está sano?

La joven para de reír y lo mira de nuevo.

—Sí, dice el médico que el corazón late fuerte.

«Hostia puta.» La noticia le hace poner los pies en el suelo de golpe.

—¿Sí?

La madre saca una servilleta del bolso y le limpia a la niña el chocolate de la cara. Hasta que la mirada que antes era de desdén se transforma en preocupación, Bennett no se da cuenta de que las lágrimas le surcan las mejillas. «Ya estamos otra vez.» Se apresura a secárselas.

—¿Te ha dado una foto?

—Sí. ¿Quieres verla? Puedo mandártela.

—¿Se puede?

«Cuánto han cambiado las cosas en los últimos veinte años...»

Esconde la cara en la mano libre y aparta el teléfono para que Claire no lo oiga llorar. La madre coge a la niña en brazos y lo deja llorar a solas.

El móvil de Bennett vibra y en la pantalla aparece una imagen de la ecografía. Su criatura, una bola de mucosa apenas visible.

Se acerca el teléfono a la oreja y dice:

—Ostras...

Es todo lo que consigue articular.

—No consigo sacarme de la cabeza que parece una tortuga sin caparazón —dice ella preocupada.

Él se ríe.

—Es porque mi tío era una tortuga. ¿No te lo había contado?

—¿De verdad crees que es buen momento para tus chistes malos?

—No —responde él como un niño regañado—. Ya verás cuando conozcas a Mia —dice él para cambiar de táctica—. Es guapa, lista y no fastidia nada, a pesar de llevar mis genes.

La oye respirar con mesura y atención, como si hiciera ejercicios de respiración.

—De acuerdo, ven luego. —Respira hondo de nuevo—. Y, una cosa, Bennett —añade con resignación—. Ven conmigo a casa esta noche. Por favor.

—Ah —contesta, ya que recuerda el trato que había hecho con Kirstie para dormir en la casa—. Sí, claro. Por supuesto.

Suelta el teléfono con la imagen de la ecografía aún en la pantalla. Cuando se apaga, él la activa de nuevo y se dice que, si por la noche Claire y él hacen un plan, él se entusiasmará, sea cual sea. Quizá decidan vender su casa y usar el dinero para comprar algo más modesto en Stoke Newington. Allí hay un buen ambiente familiar. Se acuerda de un sábado que Claire y él bajaban por Church Street y más de un carrito arremetió contra los tobillos de ella no una, sino tres veces en el trayecto a Clissold Park. Ese día ella se moría por hacer un pícnic. «Será como un cuadro impresionista», había dicho para venderle la idea. Fueron a un supermercado de comida ecológica a comprar un montón de quesos buenos y galletas saladas, extendieron una manta junto al estanque y él le besó los cardenales que se le formaban en los tobillos.

«Sería como esa imagen, pero con nuestro carrito y un bebé llorón.»

«¿Tan difícil era?», oye como si se lo preguntara Kirstie. Sí.

Esa es la cuestión. Que cada vez que se le ocurre un escenario adecuado para su futuro con Claire, piensa de inmediato en Kirstie. ¿Dónde parará ella cuando él pasee por Clissold Park jugando a ser una familia feliz? ¿Estará sola? ¿Se sentirá sola? Esta mañana le ha pedido que siga haciéndola sonreír. ¿Cómo podrá en estas circunstancias?

Cuando llega al Claret, Mia ya está sentada a la barra, inclinada hacia delante, enseñándole fotos a Claire en el móvil. Claire lleva el vestido de las propinas y el escote le llega a Mia a la altura de los ojos. Bennett las observa desde fuera, ve cómo se ríen. Claire se inclina sobre la barra para coger el móvil de Mia y ahoga un grito.

«Mi hija y mi novia embarazada hacen buenas migas mirando un cuadro de una vulva gigante.»

Tiene que esperar fuera un poco más de lo que pensaba porque se ha emocionado de nuevo. Le resulta raro emocionarse por eso. «Era evidente que a Claire le gustaría ese cuadro. ¿Cómo no se me ha ocurrido contárselo?»

Claire lo ve por la ventana y le sonríe como hace tiempo que no le sonríe, como si no lo odiara a muerte. Mia se vuelve y le hace una señal con el brazo: «Ven aquí».

—No nos vigiles como un tío raro, papá —le dice en cuanto entra.

—No os vigilaba —responde él, y rodea a su hija con el brazo y le da un beso en la cabeza—. Estaba disfrutando de las vistas.

Mia lo mira pensando: «No seas raro». A él le encanta esa mirada. Le da ganas de ser aún más raro. Se vuelve hacia Claire. No había pensado en este momento. ¿Qué querrá ella? ¿Darle un beso o mantener las distancias? Antes de que las cosas se complicaran, habría querido un beso, lo habría buscado, pero ahora él no lo tiene tan claro. Así que le sonríe.

—Hola.

Ella le devuelve la sonrisa.

—Hola.

Cuando Bennett coloca la mano abierta sobre la barra con la palma hacia arriba, ella se la coge, y él tira de ella y le da un beso suave en los labios, no uno húmedo de los que Claire prefiere para alterar a la clientela.

—¿Cómo estás? —le pregunta.

Ella entorna los ojos.

—Turistas todo el santo día.

Con el rabillo del ojo, Bennett ve que Mia los observa con una sonrisa de orgullo, como si ella fuera la madre. Antes de soltarle la mano a Claire, le da un apretón.

Se sienta al lado de Mia y sonríe de oreja a oreja.

—Le has enseñado una foto de ese cuadro, ¿verdad?

Mia esboza una sonrisa amplia.

—¿Te refieres al cuadro de la vulva?

Le guiña un ojo a Claire, que le sirve una copa de vino a Bennett sin preguntarle qué quiere.

—Mi padre no puede pronunciar la palabra «vulva».

Las dos lo miran.

«Claro, por eso no quería yo que se conocieran.»

—¿En serio?

Las mira una a una.

—Dilo —ordena Claire, que también sonríe de oreja a oreja.

—¿Vulva?

Pronuncia la palabra despacio y en voz baja, como si fuera una contraseña secreta, y las dos tienen un ataque de risa. Él clama al cielo con las manos en alto y, después, exasperado, levanta la copa de vino y dice:

—Salud.

Mia, que aún se carcajea, apoya la cabeza en el hombro de su padre. Él posa la copa en la barra, rodea a su hija con el brazo y le pasa la otra mano por el pelo como cuando era pequeña. Se fija en Claire, que los observa desde el otro lado de la barra con los ojos húmedos de la risa o por la imagen del padre y la hija. Bennett no está seguro.

Mia y Claire se llevan a las mil maravillas, tal como él pensaba; de hecho, se llevan tan bien que estarían muy a gusto sin él. Hablan de arte, de libros, de sus barrios colindantes. Cómo no, también hablan de Bennett como si él no estuviera delante. De vez en cuando, él piensa en otras cosas. Más que nada, en Kirstie sola en esa casa tan grande, porque se acuerda de lo solo que se sentía él cuando Eliza se marchó. No tiene ningún sentido, pero le gustaría que estuviera con ellos en el bar; sin embargo, sospecha que ni a Mia ni a Claire les caería muy bien. Bueno, a Claire desde luego que no, pero está bastante seguro de que a Mia tampoco. Kirstie es descarada, asertiva y tiene opiniones rotundas. Trata a Bennett como a una mascota, cosa que a él le parece entrañable, pero seguro que a ellas dos no.

Aún no le ha dicho a Kirstie que no volverá por la noche y no se saca de la cabeza que ella podría estar sentada en el jardín con otra botella de vino, esperando a cogerle la mano y combatir la soledad juntos. Sabe que lo que tiene delante en ese preciso instante es la oportunidad de no volver a estar solo: una novia, una hija a quien le cae bien y un bebé en camino. Si Kirstie tuviera una oportunidad así, ¿acaso no la aprovecharía? ¿Ve a Bennett como una oportunidad? Si escoge todo eso, a Claire y al bebé, ¿qué le quedará a Kirstie?

«¿Qué coño te pasa?»

—¡Papá!

—¿Qué? Perdona...

—Estabas en Babia —le dice Mia.

Lo miran las dos, pero Claire con una expresión mucho más agria.

—No, estoy aquí.

Le sonríe a Claire, pero ella no se ablanda, y Bennett se teme que le haya leído el pensamiento.

—Voy un momento al baño —dice, y mira a Mia—. Y cuando vuelva, tendríamos que pensar en cenar algo.

Una vez arriba, escoge un cubículo en lugar de los urinarios, cierra la puerta y agradece tener un momento a solas. Necesita ordenar las ideas y pensar qué decirle a Kirstie. Después de aliviarse, se sienta en el retrete con los pantalones por las rodillas y escribe un mensaje de texto.

Al final no volveré a casa. Claire quiere que pase la noche con ella.

Ella responde segundos después:

Has vuelto a entrar en el partido. Bien por ti.

Supongo.

Y, aunque sabe que no debería, pregunta:

¿Todo bien?

No seas tonto, cariño. Todo estupendo. Besos.

Se la imagina sonriendo con valentía, la sonrisa que le ofreció cuando le contaba que el capullo de su exmarido intentó estrangularla. Se dice que tal vez no sea una sonrisa valiente, sino una sonrisa, sin más. A lo mejor se alegra por él con absoluta sinceridad.

Cuando baja, Mia tiene el bolso colgado del hombro, lista para marcharse.
—Muy bien, chica, ¿qué te apetece? ¿Barbacoa?
Ella resopla con fastidio.
—¿Qué tal un tailandés?
—Hecho.
Mira a Claire.
—¿Te traigo algo para luego? ¿Algo para llevar?
—No, gracias —responde ella, y su expresión sugiere que prefiere seguir enfadada con él que aceptar favores.
—¿No quieres rollitos de verduras? Los rollitos te encantan.

—Bueno, vale —cede ella—. Unos rollitos de esos.

Él sonríe.

—Muy bien. El vino, ¿qué te debo?

—Invito yo —responde ella con los labios fruncidos y los brazos cruzados.

—No seas ridícula.

—¿Invitar a mi novio y a su hija a un par de copas de vino es ridículo?

«La hostia...»

Mia se dirige a la puerta, debe de haber notado que necesitan un momento a solas.

—Gracias —dice, y se inclina sobre la barra—. Nos vemos aquí dentro de un rato.

Ella asiente como una niña pequeña obligada a obedecer una serie de instrucciones exasperantes.

Bennett se pone de puntillas y se estira para darle un beso. Ella no está dispuesta a ponérselo fácil, así que él tiene que estirarse hasta que levanta los pies del suelo.

—Adiós —se despide ella con media sonrisa.

Mia ya está abriendo la puerta, desesperada por escapar de allí.

—¡Encantada de haberte conocido, Claire! ¡Hasta luego! —grita.

Bennett la sigue afuera, pero antes de dejar que se cierre la puerta mira a Claire, que se apoya en la barra con los brazos estirados. Esa pose antes expresaba seguridad. La reina en su reino. Ahora parece que lo haga porque necesite estabilidad.

—Está enfadada contigo —dice Mia una vez fuera.

—Ya lo sé —responde él, y le rodea los hombros con un brazo.

—¿Por qué?

Él traga saliva. No soporta mentirle a su hija.

—No estoy seguro.

Cenan en el restaurante tailandés de Wardour Street, uno cuyo nombre no sabe pronunciar. El de las mesas corridas y olor fuerte a incienso. Mia le muestra imágenes de los cuadros que prepara para la exposición de fin de curso. Su interés por las manos y los pies empieza a dar resultados, y él se alegra de la transición anatómica. Los cuadros nuevos, primeros planos de parejas cogidas de la mano o acariciándose los pies, son escenas cálidas y delicadas. Muestran tal ternura que se alegra de que la haya conservado a pesar del divorcio, por no hablar de su reciente ruptura. Se pregunta si ha pintado los cuadros a partir de fotografías de Calum y ella, pero no lo dice en voz alta. Se limita a sonreír radiante porque ella está entusiasmada. Al parecer, no hay nada que le pese a esta chica. Él sabe que no ha olvidado a su ex y es probable que se cuestione la decisión de haber roto con él, o que tenga miedo, como todo el mundo, de no encontrar pareja con la que compartir la vida. Es evidente que tendrá donde escoger, pero de momento Bennett opina que él ya da la talla.

—Yo también tengo noticias —dice, y con una servilleta se limpia los dedos grasientos del rangún de cangrejo.

—¿Qué noticias? —pregunta ella con los palillos cargados de arroz frito.

—Me han incluido en la exposición de verano de la Royal Academy.

—¡No fastidies! —exclama, y le da un empujoncito—. ¿Qué cuadro?

—No lo has visto. De hecho, es uno de Claire.

—¿Sale desnuda? —pregunta Mia, haciéndose la escandalizada como Richard.

Él enarca una ceja.

—Puede.

—¡Papá! ¡Todos mis amigos van a la expo!

—¿Y qué?

—¡Que todos verán a tu novia desnuda!

—Doy por sentado que la mayoría de tus amigos ya han visto a mujeres desnudas. —Se mete una cucharada de curri verde de ternera en la boca—. Qué narices, si quieren saber cómo es una vulva, que te lo pregunten.

Mia le da otro empujoncito, pero más fuerte, y Bennett casi roza a su vecino de mesa comunitaria, un alemán que lleva un polo de color salmón.

—¡Das asco! —grita Mia.

—Entonces, ¿no quieres acompañarme a la inauguración? —repone él entre risas.

—¡Ni hablar! Eso sería demasiado raro. Además, deberías ir con Claire. Tienes que sumar puntos de buen novio para que no te haga dormir en la caseta del perro.

—Sí, claro. No necesito consejos sobre relaciones, chavala.

Ella se ríe con el cuenco de arroz delante de la cara.

—Anda que no...

Bennett agacha la cabeza para mirarla a los ojos.

—¿Perdona?

—Venga, papá...

«Venga, ¿qué?»

Le encantaría recostarse en su asiento y ponerse cómodo para oír los consejos que su hija de diecinueve años está a punto de darle, pero está sentado en un puto banco sin respaldo y el alemán lo ha arrimado tanto a la mesa que el tipo casi tiene la barbilla dentro del cuenco. Cada vez que mete los palillos en el arroz, los saca vacíos.

—¿Qué pasa, Mia?

Lo dice con un tono que no usa desde hace años: el tono «no me mientas».

—Que no peleas —dice ella con aire asertivo.

—¿Disculpa?

«Se supone que eso es bueno, ¿no? No pelearse.»

—No luchaste por tu carrera. No luchaste por mamá. Y tampoco vas a luchar por Claire, ¿verdad que no? Vas a dejar que se vaya.

«Así que esto es lo que se siente con un puñal en el corazón.»

—¿Querías que luchara por tu madre? ¿Después de que ella me engañase?

—Sí.

—Mia, Eliza quería marcharse —afirma él.

—Al final puede que sí, pero lo de antes ¿qué? Lo único que ella quería era que le prestases atención, y tú no lo hacías. Te pasabas todo el tiempo en el estudio y ella creía que te escondías. Para no verla a ella.

—¿Cómo? ¡Claro que no! ¿Esto te lo ha dicho tu madre?

Mia deja los palillos en la mesa.

—Sí.

«Nunca haces preguntas», el alegato de Kirstie que le viene a la memoria. «Tu novia debe de tener más paciencia que una santa.» ¿De verdad es tan desatento como todo el mundo dice?

Ella se mueve en el banco para acercarse a él.

—Papá, cuando tus cuadros dejaron de venderse, tú más o menos te enclaustraste en el estudio.

Bennett baja la mirada y se pasa la mano por el pelo, consciente de que hace justo lo que ella le ha dicho que no haga: esconderse.

—No hacíamos más que esperar, esperar a que te volvieran las ganas de dar guerra. Te mirábamos mientras tú pasabas el día pintando bodegones, todos los días igual. Y luego los acumulabas contra la pared y nunca más se sabía de ellos.

—¿Me vigilabais o qué?

—Bueno, sí. Te queríamos.

—Yo también os quería —dice él, y le coge las manos—. A las dos. Lo sabes, ¿verdad?

—Yo sí. Mamá no.

La suelta y se frota la frente con ambas manos. El tipo del polo de color salmón se fija en él, pero solo un instante. Ya tiene suficientes problemas con el arroz.

—No pasa nada, papá. Mamá está bien.

«Pues yo no...»

Se seca los ojos con los pulgares.

—No parece que esté tan bien, por lo que me has contado.

—Hoy he hablado con ella —dice Mia con cautela—. Al parecer, Jeff ha hecho lo que debía. Se casarán en el ayuntamiento cuando yo vaya en julio. Quiere que yo sea la testigo.

—Bien.

Intenta sonreír, intenta aceptar un resultado que, por mucho que le parezca insoportable, sabe que es el mejor posible.

«Jeff. El puto Jeff ha luchado por ella.»

—¿Te desilusiona? —pregunta Bennett, que recuerda la conversación de la noche anterior—. Tenías la esperanza de que volviera a casa.

—No me pasará nada —responde ella—. Te tengo a ti, ¿no?

«¿Verdad que sí?»

—Claro que sí.

Al salir del restaurante se dan un abrazo más largo de lo habitual, con el Soho vibrando a su alrededor. Después, él se dirige al Claret, y Mia, al metro, pero no sin decirle antes que le quiere por muy idiota que sea.

—Ya lo sé —contesta él—. Gracias por quererme.

Y lo dice en serio. Que te quiera alguien que te conoce tan bien a pesar de que estés hecho un puto desastre es tan reconfortante como descorazonador. Aun así, darse cuenta de que su hija ha visto e identificado su cobardía es una carga que le pesa mucho. A fin de cuentas, la decepción es mucho peor que el enfado. Lo sabe porque es padre. Daba por sentado que Mia culpaba a Eliza de la ruptura, tal como hacía él, pero ahora se pregunta si, en lo más hondo de su corazón, lo culpa a él.

No avanza mucho antes de sacar el móvil. Se detiene decidido delante de una tienda de lencería. Agent Provocateur.

—Me han dicho que estás de enhorabuena —dice cuando Eliza contesta.

—Bennett... —se queja ella al teléfono.

—Dentro de unas semanas, ¿no?

—El 1 de julio —responde—. Cuando llegue Mia.

Bennett sabe que intenta sonar orgullosa.

—Muy bien —dice él, y asiente con la cabeza.

—¿Muy bien?

—Sí, muy bien.

Se fija en el escaparate de la tienda de lencería. En una ocasión, Eliza compró allí un camisón estrecho de encaje pensando que a él le gustaría. Pero a Bennett le pareció demasiado áspero. Se pregunta si aún lo tiene y si a Jeff le gusta.

«No se lo preguntes.»

—¿Me has llamado por eso, Bennett? ¿Para darme la enhorabuena?

—¿Ibas a decírmelo?

—No lo sé. Supongo que sabía que te lo contaría Mia.

—No deberíamos esperar que ella nos haga de intermediaria. No es justo para ella.

—No sé, Bennett. ¿Es necesario que estemos al corriente de lo que hace el otro? ¿Qué sentido tiene?

«¿Qué sentido tiene? ¡Veinte putos años de nuestra vida!»

—Pues mi novia está embarazada. Voy a ser padre otra vez.

Se le ha escapado, le ha salido sin querer.

Eliza no dice nada, pero Bennett la oye respirar aunque la radio está puesta y alguien habla en segundo plano.

—Ostras... —dice al final—. ¿Qué quieres? ¿Superar mis noticias?

—No. Al menos, adrede no.

«Puede que un poco sí.»

—Vaya. ¿Para cuándo?

—Está de diez semanas.

Se le ocurre que ni siquiera sabe cuándo tiene que nacer su propio bebé.

—Enhorabuena para ti también.

—Gracias —contesta, a pesar de que se siente vacío por dentro y es consciente de que no se merece sus mejores deseos—. Mia no lo sabe todavía.

—Vale...

—Se lo contaré antes de que vaya a verte; no le digas nada, por favor.

—No lo haré. Pero díselo tú, Bennett.

—Sí.

—¿Eso es todo?

—Diría que sí.

—¿Dirías que sí?

—Lo siento —consigue decir, y lo que va a confesar se le atraganta un poco—: Siento haberte hecho sentir invisible.

Se hace el silencio mientras él intenta por todos los medios contener los lloros.

—Eres un padre excelente, Bennett. Ese bebé tiene suerte de contar contigo.

«Pero un marido terrible», parece querer decir. Cada vez se le da mejor entender las insinuaciones. Aun así, piensa, el cumplido es más de lo que él merece.

—Gracias. Supongo que ya está.

Desde luego, es lo que siente: que ya está. Espera un momento por si no es así y después cuelga.

Cuando llega al Claret, tiene los ojos rojos, los capilares le palpitan. Claire no se percata. Está en su propio mundo, secando copas y colocándolas en las baldas de atrás. Bennett deja el recipiente de los rollitos en la barra.

—¿Tienes hambre?

—No mucha —responde ella.

—Deberías comer algo.

Ella aprieta los ojos, atrapada entre la rabia y el alivio. Al menos se preocupa por ella. Y hasta él es capaz de ver que ella piensa eso.

—Venga, yo seco las copas y tú cenas.

Le acerca los rollitos y le tiende la otra mano para que le dé el trapo, que ella le entrega a regañadientes.

—¿Qué tal ha ido la cena? —le pregunta.

—Ha sido esclarecedora.

—¿Qué significa eso?

—Que no eres la única persona del mundo que quiere atizarme un puñetazo. Tendrás que ponerte a la cola.

Ella pone cara de querer sonreír, pero no piensa ceder tan rápido.

A Bennett se le ocurre que Kirstie podría ser la única persona que no quiere pegarle. Es extraño: Mia lo ha acusado de rendirse con demasiada facilidad, pero poco antes Kirstie lo había elogiado por no rendirse. Le gustaría aceptar la opinión de Kirstie y rechazar la de las demás mujeres de su vida, pero sabe que no es lo correcto. Quiere pensar que Kirstie es la que mejor lo entiende porque a ella le cae mejor, pero que alguien te caiga bien y comprender a esa persona no son lo mismo, por mucho que a él le gustaría que fuese así.

Claire mete uno de los rollitos en la salsa dulce de chile.

—Yo no quiero darte un puñetazo —dice con un tono muy poco convincente—. Creo que eso no tendría ningún efecto.

«Qué inclemente...»

—¿Te haría sentirte mejor? —pregunta mientras seca el borde de una copa con el trapo.

—Solo hay una cosa que me vaya a hacer sentir mejor.

«Por el amor de Dios, ¿qué es?»

—Quiero que pienses en mí igual que piensas en ella.

Bennett no sabe si se refiere a Eliza o a Kirstie.

«No se lo preguntes.»

Ella lo mira a los ojos como si quisiera comprobar quién aguanta más, pero él la deja ganar antes de empezar y mira la copa que tiene en la mano para que ella no vea que ha llorado.

—Me alejaste de ti —dice él.

«Es cierto, ¿no? ¿No es así?»

Ella suelta el rollito en el recipiente de plástico.

—De hecho, te pedí que vinieras a vivir conmigo, que es lo contrario.

«Ah, sí. Es verdad.»

—Creo que deberíamos repetir esa conversación.

—No me digas...

—Voy a vender la casa.

—¿De verdad?

Claire se inclina hacia delante con actitud depredadora.

«Joder con las preguntitas...»

—Es que ya lo mencionaste ayer —dice con tono acusador—. ¿Has llamado a una inmobiliaria? ¿Le has dicho a tu «huésped» —dice, y hace las comillas con los dedos— que tiene que buscarse otro sitio donde vivir?

—Todavía no.

—Ya me lo parecía.

—Ha pasado un día. Ayer ni siquiera me hablabas —dice alzando un poco la voz, que le suena ronca y desconocida.

—O sea, necesitas que te lleve de la mano. ¿Quieres que te acaricie la cabeza y te diga «buen chico» a cada paso?

—¡Venga ya!

—¿Necesitas que deje de estar enfadada contigo para poder hacer lo correcto? ¿Es eso?

«Sí.»

—Bennett, tú meterías una cuna en esa mierda de estudio. Lo sé. Pero no quiero que mi bebé respire los vapores de las pinturas.

«Esa mierda de estudio te encantaba.»

—Te acabo de decir que venderé la casa —dice con énfasis.

—¿Mañana? ¿Llamarás mañana a la inmobiliaria? ¿Le dirás mañana a ella que tiene que marcharse?

—Sí —responde Bennett con mucho menos énfasis.

Ella niega con incredulidad.

—Claire, hago lo que puedo.

—Siempre dices lo mismo. No tendría que suponerte tanto esfuerzo.

No puede ser que ella quiera esto, tener un bebé juntos. ¿Por qué no admite que la situación no es ideal para ninguno de los dos? Ahora no. Es como si quisiera que le dijese que el bebé es todo lo que él quería en el mundo.

«Pues no lo es.»

—Todavía tengo que hacerme a la idea. ¿Puedes ser un poco más paciente?

—Creo que sientes algo por la mujer que vive en tu casa.

—Claire...

—Dime que no es así —lo interrumpe ella.

—Claire...

Esta vez ella no lo interrumpe, así que la frase queda colgando porque Bennett no sabe qué decir.

—Creo que, si no estuviera embarazada, me habrías dejado por ella. ¿Tengo razón o no?

«¿Por qué insistes en saber la verdad aunque sea demasiado dura?»

—Nos hemos hecho muy amigos.

Esa respuesta parece dolerle tanto como le habría dolido la verdad y esconde la cara entre las manos. Al cabo de unos segundos de silencio, Bennett oye que empieza a llorar y ve cómo se le mueve el vientre con cada pequeño sollozo.

Abandona el trapo y las copas y sale de la barra sin que nadie se lo pida para abrazar a Claire. Su llanto le recuerda a cómo lloraba Eliza cuando estaba embarazada y las hormonas hacían grandes las cosas pequeñas. Sin embargo, sabe que esto no es algo pequeño. Al final, ella se rinde a su abrazo y se le agarra a la cintura.

—Nosotros no somos amigos, ¿verdad? —solloza con la cara pegada a su clavícula.

—Claro que lo somos.

—Me acosté contigo demasiado pronto.

Bennett no puede evitar reírse un poco, como si nada de eso hubiera pasado si antes de acostarse hubiesen ido al cine y a cenar.

—No te rías.

—Perdona —se disculpa, y le besa la frente y la mece con cuidado—. He empezado otro cuadro tuyo.

—¿Y esta vez me pides permiso o perdón?

Él se retira para poder mirarla a la cara y sonríe.

—Es a partir del dibujo que te hice aquí. Será mejor que los otros dos.

—¿Has pintado algún cuadro de ella?

—No. Ni uno.

Ella sonríe, pero solo un segundo.

—A tu exmujer tampoco la pintaste.

Esconde la cabeza debajo de su barbilla.

—Si hago un cuadro de Kirstie, ¿te sentirás mejor?

—No —responde.

El sonido sale amortiguado, pero aun así ella parece muy segura de ello.

Como no sabe qué hacer, Bennett sigue abrazándola mientras se le humedece la camisa. Su hijo debe de tener el tamaño de un hueso de aguacate, piensa al notar el vientre de Claire pegado al suyo. Se pregunta si ella sabe que tiene dentro un humano del tamaño de un hueso de aguacate. «Supongo que sí.» Decide intentar otra táctica.

—A Mia le caes muy bien —dice cuando los lloros amainan un poco.

—Ya lo sé —responde ella, y se seca los ojos en una manga de la camisa—. Me ha dicho que creía que yo te sentaba bien.

Bennett intenta imaginar en qué momento han tenido esa conversación, quizá mientras él ha ido al baño, cuando Mia se ha dado cuenta de que Claire estaba enfadada. ¿Cómo se le pasa por la cabeza a su hija hacer una afirmación tan atrevida? Pero si Mia lo conoce mejor que nadie, tal como ha dejado claro durante la cena, quizá tenga razón. A lo mejor Claire le sienta bien. Pero ojalá supiera por qué. Le levanta la barbilla y le da un beso, una estrategia que de momento les ha funcionado siempre que se han quedado sin palabras. Al principio ella es reacia, pero no tarda en dejarse llevar y agarrarlo del cuello y acercárselo aún más. Le pasa los dedos por el pelo, que siempre es su forma más sincera de mostrar afecto y hace que a él se le ponga el vello de punta.

—Vamos a acabar esto y a casa.

Se aparta con la intención de seguir limpiando copas, pero ella tira de él y le coge ambas manos con fuerza. Él sonríe porque, de pronto, ella parece muy seria. No molesta, sino seria.

—¿Qué pasa?

—Que te quiero.

En cuestiones de amor, Bennett solo ha tenido tres referentes sólidos. El primero es su madre, la única de su familia a quien él quería por voluntad propia. Es de suponer que quería a su padre por obligación, porque cuando era pequeño le decían que lo quería, aunque él no lo tenía tan claro. Con su madre era distinto. La habría querido en cualquier caso. Era amable y adorable y, aunque tal vez fuese ingenua, poseía un optimismo que era como una fuerza ajena a la familia Driscoll y siempre hacía limonada de los montones de limones podridos que la vida le lanzaba a la cara. Por algún motivo, Helen se veía como la guardiana de una realidad alternativa y almibarada, y es muy posible que creyese en Bennett más de lo que habría creído cualquier otra persona con dos dedos de frente. Era esa fe lo que le he había permitido a él soñar, imaginar y pintar.

Querer a Eliza había sido completamente distinto. A diferencia de Helen, el realismo era su modo de vida por defecto. Fue la primera persona en confiar en él, y por eso la revelación que acaba de hacerle Mia sobre lo abandonada que se sentía su ex es aún más difícil de soportar. Fue la primera mujer que, justo después de acostarse con él, no se tapó con la sábana. Era tan benevolente como cruel y la movía su devoción por la verdad. Sus estándares eran imposibles de tan altos. Era un incordio. Era del todo incapaz de relajarse bajo ninguna circunstancia y quería a Bennett a su lado cada tenso minuto del día. Al principio, su amor por él solo podía describirse como fiero; lo empujaba y lo motivaba cuando él perdía fuelle, lo animaba cuando se sentía inseguro y más de una vez llamó a su suegro «cabrón sin sangre» a la cara porque, tal como ella lo veía, se merecía saberlo. Bennett no había conocido un amor igual. Y no llegó como si nada, sino que tuvo que ganárselo. Quiso ganárselo.

Su amor por Mia fue el más fácil. En realidad, lo arrolló como un tren de mercancías, pero no le cabe duda de que es el más puro, el amor más amplio y completo que ha experimentado. El amor que, sin duda alguna, es incondicional.

No está seguro de qué quiere decir todo eso, ahora que está allí con Claire. La expresión más acertada de lo que siente en ese momento sería: «Quiero quererte», pero sabe que no puede decir eso. Ni siquiera está seguro de que lo que siente por ella no sea amor. Si todos los amores son distintos, ¿cómo puede uno estar seguro? No puede esperar sentir por Claire lo que sentía por Eliza. Hay muchas cosas que le encantan de Claire: su sonrisa, lo peleona que es, sus tetas (cómo no), lo segura que está detrás de la barra e incluso su impaciencia. Es posible que, de no haber conocido a Kirstie, se hubiera enamorado de Claire. Y ¿quién dice que no puedes amar a dos personas a la vez si te proporcionan cosas distintas?

«Pues Claire, quién si no.» No le cabe la menor duda de que ella le daría el motivo exacto por el cual no se puede querer a dos personas a la vez. Seguro que sería una respuesta muy inteligente y sencilla que a él jamás se le habría ocurrido. Eso también le gusta de ella: lo clara que es.

De hecho, ¿le creería si le dijera que él también la quiere? No hace ni media hora que lo ha acusado de sentir algo por otra mujer. A pesar de todas las preocupaciones, las caras de incredulidad y las quejas, sabe que, en el fondo, Claire es una persona esperanzada. Una optimista nata a quien los fallos de los que la rodean le escuecen a diario. En ese momento, todavía espera que él le diga que también la quiere. ¿Qué es peor: decir «te quiero» cuando no está seguro o responder que necesita más tiempo? ¿Cuál de las dos podría destrozarla? Tal vez ella no lo haya dicho tan en serio. A lo mejor era en plan «te quiero, tío».

«Seguro que no.»

Ella no le ha quitado ojo en todo ese rato, aunque no sabe cuánto tiempo ha pasado. Tampoco sabe juzgar su propia expresión. ¿Sonrisa valiente? ¿Auténtico terror? Al final, se le acaba el tiempo y ella ya tiene la respuesta.

—Prométeme —dice ella mirándose los pies— que querrás a este bebé tanto como a Mia.

«Eres un imbécil, Bennett.»

—Claro que sí.

Claire se aparta de él.

—Deberías irte a casa. Ya lo acabo yo.

—¿No querías que fuese contigo?

Ella lo mira con los ojos rojos; se le han acabado las lágrimas.

—¿Para qué?

«¿Para qué?»

Él se pasa la mano por el pelo y la mira una vez más con la esperanza de transmitirle con la mirada lo que la cobardía le impide expresar con palabras.

«Quiero quererte y te querré, pero dame tiempo.»

—Venga, vete —dice ella.

—Mañana llamo a la inmobiliaria —le dice al salir de la barra, decidido a demostrar que hace lo que puede, a pesar de que sabe que debería ser capaz de mucho más.

—Vale —responde ella, y coge el trapo y la copa que él había abandonado.

—Te llamo cuando esté hecho.

Bennett se queda plantado entre la barra y la puerta.

—¿Cuándo tiene que nacer el bebé?

Ella responde de espaldas a él.

—El doce de diciembre. Ponlo en el calendario.

—¿Seguro que estás bien?

«Claro que no está bien.»

—Bennett...

—De acuerdo —concede, y abre la puerta—. Buenas noches.

—Gracias por los rollitos.

«¿Los rollitos? ¿Eso es todo lo que tengo que ofrecer?»

Cuando llega a casa, las luces están encendidas. Llama con los nudillos a la puerta de atrás y Kirstie se vuelve en el sofá. Estaba viendo una serie de policías; dos agentes persiguen a un hombre hasta un acantilado donde unas piedras se precipitan al agua. Bennett la saluda avergonzado a través del cristal. Kirstie le devuelve el saludo con el ceño fruncido antes de bajar el volumen y levantarse. Ha cambiado el vestido cruzado por una camiseta ancha de color rosa y unos pantalones de pijama a cuadros. Lleva el pelo recogido en un moño que deja a la vista las raíces canosas.

—¿Por qué llamas a tu propia puerta, merluzo? —le pregunta, y le deja pasar—. ¿Qué ha pasado? ¿Qué haces aquí?

Lo coge de la mano y lo lleva al sofá.

—No sé por dónde empezar.

—Por el principio, cariño.

Kirstie se sienta en el sofá y tira de él para que se siente a su lado.

Él respira hondo.

—Necesito vender la casa, Kirstie.

Lo dice así, tal cual, como cuando te quitas una tirita.

—Necesito ponerla en el mercado mañana.

—Ya lo sé.

Ella asiente con la cabeza, consciente de la urgencia.

—Lo siento, de verdad. Espera. ¿Cómo...?

Ella le toca la pierna.

—¿Está embarazada? Me refiero a tu novia.

—¿Cómo lo sabes?

—Si te digo que es intuición femenina, ¿me creerías?

«Es probable.»

—Esta mañana —prosigue ella—, en el estudio, tenías un cuaderno abierto en una página que decía: «Hechos: Claire está embarazada» y «Tengo que vender la casa».

—O sea, lo contrario de la intuición, entonces.

Ella sonríe.

—Soy un poco cotilla. ¿Y ahora qué?

—Joder, ¿y yo qué sé? —dice con la mirada fija en la pantalla del televisor, donde un madurito atractivo esposa a un tipo desaliñado que, se le ocurre, se parece a él—. Tengo que vender la casa. Solo he llegado a esa conclusión.

—Ya sabrás qué hacer —le dice ella mientras le acaricia la rodilla—. Ya lo has hecho antes.

—Así no, para nada. Esta situación no es ideal.

—Venga ya, ¿cuándo fue la última vez que pudiste decir que alguna parte de tu vida era ideal?

Bennett hace memoria, pero no le viene a la cabeza nada de los últimos quince años o más.

—Tienes razón —admite—. Si tú te enterases de que ibas a tener otro hijo, ¿cómo crees que te lo tomarías?

Ella suelta una carcajada.

—Cariño, ese tren ya ha salido.

Él la mira.

«Ay, claro.»

—Lo harás bien —le asegura ella—. Os las apañaréis, juntos.

—Claire cree que siento algo por ti.

Ella le retira la mano de la pierna.

—Pues dile que no es verdad.

Bennett la mira de frente.

—¿Y si lo es?

Kirstie se mueve al otro extremo del sofá.

—Dile que no lo es.

Cuando él intenta decir por segunda vez que es verdad, ella lo interrumpe.

—Siendo madre soltera te sientes muy sola. Más de lo que te podrías imaginar.

(Sí, más sola que un divorciado de cincuenta y pico; esa insinuación también la ha pillado.) De pronto, Kirstie lo mira a los ojos con urgencia y mucha seriedad. A él no le gusta, pero no aparta la vista.

—No dejaré que lo haga sola.

—Con eso no basta, Bennett.

«Ay, se acabó lo de "cariño".»

—Necesita una pareja de verdad —continúa Kirstie—. Alguien con la intención de sacrificarse por el bebé tanto como se tendrá que sacrificar ella.

Él dice que sí con la cabeza, consciente de que lo ha pillado. Se le había olvidado que, por encima de todo, el valor implica sacrificio. Luchar por algo no supone una lucha real a menos que sepas a qué estás dispuesto a renunciar y por qué cosas estás dispuesto a partirte la cara.

El madurito de la tele lleva a una joven rubia del brazo. Miran el mar desde lo alto del acantilado. «¿Cómo puedo devolverte el favor?», pregunta la rubia.

—Creo que deberías hacer una contraoferta por el apartamento de Barbican —dice Bennett.

Está decidido a devolverle el favor a Kirstie con una perla de sabiduría o de extravagancia, aunque en realidad no sabe cuál de las dos cosas es.

—Ya lo he hecho —contesta ella con una amplia sonrisa traviesa.

Él niega con la cabeza, confundido, pero también aliviado y sorprendido.

—Después de dejarte en la Royal Academy.

—¿Cuándo te dicen si la han aceptado?

—Mañana, pero sé que es mío. La oferta es irrechazable.

Bennett sonríe.

—Muy bien —la felicita, y se pone en pie como si fuera un acto reflejo, como si lo hubiera levantado un cambio en el viento—. Disculpa, te dejo que sigas viendo la serie.

—No, si ya la he visto —responde ella, y señala al madurito—. Ese es mi exmarido.

El agente abraza a la rubia y se besan con pasión durante los créditos.

—¿Por qué te torturas de esta manera?

—Tiene narices que tú me digas eso —contesta Kirstie con una ceja enarcada.

«*Touché.*»

Ella se levanta con pereza del sofá, como si pretendiera acompañarlo a la puerta.

—Nadie conoce a Albert como yo. Todo el mundo cree que lo conoce, pero a quien conocen es a Cliff, a su personaje. Supongo que, de vez en cuando, me gusta olvidarme de lo que sé y verlo como lo ven los demás.

—Seguro que yo haría lo mismo.

Quiere cogerle la mano de nuevo, pero no lo hace.

—Ya lo sé, cariño. Por eso nos llevamos bien.

—Ven aquí —dice él.

Ella avanza un paso con timidez y acepta el abrazo. Con ambos brazos a su alrededor, Kirstie se siente roma e inflexible como una piedra, como alguien que no está dispuesta en lo más mínimo a querer de nuevo. Ni a nada que se le parezca.

Incómodo en el duro sofá, Bennett cae en la cuenta de que esta noche tenía dos ofertas distintas para dormir en una cama cómoda y ha perdido ambas oportunidades. «La gente tiene lo que se merece», le dijo su padre el día que, con ocho años, le preguntó por qué había tantos hombres sin hogar fuera de la estación de Hammersmith. Pero él sabe que eso no es del todo verdad. El cabrón de Gary Driscoll era la refutación en carne y hueso de su propia afirmación. Aun así, esta noche Bennett sospecha que él sí se merece ese sofá cama de mierda. Le gustaría que no fuera cierto, pero muchas de las cosas que tiene en la vida las ha conseguido con demasiada facilidad. Se esforzó mucho, es cierto, pero ¿las carreras, el éxito, las galerías? Todo le llegó muy rápido, antes de que pudiera dudar de sí mismo. Cuando era joven, no se le ocurrió pensar que no tendría esas cosas, del mismo modo que cuando le pidió matrimonio a Eliza no se le pasó por la cabeza que ella podría decir que no. Las cosas le iban como se suponía que tenían que irle.

«La gente tiene lo que se merece.» Seguro que no es el único imbécil que se lo había creído. Cuando le llegó el momento de luchar por lo que tenía, por su carrera y por Eliza, todavía no se había dado cuenta de que podía perderlo todo. Esperaba recuperarlo, tarde o temprano. A fin de cuentas, era suyo; así que se apoltronó e hizo las cosas tal como siempre las había hecho, más duro y menos flexible que antes. Se pregunta si, durante esa época, cuando Eliza lo abrazaba, se sentía como si sostuviera una piedra, igual que se ha sentido él hoy con Kirstie. No, lo más probable era lo contrario. No era una piedra, sino una esponja que absorbía todo el amor de Eliza y de Mia y no les devolvía nada. Y lo que es peor: aún se comporta así. Ha hecho falta que Kirstie le muestre hasta qué punto puede ser un capullo egocéntrico.

Abre la foto de la ecografía en el móvil. No la ha mirado desde que estaba en Trafalgar Square. Le daba miedo, le preocupa no saber calibrar los niveles correctos de miedo y amor. Se acuerda de lo que le ha dicho Kirstie sobre el sacrificio y se pregunta si ahora está preparado para renunciar a las cosas que antes no creía que pudiera perder.

«Duermo en un sofá cama duro como una losa por ti, chaval. Voy a vender la casa por ti. Renuncio a mi estatus de *superhost* por ti. ¿Qué harás tú por mí?»

Mientras medita sobre la mancha amorfa de la ecografía que se convertirá en un humano, le llega otra fotografía con un mensaje:

Oye, tío, ¡está genial! Beso.

La foto es de su cuadro, que cuelga con orgullo de una pared de la Royal Academy, el primero desde hace más de cinco años. Amplía la foto con los pulgares para ver mejor las obras que lo rodean e inspecciona el retrato con mucha más atención que la ecografía. Deja su mente vagar por la noche de la inauguración; la multitud de invitados, los canapés, los coleccionistas con servilletitas pequeñas en la mano susurrando: «¿Es un Bennett Driscoll? ¿Ha vuelto?».

Eso, ¿ha vuelto?

Abre la ecografía de nuevo.

«Por favor, no me hagas dejar de pintar.»

Por supuesto que tendrá que ser lo contrario: necesitará vender cuadros otra vez. Sin los ingresos que consigue alquilando la casa, le hará falta sacar el dinero de otra parte. Se tumba de costado y mira el cuadro nuevo de Claire, que está a medias en el caballete. Casi se aprecia su risa, porque ese día ella se reía. Quizá de él. No se le había pasado por la cabeza hasta ahora que tal vez lo que le hacía tanta gracia podía ser el gilipollas del fondo que estaba con el cuaderno de bocetos. El tío que pensaba que podía dibujarla sin que ella se enterase. El tipo que creía que tenía derecho a interpretar todos sus ángulos y apropiarse de todas sus curvas con su lápiz sin saber ni una sola cosa sobre ella. No obstante, algo debió de hacer bien, piensa. Ella no se habría acostado con él si el boceto no tuviera algo que a ella le resultaba tan auténtico como a él. Tal vez consiga comprender a Claire a base de pintarla. Quizá podría haber hecho lo mismo con Eliza, piensa, pero ahora esa idea es demasiado dolorosa.

La otra noche, sentado en el jardín con Kirstie, escuchando la brisa fresca entre los árboles, pensó que lo que más quería en el mundo era encontrar un impulso y motivos para seguir avanzando. Ahora, mientras mira el cuadro, le parece obvio que Claire es ese impulso. Ha sido ella quien lo ha hecho ponerse en marcha.

«Joder, hasta te hacía salir a correr», piensa.

Escribe un mensaje y mira el cuadro a medias una vez más antes de pulsar el botón de enviar.

Han incluido tu retrato en la exposición.

Ella contesta:

Ya me lo imaginaba. Eres buen pintor.

Es muy posible que enviarle ese elogio le haya dolido.

Él responde con la esperanza de que entienda el significado más profundo:

Gracias. No habría podido hacerlo sin ti. Espero que me acompañes a la inauguración.

Espero que lo vendas. Vale muchos pañales.

Nos las arreglaremos, Claire. No hace falta que te preocupes por esas cosas.

Se la imagina tumbada en su apartamento deslucido, tal vez desnuda, entornando los ojos sin dar crédito. Piensa pintarla en todas las habitaciones del apartamento antes de que se muden a otra parte: una mujer en su terreno. Cuando el bebé nazca, él no tendrá mucho tiempo para pintar. Y mucho menos cuando Claire abra la librería. Es el sacrificio que tiene que hacer.

A pesar de que, comparado con el amor que ha sentido en ocasiones anteriores, es irreconocible, Bennett escribe:

Yo también te quiero.

Todavía no envía el mensaje. Es porque Claire se preocupa demasiado, piensa; por eso le sienta bien. Las personas que se preocupan saben que las cosas pueden salir bien o mal. Las hay que se temen lo peor, pero otras, como Claire, podría decirse que sufren más por haberse atrevido a imaginar el mejor escenario posible. El Bennett que ella ha imaginado es, sin duda, mejor que el de verdad, y lo que más lo inquieta a él es acabar decepcionándola. Sin embargo, no hay preocupación sin esperanza, y Claire, la pobre, aún tiene esperanzas en lo que a él respecta. Bennett se pregunta por primera vez en mucho tiempo si sus cargas y sus deseos no son solo suyos, sino compartidos. Manda el mensaje.

La burbujita aparece un momento. Él espera y espera una respuesta complicada.

¿En serio? ¿En un puto mensaje de texto?

No.

Menudo cabrón.

Bennett contesta, y sonríe porque sabe que la ira es mejor que la derrota.

Ya lo sé. Así es mejor. Ahora lo tienes por escrito.

¿Me hará falta tenerlo por escrito? ¿Piensas negarlo más adelante?

Bennett se tumba bocarriba.

No. Pero sé que te preocupas. Así que he pensado que te gustaría verlo escrito.

Pasa un minuto antes de que una palabra aparezca en su pantalla:

Gracias.

Pero me lo dirás, ¿no? Como está mandado.

El parpadeo del televisor de Kirstie llega desde la casa hasta el jardín. Bennett piensa que es bueno que no vaya a tener que recordarla así, viviendo en su casa. Puede pensar en ella en su apartamento del Barbican, apoyada en la barandilla de la terraza, contemplando a los ejecutivos de traje. Porque pensará en ella, eso lo sabe. Y puede que dentro de cinco años vaya a sentarse junto al estanque del Barbican para ver si está por allí. Para entonces tendrá una criatura de cuatro años. Y una hija de veinticuatro. Y quizá otra galería. Y a Claire. Tendrá a Claire. Por supuesto que sí.

Mañana. Mañana tenemos mucho que hacer.

Agradecimientos

Supongo que lo más sensato es empezar por el principio. Muchísimas GRACIAS con mayúsculas a mi familia: a mi madre, a mi padre y a Emily. Es posible que la frase «no podría haberlo hecho sin vosotros» esté demasiado manida, pero en este caso me resulta muy real. Vuestro apoyo y vuestros consejos significan muchísimo para mí. Y vuestro amor lo es todo. Mi padre leyó un par de borradores de esta novela y, gracias a su fe y a los ánimos que me dio al principio, conseguí seguir adelante.

A Steve, Molly y Henry, que me habéis oído hablar de este libro todos los domingos por la noche durante dos años: merecéis un premio.

A mis amigos y a mi familia de Londres: siempre vuelvo por vosotros. Gracias por acogerme y por proporcionarme un segundo hogar: Jon, Maha, James, Clare, Jenny, Luke, Maya, Ruth, Peter, Simon, Karina, Adam, Anna y Ollie. Gracias a los tutores de la Escuela de Bellas Artes Slade, que me dijeron que no tenía que escoger entre pintar o escribir. Tardé mucho tiempo en creérmelo. Y gracias a Ziella Bryars por incluir mis primeras obras dramáticas en Love Bites y hacer que me considerara escritora.

Gracias a Nicole Aragi, mi maravillosa agente, por saber todo lo que yo no sé, por animarme a seguir mis instintos y por darme tantos motivos para bailar en la calle. Gracias a todo el equipo de Aragi: Maya Solovej y Gracie Dietshe.

Gracias a mi fantástica editora, Sally Kim. Desde nuestra primera conversación telefónica, sé cuánto cariño les tienes a estos personajes. Trabajar contigo ha sido una gran dicha y un privilegio. Bennett y yo somos mejores gracias a eso.

Gracias a todos los de Putnam por creer en este libro y por vuestro esfuerzo: Gaby Mongelli, Alexis Welby, Ashley Mc-Clay e Ivan Held. Gracias al Departamento de Diseño, por el bello diseño gráfico y la hermosa cubierta.

Gracias a Imogen Taylor y a Tinder Press por llevar este libro de vuelta al Reino Unido.

Gracias a Gabrielle Brooks por la primera lectura y por sus consejos sabios.

Gracias a Philip Glass por dejarme usar *Einstein en la playa, Knee Play 5*. De vez en cuando, oyes una canción que te hace parar en seco. Esta pieza musical es un gran regalo.

Muchísimas gracias a Roots Manuva por la música que me inspira a diario a reírme, llorar, bailar y pelear. Gracias por ser la banda sonora de la vida de Bennett y de la mía.

Y a Tom. A quien le dedico esta novela. Todo lo que pueda escribir aquí se queda corto a la hora de comunicarte lo agradecida que te estoy. Lo único que hace falta es alguien a quien seguirle la corriente, ¿no? Resumiendo: gracias por seguirme la corriente.